U0936433

陕西师范大学优秀著作出版基金资助

陕西师范大学“曲江学者”科研启动经费资助

国家社科基金重大项目“延安文艺与现代中国研究”（批准号 18ZDA280）阶段性成果

丁玲文学现代性论集

袁盛勇◎主编

人民出版社

序　言

王中忱

八十余年前，也就是1936年9月，曾被国民党政府囚居在南京的丁玲，经过多方营救，特别是从陕北奉命到上海的冯雪峰的安排，辗转多地，到达了西安，在中共所设秘密交通联络机关住至11月1日，然后经耀县、洛川，通过东北军、西北军的防地，行程11天，抵达红军长征至陕北后设置的第一个首府：保安。如所周知，丁玲离开西安一个月后，“西安事变”发生。可以说，丁玲和一个历史大变动蓄势待发的时刻直面相遇。由上海经西安到陕北，丁玲实际是走在了中国历史大变动发生的核心地带，投身到了浪涛汹涌的历史激流之中。

对此，丁玲当时或许并不完全自觉，但她的生活环境和方式无疑都随之发生了巨大变化。自从1922年春季离开常德到上海求学，直至1927年发表小说作品，以《梦珂》、《莎菲女士的日记》登上文坛，丁玲一直生活于上海、北京等大城市。当然，在五四以后形成的新教育和新文化体制里，丁玲其实是一个很边缘的人物。她不是经受现代学院科班训练出来的青年，也不曾受惠于学院体制。“旁听”，是她一直保持的身份和姿态。她在大都市的人群里游荡，过着一种波西米亚式的生活。

不过，即使如此，丁玲也不可能完全逸出现代都市的生活逻辑，尤其是在她以《莎菲女士的日记》等作品一举成为著名作家之后，她的生活方式便基本上被固定在文学写作者与出版媒体、都市读者群这样一个网络里。即使在她成为中国左翼作家联盟的成员和领导者之后，其生活方式也未能摆脱这一模式。就此而言，陕北十年在丁玲文学历程中的重要意义，无论怎样估计都不过分。毛泽东《临江仙·赠丁玲同志》写的“昨天文小姐，今日武将军”，可以说是对丁玲生活与写作所发生的巨大变化的最恰当描绘。在民族战争的烽火前线，在中国共产党领导的边区，丁玲投身到一个新型共同体的建设过程中，也在这个过程中艰苦地改造自己，初步实现了新的个性主体的建设。

而最为难能可贵的是，丁玲把在新型个性主体和新型共同体建设过程中感受到的激动和兴奋，所体验到的苦恼、忧伤和欢乐，所高扬的理想，所经历的艰辛，都熔铸为文学作品，从而为中国文学拓出了新的道路。如果说，从 20 世纪 30 年代到 50 年代初期，中国新文学发生转折的几个重要时期，丁玲都走在了前列，那么，在陕北十年写下的系列作品，以及随后创作的长篇《太阳照在桑干河上》，则是丁玲写作的最具实验性，也深深扎根于中国大地，深深扎根于中国革命土壤上的艺术精品。历史不能假设，但历史研究，有时做一下“假设”的思考不是没有意义的。设想一下，如果没有丁玲这位作家和她的作品出现，那么，中国现代文学史将失去多少光彩！

丁玲的人生历程和她作品的丰富内涵，为研究者提供了广阔的阐释空间，也要求研究者具备相应的阐释能力。近几年来，我不止一次听到现代文学研究界的同行说，在有关中国现代作家的研究中，丁玲研究做得“风生水起”。我知道这是对研究会工作的鼓励，同时也觉得说出了实情。近些年来，国内外研究者发表的丁玲研究论著，其阐释的深度和产生的影响，都远远超出一个作家研究本身，有些文章有意识地回应了有关中国革命和文学研究的大问题，甚至在一定程度上推动了中国现代文学研究的方向转换。当然，丁玲研究还应该继续扎实地推进，理论性的阐释需要深入，基础性的史料整理和发掘也有很多工作要做。令人高兴的是，本论集收录的论文，在这两方面都有明显贡献。相信在以后的研究中，本论集所涉及的丁玲文学现代性等重要课题，会有更精彩的展开。

2018 年 6 月 30 日初稿

2019 年 8 月 15 日改定

（作者系清华大学人文学院中文系教授、博士生导师，

中国丁玲研究会会长）

目　录

第一编　现代视域中的丁玲文学和人生

第二编 丁玲文本解读与现代性

第三编　丁玲文学观念与现代性

第 一 编

现代视域中的丁玲文学和人生

重估浪漫

——对丁玲早期创作历程（1927—1931）的女性主义解读

康宇辰

一、“浪漫谛克”的谎言与真实

丁玲的最初提笔写作，是在轰轰烈烈的大革命失败后的1927年秋天。这场国共第一次合作、波及全国的革命运动的破产，给中国社会带来了巨大的冲击，也让一代先进知识分子品尝感受到了理想破灭的苦闷彷徨。毋庸讳言，丁玲最初的写作也品尝、呼应着这样的时代情绪，虽然她的这些写作体现出来的，是那些叛逆的女子相当细腻、感伤的生命体验，饱满的浪漫谛克气质表露得十分鲜明。

对于本土的浪漫谛克文学，1928年可谓正当其时。某种程度上也是革命破产后社会的能量转移，在这一年，中国的现代大都会上海掀起了普罗文学的热潮。1928—1930年间，以蒋光慈为代表的“革命加恋爱”小说迅速走红，后来研究者有的用“革命的浪漫谛克”来概括其特征。①

① 参见旷新年：《1928：革命文学》第三章，人民文学出版社2017年版。

我们注意到，丁玲的早期创作，从处女作《梦珂》到被冯雪峰誉为“新的小说”之萌芽的《水》，刚好是1927—1931年间，和“革命的浪漫谛克”从兴起、红极一时到被反省，基本上是重合的时期。这一时期，青年人无处安放的变革社会的激情，加上正值感伤的年龄段，以及爱情的悲欢体验，这一切都成为浪漫谛克的理由。丁玲作为一个有才华的新作家，既以她的写作加入这个潮流而引起青年共鸣，又显示出这位女性作家的个人特质，使得她的写作在流行的新文学中富有可辨认的个性。

丁玲在创作起步的1927—1928年，连续写了三个叛逆女性的故事。她们分别是梦珂（《梦珂》，1927）、莎菲（《莎菲女士的日记》，1928）、阿毛（《阿毛姑娘》，1928）。这三个女子的名字不仅都鲜明地出现在小说题目里，作为小说的中心被强调，而且她们三人虽然阶级和境遇不同，却都分享着性格气质、行为方式乃至最终的幻灭结局上的共通性。为了说清楚丁玲一开始的人生观察和艺术思考，本文拟先对这三部作品尤其是其中的女性的心态和处境做分析，以呈现丁玲的女性浪漫谛克文学的特色。

无论是梦珂、莎菲还是阿毛，都是主体能量很强的叛逆女性。她们都有梦想，梦珂从最初的求学上进，到后来决定成为电影明星，叙事者特意点出：“她决定了，她是有幻想的。”[①] 莎菲对凌吉士有着狂热的爱欲想象。阿毛被带到西湖畔的农家，又被带进城一趟，对于繁华的花花世界有执着的艳羡。这些梦想是她们生命的燃料，让她们获得了自己的主体性，成为积极行动的女人，从而异于传统习俗中所习惯的主动的男性和被动的女性模式。这种梦想的存在和主动的追求，最终构成了三人共同的悲剧：幻灭。想要洁身自好并获得地位和尊重的梦珂，因为电影明星的身份而彻底沦为男性“看”的客体，跟被她谴责的女模特的屈辱

① 丁玲：《丁玲全集》第三卷，河北人民出版社2001年版，第34页。

命运如出一辙。莎菲幻想中的完美爱人并不存在，她不得不在凌吉士的好风仪和丑陋灵魂间挣扎，最后一无所得并自我厌恶。阿毛姑娘追求她心中的幸福，开始是追求金钱，后来幻想有钱男性的婚姻解救，后来发现有钱也是悲惨的，幸福是那样不可靠，于是在虚无的心境下服毒死去。最终造成悲剧的，不是存在好事业、好爱情、好生活而她们得不到，而是这些东西本身被拆解掉了，它们不过是幻象，掀起幕布之后只好面对空无。这样的事业、爱情、生活幻象，对三位女性来说是最致命的浪漫谛克。

法国思想家勒内·基拉尔在谈论欲望时，提出了欲望的三角理论。在他看来，没有主体自发对客体产生的欲望。主体的欲望的产生，总是要通过一个中介环节，这个中介被称为介体。比如堂吉诃德（主体）渴望成为游侠骑士（客体），是因为骑士小说里游侠骑士（介体）的榜样引导作用。又比如爱情中竞争对手的存在让爱慕对象变得更有吸引力。欲望产生机制如此，本来无可厚非，但基拉尔由此批判了浪漫主义，"因为我们觉得，各种浪漫主义态度都是想维持关于自发欲望的幻想，维持一种近乎神圣的自主主观性的幻想"①。可以看出，所谓"浪漫的谎言"就在于浪漫否定了介体的存在和影响作用，以欲望是发自本心的幻觉掩盖欲望的真实形成过程。借用这一理论，我们可以更进一步地体会丁玲早期女性小说中欲望与浪漫谛克的纠缠。

小说《莎菲女士的日记》就写到了这种浪漫包裹的欲望的虚幻。孟悦和戴锦华在《浮出历史地表——现代妇女文学研究》中这样谈论莎菲：

> 莎菲的欲望与其说是她一己的，不如说是男性中心的都市生活

① ［法］勒内·基拉尔：《浪漫的谎言与小说的真实》，罗芃译，三联书店1998年版，第29页。

> 意识形态所制造并施予所有女人的。“好风仪”的凌吉士代表着社会给女人规定的标准的性爱理想，在这般社会通认为“美”的风仪中寄托的与其说是女人的爱情要求，不如说是男性社会对女性爱情的要求。确实，浪漫故事、流行小说和电影足以潜移默化地形成一代女性的白日梦格局。①

这指明了基拉尔欲望三角结构中的介体是由男权社会决定的，榜样是男性提供的，这本身构成了对于女性的限制：她们通常连欲望都是符合男性期待的。莎菲作为一个小知识分子女青年，对西方浪漫爱情小说和五四个性解放爱情至上主义十分熟悉，也一直浪漫地相信这种爱情的自发性、天然性，所以最开始也自然地滑入了和凌吉士的套路。她自己的日记也体现出五四自白风的浪漫感伤。这样的莎菲，其实就是五四新兴的都市新青年中的一员，她的教养、性格、苦闷都是有着普遍性的。但是莎菲作为女性也有种可贵的独立。随着她和凌吉士交往的深入，她可以从凌吉士的表里不一反省到浪漫爱情套路的无效，婚恋意识形态建构起的理想情人形象的虚妄性渐渐显现出来。而她最终拒绝了凌吉士的那一刻，也就拒绝了五四新文化被资本主义都市消费文化搅拌以后形成的那套女性婚恋意识形态，从而有了超越的眼光。虽然这超越的眼光并不能让她拒绝她习得的所有教养和受到的所有规约，但这种觉醒已经给了她最大限度可能的女性自由，并且有着对现状强烈的不满。这种不满在《莎菲女士的日记》结尾还只是让她自我厌恶，决心逃避，但随着丁玲的思想左转，这样的觉醒和不满是能革命的。摩登女性的能量，过不了多久就会有新的释放之所。

① 孟悦、戴锦华：《浮出历史地表——现代妇女文学研究》，中国人民大学出版社2004年版，第115页。

类似的最后觉醒也发生在阿毛的死前，阿毛虽是村妇，但是那种不安定的反叛能量一以贯之，也是非常“丁玲气”的角色。丁玲早期，很受《包法利夫人》影响。《阿毛姑娘》可以看作这一影响的鲜明体现，阿毛姑娘本人酷似中国的包法利夫人。包法利夫人为浪漫幻想所迷惑，渴望与其社会身份和处境不相称的东西，阿毛也是如此。而阿毛的浪漫欲望有：一匹华丽的新布料、一个有钱有身份的丈夫、一种不用操劳的贵妇人生活……虽然她自己没有察觉，但也全部是她从外界习得的。因为她的父亲“把她嫁到这最容易沾染富贵习气的西湖来”，所以“环境竭力拖着她往虚荣走……她的欲望增加，而苦恼也就日甚一日了”①。阿毛先是渴望金钱，由此而了悟女性的经济要靠丈夫，于是渴望有地位的男性。那些因为有了有钱丈夫而养尊处优的女人们，她在西湖畔反复遭遇，是一些惹眼的欲望介体。她把一个有钱、有英俊男伴的苍白脸色姑娘当成榜样，又十分嫉妒。可是后来这个姑娘得肺病死去。再后来阿毛碰到另一个美丽高贵的女人正处在悲伤之中，于是阿毛想：“她本以为幸福是不久的，终必被死所骗去，现在她又以为根本就无所谓幸福了。幸福只在别人看去或羡慕或嫉妒，而自身始终也不能尝着这甘味。”② 阿毛在她生命最后的日子里已经洞见了幸福感（赢得欲望客体的欢乐）对于介体的依赖。主体看到介体的所谓“幸福”，因此而追求此种幸福，其实这种幸福本身是虚幻的，对于女人来说，更是这个男权社会约定俗成建构起来的。脸色苍白的高贵姑娘偎着英俊男友、在体面的住宅里唱歌念诗，这满足了丁玲时代的中国青年一种摩登欧化的浪漫谛克幻想，而阿毛看到：这样的浪漫谛克在生活中不仅好景不长，而且它本身就是新兴城市布尔乔亚的爱情神话，被文学艺术反复表现，引起人们模仿的

① 《丁玲全集》第三卷，河北人民出版社 2001 年版，第 128 页。

② 《丁玲全集》第三卷，河北人民出版社 2001 年版，第 151—152 页。

欲望，其实本身是空洞而无所谓幸福的。在某种程度上，阿毛的虚荣、阿毛的失败、阿毛的服毒自杀，包括阿毛追求梦幻的执着，都和包法利夫人非常相似。但这个内心强悍的女性，又有着中国传统农民被都市欲望幻象唤醒以后强烈的饥饿感，代表着现代文明冲击下中国农妇的人格变异，这是与包法利夫人的不同之处。传统中国妇女也有一套女德规范，是以柔顺守拙为上，安于自己的地位。阿毛则不再如此，她是新文明冲击下半觉醒的女性，站出来为自己争幸福，虽然她的幸福观是一种资本主义拜金的有毒的浪漫谛克，这种浪漫是遮蔽性的，但是这混沌中未尝不包含着女性对幸福体面生活的向往之情。

丁玲早期小说的女主人公，在人格的强悍、态度的逆反、感情的浪漫上，不能说是与她们的创作者没有共同之处的。丁玲写她们浪漫幻想的幻灭，或许也有丁玲本人对浪漫谛克的反省和不能信任。而这种反省思维本身，作为丁玲文学的固有品格，确实可以撕开成见的帷幕，发掘出更深的时代境遇的真相。只是在尖锐地冒犯、挑破的同时，丁玲要处理的还有一种不断的自我否定的倾向，本文称之为“自罪”的心态。一个女性要在男权社会中冒犯诸多的既有价值，而她自己也在其中，不能不说这是一个艰难的平衡木体操。而丁玲在这个体操中的表现，则是我们接下来要探究的话题。

二、扮演的女性和她的“自罪”

作为一个年轻的女性作家，刚刚进入写作生涯的丁玲，其作品还有着明显的青春写作的痕迹，包括那种主观的倾诉、感伤的泛滥，以及主要从她能把握的年轻女性的视角来观察世界，写的也是年轻女性的故事——这都是青春写作的表现。但是丁玲并不完全是一个自白型的、心灵活动可以一览无余的作家。事实上，不断地呈露自我，又不断地自我检讨，严厉地审视感伤自我的弱点，这一倾向使得丁玲的文本变得耐读，也使得浪漫感伤的情绪倾泻之后常能找到自觉的反讽。就算是最早的小说《梦珂》，也已经显示出了这种心智的复杂和成熟。

年轻的梦珂是一个充满作者代入感的小说主角，叙述人往往用欣赏的态度描述梦珂的天真、美丽、幻想、正义感。“梦珂”是一个法语词的音译，意思是“我的心”，这曾是热恋中的瞿秋白对他的第一任妻子——丁玲的好友王剑虹的爱称。丁玲和王剑虹的姐妹情谊不同寻常，甚至带着点暧昧的同性爱慕倾向，这对于少女们来说也是常见的友谊形态。而“我的心”的名字含义，或许也在暗示丁玲在梦珂身上呈露着她所认为的自己以及她好友的心灵真实的杂糅。而梦珂的电影明星梦身份，其实也正是丁玲当年一次夭折了的事业追求。考察到这些传记因素，则丁玲之创造梦珂，也仿佛一次那喀索斯的临水自照，是一个自恋的幻象。但是丁玲的成熟在于将那喀索斯心理的反讽也潜藏其中。梦珂不喜欢姑母家的奢侈虚伪，但她自己也有虚荣心；梦珂追求纯洁浪漫的爱情，但她面对男性的挑逗也善于周旋；梦珂站出来维护女模特的权益，但她自己最后也成为一个男性欲望凝视的对象。纯洁孤高的梦珂可能并没有她自许的那样无辜和不食烟火，因为她是“有幻想的”。小说中梦珂毛遂自荐要当电影明星时，写了一个夜晚她揽镜自照：

> 她又向镜里投去一个妩媚的眼光，一种含情的微笑，然后开始独自表演了。这表演并没有一个故事或背景，只是一个人坐在桌子前向八寸高的一面镜子做着许多不同的表情。最初她似乎是在装一个歌女或舞女，尽向着镜里的人装腔作态，扬眉飘目。有时又像一个贵夫人尊严，华贵……但贵夫人、舞女的命运都极其不幸，所以最后在那一对凝视着前方的眼里，饱饱的含满一眶泪水。真的，

并且哭了，然而她却得意的笑着拿手绢去擦干眼泪："真出乎意料，我自己都不知道我竟哭得出来!"①

年轻的梦珂在扮演各种女性角色并欣赏她们坎坷的命运，这是少女典型的感伤与自恋的表现。根据波伏瓦的研究，"女人的美有着内在性的被动……知道并成为客体的女人真正以为在镜子中看到自己：映像是被动的、既定的，像她本人一样是一件东西；由于她羡慕女人的肉体、她自己的肉体，她以自己的赞赏、自己的欲望激发看到的惰性品质"②。可以看到，纯洁自好的梦珂其实对于女性被动的客体地位心知肚明，而且毫无反感地参与到这种客体角色的扮演之中。因为她的人生梦想是如此地符合男权社会对女性的规定，所以反抗男权消费世界的梦珂也就同时无意识地是这一世界的顺从者。少女自恋的揽镜自照和角色扮演，这浪漫的女性幻想场面，其实暴露了女性对男权的规约无意识的臣服。这一段情节，对于小说情节发展的推动作用其实不大，丁玲写它无非是表现梦珂的性格。而一段小插曲如此反讽地呈现了梦珂的真实处境，加重了文本的深度，不得不说是丁玲对女性心理的敏锐洞见。而这种洞见与呈露其实是饱含反省和隐痛的。

丁玲的自我反省在持续，1928 年冬天，写完《莎菲女士的日记》不久，丁玲又写了短篇小说《自杀日记》。如果说在《莎菲女士的日记》中，丁玲酣畅淋漓又并非毫无技巧地利用了五四日记独白体，引起了时代青年的巨大共鸣，从而大获成功，那么《自杀日记》就是一个反思，包括对于日记体书写、感伤的知识女性等方面。女主人公伊萨是一个苦闷感伤的文学青年，因为文中不曾交代的原因（也可能本来就没有更具

---

① 《丁玲全集》第三卷，河北人民出版社 2001 年版，第 37 页。

② ［法］波伏瓦：《第二性 II》，郑克鲁译，上海译文出版社 2011 年版，第 477 页。

体的生命创伤，就是时代苦闷和青年人的感伤病)，伊萨对于一切人和事都失望和不感到留恋，于是她决定去死。小说中大量书写的是伊萨的精神独白，因为她说“我希望把我自己分析得清清楚楚”[①]。她对生活厌倦而萌生死志，然而真要死，她又没有勇气，不断拖延死期和思考有没有无痛苦的死法。而小说中还有几笔暗伏的线索，点明伊萨的经济困境(房租没钱付)。最后的结局是不死了，而这本自杀日记也拿去投稿换房租了。依照五四的价值观，人的日记、自白关涉心灵问题，非常高贵，而丁玲给了这样一个为稻粱谋的结局，是对五四价值的辛辣反讽，也表达了《莎菲女士的日记》之后的进一步反思：青年人泛滥的感伤自白究竟有多重要？可能她觉得还是切切实实的人间生活、柴米油盐，才是更为要紧的。由此，丁玲由青春写作对精神苦闷的专注前进了一步，开始转向看重自我之外的中国社会，独白向着对话发展。

向外部世界进行观察的女作家丁玲，不可避免地要关心自己在社会关系网中的身份和处境问题。她早就自觉到她是“女性”，现在又开始意识到了“革命”的存在。1930年，她连续发表了三部著名的“革命加恋爱”小说：《韦护》、《一九三〇年春上海》(之一、之二)。这些小说和“革命加恋爱”话题已有丰硕的研究成果[②]，本文只希望在女性的角色扮演和作为女性的丁玲奇特的“自罪”态度上做一点分析。

根据女性主义的理论，没有天生的女性，女性之所以是女性，是因为社会习俗教养并要求她们扮演这一社会性别角色。男人由于自己和女人的政治经济地位和文化习俗传统的差别，而有一种彼此默契的如何对待“女人”的“常识”，女人接受这一待遇为天然的，并扮演自己的性

---

① 《丁玲全集》第三卷，河北人民出版社2001年版，第185页。

② 相关研究如贺桂梅：《性/政治的转换与张力——早期普罗小说中的“革命加恋爱”模式解析》，收入贺桂梅：《女性文学与性别政治的变迁》，北京大学出版社2014年版。又见旷新年：《1928：革命文学》第三章，人民文学出版社2017年版。

别角色，这是一种普遍的习以为常的两性戏剧。在《一九三〇年春上海》（之一）中，作家子彬和他的妻子美琳就是如此。子彬想取消西湖度假计划又想当然地觉得美琳是个娇纵惯了的女子，怕她不答应，小说这样写道："他预备好许多温柔的，对一个可爱的娇纵女人必须说的话。"① 当子彬面临巨大的孤立和苦恼而爱他的美琳恳切地关心询问时，他的反应是："他咬紧牙齿想，的确的，那无用，这女人比他更脆弱，她受不起这激动的，他一定会骇着她。"② 而这对男女的个性和相处方式是："子彬年龄稍长，而又异常爱她（美琳——引注）的娇憨。女人虽说好动，天真，以她的年龄和趣味，缺少为一个忧郁作家伴侣的条件，但是他爱她，体贴她，而她爱他，崇拜他，所以虽说常常为人议论不相称，而他们自己却很相得地生活这么久了。"③ 我们从小说的这些细节中看到的是这对男女间的隔膜。美琳想要关心体贴子彬，但子彬从未正视她的心意，总是拿男性对女性有贬低性的想象（娇纵、脆弱）来对待她。子彬作为年长男性的优越感，让他不会去和美琳平等地相爱，并且他只有一套对待美丽女人的思维定式，而没有真正了解美琳的性情和人格。这两个人相互给予的爱是在两个频道上，所以其实非常隔膜的是另一个《玩偶之家》的故事。

如果说美琳是一个纯真美好的女性，最终离开子彬走向革命，丁玲用了扬美琳而贬子彬的写法，那么《一九三〇年春上海》（之二）中的玛丽就完全不同了。美琳在挣脱一个玩偶的女性地位，而玛丽自甘于这样的地位。她来找望微的心思是："她能慷慨给予这男人许多好处，许多温柔，只要这男人能好好地奉承她。"而望微因为工作怠慢了她时，"她想着望微，总不免要生气，他的这种举动微微损害了她

① 《丁玲全集》第三卷，河北人民出版社 2001 年版，第 289 页。

② 《丁玲全集》第三卷，河北人民出版社 2001 年版，第 286—287 页。

③ 《丁玲全集》第三卷，河北人民出版社 2001 年版，第 268 页。

的骄傲”[1]。而望微在真心爱玛丽的同时，对玛丽的看法也是：“他觉得女人总是这样，与其用理智说服她，毋宁用爱情去感化她。”[2] 望微和玛丽的爱情破裂，不只是革命和爱情的撕扯，还是革命的男性和不革命的女性之间的交锋，丁玲在这篇小说（以及另一篇相近题材的《韦护》）中对于这一切的布置耐人寻味。望微是这样想象理想的爱情的：“望微知道他们中的不协调，玛丽若是一个乡下女人，工厂女工，中学学生，那他们会很相安的，因为那便只有一种思想，一种人生观，他可以领导她，而她听从他。”[3] 可惜“玛丽是出生在比较有钱的人家”，并且有“一种极端享乐的玩世思想”。而且二十岁的她要保留年轻，“她不愿为一些事把她的青春抢走了”[4]。男性望微代表朴素的、坚韧的革命的生活方式，女性玛丽代表资产阶级浪漫享乐的生活方式，这其实是两种生活方式肉身化为一对恋爱磨合的男女在进行较量，而社会习俗已经用常识规定了性别的等级：相较男性，女性更可能是错的。

这样的构思同样在《韦护》中体现出来。韦护和丽嘉一个是海归的高级革命知识分子（以瞿秋白为原型），一个是浪漫美丽的小资产阶级知识分子女性。丽嘉没有玛丽的娇纵和玩世，可以说是个有美好性情的女子。她也没有像玛丽那样想要把韦护从工作中争夺过来。但是韦护和丽嘉的恋爱还是遭到了韦护的革命同志们的反感，不只是因为耽误工作，还是因为他们的恋情过于资产阶级浪漫谛克。由此两篇小说其实揭示出一个共同的问题：丁玲总是把一种资产阶级新式文化孕育的浪漫谛克作风加给女主人公，她们和男主人公的恋爱都十分浪漫，充满狂热的激情。但最后，总是面向普罗的、禁欲的、勤勉而朴素的革命工作压倒

① 《丁玲全集》第三卷，河北人民出版社 2001 年版，第 307 页。
② 《丁玲全集》第三卷，河北人民出版社 2001 年版，第 329 页。
③ 《丁玲全集》第三卷，河北人民出版社 2001 年版，第 318—319 页。
④ 《丁玲全集》第三卷，河北人民出版社 2001 年版，第 319 页。

了浪漫谛克，成为作者想要弘扬的人生正途。本来，革命压倒资产阶级浪漫是可以的，但丁玲值得玩味处在于一再把革命安排给男性，把浪漫安排给女性，所以这样的叙事就连带变成了男性的正确和女性的迷误。其实就浪漫梦想这点来说，玛丽和丽嘉与更早的梦珂、莎菲、阿毛是一样的。玛丽是矮化了的莎菲，这点早有研究者指出。然而丁玲这样一开始写作就流露出对女性的关心和同情的作家，在她向左转的时候却一再把女性写得有罪于革命，不能不说很耐人寻味。这其实就是本文想揭示出的丁玲作为女性的“自罪”意识。

年轻的丁玲在很大程度上就是一位莎菲女士。她有莎菲的狂热和苦闷，但就如前面揭示出的，她也是一个不断检讨自己与外部世界关系的人。当她是莎菲的时候，她就写了《自杀日记》来反省莎菲，更何况莎菲只是一个面对历史的暂时姿态，虽呼应了时代苦闷和青年感伤，但本身不足以作为一种长期的生活方式。丁玲强悍的灵魂，不可能长久栖息在莎菲的蜗壳中，她需要新的出路、她心悦诚服的生活榜样。这时候她的伴侣胡也频在努力左转，成为一个真正的革命作家，并在随后被国民党残杀，这对丁玲来说是巨大的悲痛和刺激。从悲痛之作《从夜晚到天亮》开始，否定从前的浪漫书写，珍重并继承胡也频的遗志左转，是一种明显的倾向。另外，这时候她开始频繁接触并热恋领导她工作的革命者冯雪峰，这段热烈而柏拉图式的恋情对于丁玲的向左转同样意义重大，而冯雪峰是反复地说了又说，新的小说家要“从浪漫谛克走到现实主义”①。可以想象，冯雪峰对丁玲作品的特殊严厉与殷切期待是起了很大的作用的。丁玲变了，但她仍是那个莎菲，她人生的最大浪漫或许就是牢记了所爱的革命者的期望，从而自觉远离了小资产阶级的狂热情爱和浪漫谛克。

---

① 《冯雪峰选集·论文编》，人民文学出版社 2003 年版，第 11 页。

三、“昨日文小姐，今日武将军”

李欧梵有一本研究中国现代文学作家浪漫主义人格和创作倾向的专著《中国现代作家的浪漫一代》。在书的结尾处他总结这种浪漫主义的成因和特质：

> “什么是浪漫主义？最重要的，是对过渡时期的内在反应，混淆了之前的所有行为和价值、混合所有阶层，摧毁所有信仰，所有恰当的确定立场。”（引自拉夫林：《欧洲文艺研究》，第16页——原注）这种过渡时期往往产生一些不能有机地属于社会任何确定阶级的个人。缺乏与整个生活的有机接触，这种个人被迫依赖自己，以自我的价值来与社会其余部分相对抗。在他眼中，他背井离乡和疏离，成为他想象中伟大的证明。就是在这种过渡背景下，我们浪漫文人的生活故事悲惨地结束了。在歌颂爱情、吹捧个性和庆祝解放时，他们似乎没有时间或情绪来分析时代的复杂性和他们作为疏离的知识分子的改变角色。……他们的基本看法(可能在转变和不稳定的历史背景下出现的)，是一点也不现实的。他们的理想形象和越来越忧郁的现实之间的冲突，并不能令他们重新评估自我，反而重新肯定自我。①

从李欧梵的论述中，我们可以看到一些对于浪漫主义的反省：比如浪漫主义写作者“疏离”于主流，认不清时代的复杂性；比如浪漫主义是源于一种混乱，源于变革时代诞生了一些不能安于任何阶级阵营的个

---

① 李欧梵：《中国现代作家的浪漫一代》，王宏志等译，新星出版社2010年版，第306页。

人，他们只能依赖自我，并在与现实的冲突中固执于肯定自我。这是对于浪漫主义者的宏观审视，具体到丁玲，这也是一个有启发性的观察。当丁玲提笔创造梦珂、莎菲和阿毛时，她确实有浓重的感伤、狂热的气质，这个时候她对于世界的主观想象或许是要多过客观认识的。但在本文看来，丁玲不是一个完全沉溺于自己对世界的主观想象的人，而最初她对世界上人与事的洞察，主要就在于对两性关系的洞察。丁玲写梦珂的理想：求学、当电影明星——这是非常大而化之和想当然的，梦珂和丁玲都既不算是学院知识女性，丁玲的明星梦也只是浅尝辄止，所以她不可能写得很深。一写到和梦珂周旋的那些男人们，写到莎菲怎样对待苇弟和凌吉士，又显示出一种精确的把控和生动性，这个年轻作家写男女世界显得相对老练世故，也呈现得较为复杂和深入。男女相悦，很容易写到浪漫的路上去。很多新文学作家是把浪漫往甜美的激情想象上写，比如巴金；而丁玲写的女主人公的浪漫幻想，无论是明星梦（梦珂），是情爱（莎菲），还是金钱和婚姻（阿毛），都是一种女性在这个世界上追求人生幸福的幻梦，是包法利夫人式的，又是充满自我否定的反省。丁玲和她的女主角比包法利夫人更善于自我检视，她们总能在某个时刻洞见到浪漫谛克梦想的虚假性，这种发现是丁玲小说的真正价值。

丁玲一开始随顺大革命失败后的感伤激情，也客观上呼应普罗文学的浪漫旋律，她是革命的浪漫谛克的"同路人"。这种共同分享的红色浪漫，是因为"'革命的浪漫谛克'以其狂热的情绪和超迈现实的巨大想象力酿成狂风暴雨般的气势给予革命低潮中的读者以强烈的刺激和振奋"[①]。也就是说，浪漫谛克文学的流行在大革命后是有着社会心理的真实性做依据的。但是丁玲的女性身份和相应的生命体验，让她在写作早期一直把女性主题和感伤浪漫搅拌在一起，以至于最后在清除感伤病的

① 旷新年：《1928：革命文学》，人民文学出版社 2017 年版，第 104 页。

道路上也把女性的情绪方式和生存思考一起否定了。1932年，初步完成了左转的丁玲在《我的创作经验》中说起自己之前多写女人："其实对于女人的弱点，我是非常憎恶的……我对于自己文章中的女人，并不同情，可是每一次都不能依照自己的意见写，开头还离得不远，后来就越写越差了，有时候竟和我的目的相反"①。这个写作预设和实际结果之间的偏离，或许表露的是丁玲文学本能中的女性特质、浪漫情感等与她摈弃性别叙事的革命文学抱负间的拉扯。

而我们若结合丁玲20世纪30年代初的传记材料，并借用李欧梵的观察来细细追究，就会发现丁玲的左转选择，是一个混乱世界里疏离社会主流的、找不到位置的边缘人，在不满于浪漫谛克的主观狂热之后，努力"迎向更大的理性"②，重新定位自己的社会位置和角色的努力。而她个人生活上遭遇的热烈的爱情——对左翼批评家和革命干部冯雪峰的爱慕，也起了重要的作用。毋宁说，这严肃重要的人生选择，既是一种对于更强大新生力量的选择，也是爱情的选择，而这两者在丁玲这里互相交织、浑然一体。

丁玲和冯雪峰1927年就相识了，到1931年党安排丁玲接办《北斗》，这时冯雪峰作为党的文艺工作领导，是她的上级，故两人交流相对增加，逐渐发展成热烈的爱情。考证翔实的《丁玲传》用了很多书信材料清理两人的爱情关系，评价道："丁玲对雪峰除了情爱，还有深深的崇敬，因为敬佩而爱得更深，她对雪峰的话始终有服膺之心。"③ 的确，虽然两人只相差一岁，但是在他们的相处模式中，始终是带有一种革命先导和被启蒙者的关系，当然，在那个时候这种男女交往模式也很典型，

① 《丁玲全集》第七卷，河北人民出版社2001年版，第11页。

② 参见姜涛：《公寓里的塔：1920年代中国的文学与青年》，北京大学出版社2015年版，第五章第五节。

③ 李向东、王增如：《丁玲传》，中国大百科全书出版社2015年版，第90页。

诸如茅盾的短篇小说《创造》就是讲了这样的关系，新中国成立后女作家杨沫的长篇小说《青春之歌》也浪漫地渲染了这样的关系。在对革命的想象里，男性革命干部往往被认为是革命导师，启蒙并引导一位相对单纯的女性走上革命道路。所以革命的权力关系和男女情爱的权力关系有着某种合谋，这种合谋被广泛接受并浪漫地想象。丁玲体验到的时代苦闷和个人不幸会驱动她苦苦寻找新的事业和信仰，而与冯雪峰的爱情永远是和她所追随的革命归宿相连接的，这让她的爱甚至在热烈之外还有一丝虔诚。冯雪峰是丁玲作品严厉而诚恳的批评者，也对她寄予很高的期待，这对丁玲是很大的勉励。而丁玲这样的洞悉男女博弈的女性、叛逆而强悍的 Modern Girl，却非常服膺冯雪峰的权威。冯雪峰去世多年后的 1983 年，老年的丁玲写下了一篇回忆文章《我与雪峰的交往》，其中回忆了这样一件事：丁玲在南京被软禁几年后终于回到上海，和冯雪峰再次相见。丁玲如此叙述道：

> 他（冯雪峰——引注）看到我，第一句问："这几年怎么过的？"我想把什么话都跟他谈，然后大哭一场，痛痛快快地哭一场。我刚一哭，他马上把脸板起来了："你为什么老想着自己呢？世界上不是只有你一个人孤独地在那里，还有很多人跟你一样的。"他这一句话，把我所有的眼泪都弄回去了。①

丁玲说这件事，是多年以后念念不忘地要赞美冯雪峰的。冯雪峰在丁玲那里，从早年的《不算情书》、《给我爱的》中那个潜心神圣事业、矜持含蓄的革命干部形象，到晚年这段留在丁玲回忆中的教导者，都是一个禁欲和伟岸的男性。而这或者也就是革命新人的一种典型，他们脱

① 《丁玲全集》第六卷，河北人民出版社 2001 年版，第 272 页。

离女性的柔弱和感伤，也不迷恋玫瑰色的浪漫，而是充满男性的崇高美。就像那个在1931年丁玲的短篇《一天》里，有着雪峰影子的革命导师石平对年轻革命者陆祥的告诫："我们要忍耐，坚强，努力，克服自己的意识，一切浪漫的意识，这不是有趣或好玩的事情呵！"① 由爱情而激动的丁玲，很自然地以这样的榜样为自己的目标，加剧了对于女性特征的"自罪"心理，因而也自动否定了莎菲，要成为一个阳刚的革命新人了。

丁玲的人生故事就这样展开了新的章节。因为时代的变迁，因为长久压在心头的爱情，更因为生命力的旺盛和灵魂的强悍，丁玲毅然走向了革命。她从来不是肤浅的、轻信的，也很少是迷狂的，共产主义理想是一种纠缠着生命悲欢的刻骨信念，包含了她苦闷的青年时代对精神归宿的追寻，包含所爱的男性为此献身的重度，包含她反复的"自罪"以后对于更广大的世界敞开的同情——只是与此同时有太多女性的温柔曲折、女性的个人悲欢，或者说"浪漫谛克"，被一同摈弃了。丁玲无疑是大气的，这大气的巾帼英雄的人生抉择也深得毛泽东赏识。但或许在已有过的大多数时代境遇里，女性的共同命运都是某种形式的"舍弃"。丁玲左转以后相当长时间里近乎苛刻地清除作品中任何的浪漫谛克因素，努力试图展示男性的一面。到了延安时期，她才又写了《三八节有感》、《我在霞村的时候》、《在医院中》，换了一个处境思考女性问题，可是又一次遭到了严厉抨击。革命和女性，时而针锋相对，时而暗通款曲，呈现非常复杂的图景。丁玲完成的，或许不是完美的，但无疑已可称丰厚。这位时而艰难坎坷，时而风光无限的"昨日文小姐，今日武将军"，的确值得我们尊敬。

（作者单位：北京大学中文系）

① 《丁玲全集》第三卷，河北人民出版社2001年版，第350页。

关于丁玲被捕

——从《摄影画报》角度探讨

李 浩

1933 年 5 月 14 日，“中国普罗文学前进女作家丁玲女士”、“著名作家潘梓年”① 被绑架是当时文化界的大事件，这是自 1931 年国民党政府杀害“左联”五烈士之后，又一件迫害左翼文化运动的行动。关于丁玲、潘梓年被捕的消息发布后，即在当时上海进步社团中引起极大的反响，他们纷纷谴责国民党政府迫害进步文学的行动，并组织了营救丁玲、潘梓年的社团。当时，上海的各种报纸，从主流报刊到如《晶报》这类市民报纸也以不同的立场、不同的笔法报道了关于丁玲、潘梓年被捕的相关新闻、传言（谣言）等。由于国民党政府除了表示潘梓年是因为涉及共产党活动被抓捕外，拒不承认抓捕了丁玲。于是丁玲被捕继而生死不明成为当时社会关注的谜案，直到 1934 年才有比较确凿的消息在小范围内传播，说丁玲被国民党政府软禁着。如鲁迅于 1934 年 9 月 4 日致王志之信言：“丁君确健在，但此后大约未必再有文章，或再有先

① 《丁玲女士失踪》，《大美晚报》1933 年 5 月 17 日，转引自刘潇雨：《言说“丁玲事件”——1930 年代中国文坛生态之“光谱”》，《现代中文学刊》2013 年第 4 期。

前那样的文章，因为这是健在的代价。”[①] 又于同年 11 月 12 日致萧军、萧红信中说：“丁玲还活着，政府在养她。”[②]

如上所言，丁玲被捕后即确凿的音信全无，上海进步人士组成了专门营救丁玲的团体，使有关丁玲的消息成为当时部分报刊的热点之一，1933 年重新创刊的上海《摄影画报》即是其中之一。

据上海图书馆之《全国报刊索引》网站介绍，《摄影画报》原名《画报》（也称《中国摄影学会画报》四开小报，以刊载照片为主），1925 年创刊于上海，由摄影画报编辑部编辑出版，是中国摄影学会创设的画报。该刊原为周刊，后改为三日刊，又改为半月刊。该刊曾于 1932 年 11 月 19 日出版 375 期后停刊，又于 1933 年元旦复刊，到 1937 年 8 月 10 日共出版 517 期。为综合性画报。撰稿人主要有王礼安、笑庐、健慧、日月等，主要有“电影”、“明星”、“摄影新闻”、“漫画”、“文艺界”、“评论”等栏目。

《摄影画报》自称为“国民政府内政部登记证第一号”，其 1933 年元旦出版的复刊号（第九卷第 1 期）卷首《宣言》，略引如下：

> 中国的刊物，也太沉闷了。我们的《摄影画报》，行刊八年，是全国最早的图画周刊……可是我们还以为要上进改良，不但追随时代，而且要做时代的领导者，以应读者之需要。现在我们的内容，决定要这包括这许多性质的照片……文字则多短小精悍之佳作，及叙述生活之内幕，阅之爱不忍释与兴奋痛快。[③]

复刊的《摄影画报》为周刊，每周六出版，其自诩为“全国首创最

---

① 《鲁迅全集》第 13 卷，人民文学出版社 2005 年版，第 206 页。

② 《鲁迅全集》第 13 卷，人民文学出版社 2005 年版，第 256 页。

③ 引文标点按现行习惯做了修正。

普及之图画周刊”，是“包罗万象之结晶”，为“美丽可爱、精警兴奋活泼”之刊物等。[①]《摄影画报》的“创办人兼总理”是林泽苍。目前，专门介绍、研究林泽苍生平事迹的文章似乎不多，不过，他创办的《电声》和《玲珑》图画杂志两份刊物则受到了学术界的广泛关注。赵俊毅所撰《“遗失”的摄影名家：林泽苍和〈摄影须知〉》[②]一文，综合了在该文撰写之前的相关信息，比较详细地介绍了林泽苍的事迹。这里以该文为基本资料，综合一些其他资料大致勾勒出林泽苍的生平：1903—1961，福建古田人，1922年创办华商三和公司[③]，1924年任上海圣约翰大学摄影研究会会长，1925年发起成立“中国摄影学会”，创刊学会刊物《画报》。1926年林泽苍在上海圣约翰大学毕业，获商学士学位，开始专门致力公司发展，先后经营过摄影用品、乒乓用品、明星照片和出版物等。1931年出版发行“增进‘妇女’优美生活，提倡社会高尚‘娱乐’”[④]的《玲珑》周刊，1932年出版发行“全国首创之电影与无线电日刊”[⑤]《电声日报》，1934年改刊为《电声周报》。20世纪30年代，林泽苍除了商务活动外，主要致力于摄影技术的普及和艺术鉴赏，复刊的《摄影画报》是他实现他推广摄影的宣传刊物。[⑥]他曾与高维祥合作《增广摄影良友》（后增订为《现代摄影术》），他们还合作发明摄影辅助器材“标准露光仪”。1951年撰写出版《摄影须知》。林泽苍所创办的三种刊物，皆把握了当时市民的文化需求，在当时市民阶层产生了相当的

---

① 《摄影画报》第九卷第1号，1933年1月1日。

② 刊《中国摄影家》2014年第4期。

③ “三和”即天和、地和、人和。赵俊毅：《“遗失”的摄影名家：林泽苍和〈摄影须知〉》，《中国摄影家》2014年第4期。

④ 《玲珑》第1卷第1期，1931年3月18日。

⑤ 《电声周刊》第3卷第1期，1934年1月12日。

⑥ 《摄影画报》中刊载的照片很少有署名林泽苍的作品，却有不少署名为林泽民的摄影作品，疑为林泽苍用于摄影作品的署名或是他的兄弟。

影响。此外，林泽苍创办的华商三和公司也经售乒乓球等文体器具，他于 1924 年编写的《乒乓规则》，由海上乒乓联合会发行。可以算是在中国推广乒乓球运动的先行者之一。

《摄影画报》正如复刊宣言所述，它并非是专门的摄影刊物，是新闻、艺术照片，各类文章的集合体。其文章部分，大多为新闻类，也有逸闻，甚至是医药问答，以篇幅短小的为主，占刊物版面的$\frac{1}{3}$—$\frac{1}{2}$，复刊前期纯文字版面较少，后期有增多趋势。该刊复刊之初就开辟了面对大中学生图文专栏，后改版成为《摄影画报·学生时代》合刊。该刊刊登的照片，主要是社会新闻照及文字解说，也有少部分艺术照及漫画；纯文字的新闻则主要是改写或糅合其他报刊的报道。其复刊第 3 期，也就是第九卷第 3 号开始增设“文艺界”专栏，专门发布作家的动向或逸闻——当时上海的大部分期刊都有类似“文艺界”的专栏，毕竟小说是当时社会文化休闲重要内容之一，任何刊物要争取读者，都无法漠视读者了解作家动态、逸闻（“秘闻”）的需求。复刊的《摄影画报》虽名为摄影，但与其他的图画类刊物相似，间有各种类型的纯文字内容，“文艺界”专栏是其中之一。既然面对文艺界，其专栏编者自然无法忽视当时有声名的女作家丁玲。从笔者所及的《摄影画报》来看，其涉及丁玲的文章大致有 13 则，因其篇幅不长，现按时间顺序照录如下：

1. 丁玲的肥身术

（刊《摄影画报》第九卷第 13 期“文艺界”，1933 年 4 月 12 日）

以《莎菲日记》，《水》，《韦护》著名的丁玲，在我们理想中大约是一个娇小玲珑，大眼睛，清秀身材的女子吧，实际上她非常胖，身重至少在一百六十镑以上，据她自己说，要胖的法子，便是“多吃多睡”，换句话说便是懒；所以你一走进她的房子，只见床上乱堆着书本稿纸，地上是脏衣服，鸡蛋壳，空瓶子，洋风炉，几乎令人动不得脚，她的懒也就可想而知了。

2. 丁玲被捕之疑案

（刊《摄影画报》第九卷第22期“文艺界”,1933年6月17日）

沪上女作家称女蛮子者，有二人：即谢冰莹与丁玲是也。因为均为湘产，故称如是。但丁玲今因某党嫌疑，被市公安局逮捕，风闻遐迩，莫不骇然，蔡孑民等三十八人特电国府行政院及司法部请求释放，称：“在著作界素着声望，于我国文化事业，不无微劳”云云。然最近某外报传丁玲已枪决，中央社记者特往市公安局向某负责者讯问，据某负责者言：“当日奉命逮捕者，为潘梓年，因其系共产党江苏省委；且任该党机关报《真话报》主编。所以于五月十四日上午十一时在闸北杉板厂新桥北捕潘，现在已移送于主管机关，依法严讯。”丁玲则公安局方面未尝逮捕，某报等所载，则三十八人请释电文，亦多事矣！丁玲又何往耶？其失踪乎？

按丁玲原非姓丁，一说姓黄，或说姓刘，因婚姻，离家乡欲避家人追侦，故易今名，若将二字倒读之，不是玲丁孤苦而乎？其孤苦心境，言外得之矣！

3. 丁玲未死

（刊《摄影画报》第九卷第26期“文艺界”,1933年7月22日）

左翼女作家丁玲，自由政治嫌疑被捕后，生死不明。最近蒋梦麟氏赴京，据称一中央友人与伊谈及，丁玲并未处死，且会引伊前往探视一次。闻丁玲所受待遇尚佳，且有自省之意云。

4.“记丁玲”

（刊《摄影画报》第九卷第28期“文艺界”,1933年8月12日）

丁玲的丈夫胡也频死后，沈从文曾写过一本《记胡也频》，现在丁玲被捕，生死未明，沈从文又写一文名《记丁玲》，文长四万言，不久将在某刊发表。

5. 丁玲母亲忧死

（刊《摄影画报·学生时代》第九卷第32期“文艺界”，1933年9月16日）

自丁玲被捕后，其母亲即由湖南来沪，见人辄嚎啕痛哭，不可抑止。某作家闻讯，前往安慰，丁母道：“我不要老命啦，我只要我的女儿！”后为一老军官迫返家乡，事隔匝月，现湖南传出已有因思女而忧死之讯。

6. 丁玲生死问题

（刊《摄影画报·学生时代》第九卷第38期“文艺界”，1933年10月28日）

左翼作家丁玲，前在沪失踪，一般人猜测，多谓其已死。近日忽传出一惊人消息，谓丁玲现尚居留南京，文艺界某人曾得到她的一封信，托其转达民权保障同盟，设法营救。但此恐非丁亲笔，而系某方假造，目的无非放一烟弹耳。

7. 女作家不景气

（刊《摄影画报·学生时代》第十卷第1期“文艺界”，1934年1月1日）

最近的女作家，可以说是处在不景气的时代，丁玲生死不明，谢冰莹又在福建担任了人民政府文化委员会的妇女女部长，留在上海的只有吴曙天、卢隐等两三人了。

8. 沈从文与丁玲二人是小同乡

（刊《摄影画报·学生时代》第十卷第1期“文艺界”，1934年1月1日）

新文坛中，沈从文与丁玲都是顶刮刮有名气的，沈从文是湖南凤凰县人，与丁玲是小同乡，凤凰县壤接黔西，苗瑶杂处，风俗异常强悍，在湖南全省中，以凤凰县为文化最低，但却能产生他们这两个优秀的作家，岂非异事。

9. 文艺界秘密追悼丁玲

（刊《摄影画报·学生时代》第十卷第1期“文艺界”，1934年1月1日）

左翼一女作家丁玲自失踪后，生死不明，多数人猜想，总是凶多吉少，日前文艺界中人，因念丁之交谊，崇其文艺界中之地位，所以特地在法租界某作家家里举行“遥祭式”，左翼作家参与的很多，四壁满悬挽联屏幛，景象很是凄惨，其中以鲁迅翁亲笔题额“不生不死”四字，最为幽默，郭沫若之甲骨文悼诗，最为特别，追悼会因筹备匆忙，因陋就简，当中所供的丁玲的遗影，系从一本杂志的铜板照相剪来，到会的都说太不象样，追悼如仪后各人自由发言，历久始散云。

10. 丁玲的幽默

（刊《摄影画报·学生时代》第十卷第4期“文艺界”，1934年1月22日）

曾词客今可，曾编“无名作家专号”，自己则以有名作家自居。当他编辑这个专号的当儿，曾做了一篇稿子给丁玲，叫她登在她所编的《北斗》里面，并附了一封信道：“这篇稿子盼在下期注销，本来我可以在《新时代》上发表，只因下期是‘无名作家专号’，是以不便排入”云云。丁玲接了这封信之后，除了原稿璧还之外，也附了一封信道：“《北斗》永远是‘无名作家专号’，尊着亦未便加入，尚乞谅之”。说者这是丁玲的“幽默”。

11. 丁玲尚在人间

（刊《摄影画报·学生时代》第十卷第6期“文艺界”，1934年3月10日）

近《大美晚报》忽传丁玲尚在人间，因有人见其在莫干山修养，但多数人以为此项消息并不正确。

12. 丁玲牯岭之逸趣

（刊《摄影画报・学生时代》第十卷第 13 期“文艺界特讯”，1934 年 5 月 13 日）

据说丁玲女士，近有移居江西牯岭的消息，她在那儿只有半自由的生活，每日闭门写作，至于她写些什么，却无人知道。又据电影界人传出消息，丁玲近在牯岭，学会了拍照，每于烦闷的时候，她便拿了照相机，爬山越岭，拍照消遣。（确否待证。）

13. 丁玲将入电影界

（刊《摄影画报・学生时代》第十卷第 18 期“文艺社”，1934 年 6 月 23 日）

传闻失踪之丁玲女士，近在南京未死。并闻已得当局谅解，得归居湖南故乡休养。女士现决绝与左翼断绝关系，将转身入电影界。本埠各电影公司闻讯，已开始竞争延聘云。

以上短文中，除了《丁玲的肥身术》、《沈从文与丁玲二人是小同乡》和《丁玲的幽默》属于文坛逸闻类的文章外，其他 10 则皆是有关于丁玲被捕以及后续消息，从 1933 年 6 月 17 日刊发的《丁玲被捕之疑案》到 1934 年 6 月 23 日刊发的《丁玲将入电影界》，时间跨度整一年——这也折射出丁玲被捕继而失踪事件对文化界的冲击力及影响力。

1933 年 5 月 14 日，国民党特务逮捕丁玲、潘梓年是为秘密行动，“迨至十七日英文《大美晚报》始略载关于丁玲女士被捕之消息”[①]。5 月 14 日，《申报》刊登中国民权保障同盟领导人蔡元培、杨杏佛发起的

① 转引自刘潇雨：《言说“丁玲事件”——1930 年代中国文坛生态之“光谱”》，《现代中文学刊》2013 年第 4 期。

三十八人联名电报，以文艺界名义向南京国民政府行政院长汪精卫、司法部长罗文干发出营救丁、潘的呼吁的消息。作为非新闻类也非文学类刊物，《摄影画报》于6月17日刊发有关丁玲被捕的消息，也不是很晚。该文作为新闻类稿件，置于刊首新闻栏目中。此文虽作新闻文章，但文章以当时的“女蛮子”典故开头，似乎太过闲笔，不过整篇文字还是客观叙述。“左联”五位作家被国民党政府杀害事件相间未远，又发生了女作家丁玲秘密被捕事件，该事件本身就对社会产生了巨大的冲击力。继而丁玲生死成谜，则更激起了社会各方面的极大关注度。作为非文化界（文学圈）主流刊物，并且与文学圈关系并不密切的《摄影画报》，在此新闻刊发后，持续一年先后发布了9则有关丁玲生死（或去向）消息的文字，正是当时社会对丁玲失踪事件关注的一个表现。

纵观《摄影画报》的这9则文字，其主要内容，以时间顺序简要为：

> 生或死（7月22日）——沈从文之文（8月12日）——丁玲母亲（9月16日）——生或死（10月28日）——女作家不景气（1月1日）——追悼会（1月1日）——尚在人间？（3月10日）——尚在人间？（5月13日）——丁玲将入电影界（6月23日）

自1933年6月刊登丁玲被捕消息后，几乎以一月一次的频率刊载有关丁玲的消息。① 虽然这些消息并非是第一手消息，并限于栏目的体例，有闲笔或秘闻的倾向，但总体来说其行文还是比较中规中矩的，也折射出《摄影画报》的编者牵挂着丁玲的生死去向。

该刊1933年7月22日所刊《丁玲未死》一则似乎是当时盛传的消息。1933年9月1日出版的《女铎月刊》第二十二期第三四册合刊，

① 由于笔者所见的1933—1934年《摄影画报》并不完整，本文以所见者为据。

其时事栏，有《蒋梦麟探视丁玲之传说》一则。其文略云，蒋梦麟到南京公务仅两天时间，并与丁玲素不相识，何故去看她。并引“南京电。日日社息。该社记者十二日访蒋梦麟。蒋确谓丁死不确。因曾于昨晚席间，晤及其友人某君。谈及丁事，彼谓丁并未死……蒋更正之要点，即在未见丁玲”云云。[①] 据目前所涉资料，当年有新闻社简称为“日日社”者，大致是指日本人所办上海日日新闻社及满洲日日新闻社，还有就是“日日新闻社，为殷再为所办，开创于杭州”，1928年在上海设立总社。[②]《女铎月刊》所引的“日日社”具体是哪家“日日社”，目前存疑。不过，无论怎样，当时虽然有报刊转载日日社的消息，但其缺乏公信力，因而被视为谣言之一种。

丁玲之被捕继而音讯全无，很容易产生各种似是而非的消息或者是谣言。当然，这类见诸报刊的似是而非的消息或者是谣言，不仅仅限于丁玲，也牵涉到鲁迅、茅盾等其他作家，这类现象至少是贯穿于20世纪30年代的。这类消息或谣言，出现在国民党政府加强对左翼文艺运动迫害时，无异于是帮凶。如鲁迅1933年8月1日致科学新闻社信言：

编辑先生：

今天看见《科学新闻》第三号[③]。茅盾被捕的消息，是不确的；他虽然已被编入该杀的名单中[④]，但现在还没有事。

---

① 《女铎月刊》第二十二期第三四册合刊，1933年9月1日，第96页。

② 《日日社迁社》，《记者周报》第廿三号，1930年10月19日，第91页。

③ 《鲁迅全集》第12卷，人民文学出版社2005年版，第924页注：“《科学新闻》，周刊，1933年6月24日于北平创刊，同年8月1日出至第四期停刊，为北方左翼文化总同盟刊物，端木蕻良、方殷等编辑。”

④ 《鲁迅全集》第12卷，人民文学出版社2005年版，第409页注：“据《中国论坛》第三卷第八期（1933年7月14日）所载蓝衣社6月15日发出秘密通告的《钩命单》，该社计划暗杀者除杨铨外，尚有‘陈绍禹、秦邦宪、胡汉民、李宗仁、方振武、吉鸿昌、鲁迅、茅盾’等五十六人。”

这消息，最初载在《微言》①中，这是一种匿名的叭儿所办，专造谣言的刊物，未有事时造谣，倘有人真的被捕被杀的时候，它们倒一声不响了；而这种造谣，也带着淆乱事实的作用。不明真相的人，是很容易被骗的。

关心茅盾的人，在北平大约也不少，我想可以更正一下。至于丁玲，毫无消息，据我看来，是已经被害的了，而有些刊物还造许多关于她的谣言，真是畜生之不如也。

鲁迅　上　八月一夜②

丁玲被捕，虽然引起了社会广泛关注，但国民党政府并没有因此放松对左翼文化的压迫。1933 年 6 月 28 日鲁迅书赠周陶轩③悼念丁玲诗《悼丁君》："如盘夜气压重楼，剪柳春风导九秋。瑶瑟凝尘清怨绝，可怜无女耀高丘。"这首诗在这年 9 月被刊发在曹聚仁所编的《涛声》上。④这是鲁迅承续 8 月 1 日致科学新闻社信后，面对有关丁玲的各种消息盛传时的再次表明了他的态度。

关于《文艺界秘密追悼丁玲》一则，不知《摄影画报》的编辑的消息来自何处？目前所及的资料还没有看到其他类似新闻，只是 1933 年 7 月 15 日出版的《文艺月报》第一卷第二期，刊载有《北平将开丁玲追悼会》的消息。

总体来说，无论消息是否确凿，至 1934 年 6 月 23 日《摄影画报》

---

① 《鲁迅全集》第 12 卷，人民文学出版社 2005 年版，第 924 页注："《微言》，潘公展主办的刊物，1933 年 5 月创刊于上海。初为半月刊，1934 年 4 月改为周刊。茅盾被捕的消息最初载《微言》第一卷第九期（1933 年 7 月 15 日）'文坛进行曲'专栏：茅盾有被捕说，确否待证。"

② 《鲁迅全集》第 12 卷，人民文学出版社 2005 年版，第 924 页。

③ 据鲁迅 1933 年 6 月 28 日日记。

④ 《涛声》第二卷第 38 期，1933 年 9 月 13 日，第 331 页。

第十卷第 18 期“文艺社”刊载《丁玲将入电影界》一则，是为目前所知的、该刊最后有关丁玲的消息。《摄影画报》编辑对丁玲事件的追踪算是有始有终的。作为文学圈外、以摄影和大中学生为主要读者的刊物《摄影画报》追踪丁玲被捕失踪事件，应该是因当时丁玲的声望所决定的。1934 年 1 月 10 日出版的、《摄影画报》的姐妹刊物《玲珑》第 4 卷第 2 号刊登了 1933 年女声社举办竞选女伟人的消息——《女伟人竞选》：

> 本埠女声社曾于去岁十月间，发起女伟人竞选，定额十名，即历史上五名，近代五名。顷闻该社至十二月二十九日下午五时止，共收七千五百八十九票，结果历史上女伟人五名，为花木兰，七百四十一票；秋瑾，五百十六票；武则天，二百四十一票；秦梁（良）玉，二百二十八票；嫘祖，二百十六票。余上二百及一百者为孟母，李清照，及西太后等。现代女伟人五名为宋庆龄，四百八十七票；谢冰心，四百三十一票；丁玲，三百八十票；刘王立明[①]，三百四十八票；何香凝，二百六十一票。余上一百及五十票者，为王孝英一百二十九票，林鹏侠一百十五票，卢隐七十八票，蝴蝶七十一票，陈璧君五十一票。[②]

这则消息是与《女声》同步刊发的，关于竞选结果，主办竞选的女声社，是将结果以《女伟人竞选结果——花木兰宋庆龄等获票最多》为题刊登在 1934 年 1 月 10 日出版的《女声》第二卷第 7 期上。不过《女声》上“秦良玉”作“秦梁玉”，“嫘祖”作“累祖”，且没有“蝴蝶七十一票”字样。[③] 同期《女声》刊首发有署名“编者”的短评《论女伟人选举》

---

① 时为女声社社长。

② 《玲珑》第 4 卷第 2 号，1934 年 1 月 10 日，第 76—78 页。

③ 《女声》第 2 卷第 7 期，1934 年 1 月 10 日，第 19 页。

中言：举办这次选举一是纪念《女声》创刊周年，二是要“测验目下国人对于女伟人的观念”[①]。从选举结果来看，谢冰心和丁玲两位女作家在当时社会中还是有着很大的影响力的。至少，当时的有能力进行文化消费的市民群认为著名的女作家是可以被称为女伟人的，这与当今的观念有着很大的不同，更证明前文所述的，当时出版的各类刊物都免不了开设“文艺”专栏，是有比较广泛读者基础的。

从以上选举结果来看，《摄影画报》追踪报道丁玲消息（尽管是二手消息），可能会有很多原因，但女作家丁玲在当时社会上的影响力是其中一个不可忽视的理由。不过，作为以“摄影”为名的《摄影画报》却从未刊登过任何丁玲的图像（照片或绘画）却是一个疑问，个中原因恐怕有待于将来发现新的史料，或可作为解释依据。总之，作为文学圈外、立场中庸的《摄影画报》所刊载的有关丁玲被捕以及失踪的消息，也折射出当时文学圈外乃至左翼文化圈外，一般市民（读者）对于这个事件的心态，有关心、有同情，以及难免的猎奇心态。

（作者单位：上海鲁迅纪念馆）

① 《女声》第 2 卷第 7 期，1934 年 1 月 10 日，第 1 页。

丁玲佚信三封及其他

张向东

丁玲是现代文学史上具有特殊意义的作家，其独特的创作风格和人生道路，致使她生前身后都引起了很多争议，也为现代文学史增添了特异色彩。相对来说，她的作品和相关文献资料收集、整理比较完善，但就其书信而言，尽管已经编辑出版了她的书信集和《丁玲全集》书信卷，但仍有部分书信遗漏在外。笔者所搜检到的以下三封佚信，分别写于她“囚居”南京期间和抗战胜利后。本文结合丁玲及相关人士的回忆录和书信内容本身提供的线索，对三封书信的收信人、写作时间、涉及的重要事项等，进行必要的考证、说明，以期对丁玲研究有所裨益。当然，由于问题本身的复杂性和难度，更由于本人才疏学浅，对三封书信的考释，还存在很多不够周密的地方，希望学界同人，尤其是丁玲研究的专家，能够对本文的缺陷和不足提出批评和补充。

一、丁玲致沈从文（?）的一封残信

1935年10月，黄萍荪主编的《越风》半月刊创刊号上，在“文坛”

栏中有一则《丁玲近讯》说：

> 女作家丁玲，自经人证明犹在人间后，然于其行踪则多方揣测，始终未得确讯。有谓其已返湖南原籍，有谓其尚优待京中；某小报曾载其来西湖小住，某作家言曾出现沪滨，众说纷纭，莫衷一是，闻丁近有致平友函，谓：
>
> “日昨老母以孤儿近影见示，知其已能夸竹马，识方块字矣。回首前尘，真有恍如隔世之感。居此将半月，虽空气较旧寓为佳，终非我所宜。秋窗无俚，日惟读辛稼轩、陆放翁集自遣。入夜江潮澎湃，响若雷鸣，推窗览望，涤我积郁……
>
> 读此函，知丁既不在沪，又未来杭，返湘之说，亦不可靠。记者穷诘于得函之友，询其居处，则秘而不宣。是故丁之行踪，外人依然不得而知，惟细味函中语气，度其当在长江一带，且思想方面，大有变更。盖已由布尔塞维克之信徒渐趋于民族主义之途矣。”①

黄萍荪与丁玲早有交往，1929 年曾向胡也频和丁玲约过稿。② 作为

① 《丁玲近讯》，《越风》1935 年第 1 期。

② 丁玲给黄萍荪的复信最早收在 1949 年上海中央书店出版的《作家书简》中，后来又收在《丁玲全集》第十二卷 1932 年的书信中，但这个时间是有问题的，因为该信是黄萍荪为杭州的《驼铃》约稿的。《驼铃》创办于何时，不得而知。但《草野》1930 年第 2 卷第 13 期中有一则报道说：“《驼铃》系杭州唯一的文艺刊，由王品生主编，撰稿者有当代文艺家钦文、钟敬文诸氏。”按理来说，这样的报道总是在刊物创办不久。另外，上海中央书店出版的《作家书简》中也收了胡也频给黄萍荪约稿的复信，根据于奋在《胡也频的一封佚信》[《中国现代文艺资料丛刊》（第七辑），上海文艺出版社 1983 年版，第 95—96 页］中的考证，该信写于 1929 年。综合这两则材料提供的信息，可以推断，黄萍荪是同时向胡也频和丁玲写出的约稿信，所以丁玲给黄萍荪的复信也应该是 1929 年，而非 1932 年。

关心文坛逸事的小报文人，黄萍荪一直关注着丁玲失踪这件轰动文坛的大事。

丁玲此信虽披露于 1935 年 10 月，但据信中相关内容推测，此信写于其被捕后不久。

根据信中“以孤儿近影见示，知其已能夸竹马，识方块字矣”云云，推知此信肯定写于 1934 年 4 月丁玲母亲来南京前。据丁玲回忆，1934 年 3 月的某一天，曹锦功对丁玲说：“你们有很久很久没有见面了吧。老太太会十分思念你的。她会很希望来南京看看你，要有你的一封信就更好了。”于是，丁玲经过两天的纠结后，给母亲写信，约她来南京见面。①

丁玲的这封信是写给谁的呢？以当时在北平的丁玲朋友来说，最有可能的人选，只有沈从文和王会悟。

1933 年 7 月，徐恩曾答应丁玲给沈从文写信的要求：“这时，我写了一封信，是给沈从文的。在信里，拜托他在我死后请他看在胡也频的面上，照顾我的母亲和也频的孩子。……为什么我写给沈从文呢？因为那时在我认识的故人中，只有他给人的印象是属于胡适、陈西滢、徐志摩等一个派系的。以当时的社会地位，只有他不会因为我给他写信而受到连累。”② 丁玲所读“辛稼轩、陆放翁集”，应是丁玲向徐恩曾所开书单要来的。③

---

① 参见丁玲：《魍魉世界——南京囚居回忆》，《丁玲全集》第十卷，河北人民出版社 2001 年版，第 48—49 页。

② 丁玲：《魍魉世界——南京囚居回忆》，《丁玲全集》第十卷，河北人民出版社 2001 年版，第 25 页。

③ 丁玲说：“第四天拿来很多旧小说，还让我开单子，说买什么书都可以。……我开了一张我需要的书单，有旧的古典小说，也有新的杂志，都买了一些，但很不全，零零星星，自然是经过他们严格选择的。”丁玲：《魍魉世界——南京囚居回忆》，《丁玲全集》第十卷，河北人民出版社 2001 年版，第 25 页。

至于李达、王会悟夫妇，是1922年丁玲在上海平民女校时期就认识的，长期保持着友好关系。1933年丁玲被捕之初，“左联”曾委托王会悟联系沈从文，让沈从文以他的名义将丁玲母亲接到上海，与国民党当局打官司，但被沈从文拒绝。1933—1937年，李达夫妇迁居北京，1936年5月，丁玲秘密去北京打听共产党的联络渠道，就住在李达、王会悟夫妇家。丁玲有可能在赴京前给王会悟写信。

但综合研判，这封信写给沈从文的可能性更大。其理由有：一是像黄萍荪这样熟悉文坛消息的人，肯定知道沈从文与丁玲是非常要好的朋友。而且丁玲被捕不久，沈从文的《记丁玲女士》便在《国闻周报》连载，风靡文坛，关心丁玲下落的人，无不想向这位丁玲的挚友一探消息。而丁玲与王会悟的关系，恐怕文坛所知甚少。二是此收信人对丁玲信中涉及其他敏感内容及丁玲“居处”秘而不宣，符合沈从文胆小怕事的行事风格。三是丁玲的回忆录中明确提到，她被捕后给沈从文写过信。

至于这封信的写作时间和丁玲回忆录之间的矛盾，与丁玲后来的回忆不准确有很大关系。更不能以沈从文在新中国成立后，见到丁玲时“压根儿没提到这封信”[①]，就否定这封信曾寄达沈从文手上。

二、丁玲致周文（?）的一封信

××：

兹托蓬子交上蹩脚的文艺稿件数篇。小说三篇，诗歌九首。请查收后回信是幸。各稿内容，大概谈的是“恋爱与革命”，因为是

① 丁玲：《魍魉世界——南京囚居回忆》，《丁玲全集》第十卷，河北人民出版社2001年版，第25页。

前此写就未发表的存稿，是没有多带什么色彩的，你如认为可以拉去骗钱，请你拉去发表就是。虽是浅薄可笑的东西，但我想给北方那些落后的杂志和报屁股补白，总勉强可以的。条件是这样：一、这些稿子，大概都是没有存稿的，如不合用时须原璧退还我，不得短少遗失。否则，就是赔钱给我，我也是决不肯的。二、发表期间不得延搁过长，半个月以内须先将稿费寄我。登出时，须将该报送我一份，以便存稿。三、酬报的数目，当然要费你的心交涉，愈多愈好（每千字至少三元或四元不得再短少），要是这笔生意做得成功，当然是你先生帮了我的忙，事后，一定请你吃花生米。决不同“蓬子”滑头那样小气，只图自己个人骗钱吃饭也。丁玲拜上拜上。

稿子要时再有，不过都是文艺作品，近来做的论文，因为有地方可卖，恕不廉价出售，又及。

这封信由署名“崔子”（崔子为何人，尚无据可查）的作者，以《丁玲的一封信》为题，分上、下发表在1935年第17期（1935年6月）《汉口舆论汇刊》上。发表时所加的编者按说：“丁玲失踪，将近两年，这个谜迄未解答。兹有人在某左派作家处，发现丁玲芳函一箴，系彼因卖稿而托姚蓬子致某作家者，文笔流利，而原信未经发表，尤属可贵。原信如下。”

该信既隐去了收信人，也没有落款时间。那么，这封信写于何时呢？

第一种可能是，此信写于丁玲被捕不久的1933年8月之前，也即是姚蓬子尚未被捕之前。

丁玲囚居期间发表的“存稿”，有1933年8月发表在《良友》第79期上的《杨妈的日记》、1933年8月15日发表在《文学杂志》第1卷第3—4期上的《无题》、1933年9月1日发表在《文学》第1卷第3

期上的《不算情书》、1933年10月1日发表在《文学》第1卷第4期上的《莎菲日记第二部》。这四部作品中，除了《不算情书》属散文外，其余正好是“小说三篇”。但这些作品是丁玲托人发表，还是友人自行帮她发表，不甚清楚。丁玲后来回忆说：“原来三三年我被绑架后，左联的朋友一面大力营救，一面把我没有发表过的稿件拿去发表，换点稿费，寄给了在湖南的母亲。”①

第二种可能是，1934年4月丁玲在南京遇到姚蓬子以后。1935年春夏，丁玲与已经宣布脱党的姚蓬子在南京郊外苜蓿园比邻而居，丁玲此时正因患病需住院而筹措经费，所以托人售稿。但丁玲囚居南京期间，1934年以后发表的“旧作”，只有1935年10月5日刊载于《女神》上的《过年》，而《过年》这部小说早在1929年《红黑》杂志上已发表过，而且也收入了当年出版的短篇小说集《自杀日记》中。《女神》杂志，是由上海的摄影人兼电影杂志《青青电影》和《健美月刊》的主持人严次平创办的，该刊是以“趣味”为宗旨的通俗娱乐杂志，其中除了发表叶浅予的漫画作品外，并无其他名家作品。从《女神》杂志的主持人和撰稿人的身份上，看不出他和丁玲圈子里其他作家的关系来。而且，丁玲将她已发表的作品再次发表，可能性不大。

关于信中提到“诗歌九首”，既未见发表，也未见收入后来的作品集。但毫无疑问，丁玲是写过诗的。丁玲此前发表过的诗，目前所能见到的只有1931年刊于《北斗》创刊号上的《给我爱的》。1930年，丁玲在给胡也频的信里说：

……一直到晚上才坐到桌边，想写一首诗，用心想了很久，总

① 丁玲：《魍魉世界——南京囚居回忆》，《丁玲全集》第十卷，河北人民出版社2001年版，第99页。

不会，只写了四句散文，自己觉得太不好，且觉得无希望，所以又只好搁笔了。

现在抄在下面你看看，以为如何（自然不会好）：

没有一个譬喻，

没有一句恰当的成语；

即使是伟大的诗人呵，

也体会不到一个在思念着爱人的心情。①

这说明，丁玲时有诗情袭来，也会写下片段的诗章。她此时拿出来准备发表的，大概属于此类不太成熟、不太完整的诗作。

关于此信的收信人，应是与丁玲和姚蓬子都很熟悉的左翼作家。姚蓬子是丁玲在 20 世纪 20 年代末和 30 年代初“左联”时期的老熟人。丁玲幽禁南京期间，姚蓬子除了 1933 年 12 月被捕到 1934 年 5 月宣布脱党这一时段之外，行动自由，都有可能帮助丁玲传递信件。据笔者筛选，当时与丁玲较为熟悉，且有可能帮助丁玲卖稿的“左派作家”，只有周文、张天翼。但据丁玲后来在《魍魉世界——南京囚居回忆》中记述，她在南京囚居期间与张天翼有过三次秘密接触，但张天翼对她比较冷漠，所以托张天翼售稿的可能性不大。至于周文，丁玲认为他办事比较可靠：“周文同志和我曾在左联共事，他工作细致、踏实，责任心强，热情不外露，给我的印象很好。”② 更直接的证据是，1936 年丁玲离沪赴陕北前夕，当丁玲想给湖南老家的母亲筹措一些生活费时，正是周文，建议她出版“囚居”期间的文稿：“原来三三年我被绑架后，左联的朋

---

① 丁玲：《致胡也频》，《丁玲全集》第十一卷，河北人民出版社 2001 年版，第 13—14 页。

② 丁玲：《魍魉世界——南京囚居回忆》，《丁玲全集》第十卷，河北人民出版社 2001 年版，第 98 页。

友一面大力营救，一面把我没有发表过的稿件拿去发表，换点稿费，寄给了在湖南的母亲。……这时，周文建议把不久前刚发表过的《松子》、《一月二十三日》、《陈伯祥》、《八月生活》、《团聚》等五篇近作汇编成集，如果字数不够，可以再把我被绑架以后，左联朋友从我一堆旧稿中选出送去发表的《杨妈的日记》、《不算情书》、《莎菲日记第二部》等加在一起，就差不多了。”① 若不是在丁玲囚禁期间经手过其文稿的人，不会初见丁玲，就知道她有什么文稿可以出版的。

根据上述材料推断，丁玲此信写在1933年8月之前的可能性较大，信中所说“小说三篇”，即为《杨妈的日记》、《无题》、《不算情书》、《莎菲日记第二部》中的三部。而“诗歌九首”为何不见于刊呢？那很可能确如丁玲自己所言，因写得“太不好”而未能发表。

三、丁玲致姚蓬子的信

××：

听说你到上海了，很高兴。你是很能活动的人，现况如何？上海情况，望来信告知，并设法多寄给我些书报。我暂滞留张，过些时再来上海，那地方住得较久，有感情，无论怎样也要来看看。你在那里，当然更好，望不久能见面。

我的著作，我想集中起来，从新校阅，从新印过。但有几本书是买版权的，有几本书是抽版税的，更有的是别人替我出的，你是否可以帮助我办理一下。因为我怕有些投机商人趁机又来发洋财，

① 丁玲：《魍魉世界——南京囚居回忆》，《丁玲全集》第十卷，河北人民出版社2001年版，第99页。

把书印得乱七八糟，而且有些作品是我想淘汰的。雪峰若到上海来了，你更可同他商量一下。你有权代我去向出版机关商谈收回版权等事务。先把著作收回来，或先声明使别人不先乱出，或先找一个好买主，都看你方便行事，我现鞭长莫及，无法自理。这些稿子，也请你设法代收一下。这件事较麻烦，你看你有时间办理否？望来信！多来信！

握手！

这封信发表在1946年第2期(1946年4月11日)《消息》“作家书简”栏中。丁玲于1945年9月与杨朔等欲赴东北从事新闻报道，年底到河北，因去东北的交通中断，于是暂留晋察冀中央局所在地张家口（“留张”）工作，这封信是丁玲从张家口写给时在上海的姚蓬子的。

怎么判断此信是写给姚蓬子的呢？这个收信人同时需要满足三个条件：一是与丁玲和冯雪峰都较熟悉的作家；二是1946年初已经在上海；三是对上海出版界比较熟悉或当时正在上海出版界。经过筛选，符合这三个条件的只有姚蓬子，而且还有其他信息能够佐证这一推断。

姚蓬子“左联”时期便与丁玲相熟。20世纪30年代，丁玲在南京“囚居”时，他还是丁玲的“邻居”，在丁玲非常困难时他帮助过丁玲。抗战期间，姚蓬子在陪都重庆开办“作家书屋”，抗战胜利后，“作家书屋”迁往上海继续营业。姚蓬子是一个很有商业头脑的人，他到上海后，立马联系他熟识的作家，抢占出版的先机。姚蓬子的“作家书屋”迁沪后，直到1954年公私合营并入上海教育出版社，其间出版了大量从俄文翻译过来的政治、经济、哲学和文艺书籍，也出版了很多现代作家的作品，如《鲁迅全集》、朱自清的《新诗杂话》、冯雪峰的《论民主革命的文艺运动》、陈白尘的《结婚进行曲》、张天翼的《谈人物描写》、阳翰笙与沈浮的《万家灯火》等。

丁玲的这封信是怎么发表在《消息》上的呢？

1945年抗战胜利后，夏衍受周恩来委派，赴上海复刊《救亡日报》。1945年10月10日，《救国日报》改名为《建国日报》在上海正式复刊，但《建国日报》出版仅出12日就被国民党查封。由于具有党派色彩的刊物办不成，于是夏衍设法参与到“打游击”的小刊物中来。1946年4月，受张执一和梅益的指派，姚溱（宋明志）、方行（丁北成）找夏衍商量创办刊物，征得夏衍同意后，经过紧张的筹办，1946年4月7日，半周刊《消息》在夏衍的帮助下创刊。[①]《消息》创刊后，夏衍成为该报的主要撰稿人，同时极力为该报四处联络稿件。《消息》自第一期至第七期，不定期开办“作家书简”栏目，刊登了包括丁玲在内好几个著名作家的书信。

姚蓬子手上的丁玲信件之所以能通过夏衍发表在《消息》上，是通过冯雪峰的中转。冯雪峰于1946年2月从重庆到上海后，临时住在“作家书屋”的亭子间。因为丁玲信中要姚蓬子与冯雪峰商量她著作在上海的出版事宜，所以冯雪峰肯定知道（或看过）丁玲给姚蓬子的信，而夏衍在上海期间因找冯雪峰曾到访过姚蓬子的“作家书屋”，[②] 于是，丁玲的这封信就到了夏衍手上，发表在《消息》的“作家书简”栏目中了。

除了这些人际关系的线索以外，还有其他的旁证。1947年1月，姚蓬子的“作家书屋”出版了丁玲的《母亲》。《母亲》单行本早在

---

① 夏衍：《懒寻旧梦录》，三联书店2000年版，第378页。

② 冯雪峰在1968年的外调材料中回忆说：“我在46年至上海解放时止之间，在作家书屋二楼亭子间住过二次或三次。住得最长的是第一次。即46年2月我从重庆到上海后即住在那亭子间，直住到47年下半年。48年好像又去住过。49年上海解放前我也住在那里。”“上海解放初时潘汉年、夏衍、周而复等到作家书屋去过，都是去找我的。夏衍同姚蓬子，据我所知，一向没有什么关系。”冯雪峰关于夏衍到作家书屋找他的时间是在1949年初，他的回忆未必准确，但可以肯定的是，姚蓬子手中的信，是通过冯雪峰转到夏衍手上的。冯雪峰：《我认识姚蓬子以及在解放前同他来往的经过》，《冯雪峰全集》（8），人民文学出版社2016年版，第368、369页。

1933 年 6 月由上海良友图书印刷公司出版，属于丁玲信中所说“别人替我出”的，不存在版权争议。1947 年 10 月，冯雪峰编选的《丁玲文集》由上海开明书店出版。冯雪峰在《丁玲文集》“后记”里说：“因为作者不在上海，编个文集的责任便落到我的头上来了。我自然应该承受的……”① 这些都算是姚蓬子和冯雪峰对丁玲信中所提帮忙事项的回应。

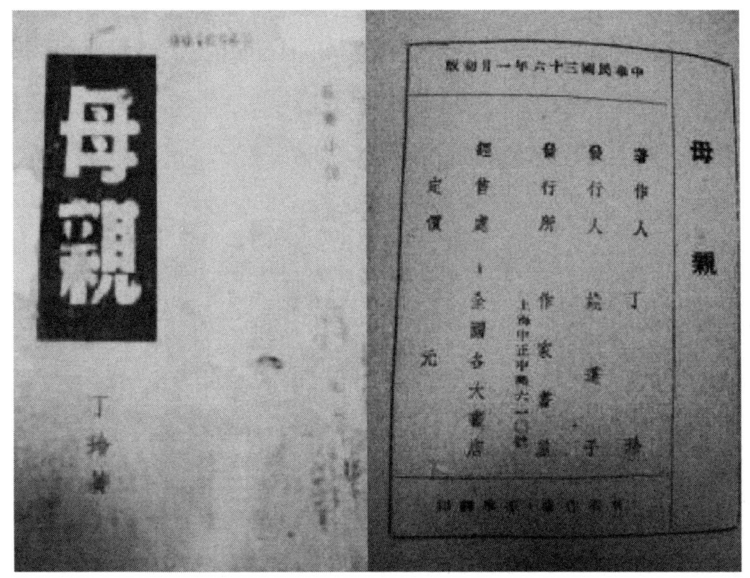
母親

丁玲著

中華民國三十六年一月初版

著作人 丁玲

發行人 姚蓬子

發行所 作家書屋

經售處 全國各大書店

定價 元

图 1　1947 年 1 月“作家书屋”初版丁玲《母亲》封面和版权页

另外，1946 年 5 月 1 日上海出版的《至尊画报》创刊号刊登了一篇关于丁玲的文章，末尾说：“消息传来，丁玲要回到上海来了（假使局势有演变的话，当然不可能）。曾一度追求过她的姚蓬子，在这里办的作家书屋，捷足先登的预备邀她主持编一刊物，定名《文艺月刊》，

① 冯雪峰：《丁玲文集·后记》，《冯雪峰全集》（4），人民文学出版社 2016 年版，第 70 页。

那么上海广大的读者又将鉴赏她的大作了，读者们等着吧！”[①] 这篇文章通篇是介绍丁玲的家世和她的文学生涯的，只在此处提到一句姚蓬子，但却在“丁玲即将来沪”正题之后加了一个“姚蓬子独占花魁”的副标题。明眼人一看就知道，这篇文章显然是在姚蓬子的授意下，替“作家书屋”做广告的，而“丁玲即将来沪”的消息，就是姚蓬子从丁玲的信里透露出来的。

四、附几封信

发表在 1944 年第 11 期《风雨谈》中丁玲致 ×× 的信，虽收在《丁玲全集》中，但对其写作时间和收信人没有说明。《“八一五”致苏联作家信》是丁玲与其他作家联署的纪念抗战胜利三周年的重要文献。据笔者所知，丁玲研究资料中，除了《丁玲年谱》之外，很少提及，也没有收录。所以，将这两封不算“佚信”的书信，附录于此，并对相关问题做一简要说明，希望能够对丁玲研究有所补益。

（一）丁玲致陶亢德的信

×× 先生：

读了蛰存先生的来信，非常喜悦。我如果有稿子的话，给贵刊当无意见。不过我先得声名，本月底决赶不出，因为有几项托得太久了，很难为情，现在已在开始，预备一项项依序还清。以后若有

① 烽子：《丁玲即将来沪——姚蓬子独占花魁》，《至尊画报》（创刊号）1946 年 5 月 1 日。

新的，一定寄上，并请指教。此祝编安！

丁玲十二日

这封信已收入《丁玲全集》第十二卷中，但不知为何列在1932年。该信是丁玲给某杂志编辑请托施蛰存向她约稿的复信。此信的内容无须解释，但需要弄清此信的收信人和写作时间。

这封信最初发表在1944年第11期《风雨谈》上，后收在《丁玲全集》第十二卷中（不知为何列在1932年），该信发表时隐去了收信人姓名，落款没有年月。

该期《风雨谈》刊发了十二位作家的十四通书简，全都是给约稿方编者的复信。这一组书信，虽然全用××代替了收信人及其他很多关键信息，但也遗留了一些重要线索，如陆小曼信中答应给对方徐志摩日记［《人间世》1934年第1期就发表了《志摩日记：西湖记（十月二十一日）》］，冯沅君答应供给其读书笔记《元杂剧与宋明小说中的几种称谓》（发表在《宇宙风》1936年第27期）。其他被约过稿的作家陈衡哲、袁昌英、苏雪林，都在1936年至1940年间的《宇宙风》和《宇宙风乙刊》上发表过不少文章。而从《人间世》到《宇宙风》、《宇宙风乙刊》的核心人物则为陶亢德，这就可以确定，这些信件，是陶亢德收藏的不同时期与这些作家之间的约稿信。

至于为何这些书信发表在《风雨谈》上，因为《风雨谈》是柳雨生（存仁）与陶亢德等人创办的，① 而出版该刊的太平书局也是柳雨生与陶亢德合办的。虽然《风雨谈》的主持人为柳雨生，但陶亢德也是其中的重要成员。因为陶亢德与丁玲不熟，所以他请托与丁玲熟悉的施蛰存代

① 1943年第4期《新亚》有一则《文化情报》说：“最近陶亢德、柳雨生、周作人、钱稻孙等连同前出席东亚文学者大会的代表们，在上海准备组织一文学团体，出版高级的综合杂志，闻现诸人在上海均积极活动。”

他向丁玲约稿。[①]

《风雨谈》所发表的这一组书信，其中能够确认发表（写作时间当在此之前）最早的，当属发表于1934年第1期《人间世》陆小曼的信。而其中唯一一封标明写作时间的，则是1937年8月5日陈衡哲的信。这一组信件，非写于一时。而丁玲的信中，又没有透漏出相关的背景信息，所以，很难据此推断丁玲此信的写作时间。

（二）"八一五"致苏联作家信

苏联作家协会转苏联全体作家：

"八一五"——中国人民抗战胜利的，这个伟大的历史的日子已经三周年了。纪念这个日子的时候，我们中国人民，特别是我们东北人民永远记得这个日子是和苏联紧密联系着的。

我们深知，当全世界人民遭受德意日法西斯疯狂迫害的时日，没有在联共和斯大林领导下的红军，粉碎西方的德意，又击毁东方的日本，反法西斯的胜利是不可能的。红军在打败日本帝国主义的过程中，充分表现了无限的国际主义精神。我们中国人民，在毛泽东领导之下，坚决与日寇作战八年，红军所给的各种援助，对于中国人民解放事业起了伟大作用，加速了胜利的到来。因此，我们中国人民永远在怀念苏联，特别是为解放东北而英勇牺牲了的苏联红军英雄们。今天，我们纪念这个历史的日子，又是在我们和美帝国主义，及其走狗——中国人民公敌蒋介石的最后战斗之中 ，我们

① 1923年丁玲到上海大学中文系读书时，同学有戴望舒、施蛰存、孔另境等（丁玲：《早年生活二三事·就读上海大学》，《丁玲全集》第十卷，河北人民出版社2001年版，第305页）。1928年10月施蛰存在上海结婚时，丁玲与胡也频专程前往，而且差不多在这前后，丁玲后来的左翼同人冯雪峰、张天翼、姚蓬子，都与施蛰存交往频繁。

愿学习苏联人民坚决无情的反法西斯的英雄行为，我们愿向苏联红军及其全国人民致以谢忱。

我们中国人民，特别是中国作家，是一直敬爱着苏联的高尔基、A.托尔斯泰、谢拉菲摩维支、爱伦堡、法捷耶夫、萧洛霍夫、西蒙诺夫、卡达耶夫辉煌的名字和著作，这些著作，已经成为我们在伟大斗争行动当中巨大鼓舞的力量。在蒋介石统治的黑暗地区，其中某些书是被列为禁书的，但革命青年冒着牢狱的危险，热心阅读着；同时在解放区战斗部队里遭遇极端严重困难的时候，不得不抛弃一切，也还是保存着心爱的苏联小说，因为中国人民深知苏联人民的英勇斗争给自己的解放斗争留下了多么好的榜样。中国的著名作家鲁迅、茅盾等都曾经辛劳的把许多苏联作品译成中文，这项工作，我们始终认为是非常重要的。今天，我们正在战斗，我们特别要学习苏联作家在这次惊天动地的反法西斯大战当中，不畏牺牲，不怕困难，与现实斗争紧密结合，为当前斗争服务的那种列宁，斯大林式的勇敢行动，这种行动，我们认为是现阶段全世界进步作家反对美帝国主义和战争贩子威胁时，所必须学习的模范。

中国人民，在毛泽东领导下，正胜利的步入人民解放战争的第三年，我们确信在中国土地上最终粉碎人民公敌蒋介石，结束美帝国主义侵略的时日已经日近一日，中国人民，正为这一个胜利目标所鼓励，而英勇不息，顽强奋斗。在这时候，我们中国在东北的作家向苏联作家伸出友谊之手，除了感谢苏联人民和苏联红军之外，

愿祝

中苏两国人民永远友好！

斯大林大元帅万岁！

苏联红军光荣万岁！

苏联作家健康！

丁玲　白朗　宋之的　周立波

金人　马加　陈学昭　草明

舒群　刘白羽　萧军　严文井　罗烽①

对于上述丁玲的书信的考证，由于笔者对相关的背景和文献资料的掌握不够全面，加之丁玲和相关人员的回忆，有很多地方不够准确，所以对这些书信涉及的最为重要的时间、事件、收信人等问题的考证，还缺乏直接、明确的证据。笔者对有些问题的判断，基本上是可靠的，但对有些问题的判断，只能是依据现有资料的一种推测。对这些问题的研究，还需要做进一步的思考和论证，同时，更需要新的文献资料的发现和佐证。

（作者单位：西北民族大学文学院）

① 丁玲等:《“八一五”致苏联作家信》,《文学战线》1948年第1卷第2期。

抗战时期丁玲西安文化活动考论

刘　宁

丁玲一生曾经三次到过西安。第一次是在 1936 年 11 月上旬，丁玲从上海辗转来到西安，然后转赴陕北。第二次是 1938 年春季，丁玲以八路军总部第十八军西北战地服务团（以下简称“西战团”）领导人的身份率团从山西前线来到西安，在西安停留四个月进行抗战宣传。1985 年 4 月是丁玲第三次来到西安，旋即到陕北。本文考察的是丁玲第二次来西安时的文化活动。在诸多学人眼中，丁玲的这次西安之行，并没有多大意义，大不了为纷繁复杂的历史增添些细枝末节，但是 20 世纪 30 年代的西安已是西部的门户，国民政府陪都，1935 年中共中央进驻延安，西安的地位就越发显得重要起来。因此，1938 年丁玲西安文化活动就有其独特的价值和意义。

一、20 世纪 30 年代的西安

20 世纪 30 年代，随着日军侵占我国东南沿海地区，以及红军长征胜利到达陕北，西部中国不仅是抗战腹地，也在象征意义上成为全中国命运的一个指向标。一·二八淞沪抗战后，南京国民政府已经意识到西北的重要性，1932 年国民政府宣布西安改名西京，为国民政府陪都，并成立西京筹备委员会负责建设西京，从 1932 年到 1945 年是西安历史上的西京时期，加之从 1932 年始是杨虎城主持陕西军政时期，从而迎来了近代历史上西安最繁盛的发展时期。一大批学者、记者、科学家、作家先后奔赴西北进行文化考察，1935 年中共中央到达陕北，在延安实行新经济政治文化政策，偏僻的延安成为当时爱国人士和进步青年向往之地，许多中外记者纷纷到延安考察，西安也因此是青年们从国统区到延安的必经之地，自然成了中转站，仅 1937 年至 1938 年，经西安八路军办事处介绍到延安去的知识青年就达两万多。

而另一方面，作为战略大后方，抗战期间西安虽然没有遭到日军铁蹄践踏，但是从 1937 年至 1944 年日机的轰炸从未间断。1938 年，西安空袭进入到最为惨烈的阶段，8 月 6 日“敌侦察机及轰炸机三十八架”复来西安肆虐，“于十一时五十分分四批由东北、西北、西南三方面侵入本市上空，高度达三千余公尺”，旋“在西郊外及东郊外仓皇投弹百余枚，内有烧夷弹(即燃烧弹) 十余枚”①。日机的狂轰滥炸致使西安人员伤亡惨重、生产萎缩、工商凋敝、人心惶恐。据载，自 1937 年 11 月 13 日至 1944 年 12 月 4 日，日机累计轰炸西安 147 次，出动累计 1232 架次，累计投掷各类炸弹 3657 枚以上，造成人员受伤 3947 人，死亡 2719 人，累计炸毁房屋 7972 间以上。此外，还有 1938 年 3 月 7 日向晋南进攻的日军至黄河天险风陵渡，隔河炮击潼关。潼关是秦晋豫三省交界处，入陕咽喉要隘，日军隔河炮击潼关，引起西安人民极大的恐慌，人们心里清楚日军随时都有可能进军陕西，战火随时可能燃烧到西安。关于 20 世纪 30 年代西安城内的状况，台湾作家尹雪曼 1937 年曾

① 《西京日报》1938 年 8 月 6 日。

在西北大学读书，他在其《战争与春天》一文中描写了当时城里的状况："二十六年秋天，他们陆陆续续的来到了这座古城。从此，古城里便掀起了抗战的波涛。寂静的街头巷尾有了歌声，歌唱着抗战，歌唱着祖国；壁报和漫画亦贴满了街头，用大字写出了英勇的战事，报道着全国每个角落里燃起来的民族的烽火；给这古城里的居民们一些新颖的、兴奋的刺激，使他们惯于生活在古老、肃穆、平静的空气里的心，多多少少振荡起来。歌声响彻了古城，唱遍了古城，振醒了古城平静，寂寞的心呵！连卖油条的小孩子，亦张着冻紫了的嘴巴，在冬天的大风雪里，在春天冷冽的早晨，唱着：向前走，别退后，牺牲已到最后关头！但是当谣言吹进了这整日澎拜着嘈杂、叫喊、歌唱、笑语的院落里时，并没有使他们的心感到不安和振荡。年轻孩子们全拥护着战争的进行，并且都具有一种强有力的执拗；热情，和爱祖国的心。显然，这儿并不是一个适宜的读书环境，没有一次有太阳的晴天，敌机会放过了它进袭的机会；谣言更伴随着炸弹，在三月的晴空里，带着隆重的浑浊的响声，从远方走来，爆炸着。"① 隆隆的枪炮声越来越近，抗战的呼声愈来愈高。一年之后，1938 年 3 月 3 日，丁玲带领西战团来到西安进行抗日宣传。当时的西安是国统区，与红都延安距离最近，无数青年、知识分子从这里奔赴革命圣地延安，又有中共领导人、工作人员频繁从延安来到西安，西安是国共两党的中间地带，20 世纪 30 年代的西安是一个复杂的地理文化空间。

二、西战团在易俗社的第一次公演

丁玲是 1936 年经我党营救，从上海经西安到达陕北保安(今志丹)，

① 尹雪曼：《战争与春天》，成文出版社有限公司 1980 年版，第 65—66 页。

随即要求到前线去，于是便被派往甘肃庆阳，不久返回延安。1937 年 8 月 12 日，为了积极配合抗战，在丁玲要求和中宣部支持下，在延安组建西北战地服务团，隶属第十八集团军，简称“西战团”。这是一个半军事化，以宣传为主要任务的抗战文艺团体，由丁玲任主任，吴奚如为副主任。《西北战地服务团成立宣言》里表明了其创建主旨：“烽火已在全国燃起来了，我们北方的军事、政治、经济、文化的重镇北平和天津，被日寇蛮横的占去了，几百万的人民在日本帝国主义疯狂的杀戮下逃生。上海的炮火也打响了，现在是生死存亡的最后关头，再没有退缩犹豫的余地了。中华民族只有立即实行全民族的团结，不分党派，不分军民，发动全民族大规模的神圣的抗战，为着保卫祖国而血战到底……只有进行全民族大规模抗战，坚持到底，才能粉碎日寇的侵略，才能挽救中华民族危机。”① 这是延安文艺界的战斗誓词，也是进步的文艺工作者在抗战爆发后表明的鲜明态度。1937 年 9 月 22 日，西战团在丁玲带领下从延安出发，10 月 1 日东渡黄河到达山西，途经 16 个省市县，60 多个村庄，6 个月辗转 3000 多里。1938 年 3 月，太原沦陷，西战团退出山西，奔赴国统区陕西潼关、西安。

西战团到达西安之时，正是日军炮击潼关、西安岌岌可危、西安人心惶惶之际，到处挤满了从南方逃来的无家可归的难民和从前线下来的兵士与伤员。丁玲以及她率领的西战团带来八路军在山西前线胜利的消息，带来中国共产党全民抗战的主张和抗战必胜的信心。当时他们住在陕西省抗敌委员会为他们指定的梁府街女子中学，受到了西安人士的热烈欢迎，丁玲会见国民党省党部、省政府诸公，阐明中国共产党的立场与工作计划，与西安的妇女界、教育界、出版界、救亡团体、机关、西安的名流、商家广泛联系。这些情景后来丁玲在《西安杂谈》里提到：“我

① 周健：《“西战团”的成立及其初期活动》，《人文杂志》1983 年第 4 期。

光荣地参加了西安贤明人士代表们的欢迎；长安县县长和杨明轩先生都给我们许多奖励和指示。服务团的同志每天分组出席各种联欢会，座谈会，然而也有一些小的不平常的事发生，我们对这些事是如何处置的呢？”①

一到西安，丁玲除了积极开展各类文化活动进行抗战宣传，阐明我党的抗日政策外，最核心的工作就是尽快组织西战团以文艺形式进行抗战宣传。西战团的同志在大街上写标语，教民众唱抗战歌曲、小调，引起了很大的社会反响。然而有个问题是，来西安前，西战团一直活动在山西乡下，观众多为村民和士兵，一旦进入西安城，演出场所变成大城市，观众变为市民，当务之急就是要寻找剧场进行演出。“这事看起来似乎很不重要，但却关系着我们在西安第一次演出的成败。当时西安别的剧院太小，座位又少，几经比较，同志们选中了易俗社。”② 丁玲选中的易俗社剧院是一座历史悠久的名剧院，易俗社是近代陕西宣传新思想、新风尚的著名剧社，1912 年 8 月 13 日成立，创立伊始李桐轩为社长，张凤翙为名誉社长，薛卜五、王伯明、孙仁玉等为评议。李桐轩、孙仁玉在其章程开宗明义第一条规定：“本社以编写新戏曲，辅助社会教育，移风易俗为宗旨。”③ 如欧阳予倩先生在《陕西易俗社之今昔》一文中所说：“中国有几个易俗社，天津、山东都有过，只有陕西办得最有成绩，支持也最久，颇有可介绍的价值。”④ 易俗社讲究甄别旧剧，曾经花费近五年时间对当时社会上流行的近五百种秦腔旧剧目进行深入研究，社长李桐轩著有《甄别旧戏草》一书，从内容到形式对秦腔旧戏提出具体改编意见，另一方面编写大量新剧目，进行表演艺术上的改革。

易俗社虽为秦腔剧社，但却是辛亥革命的产物，创办者接受过现代

① 《丁玲全集·西安杂谈》第五卷，河北人民出版社 2001 年版，第 99 页。

② 《丁玲全集·西安杂谈》第五卷，河北人民出版社 2001 年版，第 102 页。

③ 陕西易俗社：《易俗伶学社缘起》，公益印局 1912 年版，第 25 页。

④ 肖云儒：《百年易俗社的文化意义》，《艺术评论》2012 年第 9 期。

化教育，多为辛亥革命者，李桐轩、范紫东、高培支皆为陕西三原宏道大学堂学子，孙仁玉则授道于宏道大学堂。宏道大学堂乃近代陕西重要现代化教育学校，前身为明清时期的宏道书院，明弘治年间由邑人王承裕举进士后陪伴其父王恕回家乡三原县创办。光绪十九年（1893）后，著名学者朱佛光主讲宏道书院，倡导新学，民主思想和科学知识得到广泛宣传，从而为陕西辛亥革命培养了一大批骨干，因此，宏道书院可谓是“西北革命熔炉”。光绪二十八年（1902），陕西推行新政，改宏道书院为宏道高等大学堂，并将泾阳味经、崇实两书院并入。宣统二年（1910）又改为宏道工业学堂。1905 年陕西官费派遣留日学生 30 名，出自宏道高等大学堂的占 15 名，这些学子先后有多人参加了同盟会，其中于右任、徐朗西、茹欲立、邹炳炎、李之鼎、宋元恺、柏筱余、高明德（又明）、董毓秀等成为中国和陕西辛亥革命的领导和中坚。易俗社创始人，如上面所举诸位，即是陕西辛亥革命的中坚力量，他们通过创办易俗社宣传新思想，倡导新理念，承载着关中知识分子参与政治社会变革的理想，也透显着弘扬地方文化、探索文化救国的有益实践，自创建以来在社会上产生了广泛影响。至丁玲率团来到西安之前，已有二十余年历史，这二十余年间前来易俗社观剧的文化名人络绎不绝，康有为、鲁迅等曾先后来过易俗社。因此，1938 年丁玲率领西战团在西安宣传演出，选择易俗社这样影响深远的名剧场则是深思熟虑的结果。当时正值高培支为社长，丁玲到西安后积极联系高培支为西战团演出做准备工作。

最初，高培支对待丁玲和西战团态度较为冷淡，在丁玲与其进行租借场地商谈中不减场地出租费，声称：“我们的场租是固定的，不管是哪个剧团，每天两场，租金是二百五十元，一个钱也不能少，这是惯例。如果我们自己破坏了，我们今后不好办事。”[①] 经过协商，丁玲租借

① 丁玲：《易俗社与西北战地服务团》，《陕西戏剧》1982 年第 10 期。

好易俗社剧院进行来西安的第一次公演。以往西战团在山西演出都是些相声、大鼓、民歌、秧歌、活报剧、短剧等八路军传统剧目，在西安，丁玲意识到在大城市演出必须拿出舞台剧，才能适应西安观众的口味，于是丁玲决定日夜赶排反映山西前线军民抗战的三幕话剧《突击》。事实上，《突击》这个戏在临汾时，就由临时住在西战团的萧红、聂绀弩、端木蕻良等作家协助南国剧社的艺术家塞克开始创作，西战团的陈正清、何慧等执笔记录。萧红、聂绀弩、端木蕻良是著名左翼作家，塞克是在南国社工作过的著名戏剧家，导演排戏要求严格，布景是由塞克和李劫夫根据山西的自然环境精心设计制作，角色化装请了陕西著名戏剧家左明设计、教授和示范，舞美、灯光和演出则由朱星南负责，朱星南是西安正声剧社的人，西战团请了他帮助。朱星南早在五年前就在上海"剧联"领导的剧社里做过舞美、灯光和演出业务，造诣不凡，曾和塞克配合默契。故此，《突击》从剧本的创作到舞美、灯光、布景、导演都由当时最著名的人物担纲，因此，虽然一切都是突击出来的，但是经过十多天的精心准备，三天演出七场（其中有一场是专门慰劳伤兵的），获得极大的成功。加之，演出前团员集体唱救亡歌曲，演出中丁玲演讲，掌声雷动，场场爆满，轰动了战时的古都。那时尽管每天都有空袭警报，但也阻挡不了潮水般涌来的观众，人们都想亲眼目睹共产党领导下的抗日宣传队，领略八路军女军官和著名女作家丁玲的风采。西战团第一次在国民党统治的大城市里公演，冲破了国民党种种限制、阻挠，用艺术武器成功地宣传了中国共产党的抗战纲领，进行了有效的抗战动员，西安当地报纸对《突击》做了大量报道。《西北文化报》1938 年 3 月 17 日发表消息，题目为《为〈突击〉胜利了》，《新秦晚报》1938 年 3 月 5 日第一版发布一条《西北战地服务团昨由潼关抵省》的消息，著名文艺评论家、左翼文学领袖茅盾当时评论《突击》说："最大的优点是真实，是一点也不公式化。”①

易俗社社长高培支亲眼目睹丁玲与团里的同志同吃同住，深为感动，不仅减去西战团500元场地租借费（总共750元），而且高度赞扬西战团为梨园模范，这也为后来西战团在易俗社的第三次公演创造了良好的条件。

三、丁玲赠樊仰山诗与西战团第三次公演

为满足西安民众对西战团公演的热烈要求，西战团决定举行第二次公演，这时丁玲返回延安。第二次公演地点选在南院门正声剧社，时间是4月4日至4月6日，每天两场，下午三点半一场，晚上七点半一场。4月4日适逢儿童节，该日十二点增加一场，免费招待儿童，这样三天共演了七场。南院门曾是20世纪二三十年代西安最为繁华的商业地域，第二次公演选择在这个地方恐怕是考虑地点优势，能够吸引到更多的群众来观看演出，以便达到良好的抗战宣传目的。这次演出和第一、第三次相比，加进去了相声、二簧、大鼓之类，竭力使节目大众化、通俗化，但仍充满抗战热情。

在丁玲组织西战团第三次公演前，1938年6月易俗社上演新编古装剧《李秀成》，作者是青年剧作家樊仰山。《李秀成》这部剧作借太平天国故事宣传抗战御敌思想，号召民众起来进行救亡。易俗社在《李秀成》演出露布中指出：“中华民族已至最后生死关头，设非全民动员、持久抗战，则最后胜利，殊难把握。夫戏剧为抗战心理建设之有力工具，国剧尤易深入民间，苟能搜集爱国史迹，编为国防佳剧，潜移默

① 茅盾：《突击》，《文艺阵地》第1卷第4期，1938年6月。

化，移风易俗，则民气振奋，胜利可期，自由平等之新中国，赖以建设。”①这一露布反映了易俗社诸君的抗战爱国思想，鉴于西战团在西安演出时易俗社给予的支持，丁玲为易俗社《李秀成》戏本题写了五首诗：

残暴清廷政害民，天南奋起拯苍生。如君若遂平生志，异族汉奸一扫平。

郁江蚩蚩一贫农，报国尚留盖世功。应识毋教关大局，从来能孝亦能忠。

自古邪正不并存，倭寇一语误乾坤。湖滨有铁铸秦桧，青史忠王两字新。

倭寇淫掠陷南京，追昔抚今感慨生。笔杆不输枪杆健，仰山剧本抵千兵。

家国兴亡关万民，梨园纷起救亡声。他时西北叙功绩，易俗诸君未轻许。

由这五首古体诗可以看到丁玲对易俗社新编历史剧的充分肯定，以及她以戏曲救亡的态度，联系到丁玲率领的西战团在西安演出情景，可知，大家的抗日救亡之心相同。抗战期间，为了适应抗战需要，易俗社也创作、改编和上演了一些新戏，如《民族魂》、《鸳鸯阵》、《红粉青萍》等，借以凝聚抗战力量，宣传全民长期抗日。戏剧家樊仰山还编写了抗战五部曲大本戏，分别是：《长江会战》、《血战永济》、《湘北大捷》、《民族魂》、《牧童艳遇》，影响广泛。据樊仰山生前谈：“我编的《抗战五部曲》合订本，印成的剧本，上有熊斌、于右任、丁玲、邵力子、洪深的题字、题诗作序。第一版印了5000册，不日抢购一空，第二版印了1.5

① 刘晓梅：《“易俗诸君未轻许”——丁玲与易俗社》，《陕西档案》2006年第1期。

万册，第三版印了 3 万册，都很快地销售一空，又得《西京平报》印刷厂之便，又加印了各个剧的单行本，也都很快的卖空了。就这样剧本畅销，舞台传演，《抗战五部曲》剧本集，为鼓动抗日，支援前线起到了应有的效果。这不是我的剧本好，是适应了人民痛恨日寇的炽烈之民族爱国心情啊！”[①] 雷震中为易俗社秦腔演员，在他的这篇文章中提到丁玲为樊仰山剧本题字、题诗的事情，根据《陕西档案》2006 年第 1 期刘晓梅在文中提及，所发现的上面提及的五首为历史剧《李秀成》题写的古体诗，可以证实丁玲与易俗社同人间的深厚友谊，以及以戏剧抗战的相同主张，才为西战团第三次公演时易俗社同人鼎力支持打下了良好基础。

在第三次公演前，丁玲他们曾经帮助西安的小学生排《打倒日本升平舞》。这是以流行于东北及冀鲁豫的秧歌舞改变的新编秧歌剧，表现工农兵学商联合起来驱逐日寇的故事。1938 年 7 月，西北战地服务团在西安进行了第三次公演，和前两次公演相比，演出形式变化极大。第一次演出的是话剧《突击》，第二次是以大众化的曲艺节目为主，第三次公演的是京剧《忠烈图》和秦腔《烈妇殉国》，转向了旧剧。西战团演出每一次转向都有着深刻的现实根据。第三次公演转向旧剧主要和西安的文艺环境有关，丁玲讲：“几个月在西安的逗留，深深感到旧剧的势力是很大的，它盘踞在广大市民中，易俗社，秦风社，晋风社，世界舞台……都是每天客满，而喜欢看话剧的一些观众，却是带着研究和欣赏的态度，因为他们都已有较高的知识，较新的头脑，并不是去受教育的。”[②] 现实让丁玲清晰地意识到舞台演出的分裂：话剧和旧剧有着各自的观众群体，而舞台上“占去了大部分，包括各阶层

① 雷震中：《抗日战争中的西安易俗社》，《当代戏曲》1995 年第 4 期。

② 《丁玲全集·写在第三次公演前面》第五卷，河北人民出版社 2001 年版，第 106 页。

的观众的旧剧场，却仍是只有《四郎探母》、《三堂会审》……"[①]于是，丁玲决定演出旧剧。

而要演出旧剧，首先面临的难题仍然是剧本问题。从萌生演旧剧到公演，前后十多天，现编写剧本时间太短，丁玲决定选取老舍已经发表的剧作《忠烈图》和《烈妇殉国》。这样选择的原因之一是，"虽说有了易俗社的一般改良的《李秀成》等，这种倾向是非常好的，只可惜剧本不多，所以影响还不大。为了增强抗战力量，争取中国的不亡，必须动员全国人民参加抗战。旧剧界已经在各种活动中，在很多方面尽力了，但如果能多多地排演旧剧，既可吸引观众，又可尽救亡的任务。因此战地服务团在离开西安之前，特别加力排练了这两个戏剧，希望做旧剧界的一个参考"[②]。这里再次证明了易俗社在1938年6月即西战团第三次公演前，易俗社演出了历史剧《李秀成》，根据上文所举丁玲为《李秀成》剧本编写者樊仰山题写的五首古体诗，可以看到易俗社古装剧对丁玲隐隐的影响。二是因为老舍的《忠烈图》和《烈妇殉国》"剧内的人物不多，我们还可以勉强凑上"[③]，当时西战团导演和演员都非常缺乏，演出旧剧更没有经验，"演员方面，可以说完全没有上过旧舞台，甚至连看戏的机会都很少"[④]，"现在在十天之中，排练了这几部戏。这是由于为了工作，才产生了勇气，技巧之不够是自然一种事"[⑤]。就丁玲所意识到的这些问题，最终都集中在演员能不能用秦腔进行表演这件事情上，更严峻

① 《丁玲全集·写在第三次公演前面》第五卷，河北人民出版社2001年版，第106页。

② 《丁玲全集·写在第三次公演前面》第五卷，河北人民出版社2001年版，第107页。

③ 丁玲：《易俗社与西北战地服务团》，《陕西戏剧》1982年第10期。

④ 丁玲：《易俗社与西北战地服务团》，《陕西戏剧》1982年第10期。

⑤ 《丁玲全集·写在第三次公演前面》第五卷，河北人民出版社2001年版，第107页。

的挑战是，全团只有夏革非是西安人，会喊几句秦腔，其余的演员都要从头学起，这时易俗社社长高培支和易俗社演员挺身而出，高培支社长讲："从开排的日子起，文武场面派人来，你们演员不全，我们派人补，导演我们负责。"[①] 于是，在炎热的夏季，易俗社的先生们都按时等候在舞台上，汪振华、萧润华两先生负责导演，著名秦腔艺人王天民指导夏革非，易俗社的其他演员从旁辅导，旦教旦、丑教丑。着装连排时，高培支先生让人把最好的行头拿出来，任西战团的同志挑选试穿。演出那天，又派人为演员挥扇化妆、描容，整理头饰，汪振华、萧润华和其他许多人都坐镇在后台，直到夏革非步上舞台，获得满场喝彩声时，他们才露出会心的微笑。

在国民党对西战团采取高压、限制、刁难的情形下，易俗社诸先生倾力帮助西战团进行公演，真如丁玲在为易俗社演出《李秀成》时为樊仰山题写的诗一样，"家国兴亡关万民，梨园纷起救亡声。他时西北叙功绩，易俗诸君未轻许"。西战团得到易俗社无私的扶助，确见抗日救亡之心，在梨园界充盈。

四、结语

毋庸置疑，1938 年丁玲领导的西战团在西安的一系列文化活动，尤其是三次公演是近代西安城市文化史上的重大事件，也是抗战文艺、延安文艺的重要组成。中国共产党领导下的文艺团体在国统区开展抗战文艺活动，这为西战团在西安为期四个月抗战宣传赋予了独特的意义。

第一，丁玲率领的西战团充分体现了中国共产党抗战中的文武两个

① 丁玲：《易俗社与西北战地服务团》，《陕西戏剧》1982 年第 10 期。

战线，突击文艺运动思想。丁玲率领西战团在西安演出《突击》之前，西安曾于1936年由西安学生救国会创办有《突击》报刊。该刊由张午、赵亚洲主编，主要刊载“红色中华社”电讯，发表西安一中学生的抗日主张，办了大约10期，1937年春开学后，西安形势逆转，《突击》改为《学生》，“红色中华社”的消息没有了，仅出6期就停刊。无独有偶的是，1938年，丁玲率领的西战团在西安的第一次公演剧目为《突击》，1939年5月在延安又创立了《文艺突击》一刊。《文艺突击》革新号的创刊词里写道：“文艺界进步的迟缓，不是因为太不顾艺术，而常是因为我们的工作太考虑自己的艺术，是因为我们的工作者适应新的改变了的现实生活，抗战的动员，在文艺界里，没有达到应有的和必要的广泛和深刻，是使艺术本身不能获得很多收获的根源。……我们需要到前线去，到民众中去看现实的战斗生活，然而战地文艺工作的动员非常的少，而能够深入工作的更少。我们需要向老百姓学习，向民间学习，然而我们的文艺界还有不少人始终徘徊在都市里，作闭门造车的大众化作品。”①《文艺突击》这个刊物的创立及其革新号的创刊词发表，距离西战团在西安进行抗战文艺宣传已经将近一年时间，中共在文艺上讲求突击性创作、演出，这不仅仅是战时文艺动员的权宜之计，而且可视为基于一定实践而提出的一个文艺理念。因为抗战需要，剧目必须要根据时事临时进行创作或改编，突击写剧，突击演剧是抗战文艺宣传必然的事情。概括起来就是：为了战时动员，进行集体创作、突击演剧。

事实是，在中日战争还没有全面爆发的1935年前后，“许多人已在暑假中离开北平回到家乡，或者到延安、西安或太原寻找安全港。在战争开始的头一年，仅河北一省中学以上在校学生和教师的人数就下降

① 《文艺界精神的总动员——代革新号创刊从词》，《文艺突击》新1卷第1期，1939年5月25日。

了 70%，合计共 5 万人。这些人中一部分辍学了，或者随他们的大学流亡到国民党控制的自由中国”①。战争爆发后，“有证据足以毋庸置疑地得出这样的结论，就是地方上的抵抗力量不是自发形成的，而自发组织起来的力量也不是为了抗日”②。支持这个结论的是，人们发现在那些最能直接感受到日本侵略的地区——城市和连接城市的铁路沿线——几乎找不到任何有组织的抗日活动。就此，抗战动员是战争初期非常重要的任务，对中共来讲，“动员民众是抗战的中心环节，也是解决战时政治、经济和安全问题新方法的中心环节”③。中共的突击文艺是抗战动员的一种有利、有效的方式。战争把所有作家的注意力引到国家民族的危亡上，为艺术而艺术的实践已经不合时宜了，所以战争头几年街头和集市表演的独幕剧，成为最流行的文艺形式，浸透着“爱国铁血”的味道，教育群众认识这场民族自卫战争是战时文艺，尤其是戏剧所应发挥的作用。

第二，丁玲率领的西战团在西安公演，体现着延安文艺“走向民众”在城市发展的新样式。西战团在西安演出是文艺“走向人民”的大规模尝试，西战团在西安的演出从话剧到传统旧剧的变化，反映出文艺要适应地域发展，为广大观众所接受。就以上所述资料来讲，20 世纪 30 年代的西安虽然迎来了它的快速发展时期，但从总体上看思想文化比较传统。因此，西战团第三次公演时采取了传统旧剧形式，采用了秦腔这种地方剧种。毋庸置疑，戏剧在战时承担了极大的动员任务，但是在日本占领的上海现代戏剧繁荣，而在国共两党势力交织的西安，传统戏曲争

① ［美］费正清、费维恺编：《剑桥中华民国史：1912—1949 年》下卷，中国社会科学出版社 1994 年版，第 628 页。

② ［美］费正清、费维恺编：《剑桥中华民国史：1912—1949 年》下卷，中国社会科学出版社 1994 年版，第 630 页。

③ ［美］马克·赛尔登：《革命中的中国：延安道路》，魏晓明、冯崇义译，社会科学文献出版社 2002 年版，第 262 页。

奇斗艳。这致使丁玲必须考虑西安的现实状况排演出两部传统剧目，并且由于自身条件的限制，必须和当地易俗社联合演出。

第三，丁玲领导的西战团在西安以戏剧演出为主，演出地点虽在属于国统区的西安，但是由于距离延安较近，中共势力已经广泛渗入西安，西安当时有西北青年救国联合会、民族解放先锋队、学生联合会等救亡团体，西战团在西安的演出宣传活动才能得以顺利展开。譬如，当时在西安的抗日救亡演出队第一队就主动提供多方帮助，其中有大家熟悉的贺绿汀、欧阳山尊和钟敬文。鉴于此，我们在研究延安文艺时不妨将研究范围扩展至西安。当然，西安又与延安不同，毕竟丁玲及她率领的西战团在西安的三次公演都受到了国民党的阻挠。

结束了第三次公演，1938 年 7 月，丁玲及其领导下的西战团在西安已经停留了 4 个月之久，“离开前我们开了一次招待各界的大会，报告在西安的工作，共到团体代表七八十人，有党部的代表黄其起先生，省政府的代表楼叙九先生，都大大夸奖我们一番，‘努力团结’成了一致的定评。接二连三又赴了好几个欢送茶会，二十二号早晨匆促地上了汽车，黄尘滚滚，直奔更北的、纵横着的山地去了”①。1938 年的西安之行过去了，但是给丁玲留下了不可磨灭的印象，即便时隔五十余年，1985 年丁玲再次来到西安，准备前往陕北，当时还是记者的肖云儒在访谈丁玲后，写下《“西战团”在西安——丁玲访问记》一文，文中讲道：“‘在西安这四个月，实在是我一生很难忘却的。’丁玲同志用这句话，兴奋地结束了自己的回忆。”②

1938 年的丁玲在西安所进行的一系列文化活动，尤以戏剧活动为重，它在丁玲一生的文学活动中所占的时间和比重是短暂和少量的，但

① 《丁玲全集·西安杂谈》第五卷，河北人民出版社 2001 年版，第 103 页。

② 肖云儒：《“西战团”在西安——丁玲访问记》，《陕西戏剧》1980 年第 6 期。

是抗战中的西安这座城市以其中华民国陪都的身份，国共两党的交织地带，抗战的大后方，在丁玲一生的文学活动中应占有独特的地位。而从延安文艺的戏剧运动角度讲，西安是践行早期延安文艺一个特殊地域；从易俗社与西战团这两个不同性质但同为20世纪中国著名文艺社团角度讲，它们联合起来进行抗战文艺动员，这是现代中国戏剧史上值得重视的、不可忽略的一段历史。

（作者单位：陕西省社会科学院文学艺术研究所）

延安：丁玲浴火重生

涂绍钧

1935 年 10 月，中央红军经过二万五千里长征抵达陕北。西安事变和平解决后，不久，延安逐渐成为中国共产党领导抗日战争和解放战争的策源地和指挥中心。全国千千万万的爱国青年奔向延安，奔向这座革命的大熔炉。丁玲，即是最早进入党中央所在地陕北保安的国统区的著名作家。此后八年的延安岁月，她如凤凰涅槃，浴火重生，完成了从一个民主主义者到共产主义者、从一个进步作家到革命作家的蜕变。

一、拒绝与坚持

1936 年 9 月中旬，丁玲在党组织的帮助下，逃离了被国民党特务机关幽禁三年的南京。转道上海，向党组织提出投奔陕北党中央所在地的要求。抵沪次日，时任中共上海办事处副主任的冯雪峰和左联负责人周文来看她，告知她去陕北的事，中央已回电同意。即安排左联党员作家聂绀弩护送丁玲到西安。两人改名换姓，一路上闯过了敌人的数次盘查，10 月初，他们安全抵达西安，住在一家小旅馆里等待自己人来接头。第二天傍晚，化装成商人模样、身着长衫、将礼帽帽沿压得很低的潘汉年便找到了他们。此时的潘汉年，刚从保安向党中央汇报工作返回西安。丁玲后来在《回忆潘汉年同志》一文中写道：

> 他还是那么轻松，闪着那双智慧而机警眼光看着我，他不问我什么，只是淡淡地说："我以为你不要进去了，我希望你能到法国去，那里有很多事等着你去做，你是能发挥作用的。你知道吗？红军需要钱，你去国外募捐，现在你有最有利的条件这样做……"
>
> 怎么，这个问题太新鲜了。法国，巴黎，马赛曲，铁塔，博物馆……这不是十几年前我曾经向往过的吗？在幻想里面出现过的那些瑰丽的海市蜃楼，现在正摆在我面前，我只要一点头，就会有一只可以信赖的手来牵引我。可是，这时，我却只有一个心愿，我要到我最亲的人那里去，我要母亲，我要投到母亲的怀抱那就是党中央。只有党中央，才能慰籍我这颗受过严重摧残的心，这是我三年来朝思暮想的"什么时候我能回到妈妈的怀里"。现在这个日子临近了，别的什么地方我都不去，我就只要到陕北去，到保安去，我就这样固执地用这一句话回答了他。他很同情我的心境，但似乎也有些惋惜地答应了我。第二天我便同聂绀弩分手，他听从潘汉年的建议，返回上海继续工作。我搬到七贤庄，当时的一个地下交通站……在那里安心等候着去保安。①

显然，此时的丁玲，已非 1930 年 5 月的丁玲。那时，因胡也频在济南山东省立高中教书时积极宣传普罗文学，遭到省政府的通缉，省教

---

① 丁玲：《回忆潘汉年同志》，《丁玲散文选》，人民文学出版社 1985 年版，第 239—240 页。

育厅长何思源将这一消息透露后，校长张默生当即送来路费两百元，让他们夫妇连夜取道青岛逃回上海。一天，时任中国左翼作家联盟党团书记的潘汉年，找到租住在环龙路一套房子的客堂间写作的胡也频、丁玲，动员他们加入左联，这对年轻作家很爽快地就答应了。这次不同，丁玲坚决地拒绝了潘汉年的建议。不难想象，如果丁玲当年去了法国，她的人生轨迹将重新改写。

11 月 1 日，丁玲一行在西安地下党负责人刘鼎的安排下经三原、耀县、中甫、宜君、洛川前往保安。一路上，由于有东北军一个连长带兵护送，顺利地通过了沿途地主武装设置的关卡。行军途中，丁玲剪了短发，换上了灰布军装，并且学会了骑马。翻山越岭跋涉八九天之后，丁玲终于来到了党中央所在地——陕西保安。

由于丁玲是第一个从白区投奔陕北苏维埃政权的著名作家，因此受到党中央的高度重视，安排她住在中华苏维埃外交部，这是县城中唯一一所未被国民党反动派烧毁的房子。丁玲抵达保安的第三天，即由中宣部在一个大窑洞主持召开了简朴而又隆重的欢迎会。中共中央书记处书记张闻天、毛泽东、周恩来、博古以及财政部长林伯渠、外交部长李克农等同志都出席了欢迎会。会上，大家欢迎丁玲讲话，在同志们的掌声中，丁玲向中央首长们敞开了自己的心扉："我该说些什么呢？千言万语也说不完啊！ 1931 年春天，胡也频牺牲之后，我曾经向在座的洛甫（张闻天）同志要求，到江西中央苏区去。当时党组织决定我留在上海，从事左联的工作。三年前我被国民党特务绑架，幽禁在南京，迫于国内外正义力量的压力，他们不杀我，不关我，但也不给我自由。这三年，是我有生以来最痛苦的三年。我就像一个孤儿，远离母亲的怀抱。这三年，我日夜思念的就是到中央苏区来，到党中央所在地来，只有这样，才能洗净敌人泼给我的满身血污。感谢党组织帮助我逃离南京，安排我来陕北。我算是最幸运的人了，真的，想起那些为革命死难的同志，我只有努力工作，来报答党对我的关心和爱护。”

丁玲抵达陕北之后，即以全部热情投入中央苏区的战斗生活。当她看到红军队伍中有不少能诗会文的文化人，于是向毛泽东主席提出了成立“中国文艺协会”的建议，当即得到毛主席的积极支持。于是，丁玲便与徐梦秋、成仿吾、伍修权、洪水、李伯钊、徐特立、李克农、陆定一、危拱之、王亦民等34人一道，在《红色中华》上联名倡议，成立中国文艺协会。

在中宣部、教育部、红军总政治部支持下，丁玲等人的筹备工作十分顺利。1936年11月22日上午，中国文艺协会正式宣告成立。毛泽东、张闻天、博古、徐特立、林伯渠、吴亮平、凯丰等领导人出席了成立大会并讲话。毛泽东在讲话中说：

> 中国苏维埃成立已很久，已做了许多伟大惊人的事业，但在文艺创作方面，我们干得很少。今天这个中国文艺协会的成立，这是近十年来苏维埃运动的创举。过去我们是有很多同志爱好文艺，但我们没有组织起来，没有专门计划的研究，进行工农大众的文艺创作，就是说过去我们都是干武的。现在我们不但要武的，我们也要文的了，我们要文武双全……我们要文武两方面都来。要从文的方面去说服那些不愿停止内战者，从文的方面去宣传教育全国民众团结抗日。如果文的方面说服不了那些不愿停止内战者，那我们就要用武的去迫他停止内战。你们文学家也要到前线上去鼓励战士，打败那些不愿停止内战者。所以在促成停止内战、一致抗日的运动中，在文艺协会都有很重大的任务。发扬苏维埃的工农大众文艺，发扬民族革命战争的抗日文艺，这是你

们伟大的光荣任务。①

毛泽东的这番讲话，无疑是他的文艺统战思想萌芽的标志。成立大会的第二天，中国文艺协会召开干事会，会上，同志们一致推选丁玲为中国文艺协会主任，王盛荣为组织部长，王亦民为联络部长，成仿吾为研究部长，徐梦秋为总务部长，编委会、俱乐部、图书馆负责人也同时选定。1936 年 11 月 30 日，苏维埃中央政府主办的《红色中华》文艺副刊《红中副刊》正式创刊。丁玲在《刊尾随笔》中写道："战斗的时候，要枪炮、要子弹，用这些东西去打击敌人，但我们也不应忘记使用另一样武器，那帮助冲锋侧击和包抄的一支'笔'！"中国文艺协会成立后，中央苏区文艺生活空前活跃。一天，毛泽东问丁玲："丁玲，你还有哪些打算，想做些什么事情啦?"丁玲回答说："主席，我想当红军!"

毛泽东点了点头说："好哇，还赶得上，可能还有最后一仗，你跟着杨尚昆领导的前敌总政治部上前线去吧。"于是，丁玲正式穿上红军军装，迎着漫天风雪，跟随杨尚昆率领的红军前方总政治部开赴陇东前线。其实，丁玲最初的红军生活，并没有她想象中浪漫。她后来回忆说：

当红军也不是那么简单的……一天走六、七十里。脚打泡了，学老红军的样子用根线沾点油穿过去，第二天照样走。有时候，管理员说我和另一个从白区来的小汪没有建制，就没有给我们号房子。管它呢，我们有时住在伙房，有时住在马号，通夜通夜听着马嚼草，或是半夜里弄火煮饭。我也从不介意。中午，管理员也常常

① 毛泽东：《在中国文艺协会成立大会上的讲话》，原载《红色中华》1936 年 11 月 30 日，转引自艾克恩编纂：《延安文艺运动纪盛（1937 年 1 月—1948 年 3 月）》，文化艺术出版社 1987 年版，第 2—3 页。

> 忘了给我们发干粮，我看见大家都在吃东西，就躲开了。有人问我为什么不吃？我就说不饿，不想吃。几天之后，到了前方。我要求给我分配工作，答复是：你没有组织介绍信。我很奇怪，难道我是一个什么人你们都不知道吗？我不是毛主席叫来的吗？怎么还要介绍信？说老实话，那时我对红军的生活，连队党的组织生活，什么都不懂。老红军同志对我这个人的确不了解，甚至有些人会看不惯。好在我自得其乐，既无具体工作，我就四处串门，谈谈讲讲。这时期虽说我写得很少，但对我一生却留下了不易磨灭的印象和很深刻的教育。①

在行军途中受到那样的冷遇，对一个作家、一个满怀热情投入红军阵营的新兵来说，无疑是一种难以承受之痛。丁玲却顽强地坚持下来了，这种坚持，是何等的难能可贵。抵达定边附近的绍沟沿村（笔者注：应为稍沟塬，今属宁夏盐池县红井子乡），丁玲便深入红军官兵，开始战地采访。在昏暗的胡麻油灯下，迅速写出了《到前线去》、《彭德怀速写》、《记左权同志话山城堡之战》、《广暴纪念在定边》等通讯、散文、特写。12 月底，丁玲随部队南下庆阳。一天夜里她被通知到前敌指挥部，红一军团政委聂荣臻递给她一份刚刚收到的军用电报，电文是毛泽东赠丁玲的词《临江仙》："壁上红旗飘落照，西风漫卷孤城。保安人物一时新，洞中开宴会，招待出牢人。纤笔一枝谁与似？三千毛瑟精兵。阵图开向陇山东，昨天文小姐，今日武将军。"这是毛泽东寄赠中国现代作家的唯一词作，既抒发了他对第一位从国统区投奔中华苏维埃政权的知名作家丁玲的欢迎、重视、信任和礼

① 丁玲：《到前线去》，《丁玲文集》第六卷，湖南人民出版社 1984 年版，第 628—629 页。

赞，其寓意也绝不仅仅限于丁玲这一位女作家，应该说更是体现了毛泽东对所有投身革命的知识分子的欢迎和重视的态度：新生的红色政权，需要枪杆子，也需要笔杆子。

二、窑洞岁月的激情创作

由于西安事变的发生及其和平解决，促成以国共合作为基础的抗日民族统一战线的建立。1937 年 1 月 13 日，中共中央正式进驻延安。这时，丁玲还在陇东前线，一天她接到红军总司令部通知，让她速去三原总部，她的老朋友史沫特莱在那里等她。丁玲赶到红军总部和史沫特莱见面后，任弼时指示她和史沫特莱一道前往延安。来到延安之后，丁玲便接到一项新的任务，参加《二万五千里》一书的编选工作。接受这项任务时，军委宣传部长徐梦秋告诉她，“博古同志曾经说，红军抵达陕北后，上海《字林西报》上一个外国记者曾这样写道：‘红军经过半个中国的远征，这是一部伟大的史诗，然而只有这部史诗被写出来后，它才有价值’。很明显，这位帝国主义的代言人虽然是在惊呼红军的奇迹，但他也是在取笑我们粗陋无文。这本书稿的作者，都是亲历二万里长征的红军将士，事实说明，他们既可以完成长征这一壮举，也能写出长征这一壮举。现在这部举世闻名的伟大史诗，终于被几十个十多年来玩枪杆子的战士写出来了，这是要让帝国主义及其代言人吃惊的，同时也是给他们一个无情的嘲弄”。这一席话，对丁玲来说无疑是一种鞭策，短短两个月时间，由于丁玲和其他同志夜以继日努力工作，这部由红军将士们亲手写成的辉煌巨著，将中国工农红军从江西出发，爬雪山、过草地，战胜无数艰难险阻抵达陕北的长征全过程，及突破乌江天险、抢渡大渡河、再占遵义等一幕幕惊心动魄的战斗场面，酣畅淋漓地跃然纸上。该书于1937年2月22日在延安编定，书稿约三十万字。编定后，共复写誊抄两份，一份留延安中央军委总部，后因为抗日战争全面爆发，长征回忆录《二万五千里》推迟到1942年11月才由八路军总政治部宣传部在延安排版印刷，定名为《第八路军红军时代的史实——二万五千里长征记》，分上、下两册，作为内部资料发给有关单位和个人。另一份复写誊清稿，曾由党的地下交通送达上海，争取在上海公开出版，后来因种种原因未能完整出版。在这种情况下，中央文委副主任冯雪峰将《第八路军红军时代的史实——二万五千里长征记》誊清稿本原件，交给为党做过不少工作的党外人士谢澹如保管。1962年，谢澹如的子女将《第八路军红军时代的史实——二万五千里长征记》誊清稿本等一批革命文物捐赠给了上海鲁迅纪念馆，该馆一直作为馆藏一级文物珍藏。为纪念长征七十周年，上海人民出版社、上海鲁迅纪念馆于2006年9月影印出版了《第八路军红军时代的史实——二万五千里长征记》誊清复写手稿（上、下册）。

这部长篇回忆录，是最早全面再现长征富有伟大历史意义和珍贵历史价值的重要资料，丁玲为该书的编选校勘付出了巨大的努力。燕京大学学生任天马（即赵荣声，参加革命后不久被我党安排担任卫立煌将军秘书）1937年春访问延安，采访丁玲时，见证了她当时的工作情况："当我到达延安的时候，大家已忙着在修改这稿子。在丁玲的桌上，也放着那样宽约一尺，长约一尺半，厚约两寸的一份，似乎在和她书架上的《海上述林》，《高尔基全集》争美。这稿子外面包着绿纸皮封面，里面是用毛笔横行抄写的。在每行文字之间，和上下空余的白纸上，已让丁玲细细地写上无数极小的字。据说，在另外的二十三本上，也改得糊涂满纸了。"①

① 任天马：《集体创作和丁玲》，《丁玲在西北》，华中图书公司1938年版。

此外，丁玲自己的《文艺在苏区》一文中，对这项工作也有较详细的记述。作为一名著名作家，将全副精力投入这浩繁的编辑工作，其革命热情值得高度赞扬。我们今天的研究者，也应对此给予足够的评价。

在凤凰山党中央驻地，丁玲向毛主席汇报了自己来陕北的工作情况，受到毛主席的赞赏。毛主席问她："你还打算做什么？"丁玲答道："还是当红军。"

1937 年 3 月，毛主席写信给军委后方总政治部主任罗荣桓，委任丁玲为中央警卫团政治部副主任。为了熟悉警卫战士的生活，丁玲深入连队、班排和战士们朝夕相处。但这个职务，终究难与文学创作搭上关系，任职一个月后，即请求调离，得到毛泽东批准。此后，她一边到红军大学听课，一边开始小说创作。4 月 14 日，她来陕北后的第一篇短篇小说《一颗未出膛的枪弹》完成，并在中共中央机关刊物《解放》周刊 1937 年 4 月 24 日创刊号上发表。这篇小说的故事很简单：红军的一个小马夫在敌机轰炸中掉队了，被当地一位贫苦的老太太收养，东北军一个连在追剿红军时发现了这个小红军，连长下令枪毙他，这个小红军却向这群回不了家的东北汉子宣传起抗日的道理，并毫无惧色地说："不，连长！你还是留着这颗枪弹吧，留着去打日本！你可以用刀杀我！"义正气壮，在场的东北军战士无不深受感动。不但没杀这个孩子，连长还私下允许他的一些士兵，跟着这孩子投奔红军部队。作品真实反映了国难当头时代人物新的精神境界，歌颂了小红军勇敢机智，为了民族解放事业视死如归的高贵品质，也歌颂了党和红军深得民心的抗日民族统一战线政策。这篇小说发表后，在当时对唤起民众团结抗日产生了强烈影响。老作家康濯说：

我是在丁玲同志影响下投奔延安的，不是像有人说读了《家》以后参加的革命队伍。我三八年到延安，到延安去以前，突然看到这样一篇小说，叫《一颗未出膛的枪弹》。当时是作为秘密文件看的。地下党的同志给我看后，我不仅是哭了，而且这篇小说对于我更早一点更坚决一点走向延安有很大的推动。这篇小说当时不仅我一个人看了，而且我周围的一些一起到延安的进步同学都看了，都受到了感染。你否定了丁玲的作品，就否定了我们这批广大的读者。我们一批同学到延安以后，像我是搞了文学，大多数都没有搞文学。他们在国家的各条战线上工作，有的牺牲了，有的还在搞财经，搞工业工作。这些同志怎么成长的？他们的成长有丁玲同志心血的培养、教育。你否定丁玲《一颗未出膛的枪弹》这样的作品，那就是把我们广大读者也否定了，把我们革命历史上有关的重要章节也否定了。①

1937年5月10日，为纪念中国工农红军成立10周年，中央军委主席毛泽东、总司令朱德，发出征集红军历史资料的通知。决定大规模编辑10年来全国红军史。中央军委指定徐梦秋、张爱萍、陆定一、丁玲、吴奚如、舒同、甘泗淇、傅钟、黄镇、萧克、邓小平11位同志为红军历史征编委员会委员。在繁忙的工作之余，丁玲还以一个战士作家的热情，萌生构思一部反映陕北红军历史长篇小说的设想。

1937年7月7日，卢沟桥事变后，日本侵略者开始向中国发动大规模侵略战争。7月8日，中国共产党通电全国号召全民族抗战。接着，中央军委主席毛泽东在抗大(即抗日军政大学）的操坪上做报告说："……只要是不怕死的，都有上前线的机会，你们准备着好了，哪一天命令来，哪一天就背着毯子走。延安不要这么多的干部，我们欢迎你们

① 康濯:《在临澧县丁玲塑像揭幕仪式座谈会上的发言》摘录，《丁玲研究会通讯》1989年第2期。

出去，到前方去也好，到后方去也好，把中国弄好起来，把日本赶出去，那时再欢迎你们回来。”① 延安一队队抗大学员和红军官兵背起背包纷纷开赴抗战前线。面对这激越的场景，丁玲于 7 月 10 日创作了诗歌《七月的延安》。值此民族危亡的生死关头，丁玲作为一位投身革命的作家，再也不能平静地坐在延安窑洞里精心构思小说。于是她便去找抗大教员、作家吴奚如商量，准备动员陕甘宁边区文协的几位文化人，组织一个战地记者团，到前方去采写通讯。打算只要很少的人，花很少的钱，去很多的地方，写很多的通讯。当时正好抗大学员吴坚、陈克寒、高敏夫、夏革非、吴光伟等人也在场，其中不乏会演会唱的文艺活动分子，他们提出：“你们写文章，我们干什么？”经过几次交谈，大家一致赞同成立一个西北战地服务团，到前方去，既采写战地通讯，又为老百姓和战士们演出文艺节目，进行广泛的抗日宣传。

丁玲等人的计划，很快得到中央军委和中宣部的支持。1937 年 8 月 12 日，第十八集团军西北战地服务团在延安正式宣告成立。成立大会上，中宣部部长凯丰的秘书朱光同志代表中宣部宣布：西北战地服务团由丁玲任主任，吴奚如任副主任；陈克寒任通讯股长、陈明任宣传股长、李唯任总务股长。通讯股采访战地消息，撰写通讯报道，编辑发行油印出版《战地》。成员有王玉清、戈矛、张天虚、高敏夫、黄竹君等。宣传股下分戏剧、歌咏、演讲等组，成员有吴坚、陈正清、李劫夫、苏醒痴、朱焰等。该团最早一批女团员有夏革非、朱慧、洛男、李君裁、王钟、吴光伟等。其主要成员由抗日军政大学四大队《母亲》、《回春之曲》演出的近三十名青年演员组成。

在西战团酝酿成立过程中，丁玲曾几次向毛泽东主席汇报。毛主席

① 《丁玲全集·西北战地服务团成立之前》第五卷，河北人民出版社 2001 年版，第 46 页。

对她说："这个工作很重要，对你也很好嘛！到前方去可以接近部队，接近群众，宣传党的政策，扩大党的影响。组织上嘛，在延安属军委管，到了前方由总政管。出发之前，需要什么，找萧劲光同志；宣传工作，问中宣部。组织机构可以小一点，你们几个领导同志，叫团长也可以，叫主任也可以。下边就不要设'部'、'科'了，我看叫'股'就行了。宣传上做到群众喜闻乐见，要大众化。现在很多人谈旧瓶新酒，我看新瓶新酒，旧瓶新酒都可以，只要对抗战有利。你是写文章的，不会演戏，但可以领导，没有做过，可以学会。团里面有几个人的历史、政治面貌还没有搞清楚，这不要紧。在工作中可以慢慢了解，对他们不要有成见，不要轻易作结论，要帮助他们；有这样几个人，你们就有事情做了"（陈明：《西北战地服务团第一年纪实》，载《新文学史料》1982年第2期）。[①]要领导这样一支带有军队性质的抗日宣传队，对丁玲来说是一场新的考验，这就要求她在心理上应有充分的准备。就在西战团宣告成立的前一天夜里，她在日记中写道：

> 当一个伟大任务站在你面前的时候，应该忘记自己的渺小……明天，我就要同一群年轻人在一起了，大部分的人我都不认识，生活和年龄都使我们有一道距离，但我一定要打破它，我不愿以我的名字领导他们，我要以我的态度去亲近他们，以我的工作来说服他们。我不是一个自由的人了，但我的生活将更快乐，而且我在一群年轻人领导之下，将变得比较能干起来。我将以最大的热情去迎接这新的生活……[②]

---

① 见艾克恩编纂：《延安文艺运动纪盛（1937年1月—1948年3月）》，文化艺术出版社1987年版，第25页。

② 《丁玲全集·西北战地服务团成立之前》第五卷，河北人民出版社2001年版，第48页。

丁玲是这样想的，也是这样做的。西北战地服务团成立前后，她以全部热情投入这个战斗团体的组建工作，亲手起草了《西北战地服务团行动纲领》、《本团规约》、《政治上的准备》、《工作上的准备》等文件。她每天和团员们在一起，排练节目，张罗开赴前线的各种准备，并且专门为西战团创作了话剧《重逢》（后来又创作了三幕话剧《河内一郎》）。特别是在西战团赴前线出发之前，在延安举行的汇报演出中，因话剧《王老爷》一时缺少角色，丁玲便上台扮演了剧中女宣传队员。正好这天毛主席也来看戏，看见丁玲登台表演，对身边的同志说："这个丁玲呀，也上台演戏了。好哇！"在同志们眼里，丁玲已经完全没有大作家的架子。西战团成立以来，在延安公演十一次，受到延安各界欢迎。

1937 年 9 月 22 日，西北战地服务团在丁玲、吴奚如带领下从延安出发，10 月 1 日在平渡口东渡黄河，经大宁、临汾抵达太原。在兵临城下的危急时刻，西战团仍坚持为太原军民作宣传演出。太原失守前夕，根据周恩来副主席指示，丁玲率团前往榆次、太谷，随八路军总部辗转活动于沁县、安泽、榆社、洪洞、赵城、运城等 16 个县市及六十余个村庄，行程数千里，演出百余场，深受抗日军民欢迎。

丁玲每天和西战团一起行军、演出，组织同志们写稿子、编歌曲，排练节目，每到一个新的地方，还要安排团员们进村、上街演讲，刷写标语，工作紧张而忙碌。尽管如此，她仍创作了《河西途中》、《临汾》、《孩子们》、《冀村之夜》、《西安杂谈》等多篇散文，生动描绘了西战团战地生活，后收入 1939 年 5 月由生活书店出版的《一年》（散文特写集，西北战地服务团丛书之九）。同时，她十分关心团里的同志，处处以身作则，给大家留下了很好的印象。笔者曾于 1999 年 7 月访问过最早参加西战团的王玉清等几位老同志，大家一致认为：丁玲是一位著名的作家，在抗日战争的艰苦岁月里，她把自己全部的精力、全部的热情都献给了那场拯救民族危亡的伟大战争，她的一言一行，为我们当时的年轻团员们作出了表率。1938年7月，西战团结束了在西安的第三次公演后，奉命返回延安休整。她和陈明、王玉清等留在了延安马列学院学习，没有再上前线。

令丁玲始料未及的是，她当年虽在党组织帮助下，逃离敌人的魔窟投奔陕北，而她在南京被幽禁的三年，尽管她到达保安后就向党组织作了详细汇报，但1938年中央党校一次联欢会上，有人欢迎丁玲上台唱歌，当时的中央党校校长康生却说："丁玲没有资格到党校来，她在南京自首过。"后来丁玲知道这件事后非常生气，直接找毛主席陈述，要求党中央审查她在南京的这段历史，给她作出书面结论。毛主席对她说："我相信你是一个忠实的共产党员，可是要作书面结论，你得找中央组织部长陈云同志"。并且说："你也可以去找康生谈谈嘛。"[①] 以丁玲的性情，她没有去找康生，直接找了中组部长陈云，要求组织上对她在南京的历史作出书面结论。陈云对这件事非常慎重，请了中央书记处书记任弼时同志指导审查丁玲的历史。经中组部历时近一年的审查，1940年10月4日由中组部长陈云、副部长李富春共同签名，正式作出《中央组织部审查丁玲同志被捕被禁经过的结论》。《结论》最后说："丁玲同志自首的传说并无证据，这种传说即不能成立，因此应该认为丁玲同志仍然是一个对党对革命忠实的共产党员。"陈云同志当时还告诉丁玲：结论最后一句是毛主席所加。

即便如此，丁玲仍不断调整心态，在这前后，创作了小说《新的信念》、《县长家庭》、《压碎的心》、《我在霞村的时候》、《在医院中时》、《夜》等，代表了延安时期文学的高度。1939年11月，中宣部通知丁玲，调她去陕甘宁边区文化协会任副主任，负责日常工作。转组织关系时，中央组织部副部长李富春对她说："现在要你到

① 甘露：《毛主席和丁玲的二三事》，《新文学史料》1986年第4期。

文协工作。你在西战团做群众工作还是有办法的。文协现在人数不多，党员很少，有几个人的历史还不清楚，组织问题一时不能解决，情绪不大好，你去后多做思想工作。另外，还有文化俱乐部，已经决定要建立，你负责兼管这项工作。”[①] 丁玲初到边区文协时，在文协工作的只有雷加、吴伯箫、李又然、庄启栋、王禹夫、王力夫等作家。大家除写文章外，还去抗大、陕北公校、延安女子大学等单位筹建、辅导业余文学小组。同时，投入陕甘宁边区文化协会第一次代表大会筹备工作。

1940 年 1 月 4 日，陕甘宁边区文化协会第一次代表大会在王家坪延安中国女子大学开幕。此次会议，与会人员除了陕甘宁边区知名文化人、作家、戏剧家、文艺理论家、音乐家、美术家、各文艺团体代表，还有党政军系统的负责同志。会议开了九天，与会代表近六百人，可谓陕甘宁边区政府成立以来第一次文艺盛会。中央书记处书记、中宣部长洛甫向大会作了《抗战以来中华民族的新文化运动与今后任务》的报告，毛泽东主席则带病演讲了《新民主主义的政治与新民主主义的文化》（即《新民主主义论》）。大会选举了包括毛泽东、洛甫、王明、罗迈（李维汉）、吴玉章、林伯渠、谢觉哉等 97 人为文协执行委员会成员，吴玉章为主任，艾思奇、丁玲为副主任，吴伯箫为秘书长。会上，丁玲作了《关于文学大众化问题》的报告。不久，刘白羽从前方回来，萧三、高阳也从鲁艺搬来，萧军、舒群也从重庆来，文协便开始热闹起来，还办起了一份文学期刊《文艺月报》。

新年过后，丁玲向洛甫申述了渴望写作的心愿，1941 年 2 月底，便获准下到川口农村体验生活，创作出了短篇小说《夜》。一般评论者

① 丁玲：《延安文艺座谈会的前前后后》，《丁玲文集》第五卷，湖南人民出版社 1984 年版，第 267 页。

认为，洞察并展现人物的心灵世界，尤其是对女性的心理描写，是丁玲独到的艺术才能；而这篇被称为诗化小说的《夜》，则充分显示她同样是成功刻画男性心理的高手。在很短的篇幅里，作者将农村基层干部何华明用理智克制感情，表现出翻身农民令人敬佩的牺牲精神和崇高品质，故事描写细致入微，人物形象真实可信。

1941 年 5 月 16 日，中共中央机关报《解放日报》在延安创刊，丁玲被任命为文艺栏主编。本来，丁玲这时正着手准备创作那部反映陕北红军的长篇小说，接到中组部的任命后，她立即从乡下赶往清凉山《解放日报》报到。当时报社社长博古对丁玲说："《解放日报》是党报，文艺栏决不能搞报屁股、甜点心，也不搞'轻骑队'（延安青年工作委员会所编墙报，每期也印成油印小报，分发有关单位负责人；文章短小精悍，针砭时弊），不开展争论。"因此，丁玲除向延安知名作家组稿，还注意从文学新人中发现稿件。到 1942 年 3 月，文艺栏办满 100 期后，丁玲主动辞去主编职务，仍回文抗从事创作。她主编文艺栏期间，处理了五百多万字的来稿，发现文学新人三十多人，取得了可观的成绩。但由于她的《"三八节"有感》以及王实味的《野百合花》等文章的发表，丁玲也受到批评。

三、延安整风的洗礼

革命文艺应该朝哪个方向发展？当时不少文艺界的同志希望中央最好有一个明确的态度，或者制定相应的文艺政策。

1942 年 4 月上旬开始，毛泽东曾先后找过文抗、鲁艺的欧阳山、草明、丁玲、周扬、艾青、何其芳、严文井、周立波、曹葆华、姚时晓等一大批作家交谈，征求大家的意见，让大家搜集正反两方面的意见。

如他同诗人艾青交谈时说：

“现在延安文艺界有很多问题，一些文章大家看了有意见，有的文章像是从日本飞机上撒下来的，有的文章我看应该登在国民党编的《良心话》上……你看怎么办才好?”艾青：“开个会您出来讲讲话吧。”毛泽东：“我说话有人听吗?”艾青：“至少我是爱听的。”①

1942年5月2日至23日，丁玲出席了著名的延安文艺座谈会。通过学习和讨论，她在思想深处受到很大的触动，在会议上作了一个反思性的发言。会议之后，根据这个发言，写成《关于立场问题我见》一文，发表在6月15日文抗出版的《谷雨》杂志上。她在该文中写道：“改造，首先是缴纳一切武装的问题。既然是一个投降者，从那一个阶级投降到这一个阶级来，就必须信任、看重新的阶级，而把自己的甲胄缴纳，即使有等身的著作，也要视为无物，要拔去这些自尊心自傲心……不要要求别人看重你，了解你。”1950年12月28日，她在杂文、论文集《跨到新的时代来·后记》中还补充道：“《关于立场问题我见》，是1942年延安文艺座谈会时写的，是我在那个会上的发言。现在看来，有说的不妥帖的地方，也有不透彻不周全的地方。”②这充分说明延安文艺座谈会对丁玲是产生了重大影响的，从而也继续得到了党组织的信任，中宣部仍指定她担任文抗整风学习委员会主任。7月初，她还应朱德总司令之邀，去八路军总司令部办公处看了两天电报，于7月3日写成报告文学《十八个》，几天后，在《解放日报》发表。

延安文艺座谈会开过之后，丁玲又参加了1943年3月10日中央

① 艾青：《漫忆延安诗歌运动》，艾克恩编：《延安文艺回忆录》，中国社会科学出版社1992年版，第142页。

② 《丁玲全集·跨到新的时代来·后记》第九卷，河北人民出版社2001年版，第82页。

文委和中组部召集的五十名党员文艺工作者座谈会。她本来计划处理完手头工作，便和文抗的作家们分头下乡去采写陕甘宁边区劳动英雄，但自4月3日中共中央发布《关于继续开展整风运动的决定》不久，延安文艺抗敌分会便暂时停止工作，她被安排到中央党校一部学习。7月15日，时任总学习委员会副主任、中共中央社会部长的康生在延安干部会上作了《抢救失足者》的动员报告，掀起了所谓“抢救运动”，大搞“逼、供、信”的过火斗争，在十余天内便造成了大批冤假错案。当时所谓“抢救”就是把人关在一间黑屋子里审讯，让交代怎么来到八路军队伍的，为什么跑到延安来，是不是国民党派来的，有什么目的，是不是国民党的特务。就这样，有的人因被整得难受，胡乱承认自己是特务，当即被关押，当时，边区保卫处长周兴曾被戏称为“周半城”，可见关押人员之多。更有甚者，个别人还因想不通而自杀。在这场“抢救运动”中，丁玲亦未能幸免。她在南京三年的历史，虽早由中组部做了结论，此次运动中却仍在审查之列。运动来势之凶猛，令她始料未及。连续两个月的时间，她几乎都在痛苦中煎熬。

1943年10月，党中央决定整风运动进入总结阶段，毛泽东在政治局会议上认为这次审干有“肃反扩大化”的倾向，纠正了“抢救运动”的错误。随后展开了甄别平反工作，毛泽东后来在许多公开场合，向受害同志公开赔礼道歉。但运动的折腾，使得作为一名作家的丁玲，在1943年间，几乎没有发表一篇文章。

1944年春天，不少同志重返工作岗位，丁玲的历史问题虽未由中央党校作出正式结论，但在胡乔木的安排下，仍回边区文协从事创作。于是，她便主动深入陕甘宁边区农村，创作反映抗日根据地群众精神风貌的作品。1944年7月1日清晨，当毛主席读了丁玲发表在《解放日报》的报告文学《田保霖》和欧阳山的《活在新的社会里》二文后，即给他们写信：

丁玲，欧阳山二同志：

快要天亮了，你们的文章引得我在洗澡后睡觉前一口气读完，我替中国人民庆祝。替你们两位的新写作作风庆祝！合作社会议要我讲一次话，毫无材料，不知从何讲起，除了谢谢你们的文章之外，我还想多知道一点，如果可能的话，今天下午或傍晚，拟请你们来我处一叙，不知是否可以？

敬礼！

毛泽东

七月一日早

丁玲后来回忆说："那天下午，我和欧阳山应约去到枣园主席住处，谈了一阵，又留在那里吃晚饭……毛主席称赞《田保霖》不只是这一封信。据我所知，他在高干会和其他会议上也提到过。一九四四年七月初，我因赶写《一二九师与晋冀鲁豫边区》一文，找陈赓同志谈材料，他高兴地告诉我，毛主席曾在一次高干会议上说：'丁玲现在到工农兵当中去了，《田保霖》写得很好；作家到群众中去就能写好文章。'……但我以为我的《田保霖》写得没有什么好，我从来没有认为这是我的得意之作，我明白，这是毛主席在鼓励我，为我今后到工农兵中去开放绿灯。他这一句话可以帮助我，使我通行无阻，他是为我今后写文、做人，为文艺工作，给我们铺一条平坦宽广的路。"① 无论如何，毛主席这封信，让丁玲受到极大鼓舞。在不长的时间里，她相继创作出《三日杂记》、《一二九师与晋冀鲁豫边区》、《老婆疙瘩》、《记砖窑湾骡马大会》、《民间艺人李卜》、《袁广发》等。并制

① 《丁玲全集·毛主席给我们的一封信》第十卷，河北人民出版社2001年版，第285页。

订创作计划，准备写一百个陕甘宁边区各阶层的人物。事实证明，丁玲是一个有着强烈社会责任感的作家，她的写作作风的转变，是毛主席《在延安文艺座谈会上的讲话》精神感召下，一个革命作家的自觉行为。

1945 年 8 月 15 日，日本裕仁天皇宣布无条件投降，中国人民的抗战胜利结束。当天，延安军民纷纷涌上街头，到处一片欢呼雀跃，到处一片张灯结彩，喧天的锣鼓，激情的秧歌，伴着夜间游行的火炬，彻夜不息。抗日战争的胜利，使得国内政局随之发生深刻的变化。我党中央一方面号召作战部队严阵以待，防止蒋介石集团发动大规模内战；另一方面派遣大批干部，挺进华北，接管东北。延安的文艺工作者积极响应党中央的号召，陈荒煤、葛洛、赵起扬、胡征等首批出发前往山西太岳地区，接着，以舒群为团长的东北文艺工作团开赴东北，以艾青为团长的华北文艺工作团开赴张家口。经中共中央办公厅批准，丁玲、杨朔、陈明等组成“延安文艺通讯团”，10 月份徒步从延安出发，准备经晋绥解放区前往东北从事新闻报道。因为丁玲的甄别结论一直没有作出，她去枣园请示任弼时，这个问题到底该怎么办。任弼时对她说：“你放心走吧，到前方大胆工作吧！党相信你。不会有什么问题，我们都知道的。”①

丁玲一行 11 月初抵达晋绥解放区兴县，从兴县经岢岚、五寨、神池、朔县、平鲁、右玉、左云、阳高步行到天镇，年底到达晋察冀中央局所在地张家口市。因国民党反动派发动内战，去东北的交通暂时中断，丁玲一行滞留张家口工作。行军途中，丁玲不顾旅途劳顿，先后撰写了散文《介绍俘虏学习队》、《阎日合流种种》，分别发表于《解放日报》和《晋察冀日报》。1946 年初，丁玲和逯斐、陈明深入宣化

① 《丁玲全集・忆弼时同志》，第六卷，河北人民出版社 2001 年版，第 330 页。

森下瓦窑厂，三人合作创作出反映日伪统治下窑工悲惨生活的三幕话剧《望乡台畔》（后改名《窑工》），发表在4月出版的《北方文化》第一卷第三、四期上。这期间，晋察冀解放区土地改革运动开始，丁玲与陈明等一道参加了晋察冀中央局土改工作队。先在怀来辛庄，后到涿鹿县温泉屯参加土改。在桑干河畔，丁玲以全部的热情投入土改工作，与工作队员们一道挨家挨户访贫问苦，激发贫苦农民翻身求解放的热情，同时也被翻身农民发自内心的喜悦而激动。火热的斗争生活，激起她创作一部反映土地革命的长篇小说的激情。1946年9月，国民党反动派发动的内战加剧，平绥线战事吃紧，丁玲一行完成温泉屯土改后返回张家口，奉晋察冀中央局命令往冀南山区撤离。南撤途中，山路崎岖。丁玲一边行军，一边在乱石嶙峋的山路上构思着她的长篇小说。

11月，丁玲抵达阜平县红土山村，在这寂静的小山村里，开始长篇小说《太阳照在桑干河上》的创作。1947年，她曾两次中断写作，先到行唐县参加土改复查，后参加华北联大土地工作队，到获鹿县宋村主持土改工作，以充实小说内容。1948年6月初，《太阳照在桑干河上》在正定华北联大定稿。此前，丁玲已接到中央妇委的通知，作为中国妇女代表团成员，拟经东北前往匈牙利参加世界民主妇联第二次代表大会。

6月14日，丁玲前往西柏坡报到，并带来她的长篇小说书稿请胡乔木、萧三、艾思奇审读，希望这部小说能在华北出版。因时任华北中央局宣传部长周扬对该小说有不同意见，丁玲的希望未能如愿。7月12日，代表团抵达大连，丁玲意外地收到胡乔木从西柏坡发来的电报，称书稿“只需修改几个小地方即可出版”。遵照审读者的意见，丁玲将书稿修改后，即交大连光华书店。

1948年8月，丁玲的长篇小说《太阳照在桑干河上》由大连光华书店正式出版，1952 年荣获斯大林文艺奖金，并被译成俄、英、德、法、日、朝等十多种文字在世界各国发行。这部小说，标志着丁玲文学创作新的高峰，也为新中国文学带来殊荣。

历史，将记住丁玲。

（作者单位：湖南省常德市文联）

丁玲 1985 年 4 月延安之行详考

梁向阳

我国现代著名作家丁玲自 1936 年 10 月奔赴陕北后，她的人生与命运就与“延安”紧紧地缠绕在一起。1936 年到 1945 年，她先后在陕北保安乃至延安等地生活、战斗了十年左右；她在新中国成立后的人生际遇，也与“延安”有着密切关联。

1985 年 4 月 5 日至 7 日，她在离开延安四十多年后第一次重返延安并作短暂访问①。这也是她在新中国成立后的唯一一次回延安。丁玲此次回延安的情况，“代表了当前国内丁玲研究的最新成果”的《丁玲传》中有 300 字左右的记述。

---

① 关于丁玲为何在 1985 年 4 月访问延安，李向东、王增如合著的《丁玲传》中推测：“1984 年 4 月丁玲把史铁生接到家中面谈后，多次在讲话中赞赏《我的遥远的清平湾》，小说对陕北农民和农村生活细腻的描绘以及通篇洋溢的温馨笔调，一定激发了丁玲的陕北回忆，从而坚定了她回延安的愿望。”（见李向东、王增如：《丁玲传》下，中国大百科全书出版社 2015 年版，第 752 页。）其实，《陕西日报》记者肖云儒早在 1979 年 9 月就专访过丁玲，并撰写以《“真想延安!”——访丁玲》为题的散文，称丁玲接受记者采访时，念念叨叨“真想延安!”“三四十年了，想起延安，心都开了。延安在我心里，比王府井还热闹。那时的延安，文化人活跃，文化生活活跃”。（肖云儒：《“真想延安!”——访丁玲》，见肖云儒：《走过——肖云儒散文》，陕西人民出版社 2016 年版，第 285 页。）笔者认为李向东、王增如的推测较为合理。延安是丁玲人生的重要驿站，也是她的重要心结。当机会成熟时，她就会义无反顾地回延安看看。

4月5日恰逢清明节，早7点半出发去延安，在黄陵吃午饭，拜谒黄帝陵。途中参观了洛川会议旧址。晚6时到延安。

丁玲在陕北住了10个年头，留下了太多的回忆，四十年来魂牵梦绕，但她只有一天时间。4月6日上午参观枣园、延安大学、杨家岭及革命纪念馆。她在延安大学讲话说：没有延安，就没有我以后的50年，我是在这块土地上，由小资产阶级知识分子转变为无产阶级知识分子的，有了延安垫底，我才能战胜以后的艰难。下午参观清凉山《解放日报》旧址、宝塔山、新市场。晚上会见了作家路遥，丁玲听说他有一个构思，赶紧约他给《中国》写稿子。

4月7日早8时离开延安，依依不舍，却又无可奈何，几十年来的思念和心愿，就只有这么走马观花的匆匆一瞥，谁让你偏有个《中国》呢？①

这三百多字简要叙述了丁玲1985年4月的延安之行。事实上，延安之行的时间虽然非常短暂，但行程信息却非常丰富。丁玲是曾与延安发生重大关联的我国现代著名作家，她1985年4月回延安的情况，延安当地的报刊与文史资料一定有报道或记载。循着这个思路，笔者查阅了当时以及后来的一些回忆文章以及文史资料，发现一些记述与这本《丁玲传》的事实有出入，一些记述则明显有误②。

甄别事实是学术研究的重要基础，已故著名学者朱维铮教授就认

---

① 李向东、王增如：《丁玲传》下，中国大百科全书出版社2015年版，第752—753页。

② 如政协延安市委员会与延安市档案局合编的《延安古今大事记》的记述就明显错误："（4月）11日，著名作家丁玲来延安参观访问。"见《延安古今大事记》，陕西人民出版社2015年版，第420页。关于丁玲访问延安的最早媒体报道，是中共延安地委机关报《延安报》1985年4月11日（星期四）第一版杨捷的《著名女作家丁玲访问延安》。当时《延安报》是对开周三小报，出版周期较长。4月5日清明节黄帝陵的新闻就是4月9日报道出来的，周期之长可见一斑。

为:“我不以为传统考据方法所得结论便等同于历史事实，我也不以为义理一词可以作为历史认识的同义词……任何一种历史研究，那第一步都只能用力于讨论对象‘是什么’，然后才能追究‘为什么’。”① 为了搞清楚丁玲 1985 年 4 月延安之行的基本情况，笔者既走访参与接待丁玲的部分当事人，也查阅了相关回忆文章与文史资料，力求在多方材料的相互印证中全面还原这三天的基本情况，以最大限度地接近历史的本来面目。

一

丁玲选择 4 月 5 日去延安，主要是想参加清明节黄帝陵祭祖活动。北京方面陪同她的人员有丁玲的丈夫陈明，冯雪峰之子、《中国》文学月刊冯夏熊；陕西方面的陪同人员有陕西省文联常务副主席方杰、《陕西日报》主任记者肖云儒等人。4 月 5 日上午，陕西省人大常委会、省人民政府、省人民政协、延安地区行政公署、黄陵县人大、县人民政府、政协和各界人士、港澳台同胞、海外华侨代表共四千余人，参加了隆重的黄帝陵祭祖仪式②。

上午，在黄帝陵参加正式祭祖活动的丁玲一行偶遇延安大学“布谷诗社”的青年大学生们。延安大学政 82 级学生、“布谷诗社”社长刘耿同学在人群中一眼认出了丁玲，主动上前问好，并热切地说:“我是延安大学‘布谷诗社’社长，代表‘布谷诗社’的全体诗友向您问好，代表延安大学的学生向您问好，并诚挚邀请您访问延安期间，来延安大学

① 转引自王钊:《稀缺的学者——悼念朱维铮先生》,《传记文学》2012 年第 8 期。

② 《延安报》1985 年 4 月 9 日第一版《我省各界人士清明节祭黄陵》作了报道，但报道中未提及丁玲的祭祖活动。

做客!”①

在丁玲的记忆中，延安大学是在陕甘宁边区时期由中国共产党创办的第一所综合性大学。1941 年 7 月 30 日，中共中央作出决定，把抗战之初就创办的陕北公学、中国女子大学、泽东青干校合并，由毛泽东亲自确立校名为延安大学。1943 年 3 月，中共中央西北局决定，把鲁迅艺术文学院、自然科学院、民族学院、新文字干校并入延安大学。1944 年 5 月，陕甘宁边区行政学院并入延安大学。新中国成立后，诸如中国人民大学、北京理工大学、中央民族大学、北京体育大学、中央农业大学、黑龙江大学、东北大学、沈阳鲁迅美术学院、西北政法大学等许多大学均拥有老延大的血脉。对此，丁玲不会不知道。有着深厚延安情结的著名作家丁玲，面对一群来自延安大学文学青年的真诚问候与邀请，怎能不激动呢？丁玲当即愉快地答应抽时间去延安大学看看；陪同的陈明与冯夏熊，则让这个热情的年轻人下午五点左右到延安宾馆商量访问延安大学的具体细节。

4 月 5 日下午六点左右，丁玲在阔别延安四十年后回到延安，入住位于延安城内、接待条件最好的延安宾馆。延安方面参与接待的有中共延安地委顾问、诗人黑振东，延安地区文联副主席杨明春、曹谷溪等人。

当日下午，回到延安的延安大学“布谷诗社”社长刘耿同学赶到延安宾馆，与陈明、冯夏熊商量邀请丁玲访问延安大学的细节，陈明给他赠送了《中国》杂志。双方商定 4 月 6 日上午去延安大学进行访问。

在确定去延安大学的时间后，刘耿又赶回学校，向时任党委宣传部部长的申沛昌老师汇报了邀请丁玲来学校的事情。丁玲要去延安大学访

---

① 2018 年 6 月 9 日 23 时左右，海南省对台事务办公室主任刘耿先生接受笔者的电话采访，非常激动地回忆了那次偶遇丁玲并邀请丁玲访问延安大学的细节。

问，这可是件大事。申沛昌当即又向学校主要领导汇报了此事，安排第二天上午的访问程序。

肖云儒回忆，当晚，黑振东与丁玲、陈明聊天时谈起他与中共延安地委书记郝延寿小时候都跳过“丁玲舞”。陈明便用陕甘宁边区的方式拉开了“再来一个要不要”，丁玲说：其实这不是她编的舞，是谐音，演员的手、脚都带着铜铃，跳起来叮铃作响，“叮呤舞”被叫成“丁玲舞”，就这样叫开了①。此时回到延安的丁玲，她的心情应该是放松的。

二

4月6日，正是星期六。丁玲一行上午在延安城参观的路线，先是枣园革命旧址，再去延安大学，然后再到杨家岭旧居与延安革命纪念馆。

当时参与陪同的诗人曹谷溪回忆，丁玲1985年4月6日上午，“戴着一副茶色眼镜，穿着一件非常新的华绸布衫，不论走到哪里，都会迎来许多惊异的目光”②。

上午九点半左右，参观完枣园革命旧址后，丁玲去延安大学访问。在快到延安大学的兰家坪大桥上，丁玲特意让司机停车。她指着延安大学三大门方向的小路说，当年孩子们就从这里过桥，去安塞的保育小学。“我那孩子，等于是延安人啊，他现在许多朋友，都是延安时交下的。延安不但是我们国家第一代领导人长住的根据地，而且是我国

① 肖云儒：《又见塔影——访陕七日中的丁玲》，见肖云儒：《走过——肖云儒散文选作》，陕西人民出版社2016年版，第305页。此文早在1985年5月1日就写成，并公开发表。

② 谷溪：《丁玲的延安情和“麻塔梦”》，曹谷溪：《陕北父老纪实文学集》，陕西人民出版社2015年版，第44页。

第二代领导人的苗圃。——现在许多新的国家领导，都是延安保小的人！……”①

过了兰家坪大桥，就是延安大学了。延安大学坐落在延安城北郊的杨家岭，它有较为久远的办学历史。在大门口等候已久的延安大学主要领导与“布谷诗社”的同学们迎上前去，把丁玲一行接到新建的图书馆前举行活动。活动大体有这样几项内容：一是延安大学“布谷诗社”社长刘耿与核心骨干中84级女生屈爱东分别给丁玲与陈明佩戴延安大学校徽；二是“布谷诗社”社长刘耿向丁玲赠送《布谷》诗报；三是邀请丁玲演讲；四是请丁玲题写“布谷诗社”社名。陪同丁玲的中共延安地委顾问黑振东，当场即兴赋诗祝贺。

关于丁玲的演讲，回忆者角度各不尽相同。刘耿回忆，丁玲的演讲大体是四十分钟左右，主要围绕“青年”、“革命”、“诗歌”与“延安”这几个关键词来展开，因时间过了四十多年，具体演讲内容记不清了②。陪同参观的诗人谷溪也在现场聆听了丁玲的演讲，他回忆丁玲面对延大的众多师生，大声演讲：“延安大学，是一所伟大的大学，光荣的大学！在过去的年代，她为民族解放，新中国的建设，作出了卓绝的贡献。”在热烈的掌声中，她进一步放大嗓门说：“封闭的时代即将过去，一个改革开放新的时代就要到来！延安大学应该肩负更为艰巨、更为光荣的任务。未来的辉煌与光荣属于你们！”谷溪回忆，“丁玲延安之行在延安大学讲的话最多。当时尽管没有扩音设备，可是她成功的演讲，不仅在延安大学引起强烈反响，同时也震撼了沉静的黄土高原”③。

---

① 肖云儒：《又见塔影——访陕七日中的丁玲》，见肖云儒：《走过——肖云儒散文选作》，陕西人民出版社2016年版，第305页。此文早在1985年5月1日就写成，并公开发表。

② 2018年6月9日23时，刘耿先生接受笔者的电话采访记录。

③ 谷溪：《丁玲的延安情和“麻塔梦”》，曹谷溪：《陕北父老纪实文学集》，陕西人民出版社2015年版，第50—51页。

这显然是典型的诗人回忆，浪漫而夸张，融入了诗人的合理想象。事实上，一个没有扩音设备的封闭场地演讲，在没有报纸及时跟进报道的情况下，怎能“震撼了沉静的黄土高原”呢？

在时任《陕西日报》主任记者的肖云儒听来，却又是这样的话语：“离开延安，四十年了，四十年来——梦、魂、缠、绕！”

“如果没有延安，就没有我以后的五十年。此话怎么讲？因为，我是在这块土地上，由小资产阶级知识分子转变为无产阶级知识分子的！我想延安，不光爱这里的山川风物、婆姨娃娃、红枣小米，主要是因为延安改变了我这个很不好改变的人。有了延安垫底，我才能战胜以后的艰难，才能在北大荒扎下根，和那里的人打成一片，在风雪严寒中感到温暖。五十年来，我生活的地方变了，但人民没有变，延安给我的营养没有变！”

“中国的革命是相当艰苦和曲折的。中华人民共和国成立时，毛泽东说这是万里长征第一步，从建国到现在 36 年了，我们还处在万里长征的开头。我们来到一个新起点。”

“今天，八十岁的我和二十岁的各位，都在同样的课题下起步。我们这一代是老了，不行了，但是，我要说，我们的延、安、精、神，是行的。延安精神要我们去艰苦奋斗，要我们创造革新，这样的精神，现在行，将来也行，会永远吃得开！同学们，在四次作协代表会上，我看见坐在我前面的代表，后脑勺的白发少了，秃顶少了，好高兴呀！将来的中国，将来的文学，要靠青年，靠你们，你们靠什么？依我看，靠马列，靠知识，也还要靠延安精神，靠发展了的延安精神！……”①

而李向东、王增如撰写的《丁玲传》记述则较为简单：“她在延安

① 肖云儒：《又见塔影——访陕七日中的丁玲》，见肖云儒：《走过——肖云儒散文选作》，陕西人民出版社 2016 年版，第 305—306 页。此文早在 1985 年 5 月 1 日就写成，并公开发表。

大学讲话说：没有延安，就没有我以后的 50 年，我是在这块土地上，由小资产阶级知识分子转变为无产阶级知识分子的，有了延安垫底，我才能战胜以后的艰难。”

从丁玲当时的心境来推测，应该说在现场聆听丁玲演讲的《陕西日报》主任记者肖云儒的记述更为准确。从文字上推断，《丁玲传》的记述是在肖云儒的记述上衍化出来的。丁玲到延安大学与文学青年交流，一定是发自内心的真诚。丁玲面对热情的青年大学生们，自然也是寄寓了毫无保留的深切感情。

关于丁玲的延大之行，笔者也查阅了《延安大学大事记》，发现其中的记载并不清晰：“（4 月）11—12 日，著名女作家丁玲访问延安，最后一站到延安大学，《延安文学》主编曹谷溪介绍，在来访延安之前，丁玲应延安大学‘布谷诗社’社长刘耿邀请，为‘布谷诗社’题写了刊名，并作了演讲。”① 显然，这里面有三处错误信息：一是访问时间不对，把 4 月 5 日至 7 日，写成“4 月 11—12 日”；二是“最后一站到延安大学”不对，而是 4 月 6 日上午到延安大学访问；三是丁玲给延安大学“布谷诗社”题写刊名，是演讲后发生的事情，不是来延安大学之前的事情。在一本《杨家岭下沐春风：生活在 1958—1988 年的延安大学》的关于延安大学历史的记述著作中，显然也把丁玲到延安大学的时间与地点记述错了：“1985 年 4 月 11 日，81 岁的著名作家丁玲来到延安大学，让布谷诗社的同学们兴奋异常。丁玲在北阶梯教室作了热情洋溢的演讲，并欣然接受同学们的邀请，为布谷诗社的刊物题写了刊名。”②《延安大学大事记》的信息来源是“《延安文学》主编的介绍”。在谷溪公开发表

① 延安大学档案馆编制：《延安大学大事记：1958—2010》（内部发行），2013 年 8 月印刷，第 71 页。

② 杨延：《杨家岭下沐春风：生活在 1958—1988 年的延安大学》，新华出版社 2017 年版，第 74 页。

的文章《丁玲的延安情与“麻塔梦”》中，虽然记准了 4 月 6 日，但是又把上午记成下午了，“延安大学是丁玲一行参观访问的最后一站。延安大学建国以来的巨大变化，将她的延安之行推到高潮”①。这样可以推测，《延安大学大事记》关于丁玲访问延安大学的错误信息不光是受到谷溪的影响，可能还有一个错误信息的诱导，使“大事记”的编纂人员在未加考辨的情况下杂糅使用，进而以讹传讹流播开来。

延安访问的第三站，是杨家岭革命旧址。曹谷溪回忆：“在中央办公厅小楼门口，有一张毛泽东和出席延安文艺座谈会的作家、艺术家的大幅照片（丁玲和毛泽东等中央领导同志在前排就座）。在这张照片前她默立许久，眼睛里充满了泪水。有人要她辨认这张照片上的人物，她未作应答，只是自言自语地说了一句意味深长的话：‘当年，我们是朋友；以后，就变成了君臣’。”②

曹谷溪是延安当地非常著名的诗人，他与丁玲、艾青、萧军、贺敬之等延安时期老一辈作家、诗人关系密切。他近距离地观察到的“眼睛里充满了泪水”，以及听到丁玲自言自语的话，这两个细节非常耐人寻味。这进一步印证了“与革命相向而行”③的丁玲，在人生晚年百感交集的心绪。

在杨家岭革命旧址，丁玲接受了《延安报》记者的采访，她对记者说：“回到延安，总算了却了四十多年的一桩心事，我重温了历史上重要的一课。”④在采访时，丁玲还应邀为《延安报》题写：“祝贺《延安

① 谷溪：《丁玲的延安情和“麻塔梦”》，曹谷溪：《陕北父老纪实文学集》，陕西人民出版社 2015 年版，第 50 页。

② 谷溪：《丁玲的延安情和“麻塔梦”》，曹谷溪：《陕北父老纪实文学集》，陕西人民出版社 2015 年版，第 44 页。

③ 解志熙：《与革命相向而行——〈丁玲传〉及革命文艺的现代性序论》，见李向东、王增如：《丁玲传》上，中国大百科全书出版社 2015 年版，第 1 页。

④ 杨捷：《著名女作家丁玲访问延安》，《延安报》1985 年 4 月 11 日第一版。

报》创刊三十五周年”，此题词的影印照片刊于《延安报》1985 年 4 月 11 日第一版左下角。

丁玲在延安革命纪念馆参观时，表示要将珍藏的一条边区生产的花格毛毯捐给纪念馆，她还给纪念馆题词：“重大历史上的重大一课!”①

三

中午时分，丁玲去延安清凉山景区参观。

这里在党中央到达陕北之前，清凉山就是享誉三秦的陕北第一名胜。这里集佛教石窟、道教楼宇和名人古迹于一身，据《延安府志》载，山上殿宇嶙峋，金碧辉煌，名胜古迹星罗棋布，谓之“金仙胜境”。清凉山在延安时期是著名的“新闻山”，中共中央机关报《解放日报》、《解放》周刊、新华社、新华广播电台、中央出版发行部、中央印刷厂等机构均挤扎在这里。陈毅将军在 1945 年中共七大会议期间诗云：“百年积弱叹华夏，八载干戈仗延安。试问九州谁做主？万众瞩目清凉山。”丁玲 1941 年春到 1942 年 3 月，担任《解放日报》文艺副刊主编，就在清凉山上工作。故地重游，触景生情也在情理之中。

据谷溪回忆：“中午时分，丁玲步行爬上清凉山，清凉山的风，一扫满脸阴霾，她兴致勃勃地踏上坎坷不平的层层石阶，对随行者说：‘这儿我很熟悉，那时，我在《解放日报》担任副刊主编，常常来这里校对清样。’走在旁边的延安地区文艺研究室主任杨明春不失时机地说：‘那时候，我还是一个不满 10 岁的小学生。1946 年《解放日报》上还

① 肖云儒：《又见塔影——访陕七日中的丁玲》，见肖云儒：《走过——肖云儒散文选作》，陕西人民出版社 2016 年版，第 306 页。此文早在 1985 年 5 月 1 日就写成，并公开发表。

登过一篇题为《杨明春和他的娃娃识字组》，后来还收入陕甘宁边区《初小国语》课本里。’听了杨明春的话，丁玲以慈母般慈祥的目光对他说：‘咱们真是有缘分！’”①

万佛洞洞口静静陈列着一尊石碑，上书“延安革命旧址中央印刷厂印刷车间（印报）1937.1—1948.3”几个楷体大字。在万佛洞里，丁玲不无惋惜地说：“这里原来有三尊大佛像，因为要做印刷车间，被砸掉了……”谷溪回忆，就在万佛洞内，丁玲触景生情，回忆说：“那时延安同志们的生活都十分艰苦，住自己开挖的土窑洞，也住这样的石头洞穴。这些地方，不仅通风不好，而且又潮又湿；吃的是小米干饭煮白菜，碗里瞅不见一点油花花；穿的是打补丁的灰布军装；用得是自己制造的钢笔和马兰纸……尽管条件是那么艰苦，可是人们的精神面貌却十分饱满——一心一意干事业。”②

万佛洞旁边是延安的文人墨客们在 20 世纪 80 年代初建成的“清凉诗社”——一座茶亭。走出万佛洞，黑振东请丁玲与陈明到“清凉诗社”的茶亭休息。一杯茶后，管理处主任立即拿出一本精美的“签名册”，请丁玲题诗。丁玲笑着说：“大家一起凑吧！”说罢她带头先题一句：“重上清凉山”，然后交给老伴陈明，陈老略思片刻，续了一句：“酸甜苦辣咸”，转身交给延安地委顾问黑振东。黑振东脱口两句：“说来又说去，还是延水甜”。丁玲拿过诗册，细品一番。说：“‘说来又说去’不好，应改为‘思来又想去’”。停了停，她笑呵呵地对大家说：“今天我们是集体创作打油诗！”③应该说，丁玲与陈明这不经意间吟出的“重上清凉

① 谷溪：《丁玲的延安情和“麻塔梦”》，曹谷溪：《陕北父老纪实文学集》，陕西人民出版社 2015 年版，第 46 页。

② 谷溪：《丁玲的延安情和“麻塔梦”》，曹谷溪：《陕北父老纪实文学集》，陕西人民出版社 2015 年版，第 47 页。

③ 谷溪：《丁玲的延安情和“麻塔梦”》，曹谷溪：《陕北父老纪实文学集》，陕西人民出版社 2015 年版，第 47—48 页。

山，酸甜苦辣咸。思来又想去，还是延水甜”这四句打油诗，说尽了他们对延安、对延安时期那种难以言说的复杂心情。

休息片刻后，丁玲游兴尚浓，参观紧挨诗社的“弥勒佛洞窟”。据文物专家考证，这是北魏时期开凿的佛家石窟，不仅艺术品位极高，而且填补了我国石窟艺术的一个空白。石窟门口镌刻着一副对联，上联是：“大肚能容容天下难容之事”；下联是：“开口便笑笑世上可笑之人”。洞内独有一尊与山岩连体的弥勒佛石像，佛像前香烟缭绕，有一签筒正置石桌之上。

谷溪回忆，有人提议丁玲抽上一签，她不无感慨地说：“我的命运我知道。”因为游兴正浓，她信手举起签筒轻摇了三下，便蹦出一签“明月高照”，大伙一起鼓掌说好签。她笑说：“神也尽挑好话说。”接着又摇出第二签“行船风顺”，笑得更开心了：“不信，不信，我的命哪有这么好?”回头将签筒递给老伴：“来，你也摇一签。”陈老虔诚地闭目三摇，竟出人意料地跳出“阴阳道合”一签来。众人高兴地拍手叫好：“灵！真灵。弥勒佛果然道出了二老相依为命、甘苦与共‘阴阳道合’的天意啊!”①

丁玲与陈明在延安清凉山弥勒佛前抽签一事，是确有其事，不是人们演绎与杜撰出来的。李向东、王增如合撰的《丁玲传》中也有记载：“4月8日下午丁玲、陈明飞回北京。丁玲告诉接站的秘书：前天在延安清凉山千佛洞看到一副对联：大肚宽容能容天下难容之事；笑口常开笑尽天下可笑之人。她和陈明两人抽了签，都是上上签!”② 这段文字可以解读出这样几方面的信息：一是作为时任丁玲秘书的王增如女士不在延安现场，她关于丁玲延安之行的故事均来自别人的转述或者相关文字；二是丁玲4月8日回到北京后告诉接机的秘书抽签一事，正是为《中国》

① 谷溪：《丁玲的延安情和“麻塔梦”》，曹谷溪：《陕北父老纪实文学集》，陕西人民出版社2015年版，第49页。

② 李向东、王增如：《丁玲传》下，中国大百科全书出版社2015年版，第753页。

杂志内部不团结一事而烦心不已时心情的自然流露，也有无可奈何的自我嘲解之意吧；三是因为未到现场，关于清凉山的记忆有两处错误，把“万佛洞”写成“千佛洞”，对联内容应是“大肚能容容天下难容之事；开口便笑笑世上可笑之人”，作者也记错了。

据肖云儒记述：“这天晚上，延安文联副主席杨明春将这三四一十二个字写成一幅中堂，送给两位作家，他们欣喜地把这个祝愿带到北京去了。”①

四

丁玲这位 81 周岁、身患糖尿病的老太太，在延安期间身体处于高强度、超负荷的运作状态。她白天参观革命旧址，同延安大学的师生们交流，晚上也未停止工作。

肖云儒还回忆，4 月 6 日晚延安地委在延安宾馆设宴款待丁玲一行。丁玲听说路遥躲在延安写长篇，一定要见见他，但谁也找不到，路遥在延安的住处一直保密。肖云儒托人从在《延安报》当记者的路遥弟弟王天乐那里获取了“接头地点”和“密电码”后，才把路遥挖出来。丁玲要他坐在自己的旁边，和路遥“密谈”文学。席间，路遥几乎未动筷子。饭后，丁玲望着路遥的背影赞赏有加，认为这么切实的一个青年人，像个搞创作的人。②

① 肖云儒：《又见塔影——访陕七日中的丁玲》，见肖云儒：《走过——肖云儒散文选作》，陕西人民出版社 2016 年版，第 310 页。此文早在 1985 年 5 月 1 日就写成，并公开发表。

② 肖云儒：《文始文终忆路遥》，见晓雷、李星编：《星的陨落——关于路遥的回忆》，陕西人民出版社 1993 年版，第 68 页。

严格意义上讲，丁玲1985年4月的延安之行只在延安活动了一整天，4月7日上午8点便离开延安返回西安。丁玲一行在延安期间，受到中共延安地委、行政公署的热烈欢迎与盛情款待。据《延安报》报道："丁玲访问延安受到了中共延安地委、行政公署的热烈欢迎和盛情款待。她对前来看望她的地委书记郝延寿、行署专员高凤岐、副专员呼三等领导同志说：'延安的变化很大，延安的工作是很有成绩的，我要用手中这支笔不断地写延安，谱写延安精神的新赞歌'。"①

然而，丁玲1985年4月这样一个匆忙的延安之行，在多种版本的记述中却有较大差异性，这不能不令人感慨唏嘘。

已故著名现代文学研究专家王瑶先生讲过这样一番话："在古典文学的研究中，我们有一套大家所熟知的整理和鉴别文献的学问，版本、目录、辨伪、辑佚，都是研究者必须掌握或进行的工作；其实这些工作在现代文学的研究中同样存在，不过还没有引起人们应有的重视罢了。"② 王瑶先生当年的言语击中我国现当代文学研究的要害，文献考证与田野调查工作仍是其研究短板。事实上，我们在高谈阔论地不断证明某些合理性的重要论断时，更要俯下身子把资料工作的地基夯实，那样的高论才不会"塌陷"。

（作者单位：延安大学文学院）

① 杨捷：《著名女作家丁玲访问延安》，《延安报》1985年4月11日第一版。

② 王瑶：《关于中国现代文学研究工作的随想——在中国现代文学研究会学术讨论会上的发言》，《中国现代文学研究丛刊》1980年第4期。

第 二 编

丁玲文本解读与现代性

日记三种

——丁玲成长小说初探

黄念欣

> 今天是旧历三十。我要我的旧有的生活，随时而俱去，而那新的，我所希望，便也随新年而建设着。所以我买本簿子，做为我工程中的记录。我要无隐饰的，大胆说我自己的话。我要勉励我自己，使我成为一个有理性的人。
>
> ——丁玲《岁暮》（1929）①

丁玲以“心灵上负着时代苦闷的创伤的青年女性的叛逆绝叫者”②式的《莎菲女士的日记》③震动文坛，而日记在她的小说中，既负着时代的苦闷，也渗透个人的叛逆绝叫，充分体现“个人即政治”（Theper-

① 丁玲：《岁暮》，《自杀日记》，光华书局1933年版，第81页。原发表于1929年2月20日《人间月刊》第2号。见王周生：《丁玲年谱》，上海社会科学院出版社1997年版，第28页。

② 茅盾：《女作家丁玲》，《文艺月报》第1卷第2号，1933年。

③ 丁玲：《莎菲女士的日记》，《小说月报》第19卷第2号，1928年。

sonal is political）的意义。[①] 然而由于《莎菲女士的日记》以及上面茅盾的经典评语深入民心，丁玲的日记体小说往往被视为直抒胸臆的一句真话，其对时代精神的反映亦显得不辩自明。但事实上，日记体小说作为一种“真实的形式”（realistic form），终究是透过私密语言、个人省思及逐日时态等手法“模拟”而成。[②] 此外，即如在丁玲另一短篇《岁暮》中的大学女生在日记中写的：“我要无隐饰的，大胆说我自己的话”，最终却在小说收结处被消解，所谓岁暮立志，皆是徒劳，在新年第一天中又沉沉睡去。[③] 丁玲的日记体小说到底要说什么？怎么说？重读丁玲早期3篇以日记为名的小说（《莎菲女士的日记》、《自杀日记》、《杨妈日记》），可以重塑五四女作家早期作品中的成长意识，并透过“女性成长小说”（female bildungsroman）的框架，展示个人启蒙与国族建立的关系。[④]

成长小说除了展现人物成长阶段（coming of age，formative years）的身心教育转化以外，更是带有明确目的论（teleology）的文体，以至

① 20世纪70年代女权主义者提出“个人即政治”，指出所谓女性的“个人”问题，往往是由父权社会所制定，因此也是高度“政治”的问题。Carol Hanisch，“The Personal is Political”，Shulamith Firestone and Anne Koedt ed.，Notes from the Second Year：Women's Liberation: Major Writings from the Radical Feminism，Radical Feminism，1970。

② 亦即是日记体小说可以分为三类：仿真的（mimetic）、主题的（thematic）及时间的（temporal）。参见H. Porter Abbott，“Diary Fiction”，Orbis Litterarum 37（1982），pp.12–31。

③ 丁玲：《岁暮》，《自杀日记》，光华书局1933年版，第89页。

④ “成长小说”（Bildungsroman）一词于1819年由语言学家Karl Morgenstern正式提出，用来描述以青少年阶段构筑自我身份过程的小说，当中包含身心的变化，常见题材包括童年生活、孤独的个人与大社会环境之冲突、世代之争、个人经历的教育和异化、爱情磨难、事业理想与工作伦理。Karl Morgenstern，“On the Nature of the Bildungsroman” trans.Tobias Boes，PMLA 124（2009），p.647。至于女性成长小说，则指以女性为主角的成长小说，当中除了成长小说的既有议题外，更包含对父权社会的批判及建立女性主体性的关键。参见Carol Lazzaro—Weis，The Female “Bildungsroman”: Calling It into Question，NWSA Journal，Vol.2, No.1（Winter, 1990），pp.16–34。

有论者认为源自德国的“成长小说”寄寓了建立现代国家（building of anation）以至透析欧洲 / 世界崛起的方式。[①] 而成长小说的论述对象一直以男作家或男性主人公为主，至近年才开始应用到女作家身上，亦与其先天的国族主题有关。于是“女性成长小说”一直囿于若干明确的生理、心理转变，以及为人妻、为人母等门槛式经验之中。丁玲小说中的成长题材，自首部作品《梦珂》到分水岭上的《在医院中》，都有过论者不少精彩的演绎，写出民国到延安时期新女性的成长步伐。[②] 然而透过看似最为自我、内在与直白的日记体，如何在丁玲笔下写出不断流动创化中的“女性成长小说”？如何补充日记体小说在庐隐式的伤春悲秋或淦女士的率直张扬以外的现代文学的意义？这都是值得深入讨论的议题。

一、模拟真实：丁玲女士的《莎菲女士的日记》

正如要了解歌德的《少年维特的烦恼》如何在中国风行一时，必然要了解德国狂飙时代与五四启蒙精神的对话；[③] 要了解丁玲《莎菲女士的日记》如何打入文坛，也必须了解 1928 年间丁玲的社会现实与日记生活中的关系。日记体与书信体同属强调个人内心真实的文体，然而丁

---

① 参见 Franco Moretti, The Way of the World: The Bildungsroman in European Culture, London: Verso, 2000。

② 如罗岗：《视觉“互文”、身体想象和凝视的政治——丁玲的〈梦珂〉与后五四的都市图景》，《华东师范大学学报（哲学社会科学版）》2005 年第 5 期。黄子平：《病的隐喻与文学生产——丁玲的〈在医院中〉及其它》，《革命 · 历史 · 小说》，牛津大学出版社 1996 年版，第 141—158 页。

③ 1922 年十八岁的丁玲与同学以朝圣的心情前往哈同路拜访郭沫若。见丁玲：《鲁迅先生与我》中“北京这个古都是一个学习的城……公寓里住的大学生们，都是一些歌德的崇拜者，海涅、拜伦、济慈的崇拜者”。丁玲：《一个真实人的一生——记胡也频》，《人民文学》1950 年第 12 期。

玲未如一众女作家选择以书信体小说开始，而是以不涉收信人对象、而自主性更高的日记表白苦闷心迹。① 然则丁玲的成长烦恼为何？日记透过何种手法达到拟真的目的？《莎菲女士的日记》最具拟真意识的地方，就是莎菲女士与丁玲女士的生活烦恼之落差。写作《莎菲女士的日记》之时，二十三岁的丁玲经历了辗转求学、经济拮据、母亲停止办学、挚友王剑虹去世、先辈向警予启蒙；社会重大事件亦从辛亥革命、五四运动走向三一八惨案、大革命失败及五四退潮。② 然而笔下的莎菲却只字未提社会上发生的具体事件，更在日常生活中无须应付求学、就业、温饱、房租等问题。

莎菲的一切苦闷，源于“我总愿意有那末一个人能了解得我清清楚楚”却不可得，而偏偏“父亲与姊姊”、苇弟、云霖、毓芳、剑如、凌吉士、蕴姊，都未能满足莎菲“被了解”的渴望。创作此篇时的丁玲已认识胡也频、沈从文与冯雪峰，与母亲更是鲜有的志同道合，但仍然透过莎菲逐一记下与亲友各人的反复龃龉及苦闷，且写出随意购买零食待客、随意转租房子的经济自由生活。此中“丁玲女士的烦恼”与“莎菲女士的烦恼”之落差，正是日记体小说拟真的最大张力所在。

日记体小说在五四作家之中大行其道，以日记为题的作品及讨论，查“大成老旧刊全文数据库”，自晚清绣像小说《英轺日记》至 1951 年《论语》上的《某公的日记》，计有 4155 条之多。③ 当中包括真正逐日记事的日记及借用日记为体裁而成的小说。后者最为著名当然是 1918 年《新青年》上发表的鲁迅的《狂人日记》；最为女作家日记体书写典型的则

① 关于日记体的叙事特色，见 H. Porter Abbott, “Diary Fiction”, Orbis Litterarum 37 (1982), p.12。

② 参见王周生：《探索的脚印一九二二年至一九二九年》，《丁玲年谱》，上海社会科学院出版社 1997 年版，第 12—23 页。

③ 大成老旧刊全文数据库，http ：//laokan.dachengdata.com.easyaccess1.lib.cuhk.edu.hk/tuijian/showTuijianList.action。

首推庐隐的《丽石的日记》。[1] 然而《莎菲女士的日记》既没有如《狂人日记》把日记作为一外在社会的象征的形式，也没有如《丽石的日记》把日记当成内心感情的真实写照。它是介乎两者之间的一种矛盾的拟真产物，如实记录了一室之内与身边各人之间互动而体悟的成长，也反照一室之外，社会革命中汹涌南下的潮流。二十三岁的丁玲，其实并没有透过莎菲如实写出自己当时的状况，而是透过时下日记体的拟真特点，模拟个人苦闷与导致个人苦闷的窒息的社会空间。从女性成长小说的角度重读《莎菲女士的日记》，莎菲的成长"目的"就是"悄悄地活下来，悄悄地死去"，竟如歌德的维特一样，以"死去"响应大革命失败、社会价值被庸俗化蚕食的现实。西方《爱弥儿》的"莎菲"（Sophie）[2]，被传统反动的"吉士"所玩弄，[3] 此中痴心错付既适用于个人也合于社会，当中复杂的转喻关系，不仅是一声真实的苦闷绝叫而已。

二、反讽主题：自杀前请把《自杀日记》投稿

除了模拟式（mimetic）的日记体小说，另有一种主题式（thematic）的日记体小说。《莎菲女士的日记》的主题不等于莎菲的目的，亦即上述所谓"悄悄地活下来，悄悄地死去"地"浪费我生命的剩余"；而是此一消极力量的反撞力，所带出其最深刻的讽刺指向。莎菲日记所隐藏的反讽，非得从与另一篇相隔不足一年，但影响及关注大不如前的《自

---

① 庐隐女士：《丽石的日记》，《小说月报》第 14 卷第 6 号，1923 年。

② Sophie（莎菲）为《爱弥儿》中的女主角，为实现爱弥儿女子教育模式的对象，亦为体验女性成长的代表人物。[法] 卢梭：《爱弥儿——论教育》，李平沤译，商务印书馆 1978 年版。

③ 凌吉士名字的由来，极有可能来自《诗经·国风·召南》中《野有死麇》："有女怀春，吉士诱之。"

杀日记》说起。①

《莎菲女士的日记》之所以一鸣惊人，与其发表在经常刊登一鸣惊人之作的《小说月报》上不无关系。丁玲在不足一年后同样以日记形式写成独居女士伊萨的生活作品《自杀日记》，收录在友人徐霞村主编、只一期便夭折的《熔炉》杂志，影响就与《莎菲女士的日记》相差很远。就背景而言，二作相差十个月，挟着莎菲的日记体之成功，加上话题性的"自杀"，②结果有点出人意料。当然就作品而言，《自杀日记》在篇幅和人物的经营上大有不及前作的地方，有心人甚至觉得这不过是丁玲套用成功公式之作，把莎菲式苦闷在伊萨身上再演一遍，以应付朋友创刊号热情的邀稿。

然而《自杀日记》与《莎菲女士的日记》的差异，有比文学性高低更为重要的因素。"自杀"既是五四时期社会现实中的现象和热议的题目，也是五四文学里的一大比喻式主题（trope）。丁玲在《自杀日记》中没有像时人一般对"自杀"此一现象或成因进行任何解剖③，当然亦没有如冯沅君（淦女士）《隔绝》系列的沉湎与决绝。④丁玲面对自杀的方法是解构而非解剖，手法仍是日记体，而且加上令反讽意味更浓的艺术家小说（Künstlerroman）模式。⑤

《自杀日记》反讽的第一步就是挫伤日记的形式。有专研日记文学者认为，本来日记在真实问题上最大的优势，就是不需要解释"叙事者"

---

① 丁玲:《自杀日记》，1928 年 12 月 1 日《熔炉》第 1 期。

② 根据大成老旧刊全文数据库，有关"自杀"一词的篇章，共有 1135 篇。

③ 如愈之:《自杀之原因与其防止之法》，《东方杂志》第 14 卷第 6 期，1917 年。陈独秀:《自杀论》，《新青年》第 7 卷第 2 号，1920 年。

④ 冯沅君的小说《隔绝》、《隔绝之后》以青年私奔为题材，主角最后自杀殉情告终。见淦女士（冯沅君）:《隔绝》，《创造》第 2 卷第 2 号，1924 年。

⑤ 即以艺术家为主人公的小说，讲述年青的主角在艺术上趋向成熟的过程，偶尔会被看作成长小说的一个分支。经典例子包括歌德的《威廉 · 麦斯特的学习时代》及乔伊斯的《一个青年艺术家的肖像》。

这个怪异的叙事产物。因为不论是第一、第二或第三人称，叙事文体中的叙事者到底在“何时”叙事、如何在事情发生之前、之后或当下叙事，皆有难以解脱的失实之处。相反，日记就是“白日所为，夜来反省”的记录，日记中的叙事者，自然是最理所当然的，无须外在硬生加入的，最贴近“真实”的叙事者。① 书信体同样无须解释叙事者（写信人）的时间性和真实性，但同时因为多了一个虚拟的对象，不如日记体完全自主的“真实”。但《自杀日记》一开始即打破此难得的真实，加入客观叙事者，冷看女主角伊萨“自杀日记”的生成。

> 细的钢笔尖，沙沙的在一个簇新的稿纸本上移动下去，字便显得比平日更其潦草的现了出来：
>
> “今天大约是十八吧。算来是个难得的好日子，难得我竟动了笔。我强迫我离开床铺，我要来写日记了。我有许多话是只能向自己说来，让自己去好笑的。然而是总得写下去，直到死的那天为止。向自己说点疯疯癫癫可笑的话，未必会比躺在床上想一点疯疯癫癫可笑的事更坏！也许……”②

《自杀日记》开笔即多了一双冷眼的凝视，从抽离的行文走向全知的角度，放弃日记的绝对个人主体性。像煞有介事的沙沙的钢笔尖，与“我要来写日记了”的宣告，与后文反复强调的“我决定了，死去吧，死去吧!”、“顶好是死去算了”、“她就会死去的”、“总有一天我会自己死去的”、“死于我是很自然的事”、“我死去了”、“虽说我将死去，为这而死”，以至于关于死的推论：

---

① H.Porter Abbott，“Diary Fiction”，Orbis Litterarum 37（1982），p.1.

② 丁玲：《自杀日记》，1928 年 12 月 1 日《熔炉》第 1 期。

> 我到底对于这死，有什么惑疑没有？我希望把我自己分析得清清白白，我也并不愿意让自己冤枉死去了，如若自己又还有一点并不想就死去的意思。我反反复复在心中自问自答了好久，结果是："倒不如死了为好。"是的，这是对的。死了总好些吧。[①]

一篇不过5000字左右的小说，出现了47次"死"，平均"百字一死"，此等频率所带来的节奏几乎已是谐谑的，再加上艺术家小说的元素，即处处强调伊萨的自杀的"文艺性"，由超近距离的沙沙的笔尖，到实际自杀操作上"除了海，她是不愿自杀的"，及想象人们重复地说"伊萨投海了"，均充满叙事性与视觉性的考虑。而最后反讽的高潮，当然就是结局伊萨为年老的房东太太催交租款，家徒四壁之际伊萨只好暂缓自杀的计划，从床头的笔记本上撕下有字的九页交予老太太，并附条子一张："为救急，想换几个钱，无论多少，都交给来人吧！"这九页文稿，读者自可想象就是正在阅读中的《自杀日记》。

《自杀日记》最妙的地方在于其主题性，不是浪漫的自杀，也不是真挚的日记，而是：看似决绝的自杀，可以透过貌似真诚的日记，达成卖文代租的交易，也就是各位读者手中付钱所买的这一篇。丁玲透过对伊萨这位女作家的描写及艺术家小说（Künstlerroman）所隐藏的文学意见，对日记体作为剖心自白的写作风潮之讽刺和瓦解，于《自杀日记》圆满完成。日记形式成为"有意味的形式"，反讽的主题，被投入熊熊火光的《熔炉》之中。我的生命不只是我自己的玩品[②]，更是我的生活交换品。熔炉的锻炼后，就是一个阶段的新生。

---

① 丁玲：《自杀日记》，1928年12月1日《熔炉》第1期。

② 《莎菲女士的日记》文末莎菲自言："我的生命只是我自己的玩品"。《小说月报》第19卷第2号，1928年。

三、未来写实：杨妈如何写出《杨妈日记》

德国成长小说的产生条件，包括对旧文学看法转变、新文学的产生、把新文学放回传统脉络之中，以及反讽与谐仿的出现几个阶段式因素。然而在《自杀日记》的反讽与谐仿以后，丁玲的日记体成长小说还有何种走向？这里可以先从1933年发表于《文学》的《莎菲日记第二部》谈起。① 此文与《莎菲女士的日记》相隔五年，丁玲亦经历了产子、胡也频遇害、国民党软禁等人生重要磨炼。《莎菲日记第二部》承接“莎菲日记”之名，内容却是认为自己的“日记时代”今是而昨非：

> 我读了我几年前的东西，没有一点感伤和留恋，没有一点旧的情绪重温着我的心，真的是过去了！过去的岂只这一点点日记时代，所有的梦幻，所有的热情，所有的感伤，所有的爱情的享受都过去了，流走得是这样自然，流走得是这样不使我自己惊诧，流走得是这样不使我自己有一点沾滞，多么痛快，多么轻捷的我便跳在现在的地步了。②

此一“分水岭”式的表白，说明丁玲对她的“日记时代”确有自觉的结束，而日记以“五月四日”起始，则包含对五四文学价值的告别，亦未可知。但结束的方法，不一定是从此不写“日记”，也可以创作一篇大异其趣的“新日记”来完成。《杨妈的日记》发表于1933年的《良友》，以一位叫杨妈的女性自五月十八日至五月二十五日的先后六篇日记为

① 参见丁玲：《莎菲日记第二部》，第1卷第4号《文学》，1933年。

② 丁玲：《莎菲日记第二部》，第1卷第4号《文学》，1933年。

内容。文末附有编者按语："右为丁玲女士未完之作，惟日记式小说，片段成文，阅者可窥见此中国现代女作家之文学及意境。原稿系女士失踪后由其友人寄投本报者，笔迹如左。"① 这篇因丁玲其时失踪而附有丁玲手迹的作品，可谓最具视觉上的"真实性"，但在内容上，日记的主角是女佣杨妈，又是与丁玲身份距离最远。小说首篇记女佣杨妈因女雇主孙先生的鼓励而写日记，杨妈记录孙先生对她说："杨妈，你不必老抄书了，顶好凭你喜欢写一点东西在这上面。想些什么就写些什么，这叫着日记。"这一开首甚具"成长"的意味，即作为劳动阶层的杨妈不只跟雇主读书识字，更因为开始拥有自己的声音，"想些什么就写些什么"。杨妈虽然嫌自己歪歪扭扭的字糟蹋了本子，但仍真的写下了乡下一家写信要钱的苦恼，以及对孙先生愿意借钱及介绍额外工作的感激。日记写到杨妈认为孙先生"总得嫁人的"而结束。

有研究女性成长小说的论者认为，这些环绕女主人公的成长故事，往往是变得幻灭（growing down）多于真正的育成（growing up）。② 经过莎菲的消隐与伊萨的反讽以后，《杨妈的日记》在丁玲的日记成长书写中，在拟真感、主题性与时间性方面均有所突破。首先是主角"杨妈"的名字具有普遍性，凌叔华就有小说《杨妈》，主角为溺爱逆子的痴愚女性。另也有曾署名"杨妈"的参赛者在《妇女共鸣》征文比赛中投稿《我做学校女佣的生活》，写出中年女性重新就学的转变。③ 可见当时女性作者化身劳动阶层妇女的模拟风气。丁玲笔下的杨妈亦为其中一例，但作为日记的作者，与前述的莎菲和伊萨相去甚远，所体现的既非个人

① 丁玲：《杨妈的日记》，《良友》1933 年 8 月第 79 期。

② 参见 Annis Pratt, *Archetypal Patterns inWomen Fiction,* Bloomington: Indiana University Press, 1981, p.14。

③ 参见杨妈：《我做学校女佣的生活》，《妇女共鸣》第 5 卷第 2 期。

成长，亦非艺术家的成长，却仍然借助日记体的形式，表现出一种全新的主题：知识分子走出日记写作的伤春悲秋，通过教授劳动阶层读书识字，把日记与成长的权利，交给广大的下层女性。

这一主题更透过日记的时间性而有所深化，成为一个面向未来的主题。所谓日记所产生的成长叙事时间性，这里不单指一般以日期、天气标示段落的形式，而且更要留意日记形式中所带出的线性进化经历及投向未来的目光，后者尤其需要解释。如前所述，日记由作者记录一天所经历之事，在事情发生与记录之间的时差甚少，一般追记“几天前”的事已是极限，于是这种形式不断记录当下，甚至让人不禁延伸联想主人公的未来，是很少带有回忆的语气的一种文体，与自传或回忆录构成对比。

杨妈每天所见所感，以及她的学习进度，呈线性的发展，令人联想到她一步步切实地自力更生，走向未来。又因杨妈名字的普遍性，使她成为一个代表集体的符号，不自觉地实践了 30 年后西方女性主义运动中“个人即政治”的口号——杨妈一个人的读书识字，解决家人经济难题，就是新一代女性新生活的要求，也是整个国家迈向新里程的意思。这与后来西方所要求争取女权不应限于政治投票权等“重大”议题，也应该从家务分配、托儿服务、劳工产假等个人生活层面出发，由此带出政治上的改变相似。丁玲的《杨妈的日记》吊诡地因为舍弃了日记的个人色彩，反而造就了杨妈在女性解放上的前卫性。

结　语

不过杨妈的进度，亦仅止于此一纲领上的前卫性。我们无法无视杨妈的单一目标，亦再难见到莎菲的矛盾迷茫，与伊萨的后设反讽。丁玲至此已完成其日记体小说的成长历程，个人及国家变化的方向亦于此确立。尽管作家在日后仍有《我在霞村的时候》及《在医院中》等小阳春式的回归佳作，但日记体小说毕竟再没有写下去的必要。成长的结论，的确就如众多成长小说的经典模式一样，以主角不再年少，进入成人阶段，融入社会的洪流之中。日记在丁玲后期作品里只以真实的方式存在，如《丁玲文集》中自 1947 年至 1983 年的日记辑录；又或各种只有“一页”的日记，如《南下早中之一页日记》，以及在西北战地服务团丛书《一年》中所开垦记录之《日记一页》，但此等“日记”，已经与宣言无异。

> 八月十一日
>
> 当一个伟大任务站在你面前的时候，应该忘去自己的渺小。
>
> 不要怕群众，不要怕群众知道你的弱点。要到群众中去学习，要在群众的监视之下纠正过那致命的缺点。
>
> 领导是集体的，不是个人的，所以不是一个两个英雄能做成什么大事的。多听大众的意见，多派大众一些工作，不独断独行，不包而不办，是最好的领导方式。
>
> 〔……〕我的生活将更快乐，而且我在一群年青人领导之下，将变得比较能干起来。我以最大的热情去迎接这新的生活。①

此段语气与 1929 年《岁暮》中踌躇满志的日记何其相似，不过随日记后的不再是夸张的自我消解与嘲讽，而是切实的执行纲要。《日记一页》就只有八月十一日这一天、这一页，那义无反顾的立场与热情，虽名为日记，但已没有日记的最重要“发展”。这篇附于《成立之前》

① 丁玲：《日记一页》，《一年》，生活书店 1939 年版，第 8—9 页。

一文之后的附录，就如是整个战地服务团的前哨宣言。这一页日记的主人不再是莎菲、伊萨或杨妈，而是切切实实在等待“被领导”的丁玲。而当日记只剩下“一页”，日记也就不再存在了。

（作者单位：香港中文大学中国语言及文学系）

现代性伦理反思的叙事学转向

——以《莎菲女士的日记》、《奥赛罗》为个案

龚　刚

作为以人的生存状态与价值取向为关注点的精神学科，伦理学研究应该兼重理论方法的探讨和经验状态的呈现，亦应兼重宏观思考和微观分析。文学叙事具有敏感与个性化这两项长处，因而最擅长表现人们的经验状态，包括道德经验状态。

文学作品对个体在实存中的道德经验状态的描述，可以视为道德生活史层面的小叙事，它为伦理学研究提供了微观分析的对象。而小叙事和微观分析正好构成了本质主义研究的对立面。所谓本质主义研究，也就是以某一普遍化的原理来统摄所有现象与经验，这以一驭多的研究模式存在着忽略现象与经验的丰富性与多元性的弊端，对文学叙事的个案考察无疑可以弥补这一缺陷。

以考察道德生活史为背景的伦理—叙事研究应关注中间带，关注历史过渡期。历史过渡期的道德生活史是流动的道德生活史。陈平原力图引起研究者重视“晚清的魅力”，而晚清或者说清末民初正是一个我们考察中国人道德生活史的重要过渡期。此过渡期在文化生态上具有明显的杂交性，传统文化的自身嬗变与西方文化的强势影响在此汇流。通过

对此过渡期中各类小叙事的微观分析，我们可以观察到个体的文化姿态由自闭而开放的演进过程，传统伦理微妙、复杂的现代变迁，如风俗习惯（道德的本义）的变化，以及人们道德自觉的程度，并对中西方伦理观的碰撞有一细致、具体的把握。

一、晚清以来文学叙事语境的复杂化与丁玲的伦理叙事

晚清以来文学叙事语境的复杂化是一个文化事实，其中清末民初、五四前后、后“文革”时期是三个特别值得关注的阶段。传统文学叙事可以说是一种相对单纯语境下的叙事，而晚清以来的文学叙事则可以说是一种复杂语境下的叙事。对复杂语境下的叙事模式的考察，可以说是比较文化和文学研究的一个新思路。我们可以借此抽绎出一种新的叙事模式，也可以借此将比较文化研究细化到个体的经验状态，并从中发现与揭示文化差异。

我们处身的时代是一个重文化差异和文化多元的时代，差异和多元的载体是各类小叙事，试图整合各类小叙事而重新构建宏大叙事，必然要承担简化文化生态繁富性的风险，因为，宏大叙事的整一性是以放弃差异和多元为代价的，如果说差异和多元是血肉，宏大叙事就是高大然而光秃的主干。显然，这并不意味着宏大叙事就失去了意义，只不过，它必须以充分涵纳而不是排斥小叙事为前提。

我们不妨以文学作品中常见的爱情故事为例，进一步说明宏大叙事与小叙事的有机联系。在我们看来，多数爱情故事的伦理内核不外乎忠贞德性与乱伦禁忌。背叛与乱伦只不过是这两大伦理内核的反题。文学家通常偏爱伦理或任何其他范畴的反题，因为借此可以最直接或许也是最深刻地还原人类生存的冲突本质。在关于背叛的文学叙事中，背叛者

很难逃脱背叛之恶的反噬，少年维特的梦中情人绿蒂在欲拒还迎的婚外情快要玩出火的当儿，毅然决然地说，已婚的她无意作一个“反叛的受难者”，但并非每一个越轨者都有绿蒂式的冷静和操控自如，钱锺书笔下的曼倩在她的精致偷情中就没有控制好火候，安娜·卡列尼娜则是地道的“反叛的受难者”。

在忠贞德性以正题形式显现的传奇叙事中，忠贞者往往成了忠贞的代价，黛丝狄蒙娜就是忠贞德性的牺牲品，窦娥也因为恪守贞操而遭人陷害，特丽莎则因为无法效仿托马斯式的灵肉二分的游戏而陷入精神的绝境，更多具有矢志不渝意向的情人只能以一死以求永恒，如罗密欧与朱丽叶。从叙事艺术的角度来看，忠贞者的受难是爱情传奇的必要环节，是情节得以向高潮推进的转折点，甚至就是高潮本身。这样来谈论忠贞者的受难似乎有点冷血，但这就是悲剧叙事的真相，殉情也就是殉艺术，诗化的献祭也就是献祭的诗化。

逻辑地来看，忠贞者的受难与背叛者的受难是一个硬币的两面，忠贞者因持守忠贞德性而受难（特丽莎式的精神受难或窦娥式的肉身献祭），背叛者因违背忠贞德性而受难（托马斯式的精神受罚和安娜式的肉身受罚），无论贞或不贞，都免不了受难的过程或结局，这可以说是一种美德弄人式的诗性悖论，把握了这一悖论，也就能勘破诸多爱情传奇的叙事秘诀。

法国作家雷蒙·拉迪盖的长篇小说《魔鬼缠身》（邓丽丹译，上海文艺出版社 2003 年版）如果从伦理—叙事的角度加以定位，显然又是一个关于反叛者或背叛者受难的经典文本。该小说带有自传性质，讲述了身为中学生的男主人公“我”与已婚少妇玛尔特的爱情故事。这个发生在第一次世界大战初期的爱情故事可以说是少年维特之烦恼的现代版，“我”就是爱欲得偿的少年维特，玛尔特则是终未能抵抗住诱惑的绿蒂。相对于维特而言，“我”并不是一个狂飙突进式的愤青，“我”的反叛只是基于逆反心理、本能冲动和以追求刺激为主导的自由意志，而并未受到“回归自然”、“感情自由”、“个人的全面而自由的发展”之类理想主义信念的驱使或蛊惑。“我”之追逐玛尔特只不过是又一场情爱游戏的开端，而不像维特钟情于绿蒂据说是因为她在举止行事中保持了一个少女天真无邪的自然本性。而玛尔特也不同于绿蒂，后者虽然感受到了新潮流的冲击，却仍然屈从于旧秩序的统治，她深深觉得，把维特配她自己，才是她内心中隐微的要求。然而已婚的她却无意做一个“反叛的受难者”，社会的压力使她不得不发出“终究不能够长久如是”的悲叹。我们由此可以看到，同样是关于背叛者的叙事，却存在着如许微妙的差异，这种差异恰恰是精神生态丰富性的体现，如果动辄一言以蔽之，那就真会遮蔽了我们的视线。

再以丁玲的“小叙事”为例。和张爱玲相似，丁玲也深受五四前后个人主义和个性化思潮的影响，因此对所谓“东方美德”与“铁打的妇德”同样表露出深切的怀疑与不满。她在这个时期所写的一系列反思正统道德的小说具有一种直切要害的穿透力，也有一种令人不能不为之动容与深思的魔力。这些小说大多以女性为主体，而且，她笔下的主要女性角色几乎无一例外的都是另类女性或问题女性：分不清梦与现实的梦珂，身为慰安妇的贞贞，思春入魔的农家媳妇阿毛姑娘，欲火和病魔缠身的莎菲女士，以及较后期小说里的对革命夫妻式婚姻心怀怨望的杜晚香。很显然，丁玲描写这些人物的一以贯之的用意即是挑战传统或正统的两性伦理。可是，如果我们大而化之地把丁玲的两性叙事视为女性解放、观念革命或现代性危机之类宏大叙事的佐证而忽略了对叙事本身的丰富性的体察，就会丧失对人物心态与历史语境的生动感知。

我们不妨把注意力聚焦在丁玲笔下的莎菲女士身上，细细地揣摩一下她的性体验、性幻想、性观念，探究一下她在性关系问题上的伦理底线。

在我眼里，莎菲女士简直就是女性解放领域的一位骑士，她势如破竹地突破了两性性关系层面的诸多传统伦理戒条，大焉者如不动“邪情”，不事二夫，小焉者如“休要轻狂”，不可“偷眼瞧人”，“邪话休听，邪人休处，邪地休行”等，但她唯独没有突破两性交往中女性不可主动这一条，它与不可假借爱之名一起，构成了她在两性性关系层面的伦理底线。

莎菲女士表现她对南洋归侨凌吉士（读者想必会联想起《诗经》中的“有女怀春，吉士诱之”）这一令她“第一次感觉到男人的美”，欲火焚身时，她屡有露骨的独白：

“我看见那两个鲜红的，嫩腻的，深深凹进的嘴角了。我能告诉人吗，我是用一种小儿要糖果的心情在望着那惹人的小东西。”

“我把他什么细小处都审视遍了，我觉得都有我嘴唇放上去的需要。”

“然而我心里在想：‘来呀，抱我，我要吻你咧！’”

“当他单独在我面前时，我觑着那脸庞，聆着那音乐般的声音，心便在忍受那感情的鞭打！为什么不过去吻他的眉梢，他的……无论什么地方？”①

一位女性如此炽烈地暗动“邪情”，倘若让理学家或卫道士看到了，大约会断然批下“其心可诛”四字判语，或者斥责道“妇人动了邪情，横死还留骂名”②。

---

① 《丁玲文集》，北京燕山出版社 2001 年版，第 45 页。本文此后凡引用该书，概不出注。

② （明）吕得胜：《女小儿语》，载李少林主编：《中国传统蒙学全书》，中国书店 2007 年版，第 239 页。

不过，从《莎菲女士的日记》中可以看到，她虽然见男色而起意，“邪情”大动，但最后还是发乎“情”，而止乎“礼”了。只不过，情也不是那个情，礼也不是那个礼。情呢，绝对不是“思无邪”的爱慕之情，礼呢，既不是“男女授受不亲”的孔孟之礼，更不是“存天理，灭人欲”的程朱之礼。

对于禁欲主义，莎菲女士发过这样一番议论：“我忍不住嘲笑他们（指毓芳和云霖）了，这禁欲主义者！为什么会需要拥抱那爱人的裸露的身体？为什么要压制住这爱的表现？为什么在两人还没睡在一个被窝里以前，会想到那些不相干足以担心的事？我不相信恋爱是如此的理智，如此的科学！”莎菲在另一处还作过更直接的表白：“我就从没有过理智……”

但就是这样一位自称“没有理智”的前卫女性，却仍然受另一种意识所“制裁”而却步不前。这另一种意识就是女性的自尊，表现在“男女间的怪事”上，即是女性不可主动这一仿佛亘古如斯的道德律令。在与凌吉士的交往中，莎菲女士一直在“色的诱惑”与女性自尊的夹缝中挣扎，用弗洛伊德的术语来说，莎菲女士的“自我”始终处在“本我”（性本能）与“超我”（道德理想）的挤压之中。且看她的自白：“了解我自己，不过是个女性十足的女人……我要他无条件的献上他的心，跪着求我赐给他的吻呢。”“这种两性间的大胆，我想只要不厌烦那人，会像肉体融化了的感到快乐无疑。但我为什么要给人一些严厉，一些端庄呢？”

很显然，女性的自尊便是莎菲女士的“礼”，“汝不可主动”的道德律令便是她的伦理底线。这位大胆嘲笑禁欲主义与传统礼教的女骑士，最终还是没能逃脱礼教的束缚。我以为，以“汝不可主动”为基本道德内涵的女性自尊，乃是男权秩序的历史产物，它已经作为集体无意识积淀在女性的观念中。莎菲女士在同性恋上的主动，恰恰说明她默认了性道德层面的男权秩序：当所爱者是女性而非男性时，即可主动示爱。

除了被动或无意识地承袭了"汝不可主动"这一两性性关系层面的伦理底线之外，莎菲女士还主动设置了一道伦理底线，那就是：不可假借爱之名。

且看莎菲女士面对美色逼人而灵魂卑丑的"传奇情人"凌吉士的求欢时，内心中奔涌着的惊涛骇浪："倘若他只限于肉感的满足，那末他倒可以用他的色来摧残我的心；但他却哭声地向我说：'莎菲，你信我，我是不会负你的！'啊，可怜的女人，是用如何轻蔑去可怜他的这些做作，这些话！我竟忍不住笑出声来，说他也知道爱，会爱我，这只是近于开玩笑！那情欲之火的巢穴——那两只灼灼的眼睛，不正宣布他除了可鄙的浅薄的需要，别的一切都不知道吗？"

这段心理独白绝对是对所有假借爱之名诱奸女人的男性的雷霆一击！它也连带着暴露了莎菲女士的性爱观：有欲无爱的性行为是可以接受的，但假借爱之名的性行为则是可鄙的。也许莎菲女士的观点道破了潜藏在许多现代人内心深处的暧昧心理，只不过谁也不愿公开承认而已。是不是礼教的无形压力仍在发挥着逼人瞒骗的功能呢？

从学理角度来看，莎菲女士对"肉体融化了"的快感的标榜，对"情欲"与"爱"的剖分，已经凸显出传统伦理向现代性身体伦理转型的迹象。身体伦理以身体感觉作为重构两性伦理或性道德的立足点。身体感觉（"情欲"）的对立面是心灵的感应（柏拉图式的"精神之恋"）。对注重身体伦理的学者来说，心灵感应并不比身体感觉具有价值优先性。说白点，肉体之欢并不比精神之恋下贱。

莎菲女士还有一条虚设的伦理底线："于人无损"——

> "我知道在这个社会里面是不准许任我去取得我所要的来满足我的冲动，我的欲望，无论这于人并没有损害的事。"

“我觉得只要于人无损，便吻人一百下，为什么便不可以被准许呢？”

“难道因了我不承认我的爱，便不可以被人准许做一点儿于人无损的事？”

问题是，在莎菲女士已经明知道凌吉士已有太太的前提下，她和凌的偷情交欢还能算“于人无损”吗？至少，她是没有权利代凌太太回答的。道理很简单，要想确定某件事是否对人有损害，总得听听对方的意见。否则，所谓“于人无损”云云，岂不是成了主观臆断？莎菲女士难道也不想想，也许凌太太还没时髦到容忍一夜情的程度。

道心惟微，人心惟危。许多人处在莎菲女士或凌吉士的位置上，大约都会自欺欺人地安慰自己，反正别人又不知情，不为人所知的事就是没有发生过的事，就是“于人无损”的事，因为空即是色，色即是空。难怪古人要一再强调“己所不欲，勿施于人”及“君子慎独”。

如前所述，文学叙事具有敏感与个性化这两项长处，因而最擅长表现人们的经验状态，包括道德经验状态。如果没有细读过《莎菲女士的日记》，我们又怎能体察到如此微妙、如此具有震撼感的心理波动？我们又怎能深切地体认到转型期、过渡期的那种矛盾交织的女性心理和道德情感？

二、伦理反思与叙事学转向

当代女性主义伦理学家让·伯斯克·阿尔斯坦（Jean Bethke Elshtain）敏锐意识到了个性化的、私人性的叙事对于本质主义化的女性主义伦理思考的纠偏作用，在她看来，女性主义研究中存在的一个严重误区就是以“被压迫的群体模式”（the oppressed group model）作为诠释女性的历史处境与历史地位的恒常理论框架，而忽视了女性经验的丰富性和多样性，这就使得原本并不单一的女性形象流于片面化、简单化，结果是适得其反地掩盖和抹杀了女性在人类历史发展中的积极意义以及在日常生活中的乐观态度，她这样写道：“We know that our foremothers deeded to us much more than a sustained tale of woe. We contemporary women are the heirs of centuries of women's stories and strengths, all the many narratives of perseverance and survival, of determination to go on through tragedies and defeats. We know that our mothers and grandfathers often had laughter in their hearts, songs on their lips, and pride in their identities. Knowing this we cannot accept any account that demeans women in the name of taking measure of powerlessness.”①

正因为意识到了女性主义研究中所存在的概念化、片面化的缺陷以及由此产生的欲扬反抑的悖论，阿尔斯坦在她的伦理思考中就格外注重考察包括她的母亲和祖母在内的普通人的生活经验，她的“Judge not？”和“The Life and Work of Christopher Lash”这两部著作就分别引述了她的祖母和母亲的生活故事。由于阿尔斯坦的祖母或母亲都不过是宏大历史观中的所谓“小人物”，她们的经历也不过是所谓历史洪流中的几朵微澜，因此，她们的生活故事就属于地道的“小叙事”，而且具有非常强的私人性色彩。然而，正是借助这类“小叙事”，阿尔斯坦成功地解构了自波娃以降的女性主义宏大叙事，让人们窥见了传统女性乐观与自信的一面。

阿尔斯坦的这种将理论思考建立在生活故事基础上的研究取向，无

① *Virtues and Practices in the Christian Tradition, Christian Ethics after MacIntyre, ed. By Nancey Murphy etc.*, Pennsylvania, Trinity Press International, 1997, p.296.

疑具有方法论转型的意味，我们可以将其视为女性主义伦理学叙事学转向的一种标志。反观张爱玲在《借银灯》一文中对《梅娘曲》与《桃李争春》这两部影片所作的伦理叙事批评，我们也可以说是伦理反思的叙事学转向的一种征兆，在近现代反思传统伦理思想的总体氛围中，它既不同于“打倒孔家店”式的理论清洗，也不同于以西方自由民主思想重新诠释儒学的格义之学，更不同于当时依然奉儒学为正统、方法上仍守故步的经学研究。

不过，张爱玲从伦理叙事的角度对传统伦理所作的批评，毕竟稍嫌单薄，而且也缺乏明确的理论自觉，更不具备系统化建构的思考规模，这也是其他文学家和文学批评家在谈到文学作品中的伦理问题时的常见现象。相较之下，刘小枫的《沉重的肉身》一书就显现出了超逾前人的规模和深度，该书择取了若干部小说和电影，借以阐发现代性伦理观念，产生了相当大的影响，并催生了一批效仿其批评模式的论著，骎骎然构成了伦理学研究的叙事学转向的一种态势。

以莎士比亚名剧《奥赛罗》（“Othello，The Moor of Venice”）的伦理解读为例，可窥见此一转向的理论价值。《奥赛罗》是西方经典悲剧之一，各时代的学者在评价其“悲剧性”时，虽然视角各异地将它定位为“爱情悲剧”、“性格悲剧”、“理想破灭的悲剧”或“人文主义的悲剧”，但潜在的立论前提却并无二致，即奥赛罗杀妻事件之所以成为悲剧，关键在于这是一次小人与命运共谋下的误杀，被杀者是无辜的。

由意大利歌剧巨匠威尔第（Verdi）谱曲的歌剧版《奥赛罗》则借助音乐的表现力和冲击力，强化了小人亚古（Iago）恶魔式的黑暗力量与奥赛罗之妻黛丝狄蒙娜（Desdemona）无辜受难的悲怆之感。好莱坞推出的影片《O》（Nelson 执导）又将奥赛罗的故事架构移花接木到了现代美国的高中校园，片中男主角某私立高中篮球明星、黑人学生奥丁（Ordin）因受人挑拨而误信其女友黛丝（Desi）与人偷情，从而酿成五死一伤的惨剧。

不难看到，无论是在莎翁的原著，还是在威尔第或尼尔森的版本中，女主角的无辜被杀都是决定着整个故事的“悲剧性”的核心情节，也是悲剧叙事的高潮所在。同时，也正由于女主角是无辜受难，才衍生出男主角因悔恨而自杀的情节。这种尸体加尸体的毁灭性结局，亦犹朱丽叶之死继之以罗密欧之死，奥菲丽娅之死继之以哈姆雷特之死，是莎士比亚式悲剧的显著特征。

黑格尔认为，在悲剧双方的毁灭中是绝对理念的胜利。① 那么，在黛丝狄蒙娜与奥赛罗的毁灭中，是绝对理念所派生出的何种原则或律令获得了胜利呢?

从表面来看，首先是杀人偿命这一柏拉图意义上的正义原则得到了伸张；其次是制造冤情者必获恶报的伦理因果律再次彰显其力量。从深层来看，奥赛罗扼杀其妻固然是激于性欲方面的强烈嫉妒，却又以“正义之剑”也即“失节者死”、“不忠者死”这一道德律令为行凶的名义。由于该道德律令在整个剧本中并未受到挑战，或者说，以此为内涵的“正义之剑”的“正义性”并未受到质疑，因此，它实质上也是悲剧性毁灭中的胜利者。从本质上说，莎剧《奥赛罗》不仅是一出嫉妒杀人的悲剧，也是一出小人利用美德杀人的悲剧。

综括而言，张爱玲、刘小枫和阿尔斯坦的理论思考与批评实践，以及莎剧《奥赛罗》的文艺伦理学新诠，提示了伦理叙事学（ethicalnarratology）② 批评的研究进路和具体方法，也向我们显示了通

① 胡经之主编:《西方文艺理论名著教程》（下），北京大学出版社 2016 年版，第 429 页。

② 伦理叙事学这一学科的命名和构想由笔者首先提出，参见拙文《伦理—叙事研究模式初探》，收入万俊人主编:《清华哲学年鉴 2004》，河北大学出版社 2006 年版，第 530—549 页。

过文学或文艺叙事探究道德经验和伦理观念变迁的理论意义。具体到中国传统价值观的现代转型而言，我们可以通过考察伦理与叙事的互动关系，深入分析不同于传统道德寓言的伦理叙事模式，从中考察传统伦理思想的现代变迁和现代命运。

（作者单位：澳门大学中文系）

关于凌吉士形象另一面的思考

苏永延

丁玲《莎菲女士的日记》，以其天才般的人物心理刻画，震惊了文坛，毅真在《几位当代中国女小说家们》中，给予高度的评价，认为丁玲“是一位一鸣惊人的女作家，好似在这死寂的文坛上抛下一颗炸弹，大家都不免为她的天才所震惊了”①。九十年过去了，研究莎菲形象的文章层出不穷，或从社会历史、伦理、革命、女性主义、叙事学等方面都有极其细致深刻的研究，展现出文本极大的可阐释性。同时，该作也是所有女权/女性主义文学研究者绕不过去的一道坎，许多研究者高度赞赏丁玲这个时期的思想倾向，对她后期的“非女性主义”的选择感到可惜，这些都是见仁见智之说。

值得注意的是，当大家把注意力放在莎菲形象研究时，却忽视了那个令莎菲神魂颠倒的凌吉士的形象考察。可能凌吉士在小说中的形象已经被莎菲定性了，“高贵的美型里，是安置如此一个卑劣灵魂”、“丰仪的里面是躲着一个何等卑丑的灵魂”，这两句话，是禁锢凌吉士形象的符箓，以致研究者对他略过，甚至干脆把他称为“南洋浪荡子”②，或

① 《当代中国女作家论》，上海光大书局 1937 年 6 月。

② 罗克凌：《中国现代女作家笔下“南洋”浪荡子形象之比较——以“凌吉士”和“范柳原”为例》，《陕西学前师范学院学报》2014 年第 1 期。

者“西门庆型”的淫邪人物。[①] 这种定性评价若从莎菲本人的视角来看，大体是可以成立的，并无不妥。但是小说中的人物，一旦由作家塑造出来之后，他们就有了自己的生命色泽，他们的一切言行，在不同的读者心中、在不同的年代里，也会展示出不同的风貌，即使与作品中的人物见解、与作家的意图相异，也是正常现象。这就是为什么文学作品尤其是优秀作品无论在何时何地，都能常读常新的魅力所在。

因此，本文拟从另一角度重新考察凌吉士的形象，并从疾病心理学分析莎菲的心理生成机制，以及社会思潮是如何影响作家塑造人物意图及价值取向，揭示使凌吉士这个人物形象被固化的多重因素，供方家批评指正。

一、凌吉士形象的客观考察

世界是客观的，人们的认识只是对这个世界的内心投影，也是就认识者以什么样的心去认识，这个世界就会呈现出相应的状态，与其说不同人有不同的认识结果，倒不如说世界的认识其实就是主观化的结果。凌吉士虽然是一个作家以主观思想塑造出来的人物，带有很多作家主观构思的痕迹，但一旦形成之后，它就拥有自己的形象特征，这些特征有些是显现的，有些是潜藏的，甚至是连作家本人也无法控制的，正因为如此，文学世界常常出现作家创作意图和作品实际效果相左的例子。因为作品的阐释权已不在作家，而在广大读者那边，虽然作家的创作意图会有一定的影响作用，但有时并不能起决定性的作用。如果我们用这样

① 参见韩冷：《苇弟与凌吉士——女性想象世界中男性形象的两极》，《信阳师范学院学报（哲学社会科学版）》2007 年第 4 期。

的客观认识去分析凌吉士，就会发现许多被忽略或者说被掩盖了的内容。

《莎菲女士的日记》重在于主情，刻画人物心态，对于人物形象诸如行为、语言、故事情节的连贯性、逻辑性方面并不注重，给读者的阅读产生不小的障碍。《莎菲女士的日记》里的大部分人物，皆类似于符号化一般的存在，如影子或印象一般，飘闪而过。每个人的特点或性质只能由莎菲说了算，这就形成了凌吉士的形象始终以美丽的外表、卑丑的灵魂出现，是导致学界研究易将之忽略的根本原因。虽然有关凌吉士形象塑造的内容犹如影子一般缥缈易逝，又如彩色的气泡一般，随出随灭，但只要有心挖掘，依然能把这些随出随灭的信息连贯起来，还原一幅真实的画面。

关于凌吉士的外貌特征，因为莎菲的格外强调，所以人们对他的认识是比较一致，那就是身材高大，作家用了“颀长的身躯”，说明了他虽然身材高大，但又不笨拙、臃肿，而是比例匀称，恰到好处。这种高大匀称的外表，令许多人相形见绌，如云霖跟他一比较，就显得“委琐”、“呆拙”了。莎菲站着的时候，也只能到他的“胁前”，身材高大本身就是一种优势，就像女人的美貌是上天赠予的财富一样，谁也无法忽视。不仅身材高大，凌吉士还具有英俊、斯文的相貌，“白嫩的面庞，薄薄的小嘴唇，柔软的头发”，“嫩玫瑰般的脸庞，柔软的嘴唇，惹人的眼角”，莎菲用具有“东方特长的温柔”的“骑士风度”来形容他，在外貌上，凌吉士具有吸引众多青年女子的超凡魅力，是姑娘们心中的白马王子。当然，外貌并非我们要讨论的重点。

具有高贵丰仪外貌的凌吉士，在为人处世上又是什么样的呢？这才是对他认识的焦点所在。莎菲对男人的想象特点是“会说话，会看眼色，会小心就够了”。凌吉士恰恰符合这三项要求。

凌吉士第一次出场是与云霖一起到莎菲所住的公寓坐，虽然是第一次见面，却能“毫无拘束的在我这儿谈话”，从这一点上看，凌吉士应该是个外向、开朗的人，他能迅速地与陌生人建立沟通联系的渠道和方法，作为一个青年，是人际关系活跃的体现。不仅如此，凌吉士还担任过“京都大学第三院英语辩论会”的“组长”。会说话只不过是一种基本的社会交际能力，但是能在大学生的辩论会上担任组长，至少说明了他思维敏捷，逻辑性强，语言表达能力佳。这可能与他的生活经历有关。凌吉士来自新加坡，其时新加坡是英国的殖民地，在教育上官方认可的语言是英语，所以他的英语好是正常现象。当然如果没有认真读书，英语自然也不会好到哪里去，会讲英语的人，也不一定擅长辩论，从这一点上综合来看，凌吉士的思维、语言表达能力是不一般的。

至于会看眼色和会小心，指的是心思细腻，能察觉到对方或他人的某种需求，在恰当的时候做恰当的事，这又与人的情商有很大的关系。凌吉士又是如何表现的呢？第二次见面的时候，莎菲在谈话中提到请凌吉士教她读英语的事，凌吉士的表现是“受窘”、“脸红”。从这一细节可以看出凌吉士的某些特点来：一个大学生，教一个青春年少的 20 岁女子，对他来说似乎是一种挑战，这并不是教的内容有难度，而是青年男女之间忽然拉得这么近，在他对莎菲还不熟悉的情况下，是没有任何心理准备的。人的语言可以欺骗，但“脸红”是无法欺骗的。倘是情场老手，在这种情况下，完全可以做到神态自若。也就是说，从另一方面说明了凌吉士接触的女子并不多，虽然会说话，但是真正亲密交流的还是很少。由此可以印证凌吉士不是浮手好闲、到处寻花问柳之徒，这一点以后还会再进一步论证。碍于朋友云霖的面子，他也就答应下来。虽然这种谈话并不算是正式要求，凌吉士也完全可以不当真。但是 8 天之后，凌吉士还记得此事，主动向莎菲提出教英文的事情。此后数日，又不时找莎菲聊天，再次真诚主动地要教她读 poor people，莎菲以身体有病为由推托，他还讲“莎菲，我不可以等你病好些教你吗？”从这个语气来看，凌吉士是真诚主动的，而且是很认真的。因为这个时候的凌吉士，与莎菲的见面不过数次，能将一个患着传染性疾病又没什么值得觊觎的青年女子的一个看似无意的要求放在心上，不计代价，冒着被传染的危险来教人读英语，这是什么精神呢？助人为乐即使说不上，真诚实在还是可以说得通的。倘若他是一个寻花问柳之徒，以渔猎美色为乐的浪荡子，他会蠢到去亲密接触一个结核病患者，来求得肉体的快感吗？倘真如此的话，那也真是愚不可及了。

凌吉士对莎菲私事的关心说明了莎菲在他心中已有了一定的位置，这是人的普遍心理，一个人若不对另一个人有意，是根本不会在乎对方有几个朋友、关系如何。但是一旦关心，那么对方的一切事仿佛就变成了他所应该理解和搞清楚的。如他看到莎菲有一张小孩子的照片，马上很“认真”地问“她，谁呀！”这时的神色是“天真的诧愕”，因为他印象中的莎菲是未婚的，忽然有了这么一张孩子的照片，对他来说是十分关键的，与莎菲的关系是否要进一步发展就值得重新考虑了。但是这个时候，莎菲冒称是她的，故意给凌吉士设了一个迷魂阵，从凌吉士的这个细节来说，他确实已经慢慢喜欢上了莎菲，这也是事实。

从以上分析来看，凌吉士在外貌、行动及为人处世方面确实无可挑剔。但是为什么莎菲对他的认识会有巨大的转变呢？其中最大的原因可以从这几个方面来看。首先是凌吉士的人生道路走向问题，他“热心于演讲辩论会，网球比赛，留学哈佛，做外交官，公使大臣，或继承父亲的职业，做橡树生意，成资本家……”凌有两种选择，从政或从商，其中以从政为首。我们可以想象一下，一个南洋富商之子，愿意回国从政，当政府的外交官，其薪俸是固定的，他图的是什么？应该说，还是很不错且追求上进的选择。民国时期的国民政府虽然弱国无外交，但大量外交工作还得有人做，而且开展工作并不容易，无论如何它是一种服务于国家、民族以及海外华侨的事业，并不是为个人谋取私利的职业，应该是值得肯定的，不能以简单的往上爬的官迷来一棒子打死。

其次是家庭观念。凌吉士要的是能够相夫教子的贤妻良母，“能应酬买卖中朋友们的年轻太太，是几个穿得很标致的白胖儿子”，甚至暗示莎菲“许多做女人的本分”。凌吉士的家庭观念应该说是传统式的家庭观，女主内，男主外，这在南洋社会的华人家庭中普遍存在。即使是现在，东南亚一带的华人家庭观及习俗甚至比大陆还要传统，他们认为这才是保持着本民族特色的标志，如果更丧失了，那反而是数典忘祖的行为。在20世纪30年代的南洋，这种传统的坚守应该更浓，而这一点，正是追求自由解放的莎菲所不能容忍的。

第三个方面是情感生活问题。凌吉士在与莎菲谈自己情感史的时候，讲到在新加坡是如何“乘着脚踏车追赶坐洋车的女人”，以及“邀起几个朋友在公园追着女学生”，甚至承认在韩家潭过夜（逛窑子）。这就是凌吉士的风流史的全部了。这些事可以作为凌吉士玩弄女性的证据吗？严格地讲，凌吉士确实在行为上有不检点的地方，甚至值得批评、谴责，他还不是十全十美的人。如果我们进一步探究，凌吉士是在什么场合下讲这些话的？尤其是逛窑子的事，他会在公开场合宣扬吗？应该不至于，否则就成为无耻的淫棍了。《莎菲女士的日记》里谈的都是凌吉士与莎菲二人之间秘密的交流，那么为什么凌吉士会在这样的场合里提起此事？在一个自己喜欢的女子面前谈嫖妓之事，究竟是何动机呢？虽然小说没有细写，但我们可以从谈话过程中的情感氛围加以推测，凌吉士希望通过讲出自己曾经有过的荒唐风流往事，作为向莎菲表示忏悔的一种方式。他把莎菲当成是自己最值得亲近和信赖的人，所以才会讲这些难以启齿的往事来。就像西方的教徒，犯了错误会向神父忏悔一样，这也是心灵的自我救赎。古人云，“善欲人见，不是真善；恶恐人知，便是大恶”，能够讲出来的事，一般不是大恶事。哈代《德伯家的苔丝》里，写安琪尔在新婚之夜向苔丝承认自己曾经干过一件荒唐的事，那就是与一个陌生女人放纵48小时的风流史，请求苔丝的原谅。我们从这些方面来推测，凌吉士向莎菲讲此事，大约也是出于这种目的，可视为是其肺腑之言了。

其实，在那个时代，男性在外寻欢或者别有外室是非常普遍的现象，并不奇怪。古代三妻四妾的传统，在民国时期并未绝迹，早已成为社会的常态，见怪不怪了。

五四时期，女权主义运动兴起，争取女性与男性平等的呼声逐渐出现，莎菲以凌吉士生活不检点而鄙视他，或许算是一条理由，不过应该不是最重要的理由。重要的是家庭观、婚姻观的重大冲突，使莎菲对凌吉士的印象陡然变坏，而且用很决绝甚至是诅咒般的语气来讽刺他。其态度为什么会转变这么快呢？这要从另一个角度来解释。

如果我们脱开莎菲的视角来看问题，凌吉士是一个什么样的人，自然会比较清楚了。毓芳对莎菲讲："莎菲，我觉得你太不老实，自然你不是有意，你可太不留心你的眼波了。你要知道，凌吉士他们比不得在上海同我们玩耍的那群孩子，他们很少机会同女人接近，受不起一点好意的，你不要令他将来感到失望和痛苦。我知道，你哪里会爱他呢？"从这语言中可以感觉到，毓芳对莎菲作了婉转的批评。毓芳与凌吉士是比较常接触的，她也知道凌已经有妻子了，凌对莎菲骗他的小伎俩，如孩子的照片、生病勿扰字条之类的事，也是找毓芳核实的，所以作为中间人，毓芳是看得比较清楚的。凌很少机会同女人接近，说明了凌并不常与女生接触，因为他已经结婚了，自然要忠于自己的家庭和妻子，故而给人的印象是追女生的事不多见。与其说他追求莎菲，不如说是莎菲的行动、语言、神色等流露出对凌的喜爱，才使他发动追求的。因此，毓芳指出莎菲要为此负一定的责任。一味地指责凌吉士的不是，那是莎菲为自己解脱的一种策略而已。一个巴掌拍不响，这是最浅显的道理。两情相悦的道理也是一样。就像苇弟，无论他如何努力，始终得不到莎菲的芳心，原因很简单，莎菲不爱他。

二、从疾病心理学看莎菲的心理机制

人的心态形成是多方面的，有的是先天的，那是本性的习气影响所致；有的是后天的因素，如交友、学习、工作等都会影响，其中疾病也是一个重要的心态影响因素。在《莎菲女士的日记》中，莎菲心态之前是什么样，已无从推知，虽然可以从行文中或多或少地推测到一点，然而只是片言只语，并无深意，但是她患病时期的心态则是十分鲜明的，也就是说，莎菲的心理机制是一个肺结核病患者的典型代表。

在 20 世纪 20 年代的中国，患肺结核病与当今得癌症一样严重，治疗时间长，治愈率低。就像有些癌症也能不治而愈，肺结核病也是如此，不过这些康复者是难得一见的幸运儿。即使到了医学比较发达的今天，肺结核病的治疗依然任务艰巨。据统计，目前我国结核病总数排在世界第二位，仅次于印度，同时我国又是全球结核病高感染率、高患病率、高耐药率、高病死率的国家之一。①20 世纪 20 年代中国的病患心理的科学统计分析我们尚不得而知，既然是同一种病，它对人的心态影响一般都是一样的。所以我们以现代医学论文来考察结核病患者心态问题。根据一些从事一线工作的医护人员的研究结果，这些患者的几种心态所占的比例如下：焦虑 63.4%，恐惧紧张 55.1%，悲观孤独 23.1%，自暴自弃 14.2%，内疚自责 10.2%，猜忌多愁 5.6%。② 如果我们把医学

① 参见徐庆斌：《加强肺结核病患者健康教育对预防并发症效果的观察》，《医药论坛杂志》2015 年第 5 期。

② 参见彭彩红、钟秀琼等：《肺结核病患者不良心理状态分析及护理对策》，《临床肺科杂志》2007 年第 5 期。

研究的心态与莎菲的心理表现作比较，就会惊奇地发现莎菲几乎拥有上述各种不良心态，从这一点上，我们不能不佩服丁玲观察之细腻，笔法之生动。现结合文本，仔细分析这几种不良心态是如何影响莎菲的行为处事，以及对世界的认识的。

莎菲心态的典型是孤独寂寞。结核病患者依医嘱不能上学，不能工作，尽量不去人多的公共场所，以预防交叉感染，这样子就会产生被社会遗弃的孤独感。当然，即使没有病的人，孤独人群的结核病和精神疾病的发病率较高。① 莎菲是如何得病，已不得而知。但是从她被朋友称为“狷傲”的性格特点来看，她生性孤独是比较可能的。

《莎菲女士的日记》里大量关于莎菲孤独心态的描写，如闭门养病，看报纸从头看到尾，从尾看到头，不停煨牛奶玩等这些小细节就可以看出她百无聊赖的样子。莎菲的朋友也只是有限的几个，如苇弟、毓芳、云霖、周等。在人际交往方面，其实她又渴望有正常的人际交流，希望从他人那里得到温暖和安慰，但在行动上她又无所作为。如她渴望得到朋友的新年画片的问候，却因没有得到而生气，实际上她又不曾给人拜过一次年，无舍则不得，自己不付出，又何来收获呢？潜意识中，莎菲渴望得到亲情、友情的安慰，她梦想“睡在一间极精致的卧房的睡榻上，有我的姊姊们跪在榻前的熊皮毡子上为我祈祷，父亲悄悄的朝着窗外叹息，我读着许多封从那些爱我的人儿们寄来的长信，朋友们都纪念我流着忠实的眼泪”。她的肺病因喝酒而加重了，要去住院，带去的是“一袋子满满的信札”和“一本照片”。从这些细节来看，作为在异乡孤独漂泊而又不幸患病的莎菲来说，她是多么渴望能得到众亲友的精神鼓励。这种精神鼓励，有时远远胜于医药治疗。有研究表明，已婚者对肺

① 参见 Yellen S.B.,Cella D.F., *Someone to Live for:Socialwell-being, Parenthood Status, and Decision-making in Oncology*. J Clin Oncol, 1995, 13:1255–1264。转引自杨林、吴东玲等：《肺结核病患者心理社会因素研究》，《中华结核和呼吸杂志》2003 年第 11 期。

结核病的心态认识好于未婚者。[①] 这说明了孤独才是真正的疾病，疾病则是孤独心态外化的表现形式。

焦虑狂躁，喜怒无常。结核病患者的文化程度越高，焦虑则往往越严重。[②] 莎菲可以算是当时的知识分子，属于有较高文化水平的人。因治疗时间长，患者会出现一些不良的反应，导致情绪波动大，易激动，爱发脾气，喜怒无常，让人不可捉摸，这就是患者的典型心理特征。莎菲在养病期间也是如此。如她常常坐在“火炉旁生气”，听外面房客喊伙计的声音，便“头痛”，“那声音真是又粗，又大，又嗄，又单调”，甚至连有人接电话的声音也使她焦躁不安，诸如此类的生活细节，都使莎菲过得非常艰难，其实生活中的各种声响，本身就没有什么好与不好，只是因为莎菲内心焦躁，所以处处都让她痛苦。有声的时候感到痛苦，无声的时候又会感到“寂沉沉的可怕”。究竟这个世界是有声好，还是无声好呢？或是既是有声又是无声呢？无论怎样，在不正常的心态人看来，什么都是不正常的。所以莎菲的思想、性格也处于扭曲状态，看什么都感到不顺眼，嫌那“麻脸的伙计”、“抹布味的饭菜”，洗脸台哈哈镜般的“镜子”，应该说，这扭曲了的镜子，恰恰映衬出莎菲被疾病扭曲的心灵的痛苦状态。

处于恋爱状态中的莎菲，这种焦虑和狂躁的心，更是进一步化成疯狂的臆想，即把自己一些莫须有的想象也加到别人身上去。如凌吉士找莎菲时，先是敲门后再推门进去，莎菲则是这样想的：“为了知道我已坐在椅子上吗？为了知道我无能发气和拒绝吗？他轻轻的托开门走进来了。我不敢仰起我滋润的眼皮。”这些语言，其实都是莎菲个人的胡思

① 参见杨林、吴东玲等：《肺结核病患者心理社会因素研究》，《中华结核和呼吸杂志》2003 年第 11 期。

② 参见徐琦、温文沛等：《100 例肺结核病患者心理健康状况分析》，《中国健康教育》2006 年第 8 期。

乱想，并把它强化了的结果。焦虑臆想的进一步发展则是狂躁无比的心态，莎菲向凌吉士发出邀请后，凌吉士到来之前，她在等待过程中，“我心像被许多小老鼠啃着一样，又象一盆火在心里燃烧。我想把什么东西都摔破，又想冒着夜气在外面乱跑，我无法制止我狂热的感情的激荡，我躺在这热情的针毡上，反过去也刺着，翻过来也刺着，似乎我又是在油锅里听到那油沸的响声，感到浑身的灼热”。人的心理想象有时可以反作用于肉体：当心理的不良感觉出现时，肉体也会呈现相应的状况，这就是典型的臆病；当心态变好之后，这种病及不良感觉也会不治而愈。由此可以推知，莎菲的精神不健康已经达到了何种程度。

与焦虑、狂躁心态相伴而行的就是喜怒无常的行为。如毓芳受莎菲邀请来看电影，她另外请了剑如前来，这让莎菲很生气。“我气得只想哭，但我却纵声的笑了。”甚至在电影院丢下她所邀请的客人，独自回去。“我只知道，从昨天来我是只想哭了；连自己也不愿再同情这未能悟彻所引起的伤心。更哪能捉住一管笔去详细写出自怨和自恨呢！”在哭中笑，在笑中哭，可以用任性来分析她的性格，也可以说是喜怒无常，人不能控制自己的情绪，任其发展，不就是走向精神分裂的先兆吗？

自责内疚与生的绝望。在那个时代，肺结核病是很难用药物治疗好的，近乎绝症，这必然给患者带来极大的心理压力，莎菲就是在这极大的压力下产生种种矛盾的心态。如：“没有人来理我，看我，我会想念人家，或恼恨人家，但有人来后，我不觉得又会给人一些难堪，这也是无法的事。”“我是拿一种什么样的心情在陪苇弟坐。但苇弟若站起身来喊走时，我又会因怕寂寞而感到怅惘，而恨起他来。”莎菲对苇弟就是这样一种态度，思念人家是一种状态，令人难堪又是另一种状态，两种矛盾的心态居然如此古怪地结合在莎菲的身上。应该说，使人难堪不快，是莎菲下意识在转嫁自己心中痛苦的一种方式，只是她自己不能觉察到而已。她自己也发现这种矛盾的心态是不对的，只是她无法控制自己的感情与行动罢了。所以才会发生苇弟到她公寓去坐，她把他捉弄哭了，而自己却“野人般”地笑了。其实，事后莎菲又是十分痛苦然又无计可施，不能自拔。

同样，在谈恋爱过程中，这种矛盾的自责、内疚也一样存在。“当我睡去的时候，我看不起美人，但刚从梦里醒来，一揉开睡眼，便又思念那市侩了。”后来发展到被凌吉士亲吻后，更显得痛不欲生，“我是给我自己糟踏了，凡一个人的仇敌就是自己”。诸如此类的例子很多，不再细举。这说明了莎菲思想中的矛盾一面，既有其内心思想复杂性一面的因素，也有因疾病而导致的转化内心痛苦的一面。追求凌吉士的行动，从本质意义上来说，就是转嫁病痛的一种特异方式，当然这一些都是无解的。因为莎菲的内心始终充满着绝望的情绪，这股绝望的情绪弥漫《莎菲女士的日记》全篇，成为莎菲永远也走不出的牢笼。

绝望的情绪在全篇弥漫散布，莎菲在捉弄苇弟之后，这么想：“我知道自己的罪过，请不要再爱这样一个不配承受那真挚的爱的女人了吧！”莎菲知道苇弟的爱是真诚的，但是她并不爱他，也不能接受他的爱，因为她的身体并不允许。

“我是更为了我这短促的不久的生，我越求生得厉害。”

“每次看见那克利大夫的脸色，我便想：是的，我懂得，你尽管说吧，是不是我已没希望了？但我却拿笑代替了我的哭。谁能知道我在夜深流出的眼泪的分量！”

“假使我竟无声无息的死在那山上，谁是第一个发现我死尸的？我能担保我不会死在那里吗？”

“不要乱想吧，说不定明天我便死去了！”

从以上这些句子来看，莎菲有着强烈的绝望感，她虽然有强烈的求生欲望，但是死的绝望也一样强烈。这种准备随时都有可能死亡的心态，使她对人世间的一切看法都改变了，不仅显得自卑，而且显得茫然，就像天上“被风吹散了的白云”一样，不知何去何从。自卑之余，必然是自暴自弃。当她接到好友蕴姊来信诉说爱情幻灭的事情时，她也一样感受这种彻底失败的痛苦，于是索性喝酒寻死，直至吐血昏迷。自暴自弃的心理与绝望的心态，其实是紧密相连的。

莎菲本来想通过爱情点起生命的火炬，但当她发现，费了不少力气引诱上当的高大个美男子凌吉士，竟然不是理想中的恋爱对象时，失败的挫折感油然而生，把失败的怨恨当作咒骂予以发泄。凌吉士其实始终没有变，他的十全十美的光环是莎菲替他安上的，而卑丑的灵魂也是莎菲替他定调的，其实他并不完美，也不卑丑，只是不合莎菲预期形象罢了，因为凌吉士要的是能操持家务的贤妻良母，能养儿育女的女人，这——这恰恰是莎菲达不到的，因为她自身就已是泥菩萨过江自身难保了，遑论生儿育女。这种不可调和的矛盾其实早已埋下，剥去这层思想观念的理想，莎菲依然迷恋于凌吉士的色相，凌吉士继续主动追求莎菲，是不清楚莎菲的心意已经转变，当然也不乏情欲的推动作用。莎菲因此痛不欲生，因为她也没有过好情欲这一关。

三、无政府主义婚恋观的末路

小说毕竟是小说，它是社会与人生的一种深刻而真实的镜像，或许不能用严谨的科学标准来衡量，虽然它也能经受得住科学的检测，但这并不是研究的目的。作为一种社会的寓言，文学作品的疾病描写只能作为一种象征意义来看，与其说人物的疾病是个人的问题，不如说它也折射出某种社会领域的缺陷与不足。小说中的莎菲是如何得病的，不得而知；她的思想究竟又是什么？她的婚变观又具备哪些性质？这个问题可能连莎菲本人也不一定知道，只有她的创造者知道，因此我们有必要详细考察一下丁玲此时的思想状态，并结合当时的盛行社会思潮分析方能明晰。

莎菲自己说过："你以为我所希望的是'家庭'吗？我所欢喜的是'金钱'吗？我所骄傲的是'地位'吗？"这三句话是理解莎菲婚恋观的钥匙，不要家庭、不要金钱、不要地位的婚姻，究竟是一种什么婚姻？这种思想观念又源于哪里？结合丁玲的思想发展过程来看，这种观念恰恰是无政府主义思想的一种体现。

无政府主义思想 19 世纪下半叶才流行于法国、意大利、西班牙等国。早期代表人物是英国的霍德文和德国的施蒂纳，法国的蒲鲁东则是无政府主义潮流的始祖，后期代表人物是巴枯宁和克鲁泡特金。无政府主义主张绝对自由，反对任何组织纪律，主张绝对平等，反对一切政府和强权，在他们看来，未来的理想社会是人人平等、人人自由的极乐世界，没有国家、国界、私有财产，也没有家庭，更没有法律和强制机关，是一个各尽所能、各取所需的社会。这种类似于中国古代大同社会的理论，激发了人们向往绝对自由的激情及对未来乌托邦的想象。它一传入中国，就迅速在神州大地扩散。1907 年到 1909 年的《天义》、《新世纪》刊物，虽然宣扬无政府主义思想，但读者基本仅限于海外的留学生，对中国大陆影响不大。辛亥革命后才广泛传播。到五四时期，全国无政府主义社团多达九十多个，报刊约有七十余种。无政府主义的理想，是建立一个无剥削、无压迫，男女全面平等的社会。在他们看来，人类的不平等起始于国家、政府和家庭，而这一切又源于私有制，所以他们认为只要消灭了私有制，就能达到全面平等，所以废除家庭和婚姻是实现理想社会的第一步。

五四时期，无政府主义是作为改造社会的理论思想武器来使用的，早期的中国马克思主义者如李大钊、陈独秀、恽代英、毛泽东、周恩来等或多或少地受到了无政府主义的影响，它的反封建主义、反资本主义的理念，契合了马克思主义者的需求。另外，无政府主义也对社会主义进行了宣传，以刘师培为代表的无政府主义者也介绍和译载了恩格斯《〈共产党宣言〉英文版序言》及一些马克思主义的节译文字。当时马克思主义和无政府主义是分不清的。俄国十月革命胜利之后，中国马克思主义才逐渐认清了通过暴力革命的手段夺取政权才是实现理想的必由之路。从此，马克思主义和无政府主义才分道扬镳。

1921年，丁玲与好友王剑虹从湖南到上海平民女校就读时，就阅读了一些当时很流行的无政府主义的书籍，也参加过他们组织的会议，按照无政府主义废除家庭的要求，她废姓“蒋”，改名为“冰之”。这在当时是很时髦激进的做法，如刘师复改为“师复”，周恩来改为“伍豪”等。这些行为都说明了他们受无政府主义影响的程度。在《莎菲女士的日记》中，那个“神经质、最热情的”蕴姊的原型就是王剑虹，她也与丁玲的思想一样。如果说莎菲是丁玲创造出来的一个人物的典型的话，那么莎菲就是蕴姊幻化出来的类似的形象，固然也不乏丁玲自己的思想痕迹在里面。蕴姊是莎菲的底色，莎菲是蕴姊的影子。蕴姊一死，莎菲认为没有人理解她了，“拿着这日记应怎样的痛哭才对！”

在《莎菲女士的日记》中，与莎菲有爱恋关系的是三种人：安徽粗壮男人、苇弟、凌吉士。第一个安徽男人，因其格调粗俗，一开口就是肉麻的“爱呀爱的”，跟莎菲根本就不在同一层次，莎菲一下子就把他否定了，断绝往来。

苇弟追求莎菲，是真诚的，只求莎菲能够快乐，他愿意为她做各种事情，可以说是一位憨厚的老实人，甚至不敢看着莎菲的眼睛，这说明了他的老实，但也体现了他的软弱，一碰到委屈只会流眼泪。另外，苇弟是蕴姊丈夫的弟弟，因为这层关系，他们之间本来就很熟悉，关系也很密切。所以莎菲只能把苇弟当成弟弟来看待，而不是当成可以谈恋爱的对象。从莎菲的选择标准来看，她的理想爱情应该是能够在心灵上有深刻共鸣的，又能与她平等相待者，才是她理想的伴侣。苇弟虽有诸多好处，但他的软弱个性就是其最大的不足，以至于莎菲对苇弟的追求满怀歉意，“我恨不得跪在他面前求他只赐我以弟弟或朋友的爱吧！”这就足以说明莎菲的态度了。

偏偏苇弟不明白莎菲的心理，以为只要锲而不舍地对她好，不惹她生气，用最诚恳真诚的心来打动莎菲就可以了。甚至他发现了凌吉士开始接近莎菲时，就满怀醋意，萌生嫉妒之心。莎菲在这方面是不妥协的，“这种无味的嫉妒，这种自私的占有，便是所谓爱吗？我发笑，而这笑，自然不会安慰那有野心的男人的”。“小孩般举动来打动我的心，全是无用。”从这些话里可以看出，莎菲的爱情观是一种绝对自由平等的爱情，苇弟嫉妒凌吉士的追求，在莎菲看来是一种自私的行为，因为它不符合“自由”竞争、“自由”选择的标准。苇弟用低三下四地献殷勤、哭泣来让莎菲回心转意，自身就不符合“平等”的爱情法则。所以莎菲会很感慨地叹道：“为什么他不可以再多的懂得我些呢？”

即使莎菲把对凌吉士不满的一些日记给苇弟看了，他也看过两回了，得出来的结论依然是“你爱他，你爱他！我不配你！”莎菲爱的是凌吉士的外在色相，被他所迷惑，但是苇弟却没有看到，莎菲在精神境界上又与凌吉士的传统观念格格不入。须知莎菲是要在精神上得到彻底的共鸣和谐作为选择标准的。苇弟性格上有缺点，不够格；凌吉士，婚姻观不合，也不够格。可见莎菲对爱情的追求是极其浪漫又苛刻的。

依莎菲的理解，最美好的爱情是灵与肉的完美结合，“这种两性间的大胆，我想只要不厌烦那人，会像肉体融化了的感到快乐无疑”。这种灵与肉的完美结合，看起来容易，其实是不容易找到能与他和谐共鸣的对象的。蕴姊与莎菲一样，也是爱情至上主义者，但她嫁给苇弟的哥哥之后不久，就发现了对方渐渐的冷淡与虚情。这对莎菲而言，其实就意味着观念上毁灭性的打击。从现实生活的角度来看，轰轰烈烈、你死我活的爱情虽有极其热烈、激动人心的一面，但是现实生活除了热烈、激动之外，还需要冷静、淡泊的一面。老子云“飘风不终朝，骤雨不终日”，这是自然之道。蕴姊的丈夫不是冷淡，而是渐趋向现实而已。坚守传统观念的毓芳和云霖，虽然相爱，但没有正式成婚之前，他们选择分居，被莎菲嘲笑为禁欲主义者，是一种理智平庸的爱情，那么苇弟的爱情则显得忠厚笨拙，皆不入其法眼。当然，毓芳对莎菲的观念也不认同，认为其不稳重，孩子气。二者的观念相差如此之大，如何判定呢？

莎菲的观念确实超前，无政府主义者鼓吹取消婚姻和家庭，生了孩子，只编号码，由社会抚养，如此一来，私有财产的继承权便取消了。莎菲接受的就是这一套理念，以爱情作为最高的标准，没有任何其他的责任需要承担，在现实生活中也难以实现。万一两人不相爱了，就可以抛弃对方，寻找新的“爱人”，这又与原始社会的杂交有何差别呢？这种理论显然进入了悖论，其空幻性不可避免地使追求爱情至上者陷入了绝境，也就是说爱情至上的理念只是一种虚幻狂热的想象而已。婚姻家庭是人类历史发展到一定阶段的必然产物，在生产方式没有巨变之前，它们是不能随意废弃的。

五四时期的作家们对女性主义，尤其是无政府主义的女权思想或女性解放问题皆十分关注。胡适关注女性的解放，着重在于揭示社会中法律、宗教、道德虚伪性和残酷性，他的做法是改良主义的方式，即找出宗教、道德、伦理等诸多不合理处，进行渐进式的文化改革，也就是女性的解放应依托于社会全方位的文化改革基础上，否则难以成功。鲁迅认为，世间女性的本质妻性，原本不存在，女性的本质，只有母性和女儿性，所谓的妻性，乃父权社会塑造的结果。他在《伤逝》中指出，女性解放要以经济权的获得为保障，但仅有此一条并不是万事大吉，整个社会还得为青年女性走向社会提供机会，以及道德认可的场合，否则解放了的子君将依然回到家庭，变得与前辈一样庸俗。因此，在鲁迅看来，在社会各方面条件均不成熟的社会里，盲目践行爱情至上的理论，对女性而言，几乎是一条不归路。

丁玲的老师茅盾，对女性解放问题也十分关注，他认为女性解放的首要在于女性自觉，是一种思想意识的根本解放，“女性的自觉是一个人，是一个和男性一般的人，历史遗传的许多偏见把妇女生生地造成异样的人了”（茅盾《家庭改制的研究》）。这种自觉是女性认识到自己是和男性一样的人。至于恋爱，茅盾说：“恋爱不是理知底产物，是感情的产物，也可以说是最强烈底感情，亦唯丝毫不带理知作用的恋爱才是真的恋爱。”茅盾承认恋爱是纯粹的感情的流露，是不带功利主义的理性色彩的。这与莎菲与凌吉士一见钟情的纯感性目的是一样的，但是这只是恋爱的开始，更多方面只有在深入交往后才会显现。但茅盾也清醒地认识到，女性解放之路不可偏离正常的人性大道，无政府主义鼓吹的女性婚恋绝对自由其实正是偏离正常人性的一种做法。

总而言之，胡适、鲁迅、茅盾等三位名家所论虽异，但又有一点相同，那就是在条件不成熟的情况下，盲目推崇婚恋自由的绝对性，本身就是危险的，而且注定是没有结果的。茅盾在评《莎菲女士的日记》时说，莎菲是“心灵上负着时代苦闷和创伤的青年女性的叛逆的绝叫者”，这是很经典的论断。我们也可以说，莎菲就代表着无政府主义婚恋观走向末路的绝叫者。

本文对凌吉士形象的再思考，并不是为了抬高他的形象，或是为他洗白，只想说明，人们可以依照他们各自的价值观念生存，也可以按照他们特有的价值观去评价人和事，这都是正常的现象。但是这种评价是否准确、真实，还需得到进一步的确认，文学研究就是从人们不经意的地方，发现其背后深刻的蕴意，为人们进一步理解世界打开新的窗口。

凌吉士身上的符箓被粘得那么紧，从另一个侧面也说明了丁玲创作的成功和其语言的巨大魔力，这是毫无疑问的。有些论者惋惜丁玲没有在女权主义道路上走下去，反而走上革命的道路，这是丁玲创作的损失。我认为，综合考察丁玲前期的思想状况，女性主义只是她思想一个侧面而已，她还有更加宏伟的目标，那就是彻底改变社会制度和一切陈腐道德伦理，并勇敢地付诸实践，并从此开启了她波澜壮阔的瑰丽人生，她失去的只是女性主义，得到的却是整个世界，实非憾事。

（作者单位：厦门大学中文系）

相似的题材，不同的表现

——丁玲《水》与赵清阁《旱》之比较

赵焕亭

民国时期，水、旱及其继发的雹、蝗、疫等各种自然灾害不断袭扰人民群众，统治者在大灾之年变本加厉的盘剥加剧了社会矛盾。对此现象，现代文学作品中不乏描写，如艾青、丁玲、赵清阁等一批作家对水旱灾害都进行过描写。他们通过描写自然灾害或者抨击时政，为百姓疾呼，或者鼓励灾民克服困难，重建家园。同是五四新文学第二代女作家的丁玲与赵清阁在人生经历、个人气质、文学创作倾向等方面有着较大的差异，但她们都是关心民生疾苦、追求进步的爱国知识分子。她们都用自己的笔形象生动地反映了20世纪30年代自然灾害下人民的苦难与抗争。丁玲的《水》和赵清阁的《旱》就是这方面的代表作。

丁玲的《水》创作并发表于1931年夏秋。1935年10月，被以《水——问题小说》为题译成日文发表在《日本评论》上，这是日本翻译的第一篇丁玲的作品。[①] 目前关于丁玲《水》的研究文献比较丰富。主要文献有张堂会的《灾荒饥馑之下的呐喊与抗争——20世纪30年代左翼文学

① 参见宋建元:《丁玲评传》，陕西人民出版社1989年版，第176页。

与民国自然灾害关系之考察》[1]、王珍的《论丁玲小说女性意识与革命意识的历史化呈现》[2]、赵婷婷的《左联期刊与左翼文学创作》[3] 等，这些文献在对丁玲《水》的评价上，大多延续了冯雪峰、茅盾、夏志清等人的观点，认为《水》是丁玲文学创作从个人主义向集体主义、从资产阶级向无产阶级转折的标志性作品。它取得了一定的成功，但艺术性一般。秦林芳《"苦难"与"求生"——丁玲小说〈水〉的人性意义》一文指出了《水》除了包含革命意识之外，还体现了人道主义，是丁玲对五四启蒙思想的回归。[4] 这一新的观点在关于丁玲《水》的思想内容的阐释方面有所开拓。

《旱》是赵清阁写于 1935 年的一个短篇小说。它与当时赵清阁创作的其他短篇小说《祖母》、《强盗》、《穷人》等，一并由上海女子书店结集为短篇小说集《旱》而出版。《旱》这本集子里的作品大都暴露了现实社会的黑暗面，因而出版不久就遭查禁。此后，不得不由新兴出版社翻印出版，但发行量有限。所以，今天这本书的原版不易见到，自然，人们对《旱》这篇小说的研究也非常有限。目前，还没有见到关于《旱》的分析文章，更没有发现有研究者把丁玲的《水》这篇小说与赵清阁的同类题材作品《旱》进行比较研究的文献。而展开对两部作品的对比，对于进一步深入认识 20 世纪 30 年代中国文坛关于自然灾害叙写的整体面貌以及考察丁玲、赵清阁不同的文学创作风格及其政治文化背景等都有较高的价值。本文即选取丁玲的《水》与赵清阁的《旱》进行比较，期望找到这两篇小说在思想内容、形式表现等方面的不同及其背后所蕴

---

① 参见《华中师范大学学报（人文社会科学版）》2016 年第 3 期。

② 重庆师范大学 2017 年硕士学位论文。

③ 南京师范大学 2011 年硕士学位论文。

④ 参见秦林芳：《"苦难"与"求生"——丁玲小说〈水〉的人性意义》，《文艺争鸣》2012 年第 7 期。

含的政治因素、文化因素的不同。

一、主题思想上的区别：反抗阶级压迫和歌颂劳动者的智慧

《水》和《旱》叙述的侧重点不同，故事结局也不同。前者的结局是灾民暴动抢粮，后者的结局是灾民通过开沟引水，缓解了旱情。这些不同导致了作品主题思想的区别：《水》主要写灾民在认识到阶级压迫的残酷性之后走向反抗之路，反映了阶级斗争的必然性。《旱》主要写灾民在尝试租车灌溉和祈雨救灾的途径均失败之后，寻找到了开沟引渠的办法，最终解决了问题，从而歌颂了农民的勤劳智慧。

（一）《水》揭露了统治者对灾民的压迫，歌颂了灾民的觉醒和反抗

《水》各部分从不同角度反映了阶级压迫和阶级反抗。正是统治者残酷的压迫最终导致灾民的暴动抢粮。丁玲的中篇小说《水》虽然不如她的成名作《莎菲女士的日记》和获奖作《太阳照在桑干河上》那样著名，但是，它作为丁玲在20世纪30年代初期左转的标志性作品，不断被人评述。《水》以1931年中国特大水灾为背景，描写了灾民从抗洪、流徙到反抗的过程。小说的四个部分除了描述人们的紧张、抗洪之外，还从不同角度描述了农民与地主之间的阶级对立。

第一部分主要写洪水来临之前一渡口人们的恐慌情绪和抗洪行动。老年人、妇女、小孩儿在家里谈论灾情，青壮年在河堤上检测水位和抢修堤坝。同时，这部分还写了从五六十里之外的牛毛滩逃难而来的两个妇女和两个小孩，这说明周边几乎都被大水淹了，衬托了灾情之严重。

这一部分的一个突出人物是老外婆。她的那句像咒语似的话“算命的说我今年是个关口”似乎是个不祥之兆，为小说奠定了悲凉的基调和气氛。老外婆回忆小时候经历过的水灾、饥荒和瘟疫，也提出自己朴素的阶级认识：“有钱的人不会怕水，这些东西只欺侮我们这些善良的人……老爷在那年发了更大的财，谷价涨了六七倍，他还不卖……有钱人的心像不是肉做的，天老爷的眼睛，我敬了一辈子神，连看我们一下也没有，神只养在有钱的人家吧……”由此可见，小说的立意非常明显，一开始就借助老外婆之口揭示了由洪水所引发的人们对阶级压迫的深刻认识。

第二部分主要记述了汤家阙、一渡口渐次被淹没的过程。其中重点写一渡口被淹之前人们的抵死守堤，特别写出了人们在守堤过程中的觉醒和暴怒：“快活吗？死还在眼前面呢？这纸扎的堤！”“不相干，再抵也不相干，这全是窟窿的捞什子堤，终究是保不住，迟早要被冲去的！各人还是赶紧逃命吧。……”“一种男性在死的前面成为兽性的凶狂，比那要淹来的洪水更怕人的生长起来。有一些为几阵汹涌的水而失去了镇静，为远远近近的女人的号哭而心乱，而暴跳起来，振着全身的力，压制着抖战，咬着牙，吐着十几年被压迫、被剥削，而平时不敢出声的怨恨来。有一些还含着希望，鼓励着，督促着他们的同伴：……不要怨天尤人，等好了咱们再算账：他妈，有他们赚的，年年的捐，左捐右捐，到他们的鸟那儿去了。可是，现在不要骂，把堤救了再说……”① 尽管人们拼死救堤，但最终土堤还是被冲溃，几百个人，连叫一声也来不及便被卷走了，一渡口变成了一片汪洋。

第三部分写一群死里逃生的一渡口人怀揣希冀、栖栖遑遑逃到长岭岗之后，发现情况与他们期待的大相径庭。这一节重点塑造了李塌鼻的形象。李塌鼻四十多岁，在三富庄做过二十年的长工，在这次逃

① 《丁玲全集》第三卷，河北人民出版社 2001 年版，第 417 页。

难路上，一直给大家鼓劲儿。以他对长岭岗的了解，他坚信大家到了长岭岗就都有救了。他说："长岭岗有三条街，有一百多家铺子，三富庄，马鞍山的大户都有人在那里……别处我不晓得，我就清楚，打开他们的仓，够我们一渡口的人吃几年呢。看他们就真的不拿出一点来，忍心让我们饿死。……"① 有人质疑李塌鼻的判断，认为他做二十年的长工，连一条不破的裤子都没有。东家剥削如此残酷，而他没有反抗。这种质疑引起了李塌鼻的争辩。李塌鼻认为自己过去并不甘心做奴才，只是一个人的力量有限，反抗没有效果。现在大家是一伙人了，总会有办法的。可是，残酷的事实是：先到的其他难民告诉一渡口的人："他管你吗？我们的人都不准上街，他们比防土匪还怕我们呢?!"② 街两头站了许多刚从县城里调来的荷枪的兵士，还有一些镇上团防临时加的团丁。墙上贴了告示，告诫灾民安分地等着，如有不逞之徒，想趁机捣乱，就杀头不赦……随着灾情的蔓延，"到县城去的路已经断了，但用帆船却又带来了一些军火，并没有带救济来。装满了帆船又向着县城去的，是长岭岗上的几家大店铺的老板和家眷"③。"镇长颜色惨白，不是为了没有米，是为了没有请下军火来，才使他这末不安的。"④ 这一部分通过李塌鼻与其他人的对话和争论，充分暴露了统治阶级的残酷与狡诈，他们不顾灾民的死活，防止暴动的举措远远多于救灾行动。这从侧面说明了农民集体反抗的必要性。

第四部分写水灾后瘟疫肆虐，面对不绝的死亡，饥民被迫起来反抗。他们发现镇上效仿县城，县城效仿省城，当政者都不管饥民死活，而是只留下军火和士兵预防暴乱。因此，人们彻底失望，并开始反抗

① 《丁玲全集》第三卷，河北人民出版社 2001 年版，第 421 页。
② 《丁玲全集》第三卷，河北人民出版社 2001 年版，第 423 页。
③ 《丁玲全集》第三卷，河北人民出版社 2001 年版，第 424 页。
④ 《丁玲全集》第三卷，河北人民出版社 2001 年版，第 427 页。

了。这一部分集中描写在黑脸农民的启发下，人们的觉醒和反抗。他们比水还凶猛地，朝镇上扑过去，要夺回他们用血汗换来的谷子。小说写道："告诉你，起来是要起来的，可是不是抢，是拿回我们的心血，告诉你，杂种，只要是谷子，都是我们的血汗换来的。我们只要我们自己的东西，那是我们自己的呀……"① 这样的叙述，其实就是对灾民的一次思想启蒙和行动引导，它为灾民起来造反找到了理论支撑。

《水》整篇小说不是以人物为中心来展开，而是以洪水发生的时间、地点、进程以及民众抗灾的过程为叙述线索。小说以位置、空间的变化来展开叙述和描写，人物对话多，场面感强烈。如第二部分写人们与洪水抗衡而最终失败的情况时，主要就是采用人物对话的形式，反映在洪水淹没之前，人们的焦躁、侥幸、惋惜、愤怒等心理，同时也表现了男人们为保护妇女和儿童而勇敢牺牲的精神。这里不是以塑造英雄人物为目的，而是主要描摹抗灾现场，烘托紧张气氛。这部分以时间、地点的变化转移为线索来叙述事件的发展过程，这与其创作目的相适合。《水》的主要创作目的就是要表现"剥削阶级在灾荒之年趁火打劫、借机发财。灾民得不到救助，被迫走向反抗"的主题。由前面对小说各部分内容的具体介绍，不难看出，灾民被迫造反这一思想主题几乎贯穿小说的各个部分。宋建元在《丁玲评传》中对《水》的主题思想做了这样的概括："她力图描出水灾给人民造成的巨幅残景，揭露国民党反动政府对灾民的冷酷与欺骗。更重要的是作者想写出农民的觉醒与反抗，从而表现中国革命的发展与高涨，等等，这无疑是重要而有巨大意义的。"② 这一概括是符合作品精神的。

① 《丁玲全集》第三卷，河北人民出版社 2001 年版，第 433—434 页。

② 宋建元：《丁玲评传》，陕西人民出版社 1989 年版，第 176 页。

（二）《旱》歌颂了灾民依靠勤劳和智慧挖沟引水战胜旱灾的精神

《旱》各部分侧重描写灾民寻找各种办法去解决问题，最终他们依靠集体的力量挖沟引水战胜了旱灾。《旱》这篇小说一共由五部分组成。第一部分主要写大旱。柳村连续大旱，稻田里的秧苗将被旱死。老张叫醒正在酣睡的陈二，一起讨论干旱的原因，并商议解决办法。他们分析认为，村子里久旱的原因估计是那个草棚子里脏婆娘得罪老天爷了，特别是近几天，上他家打茶围的人更多了，如高贵中、李麻子、黑斑鸠、一只眼等。这使得老张和陈二越发要想办法改变这种局面。他们打算先和大家商量好，于是，老张就去找高贵中做思想工作。这当儿，来自杨树庄的吴德勤老表带给陈二一个解救干旱的办法。他说，城里的胡区长新近从上海买了一架灌水机器，可以帮助灌溉稻田，但是这需要收费。柳村的百石稻田全部灌溉需要 100 块大洋。

第二部分主要写解决草棚子婆娘聚众瞎闹吃酒的事情。陈二、王五、一只眼、黑斑鸠、老张、高贵中等都陆续集中到草棚子婆娘家里。陈二宣布了租水车灌溉稻秧的法子，并号召大家捐钱。在经过李麻子和小阮的一番辩论之后，大家都赞同这个法子。他们批评了草棚子婆娘平日里的表现，并动员她拿出了 20 块大洋。这样，租水车的钱就有了个基数。

第三部分主要写向全村人筹钱租水车及筹集之后在柳树下的聚餐庆贺。全村人百般凑到了 60 块大洋。他们又恳求地主设法把租金降到了 90 块，他们再发动大家卖掉陈粮，最后终于凑到 92 块。为此，他们拿出 2 块大洋买些酒肉在柳树下庆贺，在庆贺会上，他们再次明确了光吃不做的可耻，号召女人去做工。

第四部分主要写一次的灌溉并没有彻底解决旱情。他们给胡区长交了 90 块大洋，全村稻田得到灌溉，但不几天之后，庄稼又开始枯萎下去。他们再也无钱去租水车来继续灌溉，因此感到自己上当受骗了。无奈，他们开始了祈雨活动，一连三天的祈求上苍，可是连雨的影子也没有看见。最后，还是小阮意外发现十里外的黄家墩山上有瀑布，于是他们大约用五天的工夫开沟，把水引到了自己的村庄。

第五部分主要写全村人庆贺开沟成功。当水潺潺流进田畦时，大家在陈二的领衔下，唱了一首慷慨壮厉的快乐歌：

求人家不如求自己，
开沟五天水便流到田里！
什么“水车”，“龙王”都是假的，
只有我们各人的“赤诚”和“力”！
只有我们的赤诚和力
一心合作干到底，
不怕山高与路低，
胜利终归是我们的。①

这样的歌词情感真挚、鼓舞人心！它强调求人不如求己，大家齐心合力定能战胜天灾的道理。

由小说《旱》这五部分的内容，可以看出，柳村的农民在尝试了引导草棚子婆娘做工、租车灌溉秧苗、祈雨等种种方法之后，最终依靠自己的力量引来瀑布之水，解除了旱情，人们欢呼雀跃。显然，故事结局的安排显示了小说的主题思想。在这篇小说的第三、四部分，重点写到了地主和胡区长的狠毒。当他们初向地主恳求帮忙时，地主不但不帮，

① 徐俊西主编：《海上文学百家文库》(033)，《白薇、陆晶清、赵清阁卷》，上海文艺出版社 2010 年版，第 452—453 页。

还声明将来不能减少课租，以此来要挟他们必须租水车来灌田。当他们请求胡区长再次灌溉又将枯萎的秧苗时，却遭到了无情的拒绝。他们痛恨趁机发财的地主和胡区长，骂他们是杀人不见血的王八蛋。而且，小说还写到一个细节，最初给柳村带来租用水车灌田信息的吴德勤也是受害者，他们的杨树庄也遇到了与柳村一样的困境，秧苗得不到二次灌溉。这个细节的设置深刻揭露了地主和胡区长的残暴。

尽管《旱》在内容叙述上，也揭露了统治者的残酷剥削和压迫，但整篇小说并没有把农民对于地主和区长的反抗作为叙述的重点，更没有描述农民的反抗举动。农民对于地主和区长，只是抱怨、求情和隐忍，而没有采取实际的反抗行动。与丁玲的《水》相比，《旱》这篇小说的反抗性要减弱许多。特别是在结尾的安排上，面对地主和胡区长的剥削和压迫，农民没有起来暴动，他们只是无奈地痛骂。最终，解除旱情的问题是通过农民自己的智慧和勤劳得到解决的："什么'水车'，'龙王'都是假的，只有我们各自的'赤诚'和'力'!"这与《水》的结尾——"这队饥饿的奴隶……咆哮着，比水还凶猛的，朝镇上扑过去"——有很大不同。

二、表现形式上的区别："速写体"与"剧本体"

除了故事结局、主题思想不同之外，从表现形式上来看，《水》与《旱》也有很大不同。《水》具有新闻通讯"速写体"的特征，《旱》具有时间、场景高度集中等"剧本体"的特征。

(一)《水》的"速写体"特征

尽管丁玲很重视《水》这篇作品的创作，但由于当时的条件限制，

《水》最终写得比较粗糙，有“速写体”的特点，类似新闻通讯和报告文学的速写式勾画，人物形象不够典型。关于这一点，丁玲自己的说法是：“直到《北斗》第一期要出版，才在一个晚上赶忙写了《水》的第一段。后来的都是在集稿前一晚上赶起，这篇《水》的完结，可说是一个潦草的完结。原来预备写 8 万字的，后来因为看《北斗》稿子太忙，构思的时间没有，又觉得《北斗》上发表太长不适宜，就匆促把它完结了。几次想改作，或另加一篇，都为时间所限，没有达到这个心愿。”① 这说明丁玲本人知道这篇小说的不足：它是一个急就章，创作的仓促、篇幅的受限使这篇小说没有来得及充分展开。

关于丁玲《水》的“速写体”特点，赵婷婷在她的硕士学位论文《左联期刊与左翼文学创作》第三章中有所论述。该章专门探讨了左联期刊影响下左翼文学的书写方式。文章指出，20 世纪 30 年代，左联期刊上发表的作品，新闻化写作、报告文学写作更容易迅速地发动民众、鼓舞士气，因而成为左翼文学书写的显著特征。丁玲的《水》就是左翼文学为达到宣传目的而采用了特殊的书写方式：

> 杂文是由理论的侧面来反映那些活生生的社会现象，小说则注重由形象的侧面来传达对社会现象的认识。它在书写方式上同样呈现出向实录和新闻皈依的倾向，左翼小说追求新闻价值的时效性和新鲜性，它的选材紧跟社会事件的更替，只要阅读当年的左翼刊物便可大概摸准本年度的社会脉搏；它奉行新闻的客观、真实性原则，场面感极强；它的语言简洁、明了，表现出整体文本语境的明晰化。
>
> “速写体”便是这种文学新闻化写作的特殊形式，它也是一种

① 李向东、王增如：《丁玲传》，中国大百科全书出版社 2015 年版。

> 杂糅文体，被称作“杂文的姊妹”。这种“纪事”、“记录”和“传达”，能够“批判地记录各个角落里发生的社会现象，把具体实在的样相（认识）传达给读者。这不是经过综合或想象作用的文艺作品，而是一种文艺性的纪事”。丁玲的《水》可以说是“速写体”小说的滥觞，之后，《多事之秋》、《一天》、《二十一个》相继在《北斗》上发表，接着迅速风靡左翼文坛。①

这些分析说明了左翼小说滥觞期的整体特征及其原因，并为丁玲的《水》采用“速写体”写作找到了根源，充分肯定了其开创性价值。《水》符合左翼小说的创作要求，具有新闻性、时效性、场面感，语言简明，多口语。因此，尽管《水》写得较为粗糙，但在当时，得到了左翼文坛的高度肯定。原因主要在于它适应了迅速斗争的需要。

一般来说，“速写体”的作品不利于塑造典型人物，而部分评论者按照今天人们通常的小说评价标准“塑造典型人物”这一要求来衡量丁玲的《水》，认为它在这方面是缺失的、遗憾的。笔者认为，丁玲在最初创作这部小说时，不仅没有刻意去塑造单个的典型人物，而是有意要突出大众。这与丁玲立意要描写大众的创作目的有关。还有就是创作时间仓促，篇幅受限制的原因。事实上，冯雪峰的评价正说明了这一点：“作者有了新的描写方法，在《水》里面，不是一个或二个的主人公，而是一大群的大众，不是个人的心理的分析，而是集体的行动的开展。它的人物不是孤立的，固定的，而是全体中相互影响的，发展的。”“在《田家冲》和《水》之间，是一段宝贵斗争过程，是一段明明在社会的斗争和文艺理论上的斗争的激烈尖锐之下，在自己的对于革命的更深一层的理解之下，作者真正严厉的实行着自己清算的过程。那结果是使她

① 赵婷婷：《左联期刊与左翼文学创作》，南京师范大学 2011 年硕士学位论文。

在《水》里面能够着眼到大众自己的力量及其出路。”[①] 何丹仁（冯雪峰）的这些评价说明了在当时的认识水平和创作条件下，《水》已经实现了丁玲的创作目的，自觉贯彻了“以大众为主人”、“替大众说话”的写作要求。

1930 年 3 月 2 日，左联在上海成立，通过左联理论纲领。纲领从文学与时代的关系、与阶级的关系，阐述无产阶级文学艺术的历史使命，解释无产阶级文学艺术的内容与任务。左联执行委员会于 1930 年 8 月 4 日通过了《无产阶级文学运动新的情势及我们的任务》，提出左联是“广大群众的组织”，以开展革命斗争、有“组织活动”为主要任务。[②] 这些文件的要求对于丁玲《水》的创作有直接影响。因此，就左联当时的创作标准和需要来说，虽然《水》还存在着“速写体”的不足，但总体上是成功的。

（二）《旱》的“剧本体”特征

赵清阁的《旱》具有典型的环境描写、鲜明的人物形象和生动的人物对话，场景变化明显，故事情节起伏跌宕，具有“剧本体”的要素和特征。具体主要表现在这篇小说的空间和时间高度集中、语言生动活泼、篇幅简短精练、矛盾冲突尖锐等方面。

第一，《旱》的空间和时间高度集中。

《旱》虽然是一篇小说，但在时空安排上有一定的剧本特征。剧本要求时间、人物、情节、场景高度集中在舞台范围内。一般要求篇幅不能太长，人物不能太多，场景也不能过多的转换。《旱》基本具备这些

---

① 何丹仁:《关于新的小说的诞生——评丁玲的〈水〉》,《北斗》第 2 卷第 1 期，1932 年 1 月。

② 参见左联执行委员会:《无产阶级文学运动新的情势及我们的任务》,《文化斗争》第 1 卷第 1 期，1930 年 8 月。

特征。这篇小说大致可以看成是五幕剧。每一幕里面的场景非常清晰、简洁，而且，全“剧”七个场景中，有三个都是在“柳树荫下”。这是有意地重复。所以，假如这篇小说改编成剧本，进行舞台演出布景时，实际上只需要四次布景。

第一幕的场景主要是陈二家及家对面的柳树下。活动人物只有老张、陈二和吴德勤。他们在商议如何缓解旱情。第二幕的场景主要就是草棚子婆娘家里。大家在这里讨论筹资租车灌田的事情并成功说服草棚子婆娘拿出了 20 块大洋。第三幕的场景，还是在陈二家对面的柳树下，大家举杯庆贺筹钱成功。第四幕的场景主要是稻田灌溉和龙王庙祈雨。第五幕的场景仍旧回到柳树荫下，大家在这里欢呼歌唱，庆祝自己的劳动成果。可见，这篇小说，虽然故事情节复杂，但场景的变化并不多，第一、三、五部分，人物的活动都是集中在柳树荫下。这样的布局安排减少了换景次数，便于舞台演出。

第二，《旱》的语言生动，具有剧本台词的特点。

《旱》的语言生动活泼，富有生活气息，有利于表现鲜明的人物性格。剧本主要是通过台词推动情节发展，表现人物性格的。因此，台词语言要求能充分地表现人物的性格、身份和思想感情，要通俗自然、简练明确、口语化，适合表演。《旱》的对话语言就具备这个特点。如老张自语着，跑上去向陈二的屁股踢两脚:“妈的，太阳晒着屁股了，还只管酣睡。难道你想睡死过去吗?”陈二道:“不是我好睡，老哥，你说，不睡又啥办法呢? 天老爷不下雨，妈的你倒拿老子来出臭气，说吧，就叫我起来又该怎么着?” 老张:“不是呀，我说与其这样睡觉，不如大家常在一块想想办法的好。”① 小说就是在这简短的对话中说明了旱情，

① 徐俊西主编:《海上文学百家文库》(033)，《白薇、陆晶清、赵清阁卷》，上海文艺出版社 2010 年版，第 441 页。

推动了故事情节的发展。再如，草棚子婆娘颤栗地说：“但是，我……我也要吃……吃饭。”“我求……求你们可怜我，以后反正……不干这了。”“我也愿意把工钱分给大家用，只要你们别再没死活地骂我什么‘糟货’就好。”草棚子婆娘的这些话赢得了大家的同情，她的觉悟让大伙很是感动！尤其是高贵中首先带头鼓掌：“真是女中君子，好乖乖！等粮食收下来老子送给你一件花洋布衫的料子。”[①] 高贵中的语言也极具个性，表现了他的豪爽。高贵中的这一形象不由得使人想起姚雪垠发表于1941 年的中篇小说《牛全德与红萝卜》中的牛全德。他们都是觉醒了的农民形象。

第三，《旱》的矛盾冲突尖锐。

《旱》所展现的矛盾冲突就比较尖锐、集中。对于寻求缓解旱情的方法，首先是老张和陈二要说服草棚子婆娘及围绕在她家里的那一拨儿嫖汉；其次是大家伙与地主和胡区长在水车租金及二次灌田上的矛盾与斗争。随着一个又一个矛盾的产生，故事得以展开和发展。相对而言，草棚子婆娘的问题比较容易地得到了解决，但灾民二次灌田的要求被胡区长坚决拒绝。不得已，大家再次到龙王庙祈雨，然而，祈雨无效。问题最后得以解决的方式似乎有些意外和惊喜：在大家齐心协力下，从十里外的山上引来了瀑布水，解决了旱灾。对剧本来说，受演出时间的限制，一般要求剧情所反映的现实生活必须高度凝缩在矛盾冲突中。《旱》虽然不是一个剧本，但它在矛盾冲突的安排上有一定的剧本特点。如果说，丁玲的《水》没有很好地写出灾民集体行动的组织者和领导者，那么，赵清阁的《旱》在这方面倒是值得肯定的。《旱》通过矛盾冲突塑造出了老张、陈二、小阮等典型形象，他们是灾民集体活动的主要组织者。

---

① 徐俊西主编：《海上文学百家文库》(033)，《白薇、陆晶清、赵清阁卷》，上海文艺出版社 2010 年版，第 448—449 页。

三、创作背景、创作观念的不同

文学呈现的不同折射出作者立场和观念的不同。丁玲的《水》和赵清阁的《旱》，在主题思想和表现方式上有很大不同，这与小说各自的创作背景、创作观念有直接关系。

（一）《水》创作的时代背景和丁玲个人的创作转向

《水》鲜明的反现实主义主题思想及其速写体的特征，与丁玲创作这篇小说的背景、立意有直接关系，它反映了丁玲当时的思想状况和工作职责。

丁玲的《水》，在1931年9、10、11月连载于左联机关刊物《北斗》上。丁玲作为《北斗》的主编，在《北斗》创刊号上开始发表这篇小说，这说明了她对这篇小说的重视。更重要的是，《北斗》的性质也要求这篇小说的使命是：号召民众起来反抗压迫和剥削。丁玲的文学创作本身就是她从事革命工作的重要方式和手段。1931年2月8日，丁玲的丈夫胡也频因参加左翼运动在上海龙华被杀害。胡也频的牺牲使丁玲坚定了革命信念。她把孩子送回湖南老家由母亲代为照料，自己回到上海全身心地投入革命事业。不久，她出任左联机关刊物《北斗》主编，写出了一系列革命倾向的作品。正如茅盾所说，“丁玲女士个人对这××恐怖的回答就是积极左倾，踏上了那五个作家的血路”①。所以，《水》的结局安排、主题思想与丁玲坚定的革命追求有直接关系。

《水》这篇小说是丁玲本人，也是左翼文坛创作转折的一个醒目标

① 袁良骏编：《中国文学史资料全编·现代卷：丁玲研究资料》，知识产权出版社2011年版，第216页。

志，它及时引领了左翼文学的方向。丁玲晚年在答《开卷》记者提问时，说道："还有个突破是写《水》。我一定要超过自己的题材的范围，《水》是个突破。《水》以前是《田家冲》。写了《田家冲》不够，还要写《水》。这两篇小说是在胡也频等牺牲以后，自己有意识地要到群众中去描写群众，要写革命者，要写工农。这以后，还有一些短篇：《消息》、《夜会》、《奔》都是跟着这个线索写的。"① 这段话说明《水》的创作主题非常明确。它就是要借助水灾描写来鼓动农民的革命情绪和革命行动，这正是左联当时所提倡的文学创作方向，也是日后丁玲所坚持的创作方向。在表现形式上，《水》采用新闻通讯式的"速写体"，也是为了追求宣传的时效性。丁玲借助描写突发的自然灾害事件，反映了底层人民群众的革命追求，体现了把握时代脉搏的气魄。

此外，《水》中关于农民与自然灾害作斗争的描写，真实自然，取得了一定的艺术成就。这与丁玲小时候的生活环境和生活体验有直接关系。丁玲在《谈自己的创作》中写道："我小时候居住的常德县，在沅江下游，人们常说：'常德虽好，久后成湖'。那里离洞庭湖很近，洞庭湖附近好几个县，如华容等，都是沅江冲积下来的泥沙淤积而成的。原来沅江上游，地势很高，水流很急，每到春夏，就要涨水。一涨水，常德县城就像一个饭碗放在水中，城外一片汪洋，有时都和城墙一样高了，城内街巷都要用舟船往来。老百姓倾家荡产，灾黎遍地，乞丐成群，瘟疫疾病，跟踵而来，因此，我对水灾后的惨象，从小印象很深。"② 丁玲把自己小时候的这种关于水灾的切身认识转移到了小说《水》之中，取得了较大的成功。

---

① 丁玲：《答〈开卷〉记者问》，《丁玲全集》第八卷，河北人民出版社 2001 年版，第 4 页。

② 丁玲：《谈自己的创作》，《丁玲全集》第八卷，河北人民出版社 2001 年版，第 80—81 页。

（二）《旱》的创作契机、主题思想和风格之来源

（1）《旱》的创作契机

赵清阁受到丁玲《水》的启发而创作《旱》。比丁玲小 10 岁的赵清阁一贯追求思想进步。与左翼剧作家和鲁迅的接触，激发了她的创作。1935 年 5 月，赵清阁看到丁玲所写的小说《水》，联想到家乡农民因旱灾而逃荒的悲惨景况，就写下了短篇小说《旱》。民国时期，河南省发生过四次大旱，分别是在 1920 年、1928—1930 年、1936—1937 年和 1942—1943 年。每当旱灾发生年间，中原赤地千里，一片焦土。赵清阁经历了 1928—1930 年间的河南旱灾。1928 年大旱发生的初年，赵清阁还在信阳老家，次年她到开封读高中。这次中原旱灾给她留下了深刻记忆，为她的小说《旱》的创作，积累了素材和体验。

（2）《旱》主题思想之来源

《旱》的主题思想来自赵清阁的纯文艺观。尽管赵清阁的《旱》是受到丁玲《水》的启发而写的，但二人不同的人生经历和文艺观导致这两篇小说在思想和形式上是有差别的。左联这个政治组织对丁玲的人生道路和文学创作的影响都非常大，并最终促使她走向了革命圣地延安，主要从事无产阶级的文学事业。而赵清阁在抗战爆发前的几年里，辗转于开封和上海之间，因思想激进而多次受挫。1937 年抗战全面爆发之后，奔赴武汉，参加抗战的宣传创作。1938 年，她参加了中华全国文艺界抗敌协会，主编《弹花》文艺月刊，配合文协的工作。《弹花》的办刊宗旨是抗战救国。赵清阁有强烈的国家观念，面对民族灾难，愿尽匹夫之责。她积极投身民族救亡运动，为了《弹花》的生存而辗转重庆、上海，一直生活在国统区。这种人生经历使她逐渐成为一名自由主义知识分子，在 1930—1940 年的左翼革命文学和人文主义文学思潮的斗争中，基本保持了中立的纯文艺观。1946 年，她在《纯文艺与民主文艺》

一文中提出:“文艺表现政治则可以，且必然；文艺作家观察政治、批评政治也应当，但却无须参与政治，甚而附骥于政治之尾，作其政治的策动之工具。因为文艺与文艺作家。有它超然独立的气质，有它客观的地位。”[①] 这表明了赵清阁的纯文艺观。她主张文艺家的独立精神。明白这一点，有助于我们理解《旱》的结局安排和主题表达。相对于左翼作家的革命性作品来说，赵清阁文学作品中的阶级斗争意识不是很强，其作品更多反映了民族斗争的时代风潮。所以，《旱》在结局上的安排与丁玲的《水》有很大不同，这是自然可以理解的了。

关于赵清阁的作品，尤其是后期作品的革命性、批判性较弱的问题，我们也可以尝试从另一种角度来解释。这就是她在 20 世纪 30 年代前期特殊的经历和处境。30 年代前半期，赵清阁的思想比较激进。1932 年下半年，在开封半读半工期间，她就因为在报纸上发表“对贫富悬殊，妇女解放，穷孩子受教育等问题”的看法，触怒救济院的领导，被视为危险分子，被贫民小学解雇。报社也向她提出警告，不准再写暴露社会黑暗的文章。她只好离开开封，远走上海。1933 年下半年至 1935 年上半年，她就读于上海美术专科学校艺术教育系。1934 年 8 月，开始兼职天一电影公司《明星日报》的编辑，其间，认识了洪深、欧阳予倩、左明、应云卫、王莹、陈凝秋、袁牧之等电影、戏剧界的进步人士，思想上和艺术创作上都受到了他们的影响。1935 年上海美专毕业后受聘于母校开封艺术高中，其间因发表针砭时弊的杂文而被抄家，以一封田汉的信件和《资本论》一类的书成为“共嫌”而入狱半年，后经保释出狱。出狱后重返上海，任女子书店总编辑，但半年后因入狱之事被老板得知，更因与左翼作家过从甚密而被解雇。[②] 这段人生经历不可

① 赵清阁:《纯文艺与民主文艺》，1946 年《文潮》第 1 卷第 5 期。

② 参见高天星、高黛英:《赵清阁文艺创作年谱》，《信阳师范学院学报（哲学社会科学版）》1988 年第 3 期。

能不影响到她的创作。或许，为了更长远地坚持斗争的需要，她的小说有意罩上了一层保护色，呈现出一个自由主义作家的创作立场。

关于赵清阁作品的现实批判性弱的问题，毋二宾在他的硕士学位论文《孤寂的持灯人——赵清阁的编辑与创作（1932—1949）》中也有论述：

> 受高尔基的社会主义现实主义文艺创作思想的影响，前期赵清阁的小说题材也多选取来自社会底层的穷苦百姓优伶艺人作主人公。采用同情性的笔调来叙述，或俯视，或平视，时而用第一人称，时而用第三人称。但是，在对高尔基这种社会主义现实主义创作思想的学习中，由于夹杂了过于理想化的浪漫主义因素，使得赵清阁前期作品的社会批判力量有所削弱。与同时期的女作家相比，赵清阁处在一种尴尬的地位，若论尖锐鲜明带有社会历史特征，她不如萧红，丁玲；若论小说的语言与技巧，她比不上沉樱，林徽因。这种景况使赵清阁在37年以前并没有得到文坛的关注。赵清阁这时期的小说，在情节设置和语言上过于戏剧化，用词有时也显得雕琢沉滞。①

这段论述揭示了赵清阁作品社会批判力较弱的原因是她过于理想化的浪漫主义，即浪漫主义因素削弱了赵清阁作品的战斗性。同时，他也注意到了赵清阁小说的戏剧化特色。《旱》的结局设置是让小阮意外发现黄家墩山上的瀑布，这确实有些浪漫色彩，稍微有些“机械降神”的倾向。说“稍微”，是因为毕竟小说的结尾不仅仅有这个情节，还有更重要的灾民挖渠引水的劳动情节。

---

① 毋二宾：《孤寂的持灯人——赵清阁的编辑与创作（1932—1949）》，华东师范大学2007年硕士学位论文。

在 1937 年抗日战争爆发之前，赵清阁的小说多取材于下层人民的生活，反映社会动荡、民生疾苦、封建压迫、等级差异等，具有一定的现实批判性。但是，与丁玲同一时期的小说相比，其革命性和战斗性弱了很多。个中原因是复杂的，除了上述技术处理上的原因之外，这里是否还有更深层的原因呢？这是否与赵清阁当年特殊的社会政治身份有关系呢？关于这一点，目前仅仅是一种推测，材料来自商昌宝发表在《粤海述评》第 261 期（徐南铁主编，文化批评网络杂志）[①] 上的文章《身份是个问题：神秘女性赵清阁》。该文推测赵清阁在当年有可能是一名秘密的共产党员和统战工作人员。商文的推测目前还没有确凿的材料证明。但这一研究思路可以启发我们思考。假如商文的推理正确，即赵清阁在 1930—1940 年是被周恩来发展为秘密共产党员这一论断成立的话，我们也可以顺此思路，为赵清阁小说现实批判性较弱找到一种合理的解释：为自身安全的需要，也为了统战工作的需要，赵清阁长期以无党派民主人士身份出现。这样，她就不得不在小说创作中保守一些。对于阶级压迫和阶级斗争，她点到为止，而并不设置激烈的反抗行动。《旱》与《水》在结局安排和思想主题表达上的不同之原因不妨做如是解。

（3）《旱》“剧本体”特征之来源

《旱》的“剧本体”特征与赵清阁和一批剧作家的交往有关。20 世纪 30 年代前期，与一批左翼剧作家的结识和交往，影响了赵清阁的文学创作。她的《旱》所具有的剧本体特点即如此。赵清阁在就读上海美专期间，兼任“天一”影片公司所办的《明星日报》的编辑，主要为影片公司写宣传稿，并与左明等左翼戏剧家等共事，还结识了剧作家洪深、田汉等。她还曾经给鲁迅先生寄诗文求教，得到鲁迅的关怀和亲切

① 商昌宝：《身份是个问题：神秘女性赵清阁》，《粤海述评》第 261 期。

接见。关于这一段生活经历，她在《从鲁迅想到许广平》的怀念文章中有所记述："那是一九三四年的春天，我才二十岁。当时，我还在上海美专学习，并在天一电影公司工作。因久仰鲁迅先生诲人不倦，便不揣冒昧给他写信……我兴奋地立刻把鲁迅先生的约会喜讯，告诉了'天一'同事戏剧家左明。正好左明大概是为了改编或演出《阿Q正传》的事，要向鲁迅先生征询意见，于是我们就在约定的一天下午一块去了。"①

在天一电影公司与戏剧家一起工作的经历对她小说的创作产生了一定影响，并深深影响了她日后从事戏剧创作与戏剧改编。她的小说《旱》在时空安排、语言风格等方面包含了戏剧的萌芽。不仅《旱》有这个特点，她同一时期创作的小说《穷人》也有这个特点。《穷人》写失业的阿福与待产的老婆秀流浪街头，由于饥饿、奔波和悲伤，秀昏厥过去。为了给秀买到饭，阿富多次向人求助但均遭到屈辱拒绝。被逼无奈，他去抢劫，并因此而坐牢。深感绝望的阿富最终在牢中激烈撞击铁窗而亡。这篇小说共分五小节。其中第一、五小节采取重复的修辞手法，三句话，六行，内容完全相同："雨，尽管淅沥的下，/ 上海的夜，也尽管热热闹闹。/ 舞场的哥们儿，尽管踏着他们的探戈舞，/ 无线电，也尽管播着'桃花江'的曲。/ 咖啡店，尽管是刀子叉儿一阵声响，/ 穷人们，也尽管是挨饿受冻。"这很像一个回环式电影剧本的构思。重复的内容起到了突出主题思想，加强故事节奏的效果。第二、三、四小节的内容分别是秀饿昏在街角、阿富抢劫失败、阿福在牢中触窗而死。每一节的场景性都很强。她 1939 年出版的短篇小说集《华北的秋》中的两篇《华北的秋》和《血耻》也都有一定的剧本特点。这里不再一一赘述。

① 赵清阁：《从鲁迅想到许广平》，见徐俊西主编：《海上文学百家文库》(033)，《白薇、陆晶清、赵清阁卷》，上海文艺出版社 2010 年版，第 552—553 页。

四、结语

丁玲的《水》与赵清阁的《旱》这两篇均诞生于在 20 世纪 30 年代的小说，尽管题材相似，但它们在思想主题和表现形式上都有较大差异。《水》通篇充溢批判意识与反抗精神，人物命运悲怆、色调凝重，带有强烈的现实批判性和革命性。《旱》更侧重显示人类战胜自然的力量，语言诙谐、基调昂扬，除了具有一定的现实批判性之外，还具有明显的励志性。丁玲和赵清阁不同的人生轨迹、生命场域和家国意识，造成了二人文学创作的不同向度。在灾荒写作题材的处理上，以丁玲为代表的左翼文学往往借助对自然灾害的叙写，达到宣传革命的目的，而以赵清阁为代表的自由主义文学往往借助对自然灾害的叙写，完成歌颂劳动者战胜天灾的勤劳智慧之写作目的。

《水》和《旱》不同的故事结局、表现方式传递出丰富、生动的政治信息和文化内涵，显示出作者不同的情感向度、价值理念，折射了 20 世纪 30 年代复杂多样的文艺思潮，它们以各自的特色成为诠释二位“五四”女作家文学理念、创作风格的重要作品，共同构筑了中国现代文学灾荒题材写作的双重维度。

（作者单位：平顶山学院文学院）

第一代女国民的破壳之役

——论丁玲《母亲》的现代性叙事

丰　杰

对革命的直接参与者而言，革命是一场轰轰烈烈的斗争。对于那些生活在较偏远地区的人们而言，革命是从远方传来蒙着几层面纱的祸福难辨之音。革命裹挟着社会各个层面的变革情绪，余波侵染着大地的每一个角落。这里的人们，也许能够幸免于枪炮的轰扫，但必然面对因革命而催发的从旧生活走向新生活的破壳之痛。《母亲》是丁玲唯一一部以辛亥革命为背景的长篇小说。它以儿童的视角讲述了一个传统女性完成现代转型的故事。

一

作家对于往事的回忆，常通过两种显性的文学形式呈现：第一种是自传性小说，第二种是回忆性散文。自传性小说和回忆性散文之间在“历史真实”上往往能够相互佐证。回忆性散文遵循真实原则，而小说常通过虚构使之与“历史真实”产生艺术的距离。虚构为解读作者创作意图出了谜题，也可能使小说产生作者未曾预料的内蕴和意义。丁玲对童年生活的回忆也通过这两种文学形式呈现出来。《母亲》是一部自传性质的小说，其中的人物大都能够找到现实原型："于曼贞"即丁玲的母亲余曼贞；"小菡"是童年的丁玲；遗腹子"大"是丁玲的弟弟，四岁就去世了；丁玲的父亲三十二岁就去世了，二伯出了家，一个叔叔当了土匪，这些都与小说吻合。《遥远的故事》是丁玲的一篇回忆性散文，同样是对丁玲童年故乡的人事进行回忆。因此，两个文本应该具有对应性。然而，两相比较则发现从《遥远的故事》到《母亲》，其最大的变化，便是"男性缺席"。

生活中，丁玲喜欢谈论那个"封建大家庭的故事"。茅盾曾说"那时候丁玲和她的朋友们谈起了她自己家里那'大家庭'衰败和'分化'的情形——封建地主没落的过程，她的朋友便劝她用这题材来写一部小说"①。沈从文在《记丁玲女士》中也谈到丁玲在同友人的交谈中非常频繁地谈起她的父亲，"蒋父送马"的事情因此流传甚广。② 丁玲在《遥远的故事》中同样乐此不疲地谈到了"封建大家庭"的逸事。在全文九个自然段中，每个自然段都提到了家庭中的男性，并且除了最后一段，前八段都是以"爷爷们"和"父亲"为主要描写对象。蒋父去世的时候丁玲才四岁，对父亲的直接记忆是非常模糊的。丁玲如此频繁地谈起她的父亲，一方面，可以说明丁玲对父辈们的印象尽管间接模糊，但她对家族历史具有某种挥之不去的情结；另一方面，也证明了丁玲认为这些父辈祖辈的逸事是很有趣的谈资。但是，到了小说中，这些男性则不约而同地退居到了幕后。《母亲》所描写的地主家庭里：曼贞的公公三十多岁就去世了，由婆婆将曼贞的丈夫抚养成人；曼贞的丈夫去世时比公

① 茅盾：《丁玲的〈母亲〉》，《文学》1933 年第 1 期。

② 参见沈从文：《记丁玲女士》，《国闻周报》1933 年第 29 期。

公还早几岁，曼贞带着一个女儿和一个遗腹子生活；曼贞丈夫的二哥出家了，三哥落草当了土匪，剩下的一个四弟是个无能的人，最后一个弟弟因为是姨娘生的也被家族疏远从未露面。在曼贞的夫家，男性不是去世就是出家，不是无能就是没有话语权。曼贞的父家，父亲也早已过世。男性不约而同地缺席，到底是出于无意巧合，还是刻意为之？“丧夫”和“丧父”是否具有象征意义？

无论作者是有意还是无意，《母亲》中的“男性缺席”作为一种艺术的减法，让小说生成了新的内蕴。首先，“男性缺席”传达了“皇权”作为社会权威的无以为继。这是小说对“男性缺席”原因的叙述所生成的内涵。《母亲》对“二叔赶考”的历史细节进行了改写。这个事件的历史情况是这样的：“家里爱读书的人本来寥寥，蒋伟的二伯父是其中难得的一个，可当他赶考时，家里却有人出于嫉妒而施诡计，将巴豆掺在他的饭菜里，使他泻肚子而无法完成考试。他事后得知原由，一气之下，撇下家室出走，从此便失踪了。”[①] 后来二伯被人发现是当了和尚。到了小说里，这个历史情节改写成了：“二叔勤勤恳恳教书，算是没有染到一些坏脾气。十二岁就跟着幺叔入了一趟场，明知是考不取的，因为听说是要废科举了，以后没有机会参加这样的盛典，很可惜。……二老爷又出门了，音信都没有，说是看破红尘做和尚去了。”[②]“被人陷害”所以无法完成考试，并且因此而一怒出家，这表示科举考试对于害人者和被害人双方都是极为重大、关乎切身利益的事情。而小说中因为以后没有这样的盛典了“很可惜”而去看看热闹，实在是对于科举一种轻描淡写的儿戏似的态度。科举是当时决定个人前途命运的国考。丁玲的改写或许并不是有意为之，但却道出了作为晚辈对历史的一种更主观的、

① 王一心：《丁玲 1904—1986》，江苏文艺出版社 1999 年版，第 3 页。

② 丁玲：《母亲 · 在医院中》，复旦大学出版社 2006 年版，第 186 页。

倾向性更明确的理解和诠释，即清政权的权威已经无以为继，除了观赏以外别无价值。男性社会地位提升的渠道被封死，家族里以科考为生命线的男性也随之消失。

其次，“男性缺席”象征着“夫权”作为家庭权威的名存实亡。在《遥远的故事》中，丁玲说“我母亲对我父亲印象并不好。她个人从幼就有一些非分的想法，爱读书，爱活动，但在那种女子无才便是德的封建社会，她是无法施展的。因此不能寄希望于丈夫，但她对他的聪明，还是心服的”[①]。可见尽管封建势力扼杀了母亲对新生活的追求，但是母亲在丈夫的身边，其心态还是安于现状的。在小说中，曼贞“满肚子都是悲苦，一半为死去的丈夫，大半还是为怎样生活……她明白一切都得靠自己”[②]。曼贞劝大少奶奶的时候还表示：“爷田祖地是靠不住的，你看我们就是个榜样，你总比我强多了，我连个帮手都没有，我要是个男人我一点也不会怕。”[③]也就是说，“丈夫的去世”和“生活的困境”给这个旧式女性带来了从未面临过的困苦境遇。在传统社会中，男性是社会和家庭的主心骨。“妻以夫为纲”将女性作为丈夫的附属固定在了家庭之中，不需要主见也不需要亲手奋斗。“丧夫”这一个文学意象表现了封建政权岌岌可危时人们普遍的迷茫情绪，辐射到个体家庭中，呈现为伦理纲常瓦解后女性的迷茫与悲苦。

最后，“丧父”、“丧夫”为旧式女性走向新生活提供了契机。曼贞在小说中的位移是“农村→城市”。农村代表着守旧，城市代表着革命，曼贞对自己的救赎实际上是完成守旧（农村）→革命（城市）的现代转型。在封建社会的权威力量里，或是在革命战场的主干力量中，男性都应该充当重要角色。然而，小说中出现了这样的情况：农村男性（缺席

① 李辉主编：《丁玲自述》，大象出版社 2006 年版，第 5 页。

② 丁玲：《母亲·在医院中》，复旦大学出版社 2006 年版，第 181—182 页。

③ 丁玲：《母亲·在医院中》，复旦大学出版社 2006 年版，第 186 页。

状态）→城市男性（革命状态）。旧式家庭里男性的集体缺席，一方面让被封建文化驯服的女性不知所措，但另一方面也为女性走出封建势力的捆绑提供了契机。丁玲也曾谈道“父亲的早死、给她留下了无限困难和悲苦，但也解放了她，使她可以从一个旧式的、三从四德的地主阶级的寄生虫变成一个自食其力的知识分子，一个具有民主思想，向往革命、热情教学的教育工作者”①。所谓“祸兮福之所倚，福兮祸之所伏”，一种制度濒临崩塌时，正是另一种生活的曙光亮起之时。

二

是随着分崩瓦解的封建体制一起殉葬，还是挣扎出封建思想和封建势力的束缚追寻新的生活？这或许是很多辛亥革命前后，在清末度过了青春岁月又要在民国继续生活的女性们，所共同面对的选择题。女性现代转型题材，在现代文学里丝毫不陌生。易卜生的“娜拉”以各种名字被复制存在于很多小说之中，她们不约而同地与丈夫争吵，从夫家出走，回到父家或者进入社会。与丈夫的矛盾是“娜拉们”出走的情绪起点。在《母亲》中，“与丈夫不合”这个具体而坚硬的理由却被主动地放弃了。“出走的阻力”正因为“丧夫”这一设定，而成为一种无物之阵。它是封建社会由伦理纲常所培养和建构的经济、舆论网。这张网不仅网住了所有人，也植入了每一个女性的内心和血液里。无物之阵的庞大与驳杂，使得“出走”必然经历抽丝剥茧、破壳重生般的剧痛。因此，随着行将衰亡的封建体制一起敷衍而麻木地度过余生，是很多人的选择。正如茅盾所言，《母亲》应该被作为“‘前一代女性’怎样挣扎着从封建

① 丁玲：《丁玲写作生涯》，百花文艺出版社 1984 年版，第 114 页。

思想和封建势力的重围中闯出来，怎样憧憬着光明的未来……这一串酸辛的然而壮烈的故事的‘纪念碑’看”①。丁玲笔下的母亲实际上是中国“娜拉们”的先驱，而在“出走”之前，她首先要完成的动作是以正常人的方式健康地“站立”。

从物质层面割断与土地的联系，是曼贞对封建地主家庭生活的告别仪式。她想要脱离农村旧式生活，首先，面对的阻力来自生存。土地是封建社会地主和农民的生存之本。封建家族的兴旺和衰颓都是以土地数量为风向标的。很多中国作家都写过以土地为主线的农村家庭题材的小说。同样产生于20世纪30年代的赛珍珠的《大地》，也以一个外国人的视角道出了土地对于中国农村的人们而言是生命之本。曼贞的丈夫去世后，家里的土地也急剧减少。所剩不多的田产对于这一家人而言至关重要。但是在进入城市求学之初，生存的压力又迫使她不得不选择卖掉田产。其次，情感上的阻力也是巨大的。在长庚眼中，曼贞家的土地虽然不是他的，但也是他的生命。在幺妈眼中，土地就是一大家子人的希望。小菡和曼贞虽然并未参与实际劳动，但是田地上的美景、安逸的生活节奏、清新的空气和清澈的河流，都成为她们魂牵梦绕的记忆。卖掉所有农村的田产，意味着截断了回乡的道路，彻底和这一切美好告别。这种无奈与悲伤发自内心。最后，作为封建大家庭里的女性，卖掉田产相当于“自毁祖业”，这也势必面临着来自各方面的非议。舆论的压力具体体现在幺妈的极力反对上。幺妈是善良的，但也是被封建思想驯服的一个忠诚的佣人。因此，她无法理解曼贞的对土地的背弃，几乎是一次比一次更为激烈地反对着曼贞的决定，也一次比一次更为恳切地请求曼贞回到农村。在这些渐次明显的阻力面前，曼贞却发出了越来越坚定的声音，尽管在城市的生活拮据而艰苦，但那是她认为新的希望所在。

① 茅盾:《丁玲的〈母亲〉》,《文学》1933年第1期。

这一场与土地的告别之役，体现了曼贞的成长，她开始独立选择自己的生存方式，并从“封建家庭的寄生虫”转化为自食其力的新女性。在现实生活中，丁玲随着母亲到了常德、长沙，离故乡已经越来越远。这部小说记录着母亲对土地的告别，实际上也是丁玲个人对童年记忆的一次回想与告别。

从生理层面“放脚”，获得一个健全的人的身体。小说中最具象征意义的一个意象是小脚。小说对“把脚缠得粽子似的小的女人”的未来感到忧虑，对致使女人裹脚的封建社会进行了批判。五四运动之前的女性，裹小脚都是成长的必修课。脚的大小是女性高贵程度的一把量尺。传统女性裹小脚是为了好看、为了“名誉”，实质上都是为取悦他人。这集中体现在于三太太的裹脚哲学：她“有一双好脚，她无论如何舍不得放，她在这双脚上吃了许多苦，好容易才换得一些名誉，假若一下忽然都不要小脚了，她可有一点说不出的懊恼”①。在农村的那个旧式家庭里，曼贞似乎只是客人，她不劳动，缺乏生命力，对任何事情都提不起兴趣。因此，她每天不是坐着就是躺着，那双小脚限制了她的行动力，也钳制了她的内心。曼贞对健康身体的羡慕来源于两处。第一处是幺妈劳作时的画面。冬天过后的农耕季节里，她对幺妈在农田里劳作感到很羡慕，于是也想要穿起农妇的衣服。第二处是那些大脚的女同学练操的画面。曼贞从她们自如的行走姿态中看到了大脚实在的好处。这些都鼓舞着她勇敢地“放脚”。曼贞“放脚”的过程极为形象地表现了旧式女性从封建势力的捆绑中挣脱出来的过程：“有人劝她算了，可是她以为夏真仁是对的，她不肯停止，并且每天都要把脚放在冷水里浸，虽说不知吃了多少苦，鞋子却一双比一双大，甚至半个月就要换一双。她已经完全解去裹脚布，只像男人一样用一块四方的布包着。而同学们也说起

① 丁玲：《母亲·在医院中》，复旦大学出版社2006年版，第229页。

来了：‘她的脚真放的快，不像断了口的。到底她狠，看她那样子，雄多了。’”①旧式女性作为男性的附属品，其生理上最大的标志就是一双小脚，这使得女性无法从事过重的体力劳动。曼贞的“放脚”不仅是从身体上去除了封建势力的烙印，也在寻求与男性平等的社会角色，体现出了女性“雄化”的审美倾向。曼贞屡次希望突破女性这一性别界限，去以和男人们平等的姿态追求幸福，如她为小菡改了一件男孩子的长袍，将小菡作男孩子打扮等。这似乎是从小被冠以男孩子名字的丁玲其好强个性的来源。

最后一个层面是精神上的站立，从一个“无才便是德”的旧式女性转变为倾向革命的知识女性。对曼贞起到关键影响的有两个人。其一是曼贞的弟弟云卿：他在一个男学堂里教书，但教的不是做文章，而是“应该怎样把国家弄好，说什么民权，什么共和，全是些新奇的东西”②。在所有的亲戚中，云卿是唯一给予曼贞支持的人，而他基本上是一个革命党的符号化人物。曼贞在精神上的站立也是以其与云卿的接触作为拐点的。革命充当了曼贞走向新生活的引路人。其二是曼贞的同学夏真仁：这个人物的原型是丁玲母亲的同学——后来的革命烈士向警予。这个只有十六岁的姑娘“有绝大的雄心，要挽救中国。她知道在家做小姐是没有什么用的……她以为要救中国，一定先要有学问，还要有一般志同道合的朋友”③。在她的影响下，曼贞在学校里把“少奶奶脾气改了许多”④，不仅发奋读书，还和夏真仁积极组织进步女学生团体，期待为救国和革命贡献力量。从封建时代只管相夫教子的旧式女性，到以革命理论和文化知识武装头脑的新式女性，曼贞获得了一个精神上全新

① 丁玲：《母亲·在医院中》，复旦大学出版社 2006 年版，第 241 页。

② 丁玲：《母亲·在医院中》，复旦大学出版社 2006 年版，第 208 页。

③ 丁玲：《母亲·在医院中》，复旦大学出版社 2006 年版，第 240 页。

④ 丁玲：《母亲·在医院中》，复旦大学出版社 2006 年版，第 241 页。

的自己。

曼贞卖地、放脚、读书这一系列艰难的挣扎和改变，都是冒着各种白眼、蔑视和嘲讽而进行的。尽管曼贞在小说中是一个成年人，但在从封建女性走向现代女性的道路上，却是一直在蜕变。随着每一点蜕变的发生，她的意志越发坚强，行动也越发果敢。丁玲认为“这个‘母亲’虽然是受了封建的社会制度的千磨百难，却终究是跑去了……那过去的精神和现在的属于大众的向往，却是不可卑视的”①。丁玲所没有想到的是，这位“母亲”的“站立”在中国女性解放事业的里程中，具有了一种划时代的意义。

三

曼贞除了完成女性个人命运的现代化转型之外，还完成了一个母亲角色的现代化转型。这一点是学界所从未注意和探讨过的。在 20 世纪革命题材小说中，出现了一系列的母亲形象，但曼贞作为一个革命时代的伟大母亲的形象却具有先驱意义。在后来的革命题材小说中，母亲形象往往有两极分化，有一部分小说将父母和子女作为守旧派和革新派的对立面进行塑造，有一部分小说则将母亲神化为前线的革命英雄。曼贞这个年轻的母亲并不属于这两类，她的独特意义在于主动完成了从“老者本位”到“幼者本位”的思想转变。鲁迅在 1919 年 10 月写了《我们现在怎样做父亲》。他指出“中国亲权重，父权更重……革命要革到老子身上”②。因为“后起的生命，总比以前的更有意义，更近完全，因此

① 丁玲：《丁玲写作生涯》，百花文艺出版社 1984 年版，第 13 页。

② 《鲁迅全集》第 1 卷，人民文学出版社 2005 年版，第 134 页。

也更有价值，更可宝贵；前者的生命，应该牺牲于他。但可惜的是中国的旧见解，又恰恰与这道理完全相反。本位应该在幼者，却反在长者；置重应在将来，却反在过去。前者做了更前者的牺牲，自己无力生存，却苛责后者又来专做他的牺牲，毁灭了一切发展本身的能力。……此后觉醒的人，应该先洗净了东方古传的谬误思想，对于子女，义务思想须加多，而权利思想却大可切实核减，以准备改作幼者本位的道德"①。换言之，鲁迅认为从"老者本位"到"幼者本位"的家庭教育理念的革新，是革命的应有之义。

在一个漫长沉寂的冬天过去后，身体羸弱的曼贞有了这样的念想："过去的，让它过去吧……她一定要脱去那件奶奶的袍褂，而穿起一件农妇的，一个能干的母亲的衣服。"② 这个"母亲"的指认是现代意义上的，而非"少奶奶"式的。具体来看，曼贞母亲身份的现代性转型有三个层次：首先，母女关系从"孩子取悦于母亲"变为"母亲照顾孩子"。在小说的第一部分，小菡和曼贞很疏远，却和幺妈非常亲近。"在丫头们、幺妈们的指示之下，她懂得了她是应该取悦于妈的，要亲热她，却不能闹了她"③。这体现了封建家庭里，父母的权威是不可侵犯的，子女对父母"惧"多过"爱"。当曼贞逐渐走进城市，学习知识，受到革命风气的感染，她开始成为小菡的支撑和后盾。孩子和母亲更加亲密无间：放学后曼贞帮小菡拿书包，在家里让小菡坐在自己的腿上；当小菡害怕虫子的时候，曼贞说："小菡有姆妈！小菡不怕。"孩子成为曼贞生活的勇气和意义。④ 这些甚至引来了还未发生改变的其他家庭的成员的非议和羡慕。小菡取悦于母亲，是明显的老者本位，而后来曼贞将孩子

---

① 《鲁迅全集》第1卷，人民文学出版社2005年版，第136页。

② 丁玲：《母亲·在医院中》，复旦大学出版社2006年版，第200—201页。

③ 丁玲：《母亲·在医院中》，复旦大学出版社2006年版，第119页。

④ 丁玲：《母亲·在医院中》，复旦大学出版社2006年版，第242页。

视为自己的勇气，保护孩子，已经是幼者本位了。其次，从过去“宿命轮回”的观念转变为认为“希望在幼者的身上”。当曼贞萌生了一点进学堂的想法，但又感觉毫无希望的时候，她对小菡的前途是悲观的：“小菡是一个没有父亲的穷小孩，她只能在经济的可能范围里读一点书，等着嫁了人，也许做一个不愁衣食的太太，也许像她的母亲一样，也许还坏些，她不大敢想孩子们的将来，她怕有许多更坏的境遇等着他们，因为她对眼前的生活就没有把握。”[1] 当曼贞已经在学堂里获得了精神上的新生并开始和夏真仁筹划革命活动时，她便开始愿意为孩子的未来而牺牲自己：“从前真不懂得什么，譬如庚子的事，听还不是也听到过，哪里管它，只要兵不打到眼面前就与自己无关。如今才晓得一点外边的世界，常常也放在心上气愤不过，我假如现在真的去刺杀皇帝，我以为我还是为了我的孩子们，因为我愿意他们生长在一个光明的世界里，不愿意他们做亡国奴！”[2] 向革命靠拢，令处于艰难之中的人们拥有冲破黑暗的勇气，也让曼贞几乎是自觉地意识到：幼者应该比老者更进步，老者应该为了幼者的明天而奋斗和牺牲。最后，对决定婚恋的“父母之命”从遵循到否定。在封建社会，婚恋遵循父母之命媒妁之言，本质上成为一种利益交换的牺牲品。小菡和云卿的儿子订了娃娃亲，可以看出，这门娃娃亲也同样是大家族里维系亲情关系的一种手段。当于三太太不想帮助曼贞读书的时候，云卿劝她看在娃娃亲的面子上答应收留曼贞和小菡。而小菡却很讨厌这门娃娃亲。这个事情基本是按照丁玲的经历来写的。在丁玲的自传中，提到了自己在长沙学习时，想辍学去上海念书的想法意外得到了母亲的支持，母亲还出面退掉了丁玲与表亲所订的娃娃亲。丁玲的《母亲》原计划要写 30 万字，现在看到的是还差一万字才

① 丁玲：《母亲 · 在医院中》，复旦大学出版社 2006 年版，第 216 页。

② 丁玲：《母亲 · 在医院中》，复旦大学出版社 2006 年版，第 258 页。

写完的第一部。因为时局的动乱，丁玲没有机会继续完成后面的内容。但是从小说对这件事情的描述，已经可以肯定，倾向于革命的曼贞会和现实生活中的丁玲母亲一样，为女儿的未来大胆地挑战封建习俗。

父爱的缺席让丁玲更深刻地体会到了母亲的艰难，因此，丁玲的精神血液主要都源自顽强的母亲。这在丁玲追溯自己的创作历程时，也多有提及。如“母亲一生的奋斗，对我也是最好的教育。她是一个坚强、热情、吃苦、勤奋、努力而又豁达的妇女，是一个伟大的母亲”①；又如“好容易我母亲冲到了社会上来而成为一个小学校长。我也完全由我母亲的教育而做一个女子师范学校的预科生”②。母亲带着丁玲走出了农村，而丁玲继续着母亲的步伐进而到了更大的城市——上海。母亲对于光明未来的希望，和为着这希望顶着所有舆论压力的奋斗，丁玲都很好地承传了下来。丁玲身上所流露出来的勇敢和进取恰是对其母亲精神的放大。因此，言说“母亲”，实际上也是在言说丁玲自己的精神血液。父亲代表了那个“遥远的故事”，而母亲带着丁玲走出了农村，更以思想和精神的现代性，伴随着丁玲的一生。

四

从叙事话语来看，儿童视角使得《母亲》中的革命呈现出了一种质朴冲淡的诗意之美。首先，运用画外音的方式来描写革命事件，使革命有一种冲淡之美。小菡对革命的了解来自于母亲与其他人之间的谈话。大家族里有两个疑似革命党，第一个是程仁山。大家都猜测他是革

① 丁玲：《丁玲写作生涯》，百花文艺出版社 1984 年版，第 114 页。

② 丁玲：《丁玲写作生涯》，百花文艺出版社 1984 年版，第 18 页。

命党，但是这个人从来没有出现在小菡的视野中，他一直在省城进行活动。直到辛亥革命爆发后，大姑太太家的当差报来消息说他已经在举义的过程中牺牲。另一个是于云卿。曼贞也不能确定他是不是革命党，但是从他的言谈中又能感受到他是倾向革命的。辛亥革命时，他也消失了，直到小说结尾都还没有回来。可以看出，小菡对革命的了解途径是：于云卿的模糊回答（或外面传来的“谣言”）→曼贞和大人们的猜测→小菡不经意地听到。因此，革命就被蒙上了两层面纱显得神秘而遥远。并且由于曼贞、姑奶奶、于三太太等人对革命抱着不同的态度，革命所被转述出来的面貌也是祸福难辨的。直到小说结尾，革命真的爆发了，叙事仍然保持着一种猜测的不确定的口吻：“第二天街上悄悄的，没有人家敢开门。知县官已经在昨夜逃跑了。兵死了几个，跑了一些，其余的都投降了。也死了一些流氓，剩下的也散了，几个还没有下乡去的老缙绅，维持城里的秩序。里面夹了几个剪发的年轻绅士，大约就是革命党吧。”① 造成这种表述方式的原因之一是丁玲本人在 1911 年才 4 岁，与辛亥革命之间存在着时空的距离；原因之二是由于 20 世纪 30 年代的丁玲已经有了非常坚定的无产阶级革命立场，这种立场本身冲淡了她对辛亥革命的直接感知。

其次，使用白描的手法形象而富有童趣地勾勒出革命背景下人们思维方式、生活方式上的新奇变化。对于旧式女性而言，革命细化为很多具体的选项：留守深闺（守旧）—到学堂读书（革命）、保留小脚（守旧）—忍痛放脚（革命）等。小菡对每个女性角色的脚的大小都有过交代，如于三太太最得意她那一双小脚，于敏芝、夏真仁的大脚，还有学堂里不愿意上体操课的“好些小脚的学生”②。对于男性而言，革命细化的选项

① 丁玲：《母亲·在医院中》，复旦大学出版社 2006 年版，第 278 页。

② 丁玲：《母亲·在医院中》，复旦大学出版社 2006 年版，第 241 页。

则集中体现在：留发（守旧）—剪发（革命）。小说饶有兴趣地描写了云卿“头上的戏法”：“于三太太在拿出衣服之后，又捧出一顶帽子来，蛇一样的一条黑辫垂着，云卿露出了那截了发的头，这不平常的样子，真觉得有点碍眼。”[①] 又如吴文英“很高兴听一些关于行刺的故事，她觉得那些人都可爱，她尤其爱炸德寿的年轻的史坚如”[②]。1932年，丁玲谈到写《母亲》起初的原因是“每次回家，都有很大的不同。逐渐地变成了现在，就是在一个家里，甚或一个人身上，都有曾几何时，而有如戏剧般的感想。但这并不是一件所谓感慨的事，那是包含了一个社会制度在历史过程中的转变的。所以我就开始觉得有写这部小说的必要”[③]。如茅盾所说，这些新与变，要变还未变的内容，才是“具体地（不是概念地）描写了辛亥革命前夜‘维新思想’的决荡与发展。并不是一定要写‘革命党人’的手枪炸弹才算是‘不模糊’地描写了那‘动荡的时代’！”[④] 小说从侧面描写革命在每个人身上产生的令人印象深刻的化学作用，让革命呈现出了一种有趣的而非沉重的“陌生化”效果。

最后，饱含着对童年故乡的美好回忆，流露出浓浓的乡情乡音。《母亲》在叙述曼贞艰难的自我更新的斗争之外，还以缓慢从容的节奏和流畅美好的笔调描绘出了一幅辛亥时期的湖湘农村画卷。小说开篇便是小菡于田野上无忧无虑玩耍的画面：“幺妈摘好了菜，挽着一个大篮子，一手牵着小菡，慢慢的走出菜园。关了菜园的门，一个编着细篾细枝藤的矮门，便又在池塘旁的路上走着。三个鹅，八只鸭子在塘里面轻轻地游。时时有落叶被风飘了进来。”[⑤] 在描写幺妈托人来常德请求曼贞回

① 丁玲：《母亲·在医院中》，复旦大学出版社 2006 年版，第 207 页。

② 丁玲：《母亲·在医院中》，复旦大学出版社 2006 年版，第 255 页。

③ 丁玲：《丁玲写作生涯》，百花文艺出版社 1984 年版，第 12 页。

④ 茅盾：《丁玲的〈母亲〉》，《文学》1933 年第 1 期。

⑤ 丁玲：《母亲·在医院中》，复旦大学出版社 2006 年版，第 166—167 页。

家时，却立马细致地描写了幺妈养猪和鸡的故事："夏天，猪得了瘟病，死了好几只，剩下的也像有病的样子，她赶忙贱价卖了出去，后来听说那些卖出去的猪在别人栏里又养得胖起来。鸡呢，时常有黄鼠狼，野猫来偷，顺儿又不好好的看管。"① 这些表述实际上都跟丁玲儿时的记忆点有关。她曾经是以儿童的视角来观看周遭的一切，包括经济的危机、生活的艰难、幺妈的唠叨、舅舅的革命等，而革命是农村画卷以外的声音。所以，叙述这一切时，没有来自革命与战火的激烈轰扰，而是不自觉地流露出仰视这世界时的天真与烂漫。

辛亥革命之于中国政治而言是一个分界点，也是时代生活的分水岭。无论后人对辛亥革命的评价如何，它都是一场伟大的革命，不仅撼动了千百年来封建文化所给予中国人思想和生活的禁锢，也改变了中国女性千百年来取悦于他人的附庸地位。《母亲》这部小说在辛亥叙事上的特殊价值在于规避了对战争的正面描写，而着意于剖析和演绎辛亥革命所催生的社会生活层面的变革。曼贞这个文学形象，作为辛亥革命这一时代分水岭惠泽下成就的第一批具有现代性意义的女性代表，是中国女性个人历史上和中国家庭中的新英雄。

（作者单位：湘潭大学文学与新闻学院）

① 丁玲：《母亲·在医院中》，复旦大学出版社 2006 年版，第 243 页。

文学家与革命者的冲突

——以丁玲延安前期的文学创作为中心

刘茸茸

对丁玲延安前期创作中表现出的复杂性，许多学者从个人主义、启蒙主义或女性主义等立场出发，将其置于个人主义与集体主义、文学与政治、女权主义与马克思主义等二元对立的框架中阐释。但也有不少论者试图突破以往二元对立思维，重新思考政治和文学在丁玲文学创作中的复杂关系，“丁玲的起点与其说是‘文学’，不如说是‘政治’”，“从某种意义上，丁玲与‘文学’的遭遇，完全是一种无奈之举”①。丁玲早期的文学创作是政治（毋宁说是“革命”）诉求失败的产物，而她在延安前期的作品，与其说是“个人主义”与“集体主义”、“文艺”与“政治”的冲突，不如说是“延安”乃至“政治”的内部分歧。这一视角对理解文学、革命、政治在丁玲思想中的复杂纠葛具有重要启示。走向延安是丁玲革命实践的最初阶段，是她文学和政治生涯中一个非常重要的转折点，本文试从丁玲初到延安（保安）的文学活动和创作入手，探讨她“文学家”与“革命者”的双重身份，以不同视角来解读“文学”、“革

① 李杨：《“革命”与“有情”——丁玲再解读》，《文学评论》2017 年第 1 期。

命”、“政治”在丁玲文学创作中的复杂性。

一、以文学为“器”：走向革命实践

1936 年 11 月，丁玲以“左翼作家”的身份走进革命队伍，成为真正的“革命者”。此时她刚从软禁中逃离出来，延安承载了她对革命的乌托邦想象，使她迫不及待想要投身其中。

到达保安后，中宣部为丁玲和其他两位女同志开了一个欢迎会，初到苏区，丁玲以激动的心情打量着苏区，毫不吝惜地将赞美给予红军和革命青年。丁玲是第一个从国统区来到陕北的知名作家，苏区领袖很希望她能够“静心的从事写作生活”，但“她最大的热忱和希望是要到前方的红军队伍中去”①。在这之前，丁玲虽然以作家闻名，却已经开始从事革命工作、参加群众运动，文学只是她的一个方面，另一个重要的方面是革命活动。甚至在五四时期，丁玲就对学生运动和群众运动投以热情，这一点在她参与左联实际工作后更加显著，甚至可以说，“文学”只是她进入“革命”所借助的“器”。

从 1935 年 11 月进入苏区到 1937 年 9 月成立“陕甘宁边区政府”这一时期，丁玲的文学活动与革命实践相互交织，具有明显的为革命而文艺的特征。

第一，组织成立“中国文艺协会”。丁玲初到保安便建议成立文艺俱乐部，这一建议得到毛泽东、张闻天、徐特立等人的赞同，在丁玲的筹备下成立了“中国文艺协会”，毛泽东亲自出席并为协会命名。中国文艺协会成立初始就表明了它在政治中的战斗作用，“在抗日民族统

① 朱正明：《丁玲在陕北》，《女战士丁玲》，每日译报社 1938 年版，第 34—35 页。

一战线目标下，共同推进新的文艺工作，结成统一战线中新的战斗力量”①。11 月 23 日，中国文艺协会举行第一次干事会议，丁玲被推选为主任，并决定在《红色中华》开辟文艺副刊《红中副刊》。丁玲为《红中副刊》第 1 期作《刊尾随笔》：“战斗的时候要枪炮，要子弹，要各种各样的东西，要这些战斗的工具，用这些工具去摧毁敌人；但我们还不应忘记使用另一样武器，那帮助着冲锋侧击和包抄的一枝笔。”② 这一文艺思想贯穿于她这一时期的文艺活动中。

第二，到前线去。1936 年 12 月 13 日，丁玲在前线定边写下了《到前线去》，记录了北上参军的经历。丁玲怀着对革命的热情，急切地渴望成为一名真正的红军战士。先是北上定边，参加了 12 月 12 日在定边县举行的纪念广州暴动九周年群众大会。西安事变后，随红军主力南下支援友军作战，到甘肃庆阳转随红一方面军一军团、红二方面军司令部继续南下，后因接到接待史沫特莱的通知，返回延安。丁玲在途中作《北上》和《南下》两个集子，多为通讯、散记、速写等文艺作品，后佚失。保留下来的散记、速写主要有《广暴纪念在定边》、《到前线去》、《彭德怀速写》、《记左权同志话山城堡之战》、《南下军中之一页日记》等。这些作品都以速写、散记的方式记录前线的所见所感。据《萧军日记》记载，丁玲曾向他抱怨初次上前线时常常感到冷漠③，可见丁玲初次上前线并不能很好地适应部队生活。但丁玲在作品中有意忽略这一点，以热情的笔触记录了她的行军生涯。这些作品作于紧张的行军之际，无论在形式上还是内容上都略显粗糙，加之这一时期所作的大部分作品因战时环境佚失，因此在以往的丁玲研究中几乎没有涉及，但它们对丁玲整个创作生涯来说，却并非毫不重要，她以“到前线去”的实际行动和文

① 《红色中华》1936 年第 312 期。

② 《红色中华・红中副刊》1936 年第 1 期。

③ 参见李向东、王增如：《丁玲传》上，中国大百科全书出版社 2015 年版，第 157 页。

学中自觉的政治表达进入了新的创作阶段。

第三，中央警卫团政治部的任职。丁玲陪史沫特莱回到延安后，仍无意于专心从事文艺活动。在毛泽东的亲自安排下，丁玲任中央警卫团政治处副主任。其间作《警卫团生活的一斑》，对她在这里的工作做了简短的记录，每一个小标题下只有寥寥几百字。虽然她仍然颂扬了共产党员和警卫团政治处的工作环境，但缺乏了此前作于前线那几篇散记中的热情和实感。对比丁玲晚年的回忆，显然她并不能融入到新的政治环境中，她回忆毛泽东对她说："丁玲，我看你呀，还是习惯和知识分子一起，他们喜欢你，你也喜欢他们，你们处得很好。当战士嘛，和你还有距离，你们还不能打成一片。"[①] 丁玲在任职一个月后就请求调离中央警卫团政治处副主任一职。此后，丁玲专门从事文艺协会工作，参加《红军长征记》的编选，积极参与到文艺活动当中，直至抗战全面爆发后组织西北战地服务团，又一次以作家的身份奔赴前线。

其间，丁玲应博古要求为中央机关刊物《解放》周刊作《一颗未出膛的枪弹》和《东村事件》。前者被认为是《八一宣言》的政治图解，通过一名红军小战士与东北军的冲突，宣传停止内战、一致抗日的政治主张；后者写大革命后农村的暴动，延续了"左联"时期描写农民革命斗争主题。与这一时期的散文、速记相似，这两篇小说在艺术上仍显得粗糙，带有浓厚的意识形态宣传色彩，是丁玲在新环境里的试作，某种程度上体现了丁玲在新政治环境下的"失语"。另一个比较重要的事件是编选《红军长征记》，丁玲对这部由参加过长征的红军将士集体创作的报告文学作品非常重视。或许，丁玲是以这种方式来寄托她对于红军的向往。在丁玲内心深处，到前线去当红军，参与到具体的革命实践中

① 丁玲：《读生活这本大书》，张炯主编：《丁玲全集》第八卷，河北人民出版社2001年版，第467页。

成为“革命者”，是她这一时期的主要愿望。

丁玲这一时期的文学活动和革命实践最主要的特征是二者合而为一。无论是“到前线去”，到基层行政组织，还是参与其他文学活动，都是以“文学”作为进入革命的“器”。但此时丁玲还没有将文学与革命实践很好地融合起来，反而逐渐显出“文学家”与“革命者”双重身份的裂缝，以“文学家”身份进入革命阵营的丁玲，与真正的“革命者”显然还有一定的距离。

二、前往延安的动因考察

丁玲何以遭遇“文学家”与“革命者”双重身份的矛盾，或许应该回到她进入陕北苏区之前，考察她从“文学家”走到“革命者”的心路历程。早在1931年，丁玲就产生过前往“苏区”的念头。胡也频牺牲后，丁玲向冯雪峰和潘汉年提出要求要到苏区去，此时她尚未真正介入“左联”的文学和政治活动，也不是共产党员。冯雪峰将这一要求转达给党组织，但最终未能成行。丁玲此时想要前往苏区的动机值得深思。丁玲晚年不止一次回忆到她当时寂寞无措的心境，“这不是我的理想，我不能长此离群索居，我想并且要求到江西苏区去”①。丁玲提出去苏区，更多是想要摆脱这种心境和写作状态，“我想我只有一条路，让我到江西去，到苏区去，到原来胡也频打算去的地方去”②。丁玲的这一要求与其说是出于对参与革命实践的向往，不如说是以这种方式来寻找

① 丁玲：《我所认识的瞿秋白同志》，张炯主编：《丁玲全集》第六卷，河北人民出版社2001年版，第51页。

② 丁玲：《回忆潘汉年同志》，张炯主编：《丁玲全集》第六卷，河北人民出版社2001年版，第209页。

精神出路。

这一动机，不禁令人联想到她从事文学创作的初衷。“我那时为什么去写小说，我以为是因为寂寞。对社会的不满，自己生活的无出路，有许多话须要说出来，却找不到人听，很想做些事，又找不到机会，于是为了方便，便提起了笔，要代替自己来给这社会一个分析。”① 这也透露了丁玲早期对“文学”和“革命”的认识，仅仅以五四个性主义来概括早期丁玲显然是不全面的。无论是来自亲友和老师的影响，还是她早年在学校时参与的学生运动和群众运动，使她很早就对“革命”有模糊的向往。丁玲很早就接触了共产党员，如向警予、瞿秋白、李达，以及后来的冯雪峰。丁玲晚年提到冯雪峰时写道：“王三辛告诉我他是共产党员。这是最重要的一点……我很怀念在上海认识的一些党员”②。早在 20 世纪 20 年代，丁玲已经对“革命”产生了朦胧的向往，但她这时所向往的“革命”并不是政治意义上的革命，而是更为广义的包含了个性解放和女性解放等意义上的“社会革命”。因此走向社会解放和大众革命几乎是必然的，不妨将“莎菲”与茅盾笔下的“革命女性”相比，她们显然有相似的“革命”冲动。但由于丁玲追求个性解放，不喜组织纪律的约束，加之当时一些具体原因，使丁玲在 1923 年接触到共产党人时没有入党。

胡也频牺牲后，丁玲陷入了相似的苦闷、彷徨和无路可走，想去胡也频原本要去的苏区，寻求精神出路。最终，她虽然奉命留在上海未能成行，却促成了她在政治上的急速“左”倾和文学创作上的“大众化”，从某种意义上而言，参与“左联”的实际工作代替苏区充当了她实现

---

① 丁玲：《我的创作生活》，袁良骏编：《中国文学史资料全编 · 现代卷：丁玲研究资料》，知识产权出版社 2011 年版，第 91 页。

② 丁玲：《致白滨裕美信》，张炯主编：《丁玲全集》第十二卷，河北人民出版社 2001 年版，第 268 页。

“革命”的具体方式。此后，丁玲积极参加“左联”活动，主编《北斗》，同时也参加“左联”的群众运动和实际革命活动。丁玲迅速“转变”、投身革命主要是出于理性思考的结果，而胡也频的牺牲只是进一步促成了她的“转变”。

如果说丁玲第一次想去苏区出于现实的无路可走，遗留着“莎菲”时期的苦闷和绝望，只是盲目的向往革命。那么在经历了左联的实际领导工作、加入共产党和南京漫长的囚居生涯后，到延安去则出于自觉的政治意识、强烈的回到党组织的愿望。1936 年初，丁玲积极做准备，写小说筹措稿费，送走母亲和孩子，寻找党的关系。后终于通过鲁迅找到了党的关系，在冯雪峰的安排下来到了上海，等待安排去延安，却又一次遇到了阻力。此时潘汉年建议丁玲回到南京，争取公开到上海做救亡工作，他在 1931 年就对她提过做地下工作的建议，但丁玲坚持要去苏区。1936 年丁玲仍然坚持要去延安，10 月末，在聂绀弩的陪同下从上海到达西安，等待前往中共中央所在地陕北保安。这期间遇到刚从苏区出来的潘汉年，再一次建议她不要去苏区，“我希望你能到法国去，那里有很多事等着你去做，你是能发挥作用的……红军需要钱，你去国外募捐”[①]。但丁玲非常坚持。丁玲如此执着地要到保安去，并终身对共产党矢志不渝，用她的话讲，就是“几濒于死，但仍然飞向保安”[②]。如果理解她在 20 世纪 30 年代这种对革命“飞蛾扑火，非死不止”的执着，就不难理解她晚年仍然不合时宜地发表的一些言论，这是由她从始至终就将革命看作个人解放、社会解放的实现方式，并将“革命”置于文学之上的观念所决定的。前往延安，意味着她对自身政治身份的认同，丁

① 丁玲：《回忆潘汉年同志》，张炯主编：《丁玲全集》第六卷，河北人民出版社 2001 年版，第 209—210 页。

② 丁玲：《我所认识的瞿秋白同志》，张炯主编：《丁玲全集》第六卷，河北人民出版社 2001 年版，第 58 页。

玲不止一次表达她对于政治身份的执着。

正因如此，她在20世纪30年代毫不犹豫地转向“大众化”写作，从主观立场上强调作家的“大众化”，“到广大的工人、农人、士兵的队伍里去，为他们，同时也就是为自己，大的自己的利益而作艰苦的斗争”①。丁玲前往延安，是她向往“革命”、走向革命实践的自觉选择，就丁玲对“文学”和“革命”一以贯之的认识而言，她并不执着于“文学”和作家身份，不论是30年代初的转向，还是1936年“飞蛾扑火”般奔向陕北苏区，丁玲都是毫不留恋地抛却了以往的创作生涯，“文学”并不是丁玲的最终目的。因此，进入延安后，丁玲自觉地以文学为“器”，进一步将文学看作实现斗争目标的“工具”。在个人身份选择上，不满足当“作家”，渴望成为真正的“革命者”。然而，丁玲不仅是以“著名作家”的身份来到陕北苏区并进行一系列文学活动，而且这也是领导者对她的期待。毛泽东、张闻天等对她的期待是成为真正的革命作家，而不仅仅是“革命者”。这使得丁玲进入革命实践后，她的政治理想与“作家”身份之间存在着难以调和的矛盾，正如毛泽东所说，丁玲身上具有的“名士气派”，让她难以真正进入革命队伍。这一矛盾是丁玲文学创作中复杂性的根源所在。

三、“文艺”与“革命”的相向而行

从丁玲初到延安的创作倾向来看，与她追求“革命者”身份相一致的是在文学创作上的自觉转变。这一时期作品中表现出来的倾向，既不

① 丁玲：《对于创作上的几条具体意见》，张炯主编：《丁玲全集》第七卷，河北人民出版社2001年版，第9页。

同于“莎菲”时期的五四传统，与“左翼”时期的“大众化”写作也有差别，最显著的特点是高度的政治自觉意识以及文艺为革命服务的观念。

“中国文艺协会”成立后，《红中副刊》刊登了《中国文艺协会的发起》、丁玲的《刊尾随笔》以及毛泽东、张闻天等领导人的演讲词，可谓对此前“党的文艺”的性质、任务和方向的一次总结。毛泽东在演讲词中提出了“文武双全”的策略，将文艺视为当前革命任务的“文的”方面与“武的”军事并称①，这一文艺思想是延安文艺生成的先声。丁玲在《刊尾随笔》中表达了类似的文艺观点，在革命阵营里自觉践行“文艺为政治服务”，这不仅体现在她对进入革命队伍的渴望，革命实践与文学活动的合而为一，同样也体现在创作中。无论在观念接受上，还是实际活动中，丁玲此时努力响应“党的文艺”对作家的要求。

出乎意料的是，丁玲并未沿着这一文学方向发展，而是创作了一批带有批判色彩的小说、散文和杂文，这些作品中最引人注目的是对延安各方面现实问题的揭露，包括妇女解放、个人与集体的冲突、农村落后的传统思想、延安战时社会的种种不平等，等等。这表明丁玲试图以“革命作家”进入革命实践过程中，双重身份之间的裂缝进一步扩大了，因此疏离了“革命者”立场，重回五四和鲁迅传统，很大程度上又回到了“文学家”的角色。之所以有如此反复，与她对文学、革命和政治的独特理解有关，文学、革命（理想）和政治（实践）的复杂纠葛构成丁玲独特的文学观和革命观，在深层上决定了她以“革命作家”身份进入革命实践，而这种进入革命的方式又反过来规定了她在“文学家”与“革命者”之间的尴尬境遇。

“文学”对于丁玲而言只是借助实现自我价值的“器”，她对于文学

① 《红色中华·红中副刊》1936年第1期。

没有执着的观念；同时，丁玲对“革命”的理解与通常所谓的“政治”也并不完全等同。丁玲回忆早期对“文学”与“革命”的认识，是“盲目地倾向于社会革命”，“把革命与文学还不能很好地联系着去看，同时英雄主义也使我以为不搞文学专搞工作才是革命”①。丁玲早期将“革命”理解为广义的“社会革命”，其中包括个性解放，这是许多从五四成长起来的青年对革命的共识。此外，她认为“文学”与“革命”是对立的，并不将文学创作看作“革命”活动。因而对那些从“革命实践”中退出来从事“革命文学”的革命青年有所不满，这与鲁迅程度认识有相近之处，“‘革命’和‘文学’，若断若续，好像两只靠近的船，一只是‘革命’，一只是‘文学’……当环境较好的时候，作者就在革命这一只船上踏得重一点，分明是革命者，待到革命一被压迫，则在文学的船上踏得重一点，他变了不过是文学家了”②。

20世纪30年代初，丁玲对“革命”和“文学”关系的认识有了变化，认为文学是推动革命的武器，文学的任务就是推进社会革命。这里不妨先引入鲁迅对于文艺、革命和政治三者关系的认识。“文艺和革命原不是相反的，两者之间，倒有不安于现状的同一。惟政治是要维持现状，自然和不安于现状的文艺处在不同的方向。”③但丁玲“把文学与政治看作是统一的关系，也就是说，她把文学视为实现其政治理想的手段”④，摒弃了早期对“革命”与“文学”的对立认识，在“左联”时期以“作

① 丁玲：《一个真实人的一生——记胡也频》，张炯主编：《丁玲全集》第九卷，河北人民出版社2001年版，第66、68页。

② 鲁迅：《上海文艺之一瞥》，《鲁迅全集》第4卷，人民文学出版社2005年版，第305页。

③ 鲁迅：《文艺与政治的歧途》，《鲁迅全集》第7卷，人民文学出版社2005年版，第115页。

④ 田刚、杨文学：《“名士气派”与“脱胎换骨”——延安时期丁玲的精神蜕变》，《陕西师范大学学报（哲学社会科学版）》2014年第6期。

家”的身份从事“革命”，将“文学”和“革命”看作是一体的。

竹内好认为鲁迅有“永远的革命者”[①]的品质，鲁迅认为“不安于现状”的“革命”与“文艺”是相通的，与“安于现状”的“政治”是对立的。在此意义上，丁玲对“革命”的理解近于鲁迅，是作为一种“理想”和“信念”，具有与“文学”相似的品质，将“革命”与个人解放、女性解放联系在一起，“革命”之于丁玲带有更多的理想色彩。因此，她初到延安出于对革命理想的渴望，真诚地希望成为一名“革命者”。

丁玲从战地回到延安后显示出来的批判锋芒，正是秉承了鲁迅先生的“革命性”，重新回到了“文学家”立场，以不满于现状的“革命”去观照延安战时政治环境。因此，她在经历了“文学家”与“革命者”的冲突后，并没有沿着“文学”为革命“武器”的道路正面宣传革命和政治，反而转向在革命阵营内部发出批判的异声。这是丁玲继承五四传统，继承“鲁迅精神”的一面。但促使丁玲走向革命实践，希望以“革命者”取代“文学者”身份的又恰恰是丁玲与鲁迅在这一问题上的隔阂。鲁迅始终“把文学看作是对政治是无力的”[②]，而“革命”作为一个含糊的词语，既可能像“文学”一样“不安于现状”，也可能在革命实践中蜕化为“政治”。与此相反，“文学”、“革命”、“政治”在丁玲这里并不存在这种二元对立关系，丁玲从“革命理想”和“革命信念”出发，将革命实践视为解决问题的出路。即使从女权主义的视角去解读丁玲的作品，也不得不承认，“丁玲认为革命实践是解放个人问题，特别是资产阶级妇女个人问题的办法。”[③]在丁玲的革命实践中，“文学”不是“无力”的，而是“有用”的，甚至是具体的进入革命的方式。丁玲将“革命”

① ［日］竹内好：《近代的超克》，李冬木等译，三联书店 2005 年版，第 126 页。

② ［日］竹内好：《近代的超克》，李冬木等译，三联书店 2005 年版，第 129 页。

③ ［美］白露：《〈三八节有感〉和丁玲的女权主义在她文学作品中的表现》，孙瑞珍、王中忱编：《丁玲研究在国外》，湖南人民出版社 1985 年版，第 287 页。

视为“追求真理”，经过20世纪30年代的抉择，将真理具体落实在了“共产主义”这一具体指向上，终身以“共产主义”为信仰。

鲁迅认为：“为革命起见，要有‘革命人’，‘革命文学’到无须急急，革命人做出东西来，才是革命文学。”① 鲁迅 1927 年谈到的问题，正是丁玲进入延安面临的困境，要创作真正的“革命文学”，仅仅作为“革命作家”是不够的，必须进入革命队伍成为“革命人”。丁玲初到延安就自觉认识到了这一点，但她对文学、革命和政治的独特理解使得她转变的这一过程不断出现反复，直到 1942 年《在延安文艺座谈会上的讲话》以政治命令的方式帮助她实现了转变。

丁玲所经历的“文学家”与“革命者”的冲突是“革命作家”进入革命阵营后普遍遭遇的阵痛，具有典型性。相当一部分从五四成长起来的“革命作家”，在走向革命实践后都面临着“文学家”与“革命者”的内在冲突，最终他们在政治的外力下经思想改造消弭了这一冲突，完成了“革命作家”到“革命人”的转变。如果立足丁玲延安前期文学转向来思考丁玲的转变过程，可见丁玲在《在延安文艺座谈会上的讲话》之后真诚地自我改造接续了她初到延安时的方向，在“文学家”与“革命者”交锋中最终倾向了“革命者”，放弃了“文学家”的立场，丁玲在陕北苏区时期的自觉转变可谓《在延安文艺座谈会上的讲话》后知识分子自我思想改造的预演。

（作者单位：陕西师范大学文学院）

① 鲁迅：《革命时代的文学》，《鲁迅全集》第 3 卷，人民文学出版社 2005 年版，第 437 页。

国族话语、性别征用与革命重述

——论抗战书写中“贞贞”的命运

赵 牧

在《我在霞村的时候》的结尾，丁玲给笔下的主人公贞贞指出了一个“光明的前途”，也就是“到延安去”，而她自己，此前也是从南京的“幽居”之地逃到延安的。自丁玲到达延安后，虽说不能一直维系最初的风光，但无论其文学创作还是革命活动，都还开展得有声有色。即便有不解和批评，总体上还是获得了党内高层的信赖和支持。《我在霞村的时候》也受到广泛的肯定，这不能不让我们联想到，贞贞如果真生活在革命的队伍中，应能够摆脱在霞村时所受的冷眼和非议。解放后，丁玲还一度在党内担任高职，而这篇小说也被收入各种选集。但风云突变，转眼就到了1955年，丁玲被当作“反党小集团”头目接受批判，她的所谓“历史问题”，被再一次地翻拣出来。覆巢之下，岂有完卵，《我在霞村的时候》，也跟它的作者丁玲一样，从此告别顺风顺水的日子，而成为“再批判”的对象。这时节，怀抱光明的希冀而逃离霞村17年的贞贞，竟也连带地受到“丧失气节”和“寡廉鲜耻”的指责。仿佛一切回到原点，但岁月已经流逝，青春已经苍老，而等待贞贞的，难道也如丁玲一样，再经26年的离乱而唯能在一纸结论前发出“我可以死了”的感叹？或境况还更不如，毕竟，她未必像丁玲般有组织可依靠。值此之际，我们不得不重新思考一下贞贞的命运，禁不住在最初光明的指向后面打上沉重的问号，而回到小说，则会发现丁玲对这一指向，也不是没有心存疑虑。其实，像这样的疑虑，不仅存在于文本的叙述，而且存在于文本的接受。且不说丁玲与贞贞之间的比附，单说贞贞离开霞村后的命运遭际，在“后革命”的语境中，就有各种形式的推演。而在这里，我们则是在复杂的历史向度里，结合相关的文本，还原一下《我在霞村的时候》这篇小说、小说内外的贞贞以及作为造物的丁玲的命运。

一

我们知道，《我在霞村的时候》跟《三八节有感》和《在医院中》一经问世便受到批判不同，它最初得到的基本是肯定性评价。自1941年6月20日在延安出版的《中国文化》发表后，它不但先后被1942年4月10日重庆出版的《学习生活》和1946年3月1日张家口创刊的《北方文化》转载，而且被胡风编入同名小说集于1944年在桂林的远方书局出版。该小说集不但同年得到骆宾基的撰文肯定①，而且于“抗战”后的1946年先后在上海、大连和北平重印。也是在这一年，它还被周而复编入《北方文丛》，由海洋书屋在香港出版。据周而复解释，这里所谓的“北方”，也即西北、华北和东北，而“当时党中央军事委员会以及解放军主力部队”就活动在这三个地区，所以，“《北方文丛》，不言而喻，就是《解放区文丛》”②。几乎与此同时，周扬在编辑《解放区

① 参见骆宾基：《大风暴中的人物——评丁玲〈我在霞村的时候〉》，《抗战文艺》1944年第9卷第5、6期合刊。

② 周而复：《往事回首录》（上），文化艺术出版社2004年版，第253页。

短篇创作选》时，也将《我在霞村的时候》作为头条收入了。无论是在解放区还是在国统区，抑或国共力量交织的港英殖民地，这篇小说都被当作解放区文艺的先进代表。然而在1955年的“肃反”中，丁玲不仅成了“丁陈反党小集团”头目，且被认定为历史上有“变节性行为”，在这种情况下，《文艺报》的“再批判”，就有了深挖丁玲反党和变节思想根源的性质。所以，《莎菲女士的日记》被反复提到，但因为它是丁玲参与左翼文化运动之前的作品，也就没有专门批判，而是将它作为大前提，认为所塑造的“一个可怕的虚无主义的个人主义者”莎菲，阴魂不散地附在《我在霞村的时候》中的贞贞和《在医院中》的陆萍身上，前后的区别，只是“穿上了共产主义者的衣裳”①。

像这样的评论，除了政治上的定性非常严苛之外，却也并没有超越冯雪峰乃至周扬当年的认识。冯雪峰曾在《〈丁玲文集〉后记》中认为，“从莎菲到《新的信念》中的陈老太婆和《我在霞村的时候》中的贞贞，这两种对象的不同，是两个世界的不同，并非作者用同一主观可以同样打入的”，将它们视为丁玲“对于人民大众的斗争和意识改造及成长的记录”，并代表了“人民的战斗的艺术创作而有的真实的成绩”。所以，他觉得，尽管这些作品还保留莎菲的残余，但毕竟“新的人民的世界和人民的新的生活意识，是切切实实地在从变换旧的中间生长着的”②。几乎与此同时，周扬在编《解放区短篇创作选》时，也将丁玲的《我在霞村的时候》视为“比较生动地反映出抗日战争与农村改革，反映出工农兵的斗争与生活”的代表，并在形式上具备了“文艺座谈会”所寄望的民族的大众的风格的“萌芽”③。虽在具体表述上与冯雪峰不同，但核心

① 周扬等：《文艺战线上的一场大辩论》，作家出版社1958年版，第14页。

② 冯雪峰：《〈丁玲文集〉后记》，《论文集》第一卷，人民文学出版社1953年版，第107—108页。

③ 周扬编：《解放区短篇创作选·编者的话》，东北书店1946年版，第2页。

观念却高度一致。然而因政治形势的突变和政治斗争的需要，1957 年的周扬不仅将冯雪峰的评论视为与丁玲“口味相投”的罪证，并视丁玲的作品万变不离其宗，而这个宗，就是“极端的个人主义”。一个结论也就呼之欲出了：如果说《莎菲女士的日记》表现的是丁玲早年思想，“那么她入党以后，特别是在革命根据地生活了几年之后，却写出了像《我在霞村的时候》和《在医院中》这样的作品，就说明她的极端的个人主义思想后来不但没有改好，反而发展到和工人阶级，和劳动群众尖锐对立的地步”①。《在医院中》成了丁玲“极端个人主义的反动世界观的缩影”，那个“有着严重反党情绪的年轻的女共产党员陆萍”就是穿上棉军服的莎菲，而相比于陆萍的“严重的反党情绪”，身上有着莎菲基因而又曾身陷日本军营的贞贞，则还带着不光彩的历史，在这种情况下，《我在霞村的时候》，也就与丁玲的所谓“自首变节”问题联系起来了。

现在我们当然知道，所谓丁玲的“自首变节”，不过是一个特殊历史条件下制造出来的“伪命题”，但很不幸，它却如影随形地几乎跟随了她大半辈子。事情的起因在于丁玲 1933 年 5 月 14 日被国民党特务抓捕并迅速解往南京。丁玲是颇具知名度的作家，于是众多文化界人士声援，并在国际舆论界造成轰动。但随后传出她被枪毙的消息，一大批纪念文章出笼，她的作品集，包括一些残稿，也乘机出版。然而不仅枪毙为乌龙，而且她也没身陷牢狱。她只不过失去了一些人身自由，但却靠着国民党 100 大洋的生活费和冯达在国民党某机构 60 大洋的薪酬，生活在南京当时不为外界所知的角落。关于这一点，丁玲晚年曾在《魍魉世界》中有过追述，而审讯过她的特务头子徐恩曾也撰写过回忆录。两相对照，大体不差，出入或在于细节，对此大可不必深究。但确实的，三年期间她曾三次离开南京：第一次是去北京见过李达夫妇，住了约两

① 周扬等：《文艺战线上的一场大辩论》，作家出版社 1958 年版，第 12—13 页。

周时间；第二次到上海找到冯雪峰，但因冯雪峰劝她争取“公开工作”的机会，所以她不久又回去了；而第三次，则是眼看争取“公开工作”的可能性不大，丈夫冯达又久病不愈，这使她逐渐失去耐心①，于是在张天翼的帮助下先到上海，随后又在冯雪峰安排下，经过一番曲折最后抵达陕北②。

虽然霞村不是上海，贞贞不是丁玲，但千真万确地，贞贞也曾三次从日军那里回来。众所周知，贞贞因要逃避父母的包办婚姻而又不能在恋人夏大宝那里获得支持，才决定到天主教堂找外国神父做“姑姑”，不料遭遇日本鬼子扫荡，“就那一忽儿，落在火坑了”。她不幸被劫入日本军营成为“慰安妇”。第一次的，当然是被迫，而后来，却也类似丁玲重回南京一样，是被派去的。这中间贞贞经受了多少痛楚？尽管霞村中散布各种流言，但作为叙事者的“我”，因为对他人隐私抱着极大尊重而不愿打探和妄加猜测，而她自己，则又那样地轻描淡写。用她的话说，“有些是当时难受，于今想来也没什么；有些是当时倒也马马虎虎地过去了，回想起来却实在伤心呢”。紧接着，将话题转入回村的感受，“这次一路回来，好些人都奇怪地望着我。就说这村子的人吧，都把我当一个外路人”③。除此之外，还有不少流言蜚语。比如，杂货店老板的

① 其中丁玲在《魍魉世界》（人民文学出版社 1989 年版）中所强调的是公开出来工作的不可能，而徐恩曾的回忆录《我与共产党斗争的回忆》（《魍魉世界》的附录部分）中所强调的是冯达的病久病不愈，而丁玲母亲的自述则说：“默察吾女似有隐忧，烦闷时则向小孩发脾气。女亦与我商量，要我带孩子回湖南”（《丁母自述》）。可见这个时期丁玲的烦闷是真实的，但原因，却很难体察并给予客观描述。不过，1936 年 5 月她写给叶圣陶的信（此信于 1943 年 12 月 1 日以《幽居小简》为题发表在《万象》杂志上），却可以证明她对于回归革命或者文学队伍的期待。

② 详见丁玲有关其南京幽居生活的回忆：《魍魉世界》，人民文学出版社 1989 年版。其中附录有徐恩曾的回忆录《我与共产党斗争的回忆》中涉及丁玲的部分及日本学者桧山久雄等就丁玲转向问题的学术文章。

③ 丁玲：《我在霞村的时候》，三联书店 1950 年版，第 29 页。

老婆就觉得贞贞之所以能有今天的下场，其根源在于“那娃儿向来就是风风雪雪的，你没有看见她早前就在街上浪来浪去”①。所谓的“风风雪雪”和“浪来浪去”，在叙述人“我”乃至丁玲看来，当然是一种偏见。曾在一封给冯雪峰的信中，丁玲如此抱怨有很多人背后议论她，“他们一定总以为丁玲是一个浪漫（这完全是骂人的意思）的人，是好用感情（与热情不同）的人，是一个把男女关系看做有趣和随便（是撒烂污的意思）的人，然而我自己知道，从我心上，在过去的历史中，我真正地只追求过一个男人”②。这个男人，就是冯雪峰。从这里，我们知道，丁玲虽然并非就是贞贞，但她们却有着一定的相似：正如贞贞爱着夏大宝一样，她爱冯雪峰，并且因为这爱，她们都承受着各种各样的压力。

当然，我们还可以找到更多类比。比如夏大宝不敢带贞贞私奔，而就在那封信中，我们知道冯雪峰也不敢带丁玲去日本。对冯雪峰的顾虑我们不得而知（“假使你是另外的一付性格，像也频那样的人，你能够更鼓励我一点，说不定我也许走了”③，这段出自同一封信中的话，我们只能当作丁玲自己的一种感受），但应不至于像夏大宝那样，顾虑自己是一个“穷小子”。所以，冯雪峰不可能就是夏大宝，可谁又敢保证，夏大宝身上没有冯雪峰的影子？尽管小说批评不能变相为传记的索隐，但我们不能忘记的是，丁玲恰是在冯雪峰的安排下去延安的，而贞贞的最后决定去延安，也与夏大宝脱不了干系，因为当“我”问她“你真的不恨夏大宝么”，她先是“半天没回答我”，而后才“更为平静地”说：

---

① 丁玲：《我在霞村的时候》，三联书店 1950 年版，第 20 页。

② 丁玲：《不算情书》，《丁玲文集》第七卷，湖南文艺出版社 1991 年版，第 303 页。

③ 丁玲：《不算情书》，《丁玲文集》第七卷，湖南文艺出版社 1991 年版，第 305 页。

恨他，我也说不上。我觉得我已经是一个有病的人了，我的确被很多鬼子糟蹋过，到底是多少，我也记不清了，总之，是一个不干净的人了，既然已经有了缺憾，就不想再有福气，我觉得活在不认识的人面前，忙忙碌碌的，比活在家里，比活在有亲人的地方好些。①

这是“我”与贞贞的最后一次对话。在“我”看来，贞贞之所以坚持不嫁给夏大宝，应有着“赌气”的成分，而之所以赌气，则又可能包含着对于夏大宝的记恨。虽然贞贞口头上否定了这一点，并且用的是很平静的语气，但她的“半天没回答”，就已暴露了内心的挣扎。毕竟她被很多鬼子“糟蹋”，是与他的怯懦（“我能拐着她逃跑吗?”②）相关的，而当她成了一个“不干净的人”之后，他又坚持要娶她，并三番五次地跑到她的父母那里去求婚，这在刘二妈眼里或是一种“有良心”的表现，但潜台词，却是她今非昔比的行情。“要不是这孩子，谁肯来要呢?莫说有病，名声就实在够受了”③，刘二妈这句感叹，正暗示了夏大宝的潜意识，而村人的议论——“这种破铜烂铁，还搭臭架子，活该夏大宝倒霉”，则更暴露他的同情跟轻贱其实并无本质的不同。种种迹象表明，更大的痛楚来自霞村内部。杂货店老板及其老婆的流言蜚语，自以为圣洁的妇女的窃窃私语，父亲的垂头丧气和母亲的伤心哭泣，阿桂的一声声叹息，包括夏大宝执拗地要娶她的决定，都可能成为“压死骆驼的最后一根稻草”，给她悲催的人生带来毁灭性的打击。然而，她决然不要他的同情，并执意反抗他们对一个“不干净的人”的角色设定，或者像美国学者白露说的那样，“拒绝回到传统的社会和两性关系的农村体制

① 丁玲:《不算情书》,《丁玲文集》第七卷，湖南文艺出版社 1991 年版，第 40 页。

② 丁玲:《不算情书》,《丁玲文集》第七卷，湖南文艺出版社 1991 年版，第 37 页。

③ 丁玲:《不算情书》,《丁玲文集》第七卷，湖南文艺出版社 1991 年版，第 25 页。

上来”[①]，终于在“我”的引导和组织的帮助下，迎来了新的转机：她要到延安去治病了，且有心留在那里学习，以为在那一种“新的气象”中，还可以“重新作一个人”。

对此，夏大宝或许是活在一种负罪的感觉里，但冯雪峰却在《〈丁玲文集〉后记》里，不仅肯定贞贞在“非常的革命的展开和非常事件的遭遇下”显出“丰富和有光芒的伟大”，而且对她“新的巨大的成长”表现出极大的自信。[②]或就因为这自信，冯雪峰安排丁玲去了延安。但就作品实际而言，丁玲是否真如冯雪峰所言，“以她的把握力使我们这样相信贞贞和革命”[③]呢？且不说“我”最初对“有机会吃到这家人的喜酒”或“至少听到一个喜讯再离开”的希冀，以及贞贞就“福气”而发的议论，单就小说叙事结构而言，那所谓“光明的前途”，就不能不给打上折扣。小说的开头，“我”就因为“政治部太嘈杂”而到霞村去休养，而最后贞贞却要从霞村到延安去治病了。同是治病目的，两者却来了一个“交叉跑动”[④]。“我”的休养计划泡汤了，那么贞贞呢，是否就一定会迎来全新的人生？虽然贞贞怀着巨大的期待，但如果证之以“我”的经历（在政治部时“我身体已经复原了”，只是“精神又不大好”，但在霞村，却又因贞贞的遭遇和村人的偏见而感到“沉闷”），则即便贞贞能在延安一家类似陆萍所在的“医院中”医好身体上的病（“我去握着那只伸在火上的手，那种特别使我感觉刺激的烫热又使我不安了，我

---

① ［美］白露：《〈三八节有感〉和丁玲的女权主义在她文学作品中的表现》，孙瑞珍、王中忱编：《丁玲研究在国外》，湖南人民出版社1985年版，第102页。

② 参见冯雪峰：《〈丁玲文集〉后记》，《论文集》第一卷，人民文学出版社1953年版，第107页。

③ 冯雪峰：《〈丁玲文集〉后记》，《论文集》第一卷，人民文学出版社1953年版，第108页。

④ 郜元宝：《都是辩解——〈色戒〉和〈我在霞村的时候〉》，《文艺争鸣》2008年第4期。

意识到她有着不轻的病症”[①])，却也很难说，她一定就能摆脱回到霞村时在亲邻之间所体验的精神痛苦。

二

1979年8月在接受香港《开卷》记者提问时，丁玲提到《我在霞村的时候》的创作情况，说是因听一个做妇联工作的女同志告诉她的一件事才写这篇小说的。[②]丁玲没有具体描述那女同志是如何讲述那件事的，但想来其中应包含了小说的雏形，比如有那么一个姓名不详的女人，被劫掠去做了“慰安妇”而后又跑回来，结果却在村子里受到歧视等。不妨设想，那个讲故事的女同志后来就被当作了阿桂的原型。如果真是这样，阿桂的态度，或代表了在延安的妇女干部对不幸沦落为“慰安妇”的女性的一般认识。同情心应是有的，还可能对群众的偏见极为不满，并止不住发牢骚，“做个女人真倒霉”[③]，但很不幸，她却也在积极传播这样的故事和这样的偏见。所以，小说中的贞贞“活在不认识的人面前”的期待，很有可能会落空。她的故事在被一遍遍讲述的时候，也许就是她重新受辱的开始。毕竟不是所有的人，都充满着对女性不幸命运的体察，毕竟不是所有的人，都曾有过被人误会并一再纠缠的历史，毕竟传统贞洁观念，即便是在革命的阵营中，也还没有绝迹。

事实上，此后的贞贞果然遭遇到革命阵营内部的拒绝。比如在1957年的“再批判”中，那些手握如椽巨笔的党内批评家们，就都将

---

① 丁玲：《我在霞村的时候》，三联书店1950年版，第39页。

② 参见丁玲：《答〈开卷〉记者问》，《丁玲文集》第五卷，湖南文艺出版社1984年版，第441页。

③ 丁玲：《我在霞村的时候》，三联书店1950年版，第28页。

贞贞判定为“曾对日寇屈膝、失身于敌人，完全丧失了民族气节的”①人。这些评论家，不是在延安解放区工作过，就是在解放后的大学中受过党的教育，但他们对贞贞的认识，却与霞村的杂货店老板及传播流言蜚语的妇女们几无二致。“说起鬼子来像说到家常便饭似的”，这不仅让刘二妈看不惯而禁不住在“我”面前说三道四，而且这些评论家也无一例外地对此喋喋不休。贞贞即便不投井上吊至少也应以泪洗面，这可能是代表传统贞洁观念的霞村群众的愿望，而怀揣一包炸药与日军同归于尽，则或许是操持民族革命话语的评论家的期待。对此，我们其实不应该有任何的惊讶和不解，因为即便是丁玲，她在给贞贞一般的女人正名时，不是还要给她们安排一个情报员的身份吗？如若不然，“失贞”的她们，仅仅是以“活命”（“我总得找活路”，“难道死了不成”）作为第一要务的话，似乎就不再配享有“贞贞”这样的名字了。而作为知音的冯雪峰，也只将丁玲笔下的贞贞视为“原本是一个并不深奥的、平常而不过有少许特征的灵魂”，是因为“非常的革命的展开和非常事件的遭遇下”，才“展开出了她的丰富和有光芒的伟大”②。也即是说，如不是“非常的革命的展开”（抗日战争），贞贞所遭遇的“非常事件”（被日军劫掠去做“慰安妇”），也就不能被赋予特殊的意义，如此，冯雪峰恐怕就不会对她“光明的前途”充满期待了。

当然，在1957年的“反右”语境中，丁玲的所谓“历史问题”再一次被翻拣出来，她给贞贞所安排的我方情报员的身份，则正如她本人对于革命的忠诚和信心一样，也被怀疑甚至否定了。张光年在《丁玲的“复仇女神”》一文中就曾质问，像贞贞这样“丧失了民族、背叛了祖国

---

① 华夫（张光年）:《丁玲的“复仇女神”》,《再批判》，人民文学出版社1958年版，第133页。

② 冯雪峰:《〈丁玲文集〉后记》,《论文集》第一卷，人民文学出版社1953年版，第107页。

和人民的寡廉鲜耻的女人”，党怎么可能“指派”她到敌人那里搞情报？所以，这要么是一种叙述人伪造的“虚假情节”，要么是贞贞的“自我夸耀”[①]（“翻遍小说，在霞村没有任何人可以证明这个说法的真实性”，这是张光年的说法，但其实，他应是忽视了“在这村子上负点责”的马同志所具有的叙事功能，他在跟叙述人“我”第一次见面的时候就曾说：“刘大妈的女儿贞贞回来了。想不到她才了不起呢”，并且补充“她是从日本人那里回来的，她已经在那里干了一年多了”。虽则并没有具体说明何以“了不起”，但从小说的最后，正是这位马同志“告诉了我关于她的决定”这一点来看，他应该能给贞贞的做我方的情报员提供证明），而在这种情况下，“群众对贞贞的反感，难道不是完全正当的吗”？在张光年看来，“群众尊敬的是刘胡兰式的顶天立地的英雄人物”，而同样是“年青的女孩子”，一个是在敌人铡刀面前视死如归，一个却是“投敌变节”[②]，在受日军凌辱时，竟兴致勃勃地欣赏“鬼子们当宝贝似的揣在怀里”的照片和情书，拿肉麻当有趣。不仅如此，当霞村的群众对她的“失节”感到不解时，一个在日军那里苟延残喘，以活命为第一哲学的贞贞，却反倒像个“复仇的女神”，“摆出一付强硬的、残酷的样子”[③]。与群众站在同一条战线上，或拿群众说事，正是那时期的话语特色，而当张光年做出这么一番分析并发出“难道还要群众来顶香膜拜”的质问时，显已封堵了贞贞去延安的道路，即便是去了延安，也不过像莎菲女士一样，在“无人认识的地方，浪费我生命的余剩”，或者像他们笔下的丁玲一样，“在那里从事一系列的反党活动”，而况改不了“她那一身肮脏

① 华夫（张光年）：《丁玲的“复仇女神”》，《再批判》，人民文学出版社 1958 年版，第 133 页。

② 华夫（张光年）：《丁玲的“复仇女神”》，《再批判》，人民文学出版社 1958 年版，第 135—136 页。

③ 华夫（张光年）：《丁玲的“复仇女神”》，《再批判》，人民文学出版社 1958 年版，第 133 页。

而又孤芳自赏的怪脾气”①。再不然，则应是在延安治病期间，被他们种种“民族气节”、“阶级正义”和“视死如归”的教条鼓动，真的揣一包炸药跑到日本军营，舍生取义壮怀激烈了一回，而事实上，2002年根据《我在霞村的时候》改编的电影《贞贞》，就是这样给贞贞作了最后的安排，并且这安排，恰是原先一直以活命为目标的她，在霞村听一个稚气的陈教导员宣讲了一番革命大道理之后做出的。如果这也算作“光明的前途”的话，那么想来，也最多是如此了。

如果说从文本的层面，丁玲对于贞贞的延安之行是否预示着一个“光明的前途”，还是充满疑虑的，那么1957年的“再批判”，则已经从文本外“反右”的社会政治环境中，给出了断然否定的回答。无论是丁玲当初的疑虑，还是“再批判”时的断然，都毫无疑问地指向丁玲的“历史”，并且与贞贞一样，都跟“失节”联系在一起：原来他们就是在“反右”的背景下，在业已认定丁玲“曾经在南京自首变节”并“受到同志的怀疑”的前提下而通过小说的形式所做的“自我辩解”②。说丁玲创作《我在霞村的时候》是一种“替自己作辩解”的行为，这在很大程度上，是符合实情的。一个人在写小说的时候，把自我经过各种变形而放进去，这是很正常的，而在丁玲自以为蒙受冤屈的时候，通过写小说的方式来给自己“作辩解”，当然也是无可厚非的。到霞村去休养的“我”，的确在很多方面与丁玲相似（比如其知识女性且写过许多本书的特征，比如其声明喜欢“那种有热情的，有血肉的，有快乐、有忧愁，又有明朗的性格的人”③），而贞贞的受辱与丁玲的受谤，也具有一定可比性。

① 华夫（张光年）：《丁玲的“复仇女神”》，《再批判》，人民文学出版社1958年版，第137页。

② 华夫（张光年）：《丁玲的“复仇女神”》，《再批判》，人民文学出版社1958年版，第138页。

③ 丁玲：《我在霞村的时候》，三联书店1950年版，第31—32页。

事实上，丁玲在创作这篇小说的时候，也正是她感到受诽谤而积极寻求组织给一个说法的时候。

据说起因在于康生的一句话。那是在1938年的一次党校活动中，有人误以为丁玲就在现场，所以想请她出来唱歌，但康生说，丁玲不能来党校，来了我们也不能欢迎她，因为她在南京的那段历史有问题。这是被多次复述过的情况，事实或者不讹，细节难说真实，而况这话传到丁玲耳朵已是1940年了。丁玲就要组织给个结论，而这结论，也就在1940年10月4日得出了，但此后因她在1943年的“审干运动”中对“申明书”的交代而使问题复杂化，以致这一案底像达摩克利斯剑一样悬于丁玲的头顶。有关这一问题的波折，已有黎辛、徐庆全、李之琏、邵燕祥、杨桂欣以及张永泉等在很多文章中谈及，这里不作详细的展开，但有个细节，却值得提及，就是1940年的结论，虽是10月4日作出的，然而传达到丁玲手里，已在1941年元旦了[①]。饶有意味的是，《我在霞村的时候》在最初发表时文末签署的“一九四一、一、二”[②]，正是丁玲

---

① 由中组部于1940年10月4日作出的《审查丁玲同志被捕被禁经过结论》在末尾签署了具体的日期，并有“陈云、富春”的署名，而陈明在《有关丁玲生平的几个问题的访谈》（《百年潮》2001年第1期）的访谈中提及陈云在这份材料的第一页上写有：“这是中组部几次审查后对你的结论。请你保存一份。”署名是“陈李，即陈云、李富春”，日期是“一九四一年一月一日”。据此而知，该结论是在1941年元旦送达丁玲的，而此前丁玲是否通过其他途径提前获得这一结论，尚不得而知，但通知的送达与其《我在霞村的时候》最初发表时的签署日期之间的关系，的确耐人寻味。而后丁玲于1950年对该小说进行校订时，将文末的时间改为笼统的“1940年”，其中的意味，或者在于刻意淡化小说与个人的联系。

② 不仅在《中国文化》杂志最初刊出的时候是如此签署的日期，在《北方文化》转载时以至于收录到周扬所编选的《解放区短篇作品选》时，也是这么签署的。其他几个版本，《学习生活》文末没有日期，胡风编选的小说集《我在霞村的时候》和冯雪峰的《丁玲文集》，因为没有见到，不好判断，但的确是在经丁玲校订过的1950年版的《我在霞村的时候》，最后的日期变成了笼统的“1940年”了，这其中的隐秘，很难作出准确的判断，但也许可以看作丁玲有意淡化这篇作品与她在1941年元旦收到陈云和李富春签署的《审查丁玲同志被捕被禁经过结论》之间的联系。

从中组部接到《审查丁玲同志被捕被禁经过结论》的第二天。通常情况下，一篇 12000 字左右的短篇小说，是很难在一两天内完成的，而况丁玲后来忆及该小说的创作，曾提及因“一前方回来的朋友”（在 1979 年接受香港《开卷》记者采访时，这人是当地一位做妇联工作的女同志）讲道“我到医院去看两个女同志，其中一个从日本那儿回来，带了一身的病，她在前方表现很好，现在回到我们延安医院来治病”的话，于是“想了很久，觉得非写出来不可”。如此说来，《我在霞村的时候》最初所签署的日期应是小说完成时，其创作过程，很可能横跨了 1941 年元旦。这或有助于我们理解这篇小说所具有的“自我辩解”性质，而组织结论中有关“丁玲同志仍然是一个对党对革命忠实的共产党员”的判断，则也许跟她最后许诺给贞贞一个“光明的前途”密切相关。

尽管没有证据表明《我在霞村的时候》的传播跟丁玲的推动有联系，但在《北方文化》转载，却得到她的首肯。彼时的丁玲原准备随“延安文艺通讯团”一道开赴东北，但因国民党部队的阻碍而滞留张家口。表面上，丁玲的工作有声有色，不但在张家口市青年讲座上做报告，而且出席晋察冀边区文艺界欢迎延安文艺工作者的联欢会，以及新华分社和晋察冀日报社举行的茶话会等，还与周扬等百余名晋察冀文化界人士致电政治协商会议提出国是主张。此间的创作，则除了杂文《自掘坟墓》外，还与陈明等根据森下瓦窑厂的采访而合作完成三幕七场话剧《望乡台畔》。之所以积极投身于这紧张繁忙的工作中，或许与 1945 年 10 月离开延安前任弼时的鼓励和信任不无关系。据丁玲回忆，她去给任弼时道别并忍不住抱怨道：“一九四〇年陈云同志给我作了结论，可审干是又把我‘抢救’了一下，没有给我甄别，这问题到底该怎么办？”而任弼时给她的回答是：“你放心走吧，到前方大胆工作吧，党相信你。不会有什么问题，我们都知道的”[①]。将这些情况综合起来考虑，或可将旧作重发理解为某种内心郁结的曲折表达，而况《我在霞村的时候》又是一篇极具“自我辩解”嫌疑的作品[②]。

此外，丁玲于1950年5月前对《我在霞村的时候》所作的校订，也更强化了这篇小说的“自我辩解”意味。我们知道，在这一次修订中，丁玲曾尽可能地删削了“我”的存在，但另外，她也尽可能地强化了贞贞作为情报员给自己人的贡献。比如贞贞第一次和“我”见面，她说道：“人家总以为我做了鬼子官太太，享富贵荣华，实际我跑回来过两次，连现在这回是第三次了”，话说到这里，她在1941年的时候只简单交代“后来我是被派去的，也是没有办法”，便转到“治病”的话题上，而到了1950年，她（更确切地说是丁玲）似觉得有必要作些补充，于是接着说：“我在那里熟，工作重要，一时又找不到别的人”。这补充，给人的感觉仿佛丁玲已预见到1957年的张光年等会质疑：党怎么能委托贞贞这么个“小女子”去做情报工作一样。但很不幸，这修改，却被当成贞贞（以及丁玲）的“自我夸耀”了。而后来，当“我”忍不住要问贞贞的病时，她原先的回答是：“人大约总是这样，哪怕到了更坏的地方，还不是只得这样，硬着头皮挺着腰肢过下去，难道死了不成？现在呢，我再也不那么想了，我说人还是得找活路，除非万不得已”[③]。这掺杂着沉重人生体验的回答，后来被当作“叛徒哲学”而受到了严重批判，但

① 丁玲：《忆弼时同志》，《新观察》1987年第19期。

② 最先指出丁玲的《我在霞村的时候》“自辩”性质的，应属华夫（张光年）的《丁玲的“复仇女神”》，不过此文的缺陷在于政治上的上纲上线，先从政治上（乃至道德上）否定了丁玲自辩的合法性，此后蓝棣之在《女性的愤懑和挣扎》中也坚持了这种“症候式解读”，但却承认了丁玲自辩的合法性，而郜元宝则在《都是辩解》一文中，通过和张爱玲的《色戒》比较，而重申了这一观点。

③ 比较所用版本分别为原始发表在《中国文化》（1942年6月20日出版）的版本和修订后的小说集《我在霞村的时候》（三联书店1950年版），这些比较的原文部分依次在第28页，校订后部分依次在第29—30页。

在批判时，却又忽略了1950年的补充：

> 后来我同咱们自己人有了联系，就更不怕了。我看见鬼子吃败仗，游击队四处活动，人心一天天好起来，我想我吃点苦，也划得来，我总得找活路，还要活得有意思，除非万不得已。①

这个补充的话里，强调了自己“硬着头皮挺着腰肢过下去”的动力，来自“咱们自己人”，并因“看见鬼子吃败仗，游击队四处活动，人心一天天好起来”而感到“活得有意思”。虽然丁玲没说过她在南京期间曾为党做过工作的话，但也多次强调曾自杀而不成，所以，小说原文，应更加接近她在南京的实际，而所作的补充，也许掺杂了后来的经验，比如自从到了延安之后，她对革命所做的很多有益工作。当然，正如我们一再强调的，贞贞并非就是丁玲，不过她在为贞贞正名时，不得不将自己女性切肤的体验转换成民族主义和革命集体主义话语，这说到底，仍是一种辩解的姿态。

三

难道不为自己人做情报工作，贞贞就该死了不成？也许在“反右”的政治文化氛围中，许多党内批评家就是这么认为的。并且在他们看来，最好是贞贞临死之前在怀里揣个炸药包。但丁玲在她的小说里，虽然态度含混（因为在她看来被日军蹂躏过的贞贞的贞洁性，主要地体现在她后来曾利用自己“慰安妇”的身份而给咱们的人做过情报工作），

① 丁玲：《我在霞村的时候》，三联书店1950年版，第30页。

却也不见得希望贞贞为传统的贞洁观念殉葬。还不能确切地知道贞贞曾为我们的队伍做过工作之前，“我”就对杂货店老板及其老婆等人的议论表达了强烈的不满，而这个“我”，的确是有丁玲的影子。所以，正如美国学者白露所指出的，丁玲在《我在霞村的时候》中对待女性问题的态度跟以前几年非常相似，她一样觉得贞洁是个害人的东西，因而女权主义的洞察力为作品增色不少，但“制度性的约束这个问题上，她的看法有个改变”①。尤其越到后来，贞贞为咱们的人做过工作的情况越是受到重视，而作为女人的体验，则越被强行压制下去了。1950 年的修订也在很大程度上强化了这一趋势。作家总是通过笔下的人物及其命运，表达他们对于世界的认识，从这个意义上，任何作家的任何创作，都可能包含着自我辩解的意味，但丁玲之所以刻意强调贞贞为咱们的队伍做工作的一面（正如她在后来的申诉材料中一遍遍表达对党的忠诚，并对自己的“历史问题”及其政治结论的重视，乃至“文革”复出以后，在整个社会思想文化氛围普遍“向右转”的时候，却越发将自己的言行与所谓“左”的教条捆绑起来一样）而逐渐舍弃她的（贞贞与丁玲）曾经的真实的女性经验，自我辩解的意识就表现得尤其强烈。

从这里，我们不难理解丁玲接到中组部第 9 号文《关于为丁玲同志恢复名誉的通知》（1984 年 8 月 1 日）时何以一再发出“我可以死了”的感叹了。邵燕祥曾经在《丁玲的“历史问题”》中说，在共产党领导的革命队伍中，对政治历史的审查是审干的中心内容，一个人的“历史问题”，会像“包袱”一样压在心头，并在各种组织生活中感受到它的重量。② 许多人因此而一辈子抬不起头来。甚至“文化大革命”中，还

① 白露：《〈三八节有感〉和丁玲的女权主义在她文学作品中的表现》，郜元宝、孙洁编：《三八节有感——关于丁玲》，北京广播学院出版社 2000 年版，第 100 页。

② 邵燕祥：《丁玲的“历史问题”》，白烨选编：《2000 中国年度文坛纪事》，漓江出版社 2001 年版，第 253 页。

有因此而“自绝于人民”的。丁玲南京的经历，对她来说就是一个沉重的“历史包袱”，但当她将这包袱卸下来的时候，是否会想到她笔下的贞贞，在经历四十多年风雨后，得到了光明的前途呢？难道“杜晚香”，这个在北大荒的集体农场里实现自我价值的女劳模，是贞贞最后一次的化装演出吗？或者丁玲就是这么认为的，但更多的人以为这是她的应景之作，借以表示即便经历过多年的政治磨难，她的革命信仰一直不变。跟贞贞不一样，杜晚香的过去无可挑剔，但自我辩解的性质，却大同小异，一个是让人想到她在南京时期的“幽居”生活，另一个是让人想起她“反右”以来所受的屈辱，不过后者相比前者，可是隐蔽多了：她似乎刻意剔除了所有的血泪，只展示革命的光明的指引。

这或是因为丁玲回归组织的期待，但并非所有的贞贞都有类似好运。叶弥笔下的全金，就是经历了几十年风雨漂泊而再一次回到霞村的贞贞。当然，她改换了姓名，不再是贞洁的象征了，而她的故土全庄，自然也不再具有光明的反讽的意味。但是，她回来了，不仅带着一身的病痛，而且不再年轻。跟贞贞因为反抗父母的包办婚姻而不幸落入日军的淫窟不同，她据说是在给抗日游击队送情报的路上遭日军奸污的。没有谁给她指出光明的前途，而又不得不躲避村人的白眼，她只能远走他乡。饶有趣味的是，她最后的落脚地是北大荒，也即丁玲及她的杜晚香挥洒热血的地方。她所不知道的是，革命成功了，弟弟到处讲述她的故事。在弟弟的讲述中，她成了坚贞不屈的烈士（“再批判”中的评论家也是这么期待的，可惜丁玲没有如他们的愿，所以，就没好气地给贞贞安插丧失民族气节的罪名），因而在四乡八村广受礼赞，但得到实惠的，是她的弟弟，由这对革命历史的血泪叙述而变成了国家干部，自然而然，也离开全庄到别处去端铁饭碗了。她的父母也早已离世，她在这村里没有根了。而村上的人已换了几茬子，与她有过交往的人大多花果凋零，活着的人也拒绝着她的“现在”，以至基本上没人认识她了。她的回来也并非带着光荣历史，而是想让村支书给她开个曾遭日本人奸污的证明，因为颠沛流离和饱受磨难的她，有一天，偶然从报纸上得知，如果将这一经历交给某组织就可以跟日本人打官司而获得经济补偿。这或者就是她的名字全金所承载的意义，而所谓的贞洁，也不会像丁玲一样，给贴上民族主义的标签了。崇高被消解，神圣被调侃，而全金，或者说在“后革命时代”从他乡归来的贞贞，只想把“慰安妇”的经历，换成经济的补偿。然而她并没能如愿，因为革命尽管已成为遥远的过去，但却没人敢承担给烈士开具“强奸证明”的责任，所以，相比丁玲最后得到恢复名誉的通知，她只能再次离开，“像一个上了年纪的平常老妇，安静地打发余下的岁月”①。

（作者单位：许昌学院文学与传媒学院）

① 叶弥：《现在》，《钟山》1998 年第 3 期。

文本断裂与空间叙事

——丁玲散文《风雨中忆萧红》再解读

杜　睿

在中国文学史上，丁玲是最具有代表性意义的作家之一，她的小说成就一直为人称道，而仅次于小说的散文，作为丁玲心路历程的记载，也是成果斐然。据统计，丁玲一生的散文不仅数量多，而且有一些堪称经典，其中在延安时期和新时期创作的散文数量居多，她的散文为我们展示了一幅广阔的社会生活的图画，也是最凸显她创作风格的文体写作。相比小说，丁玲的散文更具有穿透力，能够让读者从文字中感受到她独特的思想和个性，在20世纪30年代左翼文学时期，她用大量精力创作小说的同时就有少量散文问世。早期的散文虽数量不多，但却是她早期思想的一个窗口，比如《素描》《离情》《不算情书》是她当时的情感叙写，《五月》和《仍是烦恼着》则已经开始尝试用小说中的空间叙事来抒写散文，但延安时期的散文则在叙事风格上不断转变，有“只能做生活实录的散文”，比如在前线，由于行军过程留给作家的创作时间非常有限，人物速写和行军散记构成一个重要方面，《彭德怀速写》《记左权同志话山城堡之战》《马辉》《临汾》《冀村之夜》等许多散文即在当时写成，丁玲在自述中说：“散文，早年我在上海只写过两篇。只是在延安文艺座谈会后才把这当作一项严肃有趣的工作。延安文艺座谈会以后，我常下乡，到工厂，随时写了一些报告文学，得到了领导同志和广大读者的支持鼓励，这以后我更多的尝试写散文。”① 她在延安创作的散文，多数是严肃而有趣的，但在 1942 年 4 月 25 日她创作的一篇散文《风雨中忆萧红》则是她延安时期的另一道风景，这篇散文的美学价值和形式创新不仅是她在散文写作的空间叙事上的成功尝试，而且是她与另一篇代表性散文《三八节有感》的情感互文，她运用文本隐喻与空间叙事创新散文书写，是一种美学上的革新和散文形式上的变革，这篇创作于延安时期的散文正是她在苦闷—彷徨—革命—革命之后的反思的言说，也是基于延安时期性别问题的后思考：“革命政权是将妇女从家庭中解放出来，但没有特别关心女性性别本身的问题。”② 本文试图通过文本断裂与空间叙事的理论对丁玲散文《风雨中忆萧红》进行分析和解读。

一

要了解这篇散文，首先要了解创作这篇散文的背景，这篇散文虽然是以“忆萧红”为题眼，却是在特定环境“风雨”中而作，据陈明回忆：“4 月 25 日那天，真的下了小雨。”但从前后节点而言，作者创作时间是 1942 年 4 月 25 日，这个时间恰好是《三八节有感》写作之后的一个多月，《在延安文艺座谈会上的讲话》（以下简称《讲话》）召开一周前，也是康生重提丁玲历史污点的时间节点。因《三八节有感》带有十

① 丁玲：《序〈丁玲自选集〉——写给香港的读者》，《丁玲散文》，中国广播电视出版社 1997 年版，第 266 页。

② 贺桂梅：《延安道路中的性别问题——阶级与性别意识的历史思考》，《南开大学学报（哲学社会科学版）》2006 年第 6 期。

分鲜明的女性意识，文中既“贯注了我的血泪”又“安置了我多年的苦痛”，得到了一部分人的支持，同时也招致了更多的批判。丁玲曾在《延安文艺座谈会的前前后后》一文中说道：“三月七号，陈企霞派人送信来，一定要我写一篇纪念三八节的文章。我连夜挥就，把当时我因两起离婚事件而引起的为妇女同志鸣不平的情绪，一泻无余的发出来了……我的确缺少考虑，思想太解放，信笔所之，没有想到这将触犯到什么地方去。”①1942 年 4 月初，在一次高级干部学习会上，丁玲的《三八节有感》和王实味的《野百合花》受到批评，特别是贺龙、曹轶欧等高级别干部对丁玲提出非常严厉的批评，幸而毛泽东的“丁玲是同志”一句话保住了她，但她的思想冲击和震荡是可想而知的，时任中组部部长的陈云就和丁玲谈道：对于共产党作家来说，首先是党员，其次才是作家。……不仅组织上入党，思想上也要入党。②作为一出台就挂头牌和最早来到延安也是最受宠的作家，突然遭遇了严厉的批判，丁玲在当时的心境不言而喻，而她在之后的回忆文章中重提《三八节有感》，仍然带有“我个人看，如果现在把这篇文章再发表，相信读者不会觉得有什么问题”③的困惑与不解。而“我”正处于无处可去的苦闷中，又突然得知好友萧红的离世，自我的处境与女性的苦楚一并而来，于是在一个阴雨的早晨创作了这篇散文。仅从题目上看，这篇散文是关于萧红的回忆体散文，而萧红去世的时间是 1942 年 1 月 22 日，其间相隔三个月之久消息才传到延安，她所有的情绪在此得到了汇集，对于一个与自己交情不深却才华横溢的女作家，萧红的死无疑触动了丁玲的思绪，其中既

---

① 王增如、李向东编著：《丁玲年谱长编》，天津人民出版社 2006 年版，第 169 页。

② 参见王增如、李向东编著：《丁玲年谱长编》，天津人民出版社 2006 年版，第 170 页。

③ 丁玲：《解答三个问题——在北京语言学院外国留学生座谈会上的讲话》，《北京文艺》1979 年第 10 期。

夹杂着对萧红的惋惜，又有对自身处境的隐忧，还有对整个中国女性的悲悯。丁玲在文中提到："有一次我同白朗说：'萧红绝不会长寿的'。当我说这话的时候我是曾把眼睛扫遍了中国我所认识的或知道的女性朋友，而感到一种无言的寂寞。"这种无言的寂寞既指萧红，又指"中国我所认识的或知道的女性朋友"。萧红与丁玲相识于山西临汾，丁玲于 1937 年 9 月带领"西北战地服务团"奔赴山西各地开展抗日宣传活动时，萧红正与萧军一起逃往武汉，又在 1938 年奔赴山西临汾参加民族革命大学，正是这时两人相识并短暂相处两个月，在此期间萧红多次向丁玲提到了自己的经历以及苦闷与彷徨，丁玲也感同身受，但她们彼此性格大相径庭，所以最终一个北上延安，一个南下香港。南下的萧红早逝，而北上的丁玲此刻正处于彷徨期，内心的压抑与当天阴雨的天气刺激了她敏感的神经，当她人不幸的消息传到自己耳朵里，又对自己的处境感到困惑和烦恼，丁玲无疑被触动了。我们试想一下，一个正处在政治风雨中的丁玲，在一个阴雨绵绵的日子回忆与自己仅有短暂缘分的女作家，对丁玲来说无疑是另有所指，所以在这篇散文中出现文本断裂与空间叙事并不足为奇，正是她在转变期的阵痛，因此这篇散文既与前期小说的创作手法有所不同，又明显区别于转变之后的创作。以往对丁玲作品的解读往往存在非此即彼或者二元对立，"无论是救亡压倒启蒙，还是启蒙重新抢回高地，再至于对启蒙的反思，二元对立的解读模式均带有鲜明的时代印记，显示出转折时期复杂的历史症候"①。而丁玲这种解读模式不仅存在于小说中，也存在于散文中。其实她的心态的转变是逐渐而为之的，就这篇散文而言，革命与启蒙的挣扎既是自我内心的矛盾，也是一种政治语境中的自我调整。

---

① 孙尧天：《浪漫的与现实的：革命语境中的内在冲突——丁玲〈在医院中〉的症候式解读》，《文艺理论与批评》2018 年第 1 期。

我们不能简单地把它归入启蒙与革命、性别解放与政治规约的二元对立中，甚至不能单一地理解丁玲思想转变与政策的关系，这篇文章正是她在现实背离之后的思考、搏斗，也是她的独白。当然《讲话》之后的丁玲显而易见是转变了，走向了另一种写作之路，这与政策甚至是领导人本身的关系密切，但也不能完全否认丁玲自身对革命的情怀而带有的自觉意识，当革命成为压倒一切的重任时，“暴露”自然没有“歌颂”有利，因此当她意识到这一点并在随后的“讲话”期间自我批判时，既有被动、无奈，也有主动服膺于政策的可能。因此《风雨中忆萧红》是丁玲在延安时期非常有价值的作品之一，即在于此。这篇写于《讲话》一周前的散文，正是她内心转折的阵痛，借用不同空间的叙事来达到丁玲自我的言说本体。本文开篇第一句即写：本来没什么地方可去。怎么会没有什么地方可去呢？这里没有地方可去恰好是她陷入绝境的言说。1936 年 11 月初入延安时，丁玲是满怀热情和期待的，她在《我怎么来到陕北》一文中写道：陕北“老年也好，中年也好，总之，他们全是充满快乐的青春之力的青年”。她对延安充满想象，这种想象与其说是对延安的好奇、向往，毋宁说是一种革命的冲动。在八岁就“埋下从群众那里感染到的革命的激动”① 的丁玲，一直充满了对革命的向往。来到延安，丁玲在延安边区辗转奔波，接触、了解了很多现实，她一直致力于边区的妇女解放，小说《我在霞村的时候》《在医院中》反映的正是女性在现实中的遭际，而《三八节有感》则是色彩鲜明的直白，但她尖锐的针对性与当时特殊的环境和需求显然是不相容的，甚至是背道而驰的，因此她苦闷、彷徨，也明显没有了初到延安时的热情和冲动，但仍充满向往。所以她感到“没有什么地方可去”。不仅没什么地方可去，而且要在阴雨中闷在窑洞里。题目中的“风雨”既是一种当时写作环境

① 蒋祖林：《丁玲传》，人民文学出版社 2016 年版，第 32 页。

的意象（当天确实下了小雨），又是政治环境的暗指，这就构成两个不同的空间，用“我”所处的当下的空间环境来隐喻更大的政治环境，“萧红”在此又构成萧红本人和广大女性两个空间，在追忆萧红的同时暗含“我”与其他女性的身份认同，在表象空间的所指下，实则是内在空间叙事，这两个不同的空间构成了言说的断裂，即文本的断裂。正如阿尔都塞所说：意识形态“表达的不是个体存在的真实关系，而是个体与他们生活其间的真实状况的想象关系”[①]。这种叙事把作者在场的书写转化为不在场的叙事，在不在场的空间中，“丁玲往往以回忆、独白、幻想、沉思等主观化形式来呈现，凸显的是女性对世界的认识、对自我的审视、对人生的思索，展示的是个体与性别主体意识建构的艰难”[②]。这种在场与不在场的空间转换正是这篇散文的独到之处。在写这篇散文之前一个多月，她已经写出了《三八节有感》，而这篇散文正是与《三八节有感》遥相呼应的内心独白。虽然篇名是《风雨中忆萧红》，其中涉及两个关键词：风雨和萧红，但整篇散文，涉及萧红本人的仅占篇幅的四分之一，开篇四段篇幅在言说自己的心绪，到第五段的末尾才开始提到本文的言说主体“萧红”，后面三段又转而述说关于政治环境及自我处境，其中还涉及大量的其他人物：冯雪峰、瞿秋白、鲁迅等人，这样就构成了文本断裂，主体萧红缺席，其他人物出现。细读原文不难看出，这里的文本断裂是一种刻意为之，萧红既是主体，又是指代词，是“我”，是广大的女性，追忆的也不仅仅是早逝的萧红，也是“我”（中国女性）、冯雪峰、瞿秋白（革命战士），“风雨”作为文眼，在开篇和结尾形成呼应，开篇提到“更大的风雨”，结尾处又以“风雨已停”来

---

① ［澳大利亚］埃尔斯佩斯·普洛宾：《主题的空间必要性》，《文化地理学手册》，商务印书馆2009年版，第165页。

② 郭晓平：《丁玲女性小说风景书写探析》，《山东师范大学学报（人文社会科学版）》2015年第6期。

暗示自己相信未来的美好，“风雨”则是空间叙事的一个“眼”，把断裂的文本弥合起来，并在自然的暴风雨与政治的暴风雨两个叙事空间中实现“在场”与“不在场”的空间切换。

开篇虽以“风雨”引题，但显然这里的“风雨”是将在场的环境转化成了不在场的叙事。

> 本来就没有什么地方可去，一下雨便更觉得闷在窑洞里的日子太长。要是有更大的风雨也好，要是有更汹涌的河水也好，可是仿佛要来一阵骇人的风雨似的那么一块肮脏的云成天盖在头上，水声也是那么不断地哗啦哗啦在耳旁响，微微地下着一点看不见的细雨，打湿了地面，那轻柔的柳絮和蒲公英都飘舞不起而沾在泥土上了。①

这里骇人的风雨、汹涌的河水、肮脏的云都是在场的环境描写，而她的思绪很快出现了流动，进入到另一个不在场的空间中，“这会使人有遐想，想到随风而倒的桃李，在风雨中更迅速迸出的苞芽。即使是很小的风雨或浪潮，都更能显出百物的凋谢和生长，丑陋或美丽”。这里的骇人的风雨、汹涌的河水、肮脏的云和随风而倒的桃李、迅速迸出的苞芽形成了对应关系，在两个空间中互相对应，又价值对立。“空间的关系性连同其开放性意味着空间常常包含着一定程度的未预料性和不可预料性。于是，空间除了具有不确定结局外，也常常包含着某种‘混沌’元素（违背系统规定的元素）。这一‘混沌’来自于那些偶然并置、那些意外分离、那些地理结构中的矛盾性，确切地说，存在很多重要的路径在其中交织，有时还发生相互作用。空间，换句话说，被内在地‘干

① 丁玲：《风雨中忆萧红》，《丁玲全集》第五卷，河北人民出版社 2001 年版，第 134 页。（以下不做特别说明均引自此书）

扰’了。”[①] 丁玲在“听着水的絮聒，看着脏布似的云块”时，需要的是“阿底拉斯的力背负着宇宙的时代所给予的创伤，毫不动摇的存在着，存在便是一种疾呼，便是一种骄傲，便是给絮聒以回答”，一方面是与前面相对应的在场环境，水的絮聒、肮脏的云，另一方面则是不在场的内心叙事，即时代给予的创伤，也是丁玲在意识到性别不平等的自我抒发，丁玲并非刻意强调女性，剥离男性，而是追求一种性别的和谐，而她在这篇散文中除了抒发“政治风雨”还有情感寄托。

接下来的一段，她继续在“风雨”的在场空间叙事中进入绝对环境即不在场空间的叙事：“我的头膨胀的要爆炸，它装的太多，需要呕吐？……有关节炎的手臂因为放在桌上太久而疼痛，患砂眼的眼睛因为在微小的灯光下而模糊。”“我”在风雨和阴霾的创伤下身体感到不适，但我仍然坚持，而这种阴霾中的坚持想要表达的是另一种空间：政治和革命的暴风雨中始终坚持的人以及广大的知识女性。前两者都是共产党员，瞿秋白是丁玲接触革命的引路人，是丁玲的最初的情感萌芽[②]，而冯雪峰则是丁玲深入革命的导师，是丁玲一生的挚爱。后者萧红是才华横溢却被“女性”这个字眼所耽误了的，是代表“我所认识或知道的女性朋友”，这三个人的出现正是性别与政治的暗示，是丁玲在女性性别与革命抗争中的无奈，是自我内心的两条线，雪峰“他工作着，他一切为了党，他受埋怨过，然而他没有感伤，他对名誉和地位是那样地无睹，那样不会趋炎附势，培植党羽，装腔作势，投机取巧”。秋白“他内心的战斗历史时，却也不能不感动”，是那个坚持革命，坚信信念的自我，而

---

① Massey, D., *Power-geometries and the Politics of Space-time*, Hatter Lecture 2, Department of Geography, University of Heidelberg, Germany, (1999a) p.37.

② 这段经历可从丁玲之子蒋祖林的《丁玲传》中找到解释，丁玲曾与他谈到她与瞿秋白之间的事情，“其实，那时候瞿秋白更钟情于我，我只要表示我对他是在乎的，他就不会接受王剑虹。但是我看到王剑虹的诗稿，发现她也爱上了瞿秋白时，最终决定让，成全她”。

“刚逝世的萧红”则是女性解放与革命叙事的矛盾体。这三个人的出现与我身体的疼痛看似毫无关联，却内在隐喻着个人与革命的冲突、消解，性别与政治的矛盾、复调。“我”在革命话语与个人话语之间做出选择的痛楚，是丁玲在显性场景与隐性场景的表达下，一代知识分子的矛盾和精神肉搏。“幸福是暴风雨中的搏斗，而不是月下弹琴，花前吟诗。”①

当萧红出现在她的回忆中时，接下来的文本突然从“风雨”的环境转入我对萧红的认识，从文题的“风雨”转入到“忆萧红”，却有着更大的断裂——从“我”的感知空间转而到“我”的认知空间，对萧红的三个段落的描述，看似是回忆其惨淡的身世，实则都指向一个中心：“我是曾把眼睛扫遍了中国我所认识的或知道的女性朋友，而感到一种无言的寂寞。能够耐苦的，不依赖于别的力量，有才智、有气节而从事于写作的女友，是如此其寥寥啊！”这里的思想搏斗和精神期许，是对自己长久以来的信念的拷问，也是自己到延安之后的现实与来之前的期许之间的差距，是性别和谐的理想四处碰壁之后的无奈和揶揄。因此从这个意义上而言，本文其实是放眼于更加宏阔的性别政治的角度而言的。这里的萧红实则是那个才女作家萧红包裹下的广大“我所认识的或知道的女性朋友”，而当萧红的认知空间戛然而止时，出现的是胡风、鲁迅和已死的、被随意歪曲的更多的文人。萧红在此就成为一个指代，而真正的绝对的空间则是“雪峰、秋白一类的革命战士”和“胡风、鲁迅一类被随意歪曲解构的文人”，因萧红同时具备牺牲与歪曲（虽然萧红不是共产党员，但她却是不依赖于别的力量，有才智、有气节而从事于写作的女友）的特质，恰好是与丁玲本文的旨意相契合。因此我们看出本文的两大空间叙事，一是“风雨”，外在的环境的阴霾与社会空间的压抑，“我”在风雨中身体的不适与坚守，和革命战士一切为了党和

① 丁玲：《三八节有感》，《解放日报》1942 年 3 月 9 日。

革命的坚持，这两个空间是萧红个人与革命的精神肉搏，既矛盾又无奈；二是“忆萧红”，早逝的萧红与广大被牺牲的女性同胞，随意被歪曲的萧红的文本与肆意曲解、诋毁的文人的两个言说空间，是性别在更大的政治面前的式微甚至消失，这两个言说空间是对立与统一的，这正是丁玲在散文中的突破与创新。

二

对于这篇散文，其实不难看出它内涵之意，从内容上而言，延续着《三八节有感》之风，这无须赘述，创新之处莫过于它的形式。司马长风说：“丁玲这位以小说成名的作家，散文也相当的出色，她直抒胸臆的风格，有几分像徐志摩和郁达夫。”[①] 却如其所言，在她的小说中，我们可以经常看到这种被言说的在场与内心的绝对空间的转换、交织，比如在《梦珂》中，“到晚上吃面时，老太太看到那绿色的，新擀的菠菜面，便不住的念起故乡来”[②]。引起了梦珂的回忆：“梦珂因此涌起许多过去的景象。”在《阿毛姑娘》中，“一到夜晚，从远远的湖上，那天与水交界的地方，便灿烂着繁密的星星。金色的光映到湖水里，在细小的波纹上拖下长的一溜光，不住的闪耀着，象无数条有金鳞的蛇身在蜿蜒着……”而从夜晚的星空想到的是对都市的神往，“阿毛是神往到那地方去了，她知道那就是城里，三姐去过的，阿招嫂也去过的，陆小二，她夫婿也去过的，所有人都去过”[③]。《在医院中》陆萍“有意的做出一

① 万直纯：《真实灵魂的独白——丁玲散文艺术论》，《安徽教育学院学报（社会科学版）》1995 年第 1 期。

② 丁玲：《梦珂》，《丁玲文集》第二卷，湖南人民出版社 1983 年版，第 6 页。

③ 丁玲：《阿毛姑娘》，《丁玲文集》第二卷，湖南人民出版社 1983 年版，第 135 页。

副高兴的神气，睁着两颗圆的黑的小眼，欣喜地探照荒凉的四周”[①]。在荒凉的四周中，内心却是另一种场景，“不管遇着怎样的环境，她都好好的替它做一个宽容的恰当的解释”。在她的小说中，现实的在场与内心的不在场来回切换，甚至是对立的。好与坏，繁华与落寞，荒芜与宽容……她要运用这种不同空间的叙事来达到文本断裂之后的弥合，叙事空间首先是心理空间，心理学家乔治·凯利认为：叙事空间“并非是一个预先存在的世界——里面存放着经验元素的器皿，而是认为我们通过一个建构的过程创造出这样一个空间”，当我们在生活中意识到还有很多新的选择和新的可能性和敞开的空间。在这种空间中我们讲述故事，各种构成我们生活的故事。通过找到或者发现叙事空间，通向新的看待自己方式的门。丁玲显然是把这里的“叙事空间”放置在文学中，当她在小说中得心应手时，她开始尝试这一方法在散文中的写作。她曾经在前期的散文中尝试这种叙事风格，但往往更像小说笔法。而《风雨中忆萧红》是把外在风景与内心独白完美地结合在一起，意识跳跃性和流动性极强，却又没有过多的情节描写和人物对白，无疑是成功的。文中不仅实现了“风雨”与“忆萧红”两个独立空间的多重建构，而且出现了文本的断裂与弥合，“在这篇散文里，丁玲有意呈现的‘断裂’，实现了文学意义的新的审美空间的建立——以写人来写己，以小场景来展现大场景”[②]。在这一场景内明明是阴雨、肮脏、沉闷、丑陋、凋谢的，但在另一空间则极力构成光明、生长、美丽的，她之所以要构建这种对应的空间，一方面是她内心的煎熬与搏斗，另一方面又是在希冀与失望之间倾向于希冀。所以她在结尾之处才会写道：“风雨已停，朦胧的月亮浮

① 丁玲：《在医院中》，《中国现代作家选集：丁玲》，人民文学出版社 1987 年版，第 91 页。

② 吴建萍：《〈风雨中忆萧红〉的潜文本意义——特定时代作家的心理个案分析》，《短篇小说（原创版）》2012 年第 16 期。

在西边的山头上，明天将有一个晴天。我为着明天的胜利而微笑，为着永生而休息。”结尾处的风雨已停，自然与她内心预设的光明的结局有关，而带有朦胧的月亮则是一种向往光明却并不明朗的抒写，朦胧即在希冀中蒙上了一层不确定的因素。写于《风雨中忆萧红》之前的著名的散文《三八节有感》，这两篇文风相近的散文在形式上却迥异，《三八节有感》写于1942年3月8日，写法上极具色彩感，题目和内容相呼应，以妇女为主线，从“妇女这两个字，将在什么时代才不被重视，不需要特别的提出呢?”到“延安的妇女”如何如何，再谈到妇女应该如何强己。仅相隔一个多月，何以在叙事上如此迥异?这因是源于她当时特殊的处境。她的心境既没有初到延安时的热烈也不似上海时期的造作，因此在无处可去时，只能用另一种叙事形式宣泄，正如贺桂梅所言:“丁玲主体构成的诸种二元性，与其说是一种分裂性、对抗性存在，莫如说是一种始终处在彼此转换、矫正和提升过程中的一体性内在精神结构。这种紧张的‘自我战斗’，其结果并不是其中的‘一元’克服了‘另一元’，而是‘二元’之间不断地互相转化，进而形成一个动态的、朝向外部开放，并通过包容外部而形成更阔大自我的辩证过程。”① 丁玲在写《三八节有感》时，是对延安的主流话语秩序中，妇女解放竟然和革命的国家利益不相容的不满和大胆表露。奔赴延安的知识女性（其中包括了丁玲、白朗、草明等著名作家、陈学昭等留法博士以及许多女大学生）“一个极其重要的原因，就在于延安叙事对未来乌托邦的承诺内在的包含了妇女的彻底解放”②。当时延安宣传“延安女性与男性享有相当的待遇”，“经过埃德

① 贺桂梅:《丁玲主体辩证法的生成（上）——以瞿秋白、王剑虹书写为线索》,《中国现代文学研究丛刊》2018年第5期。

② 李杨:《“右”与“左”的辩证:再谈打开“延安文艺”的正确方式》,《中国现代文学研究丛刊》2017年第8期。

加·斯诺、史沫特莱的报道，也对知识女性构成了强烈的吸引力”①。当然也如唐小兵所言，是“日常生活的焦虑”，她在延安时期对性别的自觉思考，与她自身的特殊性有关，也与延安现实和内心期许之间的疏离有关。丁玲 1936 年一到边区就参加了全国妇救会的发展工作。内心的期许与现实的疏离让她们感觉到了压抑甚至是背叛，丁玲对性别问题的关注，实际上是延安普遍存在的性别—革命、性别—政治问题的集结，她对《三八节有感》遭遇如此强烈的批判不仅是不能理解的，甚至是委屈和愤懑的，因此这篇散文是对《三八节有感》遭遇批判的回应，也是对文章本身的呼应。“在一定意义上，延安文学观念的形成正是与延安文人那种微妙而复杂的心灵波动或心态变迁的独特过程结伴而行，伴随始终的。换言之，延安文学观念的意识形态化形成与延安文人创作心态的意识形态化或有机化形成具有某种难以分割的共生关系，甚或同构关系。”②

外在场域的无话可说和内心的有话要说形成冲突，萧红的死恰好成为触发点。《三八节有感》写得酣畅淋漓，目的性明了。而到了《风雨中忆萧红》她开始把小说中的叙事风格运用到散文中来，用“风雨”的场景来述说政治的风波，用刚刚死去的萧红指向广大的女性朋友，两个空间中她同时在场，又来回切换，在她从“蒋冰之”到“作家丁玲”，从“作家丁玲”到“革命者丁玲”直至“党员丁玲”的主体实践过程中，与她这一时期受到政治冲击又得到毛泽东对她的力保不无关系，她出于一种感恩，甚至是责任，开始主动转变，即丁玲对毛泽东对她的特殊关爱和保护自然心领神会，这时她的思想立即“转变”。据陈明回忆，她

① 赵学勇:《天地之宽与女性解放——延安女作家群述论》,《中国社会科学》2013 年第 7 期。

② 袁盛勇:《历史的召唤——延安文学的复杂化形成》，中国戏剧出版社 2007 年版，第 81 页。

在文艺界整风学习和文艺座谈会期间，写了两本心得笔记，一本叫《脱胎换骨》，一本叫《洗心革面》，表示自己彻底“改造”自我的决心。这篇写于“讲话”之前的散文，正是丁玲思想转变的关节点，在这篇散文中我们读到了丁玲当时的心境，也明白她何以采用这种叙事方式，唯其在当时特殊的时刻才能创作出这篇极具特色的散文，这是丁玲的灵魂自白，也是她最接近内心真实的独白。

（作者单位：陕西师范大学文学院）

突破“土改叙事”的现代性局限

——从“葫芦冰”的符码功能看丁玲创作的深度模式

郝庆军

“葫芦冰”在丁玲长篇小说《太阳照在桑干河上》不同场景中反复出现，作为一种文学符码，必然承载着多种叙事功能。表面来看，“葫芦冰”是北方常见的一种水果，类似于苹果，但比普通苹果小而甜，当地人喜欢吃，市场上颇受欢迎，但因为有存放周期短、容易腐烂等特点，需要快出手，早交易。而作为一种文学符码的“葫芦冰”，出现在小说文本的许多场合，与人物、事件、冲突、结构、环境等小说要素深度勾连，像一枚楔子，嵌入《太阳照在桑干河上》的叙事构成中。解读“葫芦冰”这一符码，不仅有助于我们理解丁玲这部复杂的土改小说的多重意蕴，更好理解丁玲如何突破“土改叙事”的现代性局限，还有可能进一步发现丁玲创作中某些鲜为人知的深度模式。

一、作为北方水果葫芦冰与文本中的“葫芦冰”符码

“葫芦冰”第一次出现在小说的第十四章，文本给出的页下注为：

“葫芦冰是苹果一类的果子，老百姓又叫果子，又叫冰子。”① 这个较为简略的解释只能说明一点，“葫芦冰”只是一种地方性的水果，称谓不统一。

事实上，据专家考证，“‘葫芦冰’只是记音而已，实际应该写作‘虎拉槟’。许宝华等《汉语方言大词典》（中华书局 1999 年版）收‘虎拉槟’，释为‘槟子，苹果的变种。北京官话’。其实不仅北京官话叫‘虎拉槟’，靠近北京的河北涿鹿、怀来县也叫‘虎拉槟’”②。既然这种水果叫作“虎拉槟”，丁玲为什么在《太阳照在桑干河上》中称作“葫芦冰”呢？该专家也做了这样专业的解释：“‘虎拉’和‘葫芦’音近，涿鹿县方言属于晋语，前后鼻音不分，‘槟’‘冰’同音，所以‘虎拉槟’被误写为‘葫芦冰’。”

《太阳照在桑干河上》是丁玲根据自己在张家口地区三个村的实际土地改革运动的见闻与经验创作而成。这三个村有两个在怀来县，一个叫辛庄，一个叫东八里村；第三个村庄在涿鹿县，叫温泉屯。丁玲小说的故事背景“暖水屯”其实就是以温泉屯为原型。据《丁玲传》记载，丁玲在这三个村驻村工作时间都不是很长：在辛庄两周，在东八里村只有一周；最久的是在温泉屯，但也只有短短的 18 天。相比较而言，丁玲对温泉村的印象最深，因为在这里“了解到大量素材，她从那些鸡毛蒜皮、家长里短的琐碎杂事里，了解到家家户户之间错综的关系，和这

① 丁玲：《太阳照在桑干河上》，《丁玲全集》第二卷，河北人民出版社 2001 年版，第 65 页。

② 该专家进一步考证说：“虎拉槟是苹果的变种，个头比一般的苹果稍小一些，呈圆柱形，一般为白绿色，向阳的一面有红晕，吃起来非常香甜，又叫‘香果’，成熟稍早，不能久放。关于‘虎拉槟’得名的由来，《刘瑞明文史述林》（甘肃人民出版社 2012 年版）所收《“虎”字谐音隐实示虚趣难词历时共地研究》一文有解释，他认为‘虎拉槟’的‘虎拉’是‘忽拉’的谐音，‘忽拉’形容快速，由于这种水果出现时间很短不能久存而得名，‘虎拉’作为‘忽拉’的谐音，有东北话‘虎拉巴达、虎拉巴儿’表‘突然’义可以佐证。”宗守云：《桑干河畔的“葫芦冰”》，载《咬文嚼字》2017 年第 11 期。

种关系的历史渊源，而这些新的人物新的故事，又把她脑子里原来储存的那些陕北的人物和故事激活了，陕北的农民移植到了察南农民身上，这些新人物便似曾相识了。"① 还有一点，就是温泉屯在桑干河畔，盛产水果，比较富裕，村外有大片大片的果树园，而在这些果树园中，种植着许多结满果实的"葫芦冰"。

小说中，"葫芦冰"多次出现。既然我们把"葫芦冰"作为一种文学符码，为了方便解码，我们不妨按照前后顺序，把"葫芦冰"出现的文本一一整理出来。

A. 在巫婆家里出现的水果"葫芦冰"。

第一次出现在共产党的工作组成员杨亮到村里调查，看大一群人从一家院子中慌慌张张跑出，于是杨亮误闯暖水屯村里的女巫白银儿——诨名叫白娘娘家中，"葫芦冰"作为一种水果首次出现在读者面前：

> 杨亮觉得很奇怪，老百姓又都吞吞吐吐不愿意说。这是回什么事呢？他回头看见那家的大门并没有关，他被好奇心所驱使，决定闯进去看看。
>
> 院子里很清静，不像刚刚有过一大群人的。有一股香烛气味飘出来。他轻手轻脚的直往里走，在上屋里的玻璃窗上凑过脸去，看见里面炕上正斜躺着一个女人，她穿一身白衣服。她的脸向里，但她好像已经听到窗外边的声音，并不回过脸来，只安详地娇声娇气地喊道："姑妈，你把刚才送来的葫芦冰拿到屋里来吧。"
>
> 杨亮赶忙悄悄的退了出来，说不出的惊诧。②
>
> ——十四《谣言》

① 李向东、王增如：《丁玲传》，中国大百科全书出版社 2015 年版，第 363 页。

② 丁玲：《太阳照在桑干河上》，《丁玲全集》第二卷，河北人民出版社 2001 年版，第 64—65 页。

B. 令人赏心悦目的果树园“葫芦冰”。

“葫芦冰”的再一次出现是暖水屯的支部书记张裕民与杨亮一起来到果树园，看到一派令人心旷神怡的壮观景致，“葫芦冰”作为一种果树出现在文本中：

望不见头的大果树林，听到有些地方传来人们讲话的声音，却见不到一个人影。葫芦冰的枝条，向树干周围伸张，像一座大的宝盖，庄严凝重，一棵葫芦冰所盖覆的地面，简直可以修一所小房子。上边密密地垂着深红，浅红，深绿，浅绿，红红绿绿肥硕的果实。有时他们可以伸手去摘，有时就弯着腰低着头走过树下，以免碰着累累下垂的果子。人们在这里眼睛总是忙不过来，看见一个最大的，忽然又看见一个最圆最红最光的。并且鼻子也不得空，欢喜不断地去吸收和辨别各种香味，这各式各样的香味是多么的沁人心肺呵！这里的果子以葫芦冰为最多，间或有几棵苹果树，或者海棠果。①

——二十四《果树园》

C. 作为农村经济来源的“葫芦冰”。

紧接着，是关于作为经济收入来源的“葫芦冰”给树主带来多少收益的讨论：

杨亮每走过一棵树，便要问这是谁家的。当他知道又是属于穷人的时候，他就不禁喜悦。那葫芦冰就似乎更放耀着胜利的红润，

① 丁玲：《太阳照在桑干河上》，《丁玲全集》第二卷，河北人民出版社2001年版，第112页。

他便替这些树主计算起来了，他问道：“这末一棵的果子，至少有二百斤吧？”

“差太远了。像今年这末个大年，每棵树至少也有八九百，千来斤呢。要是火车通了，价钱就还要高些。一亩果子顶不上十亩水地，也顶个七八亩，坡地就更说不上了。”

杨亮被这个数目字骇着了，把眼睛睁得更大。张裕民便又解释道：“真正受苦人还是喜欢水地，水地不像果木靠不住。你看今年结得多爱人，可是去年一棵也没结，连村上的孩子们都没个吃的。果子结得好，究竟不能当饭。你看这葫芦冰结得好看，闻起来香。可是不经放，比不得别的水果，得赶紧发出去。发得猛，果行里价钱就订得不像话了。你不要看张家口卖二三百元一斤，行里却只收一百元，再迟一点就只值七八十元一斤了，运费还在外。损了的就只能自己留着晒果干，给孩子们吃。”①

——二十四《果树园》

D. 作为地主李子俊巴结小学教员的“葫芦冰”。

再一个场景是在地主李子俊的果园里。同情地主的小学教员任国忠偷偷来到李子俊的果园中看望在此躲藏避难的李子俊，他们交流着外界的信息，算计着将来的前途，在风暴面到来之前开始发抖。

任国忠不觉一下跳回身，抓住了那瘦长个子，大声说：“呵！可把我好找。你藏到哪儿去了！”

“别嚷嚷，有事么？”李子俊掏出纸烟递过来。

---

① 丁玲：《太阳照在桑干河上》，《丁玲全集》第二卷，河北人民出版社 2001 年版，第 112—113 页。

“唉，也没有什么事，几天不见你，来看看你的，知道你心里也是不宁——”他被李子俊在腰上撞了一下，说不下去了。

“吃过饭了吗？咱还没吃饭咧。咱今晚不回了。宝堂叔，你老人家回村上一趟，拿点吃的来，再把被子也捎来，园子里比家里凉快多了，舒服！”李子俊靠在一棵树干上，伸手摘下一个果子，随手扔给了任国忠，“给你，看这葫芦冰多大！”①

——二十八《魅黑的果园里》

E. 作为李子俊孩子口中含着的“葫芦冰”。

当地主李子俊的佃户们争抢着来到李子俊家要给他算账的时候，李子俊的女人施展了她特有的装可怜、撒泼哭闹等手段，老实巴交的穷人们没有办法，只好垂头丧气地走散，文本中出现了“果子”，被李子俊的孩子们含在嘴里。

溜出去了的人，也不回合作社去，都一个一个下地去了，或者就回到家里。程仁他们等了一会，没见有人回来，便派人去打听。李子俊的大门外，院子里，静悄悄的，孩子们坐在晒果子筛子旁，口里含着红颜新鲜的果子，就像什么事也没有发生。来人觉得很奇怪，只好又跑回去再找，到他们家去问，他们只平淡地说：“李子俊在家也好说。一个娘们，拖儿带女，哭哭啼啼的，叫咱们怎好意思？又都是天天见面的，唉，红契，还是让农会自己去拿吧。”②

——三十二《败阵》

① 丁玲：《太阳照在桑干河上》，《丁玲全集》第二卷，河北人民出版社 2001 年版，第 112—113 页。

② 丁玲：《太阳照在桑干河上》，《丁玲全集》第二卷，河北人民出版社 2001 年版，第 161 页。

F. 作为干部意见分歧支点的“葫芦冰”。

在是否统制地主的果园问题上，干部们出现了分歧，他们开始辩论和争吵。土改工作队的文采同志与胡立功、董主任意见不一致，但农民的意见却是统一的，他们坚决主张马上统制地主果园，不然的话，“葫芦冰”会很快变质。

> 老董说道：“要是很快能把地分精密，那是成的，果子搁几天也不要紧，就怕行情跌，日子要拖久了，苹果，梨，都好办，就是葫芦冰为难……”
>
> “对，”群众还没等他说完便嚷起来了，“董主任懂得，就是这个讲究，到底是这地方的人。”
>
> 文采不好再说什么，只同胡立功说：“咱们突击一下吧，找程仁他们去，要是能突击出来，还是慢点好。这个工作要做不好，也就很麻烦的。”
>
> “突击是突击不出来的。不过连富农的也统制起来，是不太好，我同意你的这个意见。”胡立功便跟着他离开了人群，杨亮也走过来，还听到侯清槐向老董说：“一听说土地改革，穷人们就望着这些果子呢。谁不想分个几百斤，千来斤。要是果子都吹了，光树杆子就差劲了。董主任，你得替穷人们想想这个道理，你看，连咱爹那个老顽固，听说要卖果子，他还不反对，还悄悄向咱娘打听呢。”①
>
> ——三十六《果子的问题》

① 丁玲：《太阳照在桑干河上》，《丁玲全集》第二卷，河北人民出版社 2001 年版，第 183 页。

G. 果园雇工口中如数家珍的“葫芦冰”。

地主的果园被统制起来，由穷人们来做主，来采摘，来享用。李宝堂是个老果园，为地主看了二十多年园子，但他没有一分果园地。但是如今不同了，他开始活跃起来了。他对地主的果园如数家珍，尤其是李子俊家的果园，他更是门儿清，他知道李子俊不会侍弄“葫芦冰”。

> 李宝堂在这里指挥着。李宝堂在园子里看着别人下果子，替别人下果子已经二十年了，他总是不爱说话，沉默的，像无动于衷似的不断工作。不知道果子是又香又甜似的，拿着的是土块，是砖石那么一点也没有喜悦的感觉。可是今天呢，他的嗅觉像和大地一同苏醒了过来，像第一次才发现这葱郁的，茂盛的，富厚的环境，如同一个乞丐忽然发现许多金元一样，果子都发亮了，都在对他眨着眼呢。李宝堂一面指挥着人，一边说：“这园子原来一共是二十八亩，七十棵葫芦冰，五十棵梨树，九棵苹果，三棵海棠，三十棵枣，一棵核桃。早先李子俊他爹在的时候，葫芦冰还多，到他儿子手里，有些树没培植好，就砍了，重新接上了梨树。李子俊没别的能耐，却懂得养梨，告诉咱们怎么上肥，怎么捉梨步曲，他从书上学来的呢。可惜只剩这十一亩半。”①
>
> ——三十七《果树园闹腾起来了》

H. 作为地主女人的“葫芦冰”。

地主家的女人看到自己的好日子到头了，但是她不甘心，她要来观察一下，看看穷鬼们怎么闹腾。大家伙说她就是一颗“葫芦冰”，被李

---

① 丁玲：《太阳照在桑干河上》，《丁玲全集》第二卷，河北人民出版社 2001 年版，第 185—186 页。

子俊养得很好。

李子俊的女人在饭后走来了。她的头梳得光光的，穿一件干净布衫，满脸堆上笑，做出一副怯生生的样子，向什么人都赔着小心。

没有什么人理她，李宝堂也装着没有看见她，却把脸恢复到原来那么一副古板样子了。

她瑟瑟缩缩的走到任天华面前，笑着道：“如今咱们园子不大了，才十一亩半啦，宝堂叔比咱还清楚啦，他爹哪年不卖几亩地。”

“回去吧，”那个掌秤的豆腐店伙计说了，“咱们在这干活穷人们都放心，你还有什么不放心的。你们已经卖得不少了！”

“尽她呆着吧。”任天华说道。

“唉，咱们的窟窿还大呢，春上的工钱都还没给……”女人继续咕噜着。

在树上摘果子的人们里面不知是谁大声道：“嘿，谁说李子俊只会养种梨，不会养葫芦冰？看，他养种了那么大一个葫芦冰，真真是又白又嫩又肥的香果啦！”

“哈……”旁树上响起一片无邪的笑声。①

——三十七《果树园闹腾起来了》

I. 作为礼品没有“葫芦冰”。

土改工作组走的那一天恰逢中秋节。很多老百姓给他们送来了水果，就是没有“葫芦冰”，因为葫芦冰已经过季。

---

① 丁玲：《太阳照在桑干河上》，《丁玲全集》第二卷，河北人民出版社 2001 年版，第 187—188 页。

文采他们也吃了顿饺子，主人还说：“唉，真对不起，咱们没买肉，就是西葫芦馅。”文采出来顺便走了几家去看，有的不错，至不如也吃南瓜面疙瘩。有很多人给他们送了水果来，梨子，苹果，葡萄，他们不肯收，送的人就生气，只好放在那里。早饭前他们就已经开了干部会，把伕子都准备好了。一百名青壮年一开完会就要出发的，三天就可以回来。①

——五十七《中秋节》

二、土改“果实”谁来享：九个“葫芦冰”符码的功能分析

以上九个场景都出现了“葫芦冰”的意象。当然，在长篇小说中还有一些地方，虽然没有出现“葫芦冰”这个文学符码，但类似“果子”“果木树”“红果”“果实”等暗指“葫芦冰”的语境也有多处呈现。因篇幅和分析所需，我们仅仅就以上罗列的九个符码进行分析。

根据罗兰·巴特《S/Z》分析巴尔扎克小说《萨拉辛》使用的分析工具，文学符码可分为五种：情节符码、意义符码、阐释符码、象征符码和文化符码。② 我们将借用这一分析模式对上述“葫芦冰”九个符码进行解读。

① 丁玲：《太阳照在桑干河上》，《丁玲全集》第二卷，河北人民出版社2001年版，第304页。

② 巴特认为，文本是由各种符码构成的网络。生活与文化都是由文本及其符码构成。确切地说，每个符码都是一种力量，可控制的文本都是一种声音，织入文本之内。“在每一个发音内容旁边，我们其实都能说听到了画外音：这就是种种符码：在编织之中，种种符码（声音）的起源在一大片已写过的透视远景中‘失落’，它们亦迷失了发音行为的起源：众声音（众符码）的汇聚成为写作，成为一个立体空间，其中，五种符码、五种声音相互交织：经验的声音（情节符码），个人的声音（意素符码），科学的声音（文化符码），真相的声音（阐释符码），象征的声音（象征符码）。”［法］罗兰·巴特：《S/Z》，屠友祥译，上海人民出版社2006年版，第85页。

在这里，应该说明的是，我们的分析并不完全按照巴特解读《萨拉辛》的方法，亦步亦趋地模仿和参照，而只是借用这个分析框架，甚至改变罗兰·巴特的某些分析方式：只要有利于阐述和分析，我们就采用；不利于我们的，就毅然扬弃，因为我们的研究目的不是理论本身，而是借此探究长篇小说《太阳照在桑干河上》的深层意蕴，揭示丁玲在创作这部土改小说时，有哪些文学上和思想上的突破，以及在这些突破过程中所采用的叙事技巧。

我们首先要对这五种符码进行简要的区分和规定。

所谓“情节符码”，是指在故事发展中起到一定重要作用，具有推动或阻碍情节发展的作用，离开此符码，故事情节便不能顺利展开，成为文本呈现过程中不可或缺的重要叙事“环节”或“要素”。所谓“意义符码”亦称“意素符码”，是指在小说文本中直接指向小说核心主题或与小说的根本题旨具备直接关联的那些符码，该符码不仅直接生成意义，而且所承载的意蕴、所呈现的思想本身便是小说的题中应有之义。所谓“阐释符码”，是指在小说文本中与其他符码发生“互文性”作用，具备真理性和客观性特质且能够保证文本与现实生活通释的小说符码。所谓“象征符码”，是指富有暗示性和多义性，并直接揭示某种生活真理和现实意义的那一类小说符码。所谓“文化符码”，是指具备某种民俗学和文化学意义的，能够对小说文本所处的历史、地理、人文环境极其复杂的生活场景进行直接说明的这一类小说符码。

据此，我们对上述九个“葫芦冰”符码一一进行简要分析。

1. 关于A。在巫婆家里出现的水果“葫芦冰”，并无任何新奇之处，只是一种较为常见的家庭水果。有趣的地方在于，土改工作组成员杨亮私访农户，误打误撞进入了“反动会道门”和“巫婆神汉”汇聚之地的白银儿家，大有“不入虎穴焉得虎子”的味道，“葫芦冰”作为暖水屯村的普通家庭水果首次出现在小说中，明显带有“情节符码”的功能——杨亮以共产党的化身，进入民间社会藏污纳垢之处，完成了共产党的土改工作组深入（“闯入”）民间，尤其是“身入”农村黑暗势力聚集的地方，完成了共产党带领农民进行土地改革，发现阻力何在，敌对势力何在的叙事功能。

“葫芦冰”在这里承接的“情节符码”功能中起到了重要意义指向作用，一方面引导杨亮代表的政治意识形态强行进入具有自足性文化功能的民间信仰“巫婆”空间，另一方面，与地主阶级联系紧密的“迷信”思想受到革命话语的清理，被认定为“反动会道门”，民间话语遭到国家主体的“重视”和“警惕”（杨亮悄悄地退出来，说不出的惊诧）。[①] 有利于改造农村落后的农民意识，带领他们进行土地改革，因而此处的“葫芦冰”还具有一定的“意义符码”功能。事实上，在小说的后半部分，巫婆白银儿在被斗争的压力之下，主动承认自己的“封建迷信”行为，保证“不再犯事”。

2. 关于 B。令人赏心悦目的果树园“葫芦冰”，无疑承载了小说更多的“文化符码”功能。《果树园》是长篇小说《太阳照在桑干河上》中最为优美的篇章之一。当年，小说甫一完成，尚未发表，恰巧作家康濯前来约稿，丁玲便选了《果树园里》一章，于 1947 年 5 月 15 日发表在《时代青年》四卷一期上。后来小说正式出版这一章改题为《果树园》。[②] 葫芦冰是桑干河畔的重要果树，带有强烈的地域色彩和文化价值。所谓一方水土养一方人，土质肥沃，气候适宜，水利条件良好的暖

① 陈思和曾论证过“文学创作中的民间隐形结构”，认为“民间文化拥有自身的话语传统，虽然能够容纳国家意识形态对它的侵犯，但毕竟有一定的限度，超越了限度，侵犯者就会适得其反。”陈思和：《民间的浮沉：从抗战到文革文学史的一个解释》，收入王晓明主编：《批评空间的开创：二十世纪中国文学研究》，东方出版中心 1998 年版，第 227 页。

② 参见李向东、王增如：《丁玲传》，中国大百科全书出版社 2015 年版，第 369 页。

水屯，盛产这种水果，使得小说植根在这片具有深厚的乡土气息和北方乡村独特魅力的文化土壤中。而小说对果树园优美、健朗、生动的描写，显示了作者对这片土地的深情，也给小说情节的展开以深厚的文化背景。

除了“葫芦冰”的文化意蕴，当地民族学者对“葫芦冰”科学价值的解读也比较有趣和权威——

> 还有一种水果和虎拉槟有关（生物学上都属于槟子种群），涿鹿当地叫“涩槟子”，个头比虎拉槟小一些，圆形，紫红色，吃起来有些酸涩，但闻起来喷香扑鼻，放在家里几天以后，整个房间都充满香气，因此又叫“闻香果”，成熟稍晚，可以久存。
>
> 虎拉槟和涩槟子，《涿鹿县志》（河北人民出版社 1994 年版）称为“香果”和“槟果”，《野果开发与综合利用》（科学技术文献出版社 1989 年版）称为“甜槟子”和“酸槟子”，《天咫偶闻》（北京古籍出版社 1982 年版）称为“虎拉宾”（原文作“宾”）和“酸槟子”。《现汉》收“槟子”一词，释为“果实比苹果小，红色，熟后转紫红，味酸甜带涩”，这里“槟子”当为涩槟子（酸槟子），不是虎拉槟。①

在这篇短文中，作者对“虎拉槟”的另一变种“涩槟子”介绍详尽，引用了权威历史记载《涿鹿县志》，也有野史笔记《天咫偶闻》，更有科技书籍《野果开发与综合利用》，更有常见的《现代汉语词典》。由此可知，此处的“葫芦冰”还具有“阐释符码”的功能。

3. 关于 C。作为农村经济来源的“葫芦冰”，像 B 一样，出现在《果

① 宗守云：《桑干河畔的“葫芦冰”》，《咬文嚼字》2017 年第 11 期。

树园》一章中，无疑具有上述的“文化符码”和“阐释符码”的功能，只是在这里，土改工作组的杨亮与村支部书记张裕民讨论的“葫芦冰”同时具备了“情节符码”功能，因为在他们眼中，“葫芦冰”代表的果树园必须要分给农民，只有让农民掌握了果园的所有权，土地改革才能见到实效，为下一步斗争地主李子俊，“统制”村里地主的所有果园打下了基础。正是杨亮看到暖水屯果树园的这种经济价值，才为下一步的行动和情节发展奠定了基础。还有一点，当杨亮得知“葫芦冰”不比其他水果，“不经放”，需要尽快发出去，对他下决心迅速解决果园统制提供了依据，这充分说明此处的“葫芦冰”具备了“情节符码”功能。

杨亮每看到一棵“葫芦冰”果树，总是问张裕民这是谁家的树；当他得知这棵树已经为穷人所占有，心里便很高兴，仿佛能感受到“那葫芦冰就似乎更放耀着胜利的红润”。因此，此处的“葫芦冰”便多了几层意蕴，它是一种隐喻，一种象征，一种意义指涉，是土地改革的胜利“果实”，他盼望着（自然，也是他努力工作的方向）这些象征着胜利果实的“葫芦冰”都“属于穷人”。所以，我们便会发现，此处作为农村经济来源的“葫芦冰”还具备了“象征符码”和“意义符码”的功能价值。在此，五种符码功能完备于“葫芦冰”一身。

4. 关于 D。作为地主李子俊巴结小学教员的“葫芦冰”，是李子俊“伸手”摘下，“随手”扔给任国忠的，有故意巴结讨好之嫌，但并无深意，对故事情节的发展来说，这个“道具”可有可无，只是具备“情节符码”的功能而已，更没有“象征”、“意义”和“文化”符码的作用。另外还有一个功能，那就是作为“阐释符码”而存在于文本之中。

尽管如此，我们也不能等闲视之。丁玲写完《太阳照在桑干河上》初稿，送给周扬书稿，征求周扬的意见，在这尚未出版之时，有人反映丁玲的这部小说有“同情地主”的倾向，甚至觉得丁玲有“地富”思想。[①]面对这些批评，丁玲虚心接受，停止写作，继续下到农村体验生活。其实，作为一个作家，如果对地主没有“理解之同情”，如何能写出真实的农村现状呢？在果园里，地主李子俊怕被清算，躲避不见人，而教员任国忠是个“同情地富”的人，他同穷人谈不来，与地主李子俊、钱文贵等人走得近，看到李子俊避难于果园，主动来找他聊天，通报情况，诉说烦恼，李子俊伸手摘下一个“葫芦冰”，随手扔给任国忠让他吃，充分说明了丁玲观察到，地主富农也有血有肉，“同情地富”的也大有人在，这才是真正的农村现实。“葫芦冰”的这一“阐释符码”在这里见证了丁玲创作的现实主义精神，不回避矛盾，刻画人物不简单化脸谱化，唯其如此，《太阳照在桑干河上》才超越了其他土改小说，它的复杂性和真实性给文学史留下一笔丰厚的写作遗产。

5. 关于 E。作为李子俊孩子口中含着的“葫芦冰”，是比较复杂的一个文学符码。首先，这里的“果子”显然指代的就是“葫芦冰”，而这个“果子”是在李子俊的孩子们的口中含着、吃着、享受着，与农会中的佃户们要斗争李子俊“败阵”相对比，更显得有意味。一方面，要求土地改革的穷人们败下阵来，革命的“果实”没有拿到；另一方面，李子俊女人用装可怜和哭闹的本领斗败了“穷鬼们”，地主胜利了，他们的孩子喜气洋洋地在嘴里咀嚼着葫芦冰“果子”。因此，这里的“葫芦冰”具有浓郁的“象征符码”，象征着农会工作的暂时“败阵”，地主阶级的阴谋一时得逞。

---

① 1947 年 11 月，在一次政党会议上，彭真不点名地批评有些作家有“地富”思想，看到农民家里怎么脏，地主家的女孩子很漂亮，同情地主、富农。丁玲在台下听了这些话，觉得“每句话都冲着我”，“我写的农民家里是很脏，地主家的女孩子像黑妮就很漂亮，而顾涌就是个‘富农’，我写他还不是同情‘地富’？”丁玲：《生活、思想与人物》，《丁玲全集》第七卷，河北人民出版社 2001 年版，第 37 页。

地主“口里含着红颜新鲜的果子”，说明革命“果实”还没有收到穷人手里。穷人们看到地主的“一个娘们，拖儿带女，哭哭啼啼的，叫咱们怎好意思？又都是天天见面的，唉，红契，还是让农会自己去拿吧”。在此，我们看到在广大农村的宗法社会中，人情大于阶级感情，而土改工作组教育农民要“觉悟”的一个关键点，就在于牢记血泪仇，不忘阶级恨，土改工作的“败阵”只是暂时的，要做大量工作，让穷人们团结起来，识破敌人的诡计，大胆与地主斗争。我们看到，这里的“葫芦冰”在小说故事情节中起到一个转折的作用，“败阵”的农民要觉悟，要取得胜利，这就为下一步的情节发展铺下了基础。因此，此处的“葫芦冰”具有“情节符码”的作用。

6. 关于 F。作为干部意见分歧支点的“葫芦冰”，首先具备“情节符码”功能是没有疑问的，因为在这里，“葫芦冰”作为一种容易过季的水果，不能拖，需要干部们的决策当机立断。对地主果园是否“统制”起来，工作组长文采同志犹豫不决，而熟悉情况的老董提出，其他水果可以拖一拖，“就是葫芦冰为难……”这一见解打破了平衡，农民们认为“董主任懂得，就是这个讲究，到底是这地方的人”。本地懂行的董主任对“葫芦冰”习性的见解，战胜了理论家文采同志，大家一致认为必须对地主果园进行“统制”。在此，“葫芦冰”符码成为小说故事情节发展的一个关键。

农民“统制”地主果园，自然包括“葫芦冰”在内，土地改革的“果实”就是那十一家地主的果园，“葫芦冰”便具备了“意义符码”的功能；而因为“葫芦冰”水果的存留周期短，必须快速处理，这对土改工作组来说，以快刀斩乱麻的工作作风来解决“果子的问题”，与“葫芦冰”的快速采摘和运销是一致的，所以这里的“葫芦冰”具有某种“象征符码”的意义。

7. 关于 G。果园雇工口中如数家珍的“葫芦冰”，是由说地主李子俊不善于栽培“葫芦冰”果树，“葫芦冰”果树变少的情节带出来的。

小说叙述这个事实的时候，是借助果园雇农李宝堂述说完成的，而李宝堂原来自己没有一棵果树，沉默寡言，如今，农民统制了果树，享有果树的支配权和所有权，他就开始滔滔不绝地讲述果园的故事。讲述“葫芦冰”的故事，因此，这里的“葫芦冰”既有“阐释符码”功能，又有“意义符码”和“象征符码”的作用。农民成了果园的主人，“葫芦冰”成为这个主题的某种象征。

问题在于，李宝堂的叙述声音中有某些不和谐的东西。他对果园的树木如数家珍，对果园充满浓浓的感情，源于土地改革中对地主果园的“统制”，农民马上就要分地主的果园了，但是，他在侃侃而谈中却说出了一个事实，李子俊不善于侍弄“葫芦冰”，而善于栽培梨树，他佩服这个地主，因为他会“告诉咱们怎么上肥，怎么捉梨步曲，他从书上学来的呢”。地主不是不劳而食的寄生虫么，不是只靠剥削和压迫农民而生活的害人精么！怎么也会技术，懂管理，善于学习呢？在这里，“葫芦冰”作为一种文学符码，具备了超越叙事者主观思想的“文化价值”。文化是不易变动的，甚至是恒定的，农民翻身解放，而地主阶级身上具备的知识和技能不会被抹去，从为李子俊侍弄果园二十年的农民李宝堂兴奋的叙说中，我们看到某种悖论的东西，因此，这里的“葫芦冰”便具有某种“文化符码”的特殊功能。

8. 关于H。作为地主女人的“葫芦冰”，更是一个复杂而多义的文学符码。“葫芦冰”象征地主婆，这本身没有问题，因为李子俊是地主，他把自己的女人养成“又白又嫩又肥的香果”是再自然不过的事情，但是，在这里“葫芦冰”作为文学符码，李子俊女人如果成为革命“果实”一同被穷人享用和占用，便有些问题。所以，此处“葫芦冰”没有“意义符码”的功能。

很显然，丁玲在这里是把李子俊女人的仇恨心理刻画得入木三分，对她的倔强和要强的性格给予更多的笔墨，李子俊女人对共产党和分自己土地的穷人们怀有刻骨的仇恨，甚至对钱文贵、江世荣、侯殿奎等地主也不怀好意，她看问题入木三分，行事果敢，但在“大厦将倾”的时代面前更多的是愁苦和愤恨。在《太阳照在桑干河上》中，李子俊女人的“戏份”很多，丁玲对她的态度也比较复杂。

虽然并不一定“同情地富”，但是丁玲作为地主家庭走出的女作家，对地主女人和地主家的女孩子了解较深，所以，她在这部小说中刻画较好的除了“黑妮”这个形象之外，便是李子俊的女人。“又白又嫩又香”是李子俊女人的一个特征，也应了别人批评丁玲描写穷人都很脏，描写地主家的女人都很美。但是“葫芦冰”有短周期和易腐烂的特点，地主家女人也短期绚烂、旋开旋落的命运感，也不无隐喻意味。“葫芦冰”固然鲜美，但无奈不能久存。丁玲的笔触纤细而悠长，果园人在树上的一个玩笑，竟然一语成谶，命中人物的脉穴。因此，作为李子俊女人的“葫芦冰”还具有“阐释符码”和“文化符码”的双重功能。

9. 关于I。作为礼品没有“葫芦冰”，是一个缺席的文学符码。虽然“葫芦冰”缺席，但与之相关的“果实”如苹果、梨子、葡萄都在场。因为这是一个中秋季，“葫芦冰”是短期水果，恐怕已经下市，但是与之同类的其他果实都摆在了将要离开的工作组面前，但他们没有收下。共产党是帮助农民拿到革命的“果实”，却不享受这些果实。“他们不肯收，送的人就生气，只好放在那里。”虽然没有“葫芦冰”，但是工作组却吃了西葫芦馅的饺子，而且还有欢送的群众，有“三眼枪”的礼炮轰鸣，有“音乐班子”的吹吹打打。

在这里，“葫芦冰”作为文学符码虽然缺席，而群众把他们获得的革命“果实”送来了，农民用行动和热情，真诚欢送共产党工作组。在这个文学场景中，“葫芦冰”缺席，恰恰说明共产党为农民利益着想，却不带走农民的土改“果实”；“葫芦冰”缺席，是因为它已经上市，被送到了市场卖掉，转换为农民的利益；“葫芦冰”缺席，还象征着革命如急风暴雨，迅速完成土地改革，再进行新的工作和斗争，因为革命将长期存在。革命“果实”由暖水屯的穷人们做主，拥有和享受。所以，这里缺席的“葫芦冰”兼具了五种符码。

三、“土改叙事”的突破：从“葫芦冰”的符码功能看丁玲小说创作的深度模式

以上列举和分析了丁玲长篇小说《太阳照在桑干河上》中九个关于“葫芦冰”的文学符码及其承载的叙述功能，简要列表如下。

	情节符码	意义符码	阐释符码	象征符码	文化符码
A. 在巫婆家里出现的水果“葫芦冰”	√	√			
B. 令人赏心悦目的果树园“葫芦冰”			√		√
C. 作为农村经济来源的“葫芦冰”	√	√	√	√	√
D. 作为地主李子俊巴结小学教员的“葫芦冰”	√		√		
E. 作为李子俊孩子口中含着的“葫芦冰”	√			√	
F. 作为干部意见分歧支点的“葫芦冰”	√	√		√	
G. 果园雇工口中如数家珍的“葫芦冰”		√	√	√	√
H. 作为地主家的女人的“葫芦冰”			√	√	√
I. 作为礼品没有“葫芦冰”	√	√	√	√	√

从上表至少可以清晰地看出以下三个特点：其一，《太阳照在桑干河上》中的“葫芦冰”符码功能比较复杂多样，每一个文学符码都承担着几个或多个叙述功能，最少承担两项功能，其中，有两个符码承担着5项功能。如此看来，9个符码承担28项功能，每个符码平均承载3项以上的叙事功能。其二，“葫芦冰”的五种符码功能几乎在同一频次出现。在9个符码中，情节符码出现6次，意义符码出现5次，阐释符码出现6次，象征符码出现6次，文化符码出现5次。其三，五种符码中，作为叙事文学基本要素情节、意义和阐释符码大于或等于叙事文学附加要素的象征符码和文化符码，这一方面说明这部长篇小说是一部比较传统的现实主义叙事作品，另一方面也表明了这部长篇小说并不以单纯故事性和意识形态性取胜，还兼具其他多种功能要素。

如何从这张简单的表格中发现丁玲小说创作的特异之处，或者说，怎样以“葫芦冰”的五种符码功能的分布特点，寻找丁玲在《太阳照在桑干河上》中体现出的卓越叙事能力和深度创作模式，是我们接下来要做的工作。为了使我们的探索较为方便，我们还是要做一点铺垫。简单说，就是要下一番语言换算的功夫，亦即把五种符码功能的描述转换为五种我们较为接受的文学理论语言。

比如：“情节符码”相当于我们通常所说的“小说的可读性与故事性”，“意义符码”可以理解为作品的“意识形态倾向与主题鲜明”，“阐释符码”与文学理论中的“细节真实与典型环境”相一致，“象征符码”自然可以归结为“情景交融与审美趣味”之类，而“文化符码”在某种意义上与我们通常说的“文学的民族性或人性深度”相关。从这里出发，我们可以从容探讨丁玲这部土改小说“革命”叙事的复杂性和主题缠绕，以及她写作中的某些鲜为人知的叙事特色或深度模式。

首先，体现了丁玲小说创作的叙事曲折复杂与主题多义含混的创作特点。正如前面分析的那样，《太阳照在桑干河上》作为一部土改小说原本是对共产党土地革命政策的一种文学反映，把地主的土地分给农民，实现“耕者有其田”的理想，但是在具体的文本中，有读者（甚至首长和领导）却发现丁玲把农民写得很脏，把地主家的女孩子写得很漂亮，让丁玲感到很为难，甚至一度搁笔继续深入农村。其实，这并不是丁玲故意的，而是她的创作原则和对现实生活的理解让她不得不如此。因为她认为一个作家必须尊重生活，尊重现实，尊重自己的艺术感受。① 丁玲从延安到张家口，一直在农村生活，了解农村和农民，知道农村复杂的状况，清楚土地革命一定会取得胜利，但绝不会那么顺利和简单。现代性的诉求是划分一道泾渭分明的界限，黑是黑，白是白，地主代表恶，农民代表善，这种简单的二元对立方式有利于现代性的展开，有利于进行社会动员，也有利于快速开展社会斗争；但是丁玲以丰富的社会经验，依据她对文学创作的自觉追求，致使她在写作《太阳照在桑干河上》的时候，并没有简单处理，而是依照自己的观察和感受去写。农民家里很脏，地主家的女孩子很漂亮，这是事实，不能扭曲。同样，农村斗争很复杂，土地改革不会那么顺利，也是事实，她写出来了，因此她的小说就成功，令人信服。

具体而言，暖水屯土改的曲折复杂来自地主阶级的具有丰富的农村经验和官场斗争手段，他们善于伪装，精于算计，了解农民的精神状况，善于驾驭复杂的斗争局面，他们都是“能人”。而作为正面角色的

---

① 丁玲说：“‘生活是创作的源泉’，这是没有什么可怀疑的，人人都会这样说，人人都在这样说；但很多人却不一定真正这样做。现在很多作品就不是从现实生活出发，而是从主管道教条、口号出发，从作家个人的幻想出发。所以这些作品就显得空洞、概念、不动人。”丁玲还举例说：“譬如有的同志想起农村，便想起地主，以为地主一定长得很胖，吃得很好，撇着八字胡，成天打算盘。对不对呢？实际上，地主是在成天打算盘，但不一定就手里拿着算盘；地主也有瘦的，也不一定有八字胡，甚至也有对农民亲热的很的，当然这亲热是假的。可是这种假，不是一下子就看出来的。如果一个坏人一出来就让人看出是个坏人，那就不会坏得那么了不起了。”丁玲：《谈与创作有关的诸问题》，《丁玲全集》第七卷，河北人民出版社 2001 年版，第 331、333 页。

共产党工作组和农村基层干部，或教条主义，或懦弱怕事，或经验不足；同时，农民们又有“变天思想”，担心土改后，“中央”军打过来，秋后算账。丁玲抓住这一点，深入刻画，便把《太阳照在桑干河上》中的土改故事写得波澜起伏。这并非丁玲有意为之，刻意追求传奇性，而是因为农村表面平静，其实暗潮汹涌。诚如上述分析的那样，九个“葫芦冰”符码，其中情节符码占六个，就是这部小说故事曲折复杂多变，引人入胜的重要原因。

来自延安并参加过延安文艺座谈会的丁玲，小说创作自然服从于文学为政治服务、为工农兵服务的这个总的主题框架，但在具体的创作中，由于她丰富的创作经验和来自五四时代的关于人的解放的精神洗礼，作品中对“人”的观照一定会比较突出，这就使得丁玲的土改小说有别于其他作家，主题更加多义含混，甚至暧昧不明。比如，在文采同志的处理上，丁玲听从了自己的内心和独特的观察。党内的官僚主义和教条主义作风在文采身上得到集中体现。这个人物在解放区作家的作品中是不曾出现的，文采的出现实际是在提醒人们，在共产党内部有这样一批人，如果任由这批人掌权，可能断送革命。因为在对待钱文贵问题上，文采恰恰昧于地主的阴险，也不了解农村和农民情况，不主张斗争钱文贵；在统制果园问题上，他又不能及时作出判断，如果不是章品的及时到来，暖水屯的土改是否能继续下去，还是个问题。在文采那里，“革命”话语变得含混不清，革命为了谁，革命的对象是谁，革命“果实”由谁来分享，正是现代性问题的一种重要方面。文采这个形象的出现，是丁玲自觉地对现代性追求当中，政党内部急功近利、不分青红皂白的武断与教条对革命造成危害的深度思考。在对这个问题的思考中，丁玲塑造了文采这个典型形象，使得这部小说在主题开掘上获得了历史深度。引申开来，倘若文采生活在21世纪的今天，他会不会成为众多老板们“围猎”的对象，也未可知。

其次，丁玲小说的另一个深度模式在于她总是对“土改叙事”的复杂性怀有浓厚的追索兴致。

是否斗争钱文贵，以及这个地主形象的隐没与出现，成为《太阳照在桑干河上》最为精彩的叙事线索，也体现了丁玲对“革命”和“革命对象”的积极思考。丁玲总是认为“生活本身是生动的、复杂的、充满了战斗精神，而且变化很快”①，据丁玲介绍，她在写地主形象的时候，面临两种选择：“一种是恶霸地主像陈武一样强奸妇女，杀人；一种像钱文贵这样的地主。究竟要什么样的地主呢？那时候我手头有好多材料，从这些材料来看，恶霸地主最多。写一个恶霸地主吧！我考虑来考虑去，我想，地主里的很多恶霸，但是在封建制度下，即使他不是恶霸，只那种封建势力，他做的事就不是好事，他就会把农民压下去，叫人抬不起头来。我认为：在某种意义上，他比恶霸地主还更能突出表现封建制度下地主阶级的罪恶。所以说这个形象（钱文贵）还是从我的思想中来的。”②

其实，呈现在小说中的钱文贵形象，要比丁玲拟想的还要复杂和丰满得多。钱文贵是地主中的“能人”，能说会道，上蹿下跳，多年经营，根基深厚，他最大的特点是有谋略，人称“小诸葛”。他看到共产党将要得到天下，就把自己的儿子送出去参加八路军，成为“抗属”；还让自己的女儿嫁给了村干部张正典，朝里有人好办事。为了不让自己的土地被分了，他主动分家，两个儿子分门立户，各分了五十亩地，但地契却在他的手里。他自己名下只有十几亩地，成为“中农”。钱文贵这样的地主深谙农村人情世故，对拉拢干部、分化共产党也有一套本领。在

① 丁玲：《生活、思想和人物》，《丁玲全集》第七卷，河北人民出版社 2001 年版，第 427 页。

② 丁玲：《生活、思想和人物》，《丁玲全集》第七卷，河北人民出版社 2001 年版，第 437 页。

丁玲的笔下，“革命对象”一度成了革命依靠的对象，剥削阶级很快将要成为领导阶级，如果共产党干部中有太多像文采那样糊涂、刚愎、官僚气十足的人，钱文贵很快就会在党内找到自己的代言人和同盟军。在《太阳照在桑干河上》中，钱文贵的诡计即将得逞之际，党派来了县委宣传部长章品，及时纠正了错误决定，毅然决然地开始斗争钱文贵，最后取得土改的胜利。这是必需的结局，丁玲不可能写土改失败。但是，仅就钱文贵这个形象，足以警示革命者。这就是丁玲关于“土改叙事”的复杂性。丁玲的思考已经超越了那个时代，她的小说创作也超越了一般的土改小说，因为她的现实主义创作思想决定了她尊重事实，尊重自己的观察，追求艺术上的“真实”和“忠诚”。因此，她的小说中“阐释符码”比重较高，因为她注重细节的真实和文学典型的价值。

最后，《太阳照在桑干河上》超越了时代和政治（“革命叙事”）的现代性局限，至今仍然散发着动人的光辉，还有一个重要因素在于丁玲创作中在叙写革命斗争风云的同时，并没有放弃对文学的审美观照和文化意义的追求。

前文在分析“葫芦冰”的各种符码功能时，我们观察到“象征符码”和“文化符码”出现的频次并不少于其他三种功能的符码，换句话说，在丁玲创作中，她既重视小说的故事性、思想性和艺术真实，同时在文本的审美蕴藉和文化深度方面也毫不吝啬笔墨。冯雪峰说，丁玲的小说可以当作散文来读，也可以当作诗来读，称赞全书“可以说是一幅相当辉煌的美丽的油画”，尤其是像“果树园沸腾起来了”一章，“这样的美丽的诗的散文，我相信没有一个读者读了不佩服的，这是我们现在还很年轻的文学上尚不多见的文字”①。

① 冯雪峰：《〈太阳照在桑干河上〉在我们文学发展上的意义》，《雪峰文集》第二卷，人民文学出版社 1983 年版，第 410 页。

当然，我们这里所说的审美观照并不是单纯指出小说的文字优美，状物写景的圆熟，而是说丁玲在创作长篇小说的时候，为整部小说提供了一个独创的地理环境——果树园及其形成的诗情画意和优美氛围。从第一章“胶皮大车”里顾老汉赶着马车从八里桥穿越洋河、跨过桑干河，进入暖水屯的时候，果树园便成为这个村的标记和符码，牢牢地镶嵌在长篇小说的文本中。果树园连同即将收获的“葫芦冰”、苹果、梨子、葡萄等水果一起进入叙事中，滋润和香甜的文字便充斥其间，为小说平添一种诗意和美感。之后，小说专门开辟“果树园”和“果树园闹腾起来了”两章来描写果树和人们在果园收获的场景，更是美不胜收，成为小说最优美的篇章。如果抽掉这两章，不敢想象这部小说会怎样失色；或者说，即便这部小说其他部分都被人忘记，只剩下这两章也会使得《太阳照在桑干河上》成为文学史上的名著。

其实，丁玲小说创作的深度模式并不在如何安排一个优美的自然场景，也不在她无意间为自己小说增添了诗意空间，而在于她利用这些果园以及果园里的葫芦冰为小说创造了一种恒久的文化景观，其文化记忆和文学基因永远定格在历史文化空间之中。文化记忆成为文学作品接受和不断再生产的重要环节：一谈起《太阳照在桑干河上》，人们自动想起河北涿鹿县温泉屯（暖水屯的原型），想起那片巨大的果树园，想起红白相间的“葫芦冰”、红彤彤的苹果、白嫩嫩的香梨和一串串紫嘟嘟的葡萄。而作为文学创作的一种经验，丁玲告诉我们，任何深入的文学形式，任何创造性的文学写作，都必须与生命、土地、人民及其息息相关的文化土壤一起生长。

（作者单位：中国艺术研究院）

第 三 编

丁玲文学观念与现代性

文学是“语言的花朵”

——对丁玲文学形式创造及其观念的考察

袁盛勇

丁玲是现代中国文学史上最为杰出的革命作家之一，也是极为富有传奇色彩的作家之一。这不仅是指其人生经历之丰富，不同寻常，也不仅是指其创作所曾达到的经典化程度之多、之广、之深，更是指其人生和作品本身与中国革命之复杂悲壮不断回环往复的关系。在这个意义上，丁玲就是现代中国文学变奏曲中的一个独特音符，不断地回旋在中国文学现代化进程中，在精神和文学的天空，她用特有的明亮的眼睛观察这大地，也用她的艺术之笔尽情描绘了广泛而驳杂的社会人生。

丁玲创作的那些文学经典，较为真实地向人们呈现了现代中国文学中的现代性维度，而且是一种动态的呈现。在丁玲文学的现代性演进中，文学的现代性和社会的现代性达到了一种较为辩证交融的状态。因此，倘若要对丁玲文学的现代性进行考察，就有必要在完整而复杂的意义上理解丁玲及其作品，理解20世纪中国的现代化进程。丁玲文学的现代性，并非是按照某种固定的西方文学的现代性程式进行的，而其品格也显然更多具有现代中国文学尤其是现代中国革命文学的特色。丁玲文学的内在肌理，结构、语言、叙述和形式的建构，显然具有自身较为独特的现代性品格，但是，在不同阶段丁玲文学所具有的革命意识形态品格的展现中，又具有某种更为宏大的集体性特征。丁玲文学之所以具有这些现代性品格，当然是跟其具有的文学思想和观念密切相关的，也是跟其较早介入到了一种追求集体性革命力量的组织紧密相关的。

自 20 世纪 30 年代开始，丁玲在文学观念上服膺马克思主义反映论文学观，在 1942 年延安文艺整风之后，又具体服膺毛泽东的文艺思想，因而是一种追求强烈革命功利性的文学观，这在总体上应该是毫无疑义的。1942 年夏季延安文艺整风之后，丁玲从此前作为一个左翼作家和革命作家的身份，逐渐转变到具有特定历史内涵的党员作家和党的文艺工作者身份上来，对于马克思主义文艺观念和党的文艺工作的坚守，又具体转变到对于毛泽东文艺思想尤其是《在延安文艺座谈会上的讲话》所体现的精神和观念的坚守与落实上来。1949 年 7 月，丁玲在中华全国文学艺术工作者代表大会（即第一次文代会）上做了题为《从群众中来，到群众中去》的发言；1953 年 9 月，丁玲在中国文学艺术工作者第二次代表大会上发表讲话，题为《到群众中去落户》；1980 年 8 月，在江西庐山举行的全国高等学校文艺理论学术讨论会上，丁玲就有关文艺与政治的关系问题做了发言，其中提出："文艺为政治服务，文艺为人民服务，文艺为社会主义服务，三个口号难道不是一样的吗?"又说，"创作本身就是政治行动，作家是政治化了的人"。创作者"首先要读好马列的书。并且深入到人民群众中去"①。显然，这些论述和观念与此前一脉相承，即使到了 20 世纪 80 年代，丁玲仍然站在一个党员作家的立场，在坚守着自延安文艺座谈会以来的一种对于文艺与政治的理解，文艺与生活和群众关系的理解，也显现了对于文学和文化工作所怀有的革

① 丁玲：《漫谈文艺与政治的关系》，《丁玲全集》第八卷，河北人民出版社 2001 年版，第 121—123 页。

命情怀。其实，丁玲的这些观念和论述，应该说得力于她对毛泽东文艺思想的坚守，对党的文艺事业的忠诚，也是对马克思主义反映论文艺观念的执着。1951 年 6 月，丁玲在为自己的一部短篇小说选集所写序言中坚定认为：在文学创作道路上，“我没有别的，我不要别的，我只向着一点，坚持一点，那就是毛泽东的思想，毛泽东的伟大的情感”①。显然，如此文艺观念和情感的坚守，一方面，可说体现了丁玲身为党员作家的责任，也含有颇多时代内涵，另一方面，尤其是丁玲晚年有关“作家是政治化了的人”的论述，置放到 20 世纪 80 年代思想解放和改革开放的现代化背景上，又是呈现了一些不太协调的状态，也是含有不少被感动的，当然，此种情怀，在处于新时代的现在看来，又是有着一种富有超越性内涵的信仰在里面的，其当代价值不容低估。

正是从如上文学观念出发，丁玲在文学创作和理念上反对为艺术而艺术的文学观，并且从她早期创作伊始，就一以贯之，终其一生。所以，丁玲在其有关文学观念的阐释和批评实践中，对于文学的社会性、思想性即文学的内容和文学的社会效应多有强调，而对于文学的艺术性尤其是文学形式的创造方面，不但予以一定贬抑，而且论述的笔墨也明显少了许多。1940 年春，丁玲在谈文学之真时，写道：“艺术本质之提高，不在形式，却正是看它是否正确反映了现实而决定的。”②显然，内容和形式的二分中有一个价值序列存在，形式在下，内容在上。尽管如此，丁玲在谈论文学问题和自己的创作经验时，还是不由自主地谈到了艺术之美和文学形式问题。而对于文学形式，她也形成了自己的一些观念和认知，而此种观念和认知的形成，又主要根植于她的创作体验及其阅读感受与思考。

---

① 丁玲：《〈丁玲选集〉自序》，《丁玲全集》第九卷，河北人民出版社 2001 年版，第 87 页。

② 丁玲：《真》，《丁玲全集》第七卷，河北人民出版社 2001 年版，第 41 页。

毫无疑问，丁玲首先是作为一个作家而存在，所以，理论和批评并非是其主要方面，尽管其也有不少谈论文艺的文章，上海文艺出版社 1985 年还专门出版过一部《丁玲论创作》，多达 50 余万字，但是客观地说，其理论和批评成就无论从哪方面来说，都低于其创作成就，只能说，她以其对于文学的理解不仅创作了文学，而且以其文学创作经验的总结和对于文学的点滴思考丰富了人们对于文学的认知。尽管如此，丁玲对于文学的一些感受和思考，也是颇能给人启发，至今不乏现实意义，对于丁玲理论和批评方面成就的系统理解与研究，仍然值得加强。

在创作上，丁玲其实具有非常自觉的文学创造意识，不断在探索和寻求自我突破，当然也包括艺术上的突破。因此，在对文学形式的认知上，也体现了一种强烈的自觉。丁玲早期文学从创作成名作《莎菲女士的日记》，到创作中篇（一说长篇）《韦护》，再到写《一九三〇年春上海》，她自己是在不断突破文学形式和内容的限制，而到《水》和《母亲》的完成，更是完成了她的一些题材书写和文学形式方面的自觉追求。1979 年 8 月，丁玲接受香港记者采访，很明确地表达了其文学追求的自觉，其间能够让人感受到，她对 20 世纪 30 年代的这份文学自觉，尽管还有遗憾，但更是有些欣慰和自豪的。谈到小说《水》和《母亲》，她说："有个突破是写《水》，我一定要超过自己的题材的范围，《水》是个突破。"又说："还有一篇，可惜我后来没继续下去，就是《母亲》。这是我在写这些短篇中间，觉得欧化了的文章还是不好，有意识地想用中国手法，按《红楼梦》的手法去写。"① 丁玲早期小说颇富现代性，形式上所受五四新文学和西方文学的影响是比较明显的，

① 丁玲：《答〈开卷〉记者问》，《丁玲全集》第八卷，河北人民出版社 2001 年版，第 4—5 页。

语言和描写上欧化气味较浓，有些地方还是显得略微生涩，这些也都是客观存在的。所以，她在写作构想中的长篇小说《母亲》之初，就有过关于文学形式的自觉设想和思考。1932年6月11日晚，她在写给《大陆新闻》编辑的信中，具体谈到了写作《母亲》的动机，也谈到了如何写的问题，其中指出：“关于写的形式，我想也还是只能带点所谓欧化的形式，不过在文字上，我是力求着朴实和浅明一点的。像我过去所常常有的，很吃力的大段大段的描写，我不想在这部书中出现。”① 这是丁玲针对自己文学创作的一些特色和缺陷，所做的一个较早说明，重要的是，她在此明确提到了小说的“形式”，也提到了运用欧化形式和方法所具有的一些不足，而“很吃力的大段的描写”，却是要在创作新的长篇小说中予以克服的。

丁玲在从短篇到中篇再到长篇小说的创作中，其间包含着她在文学形式和艺术创新方面的不倦追求，丁玲当时是走在一条不断超越自我的文学之路上。这个势头和风格，其实抵达陕北和延安后，丁玲仍然在默默坚守着。延安文艺整风之前的作品，单就小说来看，《我在霞村的时候》和《在医院中》，对于人物和环境的描写与刻画，对于那种来自人性与革命文化深处的忧郁和焦虑，以及对于革命生态环境会不断趋向友好的自信，都是她以前的作品无法相比的，小说语言和结构等也都显得那么从容，而思想的锋芒更是加强了作品内在的张力。长篇小说《太阳照在桑干河上》，并非丁玲一个随意而为的创作，在情感的寄托和对新的世界与人民的描绘上，在小说结构和土改的书写上，已经是富有相当的史诗性特色，形式的现代风骨和民族味儿在此得到了非常简洁而优雅的结合。总能让读者感到一种宏阔历史和优美文学的风情存在，丁玲把

---

① 丁玲：《致〈大陆新闻〉编者》，《丁玲全集》第十二卷，河北人民出版社2001年版，第9页。

一个暴风骤雨的时代内涵井然有序地融会在富有诗意的故事叙写、情节展开和对话描写中。丁玲生前曾非常看重《太阳照在桑干河上》，原因不仅在于她于此安妥了自己的灵魂，表现了对于时代风暴和历史走向的准确把握，更是由于她在经历了一段严峻的历史岁月之后，又在文学形式的创造上，终于找到了能够再次超越自我、表达新的社会与人生的艺术途径和方法，表现了对于文学形式的传承和创新的较为完美的结合。在文学形式的创造路途中，丁玲终于完成了对于心中太阳创世般的膜拜和书写。在延安时期开始出色建构的党的文学和人民文学链条中，丁玲创造了经典，成就了基于信仰和趋于信仰的文学。

丁玲主张作家要写好一部文学作品，要有自己的代表作，但她从来没有满足于仅有的一部文学作品的完成上，哪怕它已成为现代中国文学的经典，在这个意义上，丁玲的“一本书主义”其实应该成为每一位作家的座右铭。而丁玲的这个文学创作观念，当然也包括了对于文学形式的自觉追求在里边。在文体的写作实践中，丁玲是一个多面手，小说之外，散文中的《不算情书》《风雨中忆萧红》《三八节有感》等，也均是名文；丁玲也写了不少较好的报告文学、通讯速写等，即使对于其并不擅长的话剧，她也是根据抗战的需要，尝试性地写了《重逢》《河内一郎》等作品。对于丁玲而言，只要条件许可，她都在文学创作路途上不倦地走着，尽可能为社会贡献自己的文学才华和激情。所以，文体上的话语实践，是显现了丁玲的文学自觉和社会自觉，也是体现了她对文学现代性的自我理解和表达的。在对自我文学现代性经验的把握和实践中，对于文学形式创造及其现代性的认知，丁玲在理论批评上，也不时给予总结和反思，尽管一些观点前后略有矛盾之处，但总体上还是有其一致性，表现了丁玲对于文学形式问题的理性思考。

文学形式在丁玲的理解中，论及频率较高且较早的首先是语言。

因为在其心中，文学是“语言的花朵”[①]、人民的思想和感情，创作者的生活积淀和人生感受，只有经过文学语言的烘焙与表现，才能成为一个较美的作品。对此，丁玲曾说：“创作中用来表现思想的，主要靠语言。一定的内容，需要有相称的语言。没有生活的人并非没有字，字是有的，而是没有那样相称的话，说出来的话没有那样相称的味道。”[②]这个“味道”主要是指文学意味、审美意味，当然也含有生活意味在里边。20 世纪 30 年代，丁玲较早意识到了自己创作中语言的欧化和生涩，她在主编《北斗》时，更是自觉支持左翼文艺界对于文学大众化的讨论。20 世纪 40 年代，她也多次谈到语言。1940 年 5 月，她说：“作家要使作品成为伟大的艺术，属于大众的，能结合、提高大众的感情、思想、意志的作品，那么他必须使作品取得大众的理解和爱好。因此他不特要具备大众的情操，同时也得运用大众的语言。大众的语言是最丰富的，最美的，最恰当的。”[③]1942 年 3 月，她在告别延安《解放日报》文艺副刊这一岗位之际，写了一则“编者的话”，谈了副刊所取得的成就，也谈了不足，而觉得较为缺憾的是“没有把所提到的几个文艺上的问题如‘作家与生活’，关于小资产阶级作家的论争，以及文学上的语言问题等等多方展开讨论”[④]。可见，文学形式尤其是语言问题在延安文艺界引起了不少热情关注，而丁玲为它没有在党报的文艺副刊上得以深入展开讨论引以为憾。第一次文代会上，丁玲明确提出创作中需要注意解决的第四个问题即是“语言问题”，并且认为作家要

---

① 丁玲：《〈晋察冀日报〉副刊创刊漫笔》，《丁玲全集》第九卷，河北人民出版社 2001 年版，第 40 页。

② 丁玲：《谈与创作有关诸问题》，《丁玲全集》第七卷，河北人民出版社 2001 年版，第 334 页。

③ 丁玲：《作家与大众》，《丁玲全集》第七卷，河北人民出版社 2001 年版，第 45 页。

④ 丁玲：《〈解放日报〉文艺副刊一〇一期编者的话》，《丁玲全集》第九卷，河北人民出版社 2001 年版，第 39 页。

深入生活，要向老百姓或群众学习活生生的语言。她说:“老百姓的语言是生动活泼的，他们不咬文嚼字，他们不装腔作势，他们的丰富的语言是由于他们丰富的生活产生的。一切话在他们说来都有趣味，一重复在我们知识分子口中，就干瘪无味，有时甚至连意思都不能够表达。……因此我们不特要体会群众的生活，体会他们的感情，而且要学习他们如何使用语言。”[①] 这里，丁玲显然接续了 1940 年 5 月的看法，只是“大众”被置换为此时通用的“群众”，而丁玲把知识分子语言以及作品的文学语言跟老百姓的语言和民间语言进行简单对立的框架，也分明有着那个时代的特色，但是她强调作家应该向群众语言学习这一点，即使到了 20 世纪 80 年代，在她生命的晚期，她也仍然坚守着。1983 年 2 月，她写了一篇短文，题目就叫《美的语言从哪里来》，仍然号召作家深入生活，“在生活中学习活的语言，在创作中把语言用活，使语言更饱含生机、新意”。“作家要像蜜蜂采蜜那样，在无边的花海中勤劳地、一点一滴地采撷、酿制，去粗取精，区别美丑，把语言同生活、人物混为一体，有个性、有神韵、有情意、有时代感”。除了从生活中采撷而来的语言，丁玲以为还有从心灵迸发而出的语言。她说：“还有一些想象不到的最好的语言，是从一个人心灵深处迸出来的，如‘杀了夏明翰，自有后来人’这种壮烈、动人心魄的语言，是革命家临刑前喊出来的，不是一般作者坐在桌子面前能想出来的。”什么样的文学语言才是美的呢，丁玲明确指出:“作家运用语言不能光捡美丽的语句去堆砌、排列。……只有朴素的，合乎情理的，充满了生气的，用最普通的字写出普通人的不平凡的现实的语言，包涵了复杂生活中的各种情愫，才能使读者如置身其间，如眼见其人，长时间回声萦绕于

---

① 丁玲:《从群众中来，到群众中去》,《丁玲全集》第七卷，河北人民出版社 2001 年版，第 111—112 页。

心间。”[①] 由上可见，语言问题几乎贯穿了丁玲的创作生涯，是丁玲始终关注的一个焦点问题：“语言不好，即使作品本身的思想内容不错，也往往流传不开。”[②]

1979 年 8 月，丁玲在答香港记者问时说过，一部优秀作品“最重要的就是要写出人来，就是要钻到人的心里面去，你要不写出那个人的心理状态，不写出那个人灵魂里的东西，光有点故事，我总觉得这个东西没有兴趣”[③]。写出小说等作品中人的心理，塑造好作品中的主要人物形象，其实，这不仅仅是现代中国文学向西方文学借鉴、学习的结果，也是现代中国文学民族性特征的一个重要方面，它已经构成了一个新的文学传统。在塑造人这点上，丁玲更多承继了五四新文学和外国文学的一些表现方式和手法，但是在对表现方法和技巧的借鉴上，正如笔者在前面所指出的，从创作家族式长篇小说《母亲》始，她已经在有意识地承续古典小说《红楼梦》的一些艺术手法和表现技巧，做着克服五四新文学欧化弊端的努力。作为五四新文化哺育的女儿，丁玲对新文学当然是怀着一份敬意和感激的，但是，身为一个从左联时期一路走来的革命作家，她对五四以来的现代中国文学，也是有着一些不满和批评的。1982 年 6 月，她在天津文艺界座谈会上做了一个长篇讲话，题为《谈写作》，其中明确指出：“从‘五四’以来，我们就跟着外国跑，他自然主义我们也是自然主义，他现实主义我们也是现实主义，他抽象主义我们也搞抽象主义，把我们中国的传统的东西割断了。”[④] 当然，现代中国

① 丁玲：《美的语言从哪里来》，《丁玲全集》第八卷，河北人民出版社 2001 年版，第 338—340 页。

② 丁玲：《谈与创作有关诸问题》，《丁玲全集》第七卷，河北人民出版社 2001 年版，第 336 页。

③ 丁玲：《答〈开卷〉记者问》，《丁玲全集》第八卷，河北人民出版社 2001 年版，第 9 页。

④ 丁玲：《谈写作》，《丁玲全集》第八卷，河北人民出版社 2001 年版，第 273 页。

文学是否真的割断了古典文学传统，现在看来也是个问题，因为，文学的民族血脉在现代中国文学中并没有完全断流过。但无论如何，丁玲是以一个过来人的身份在进行一种文学批评和反思，其说法自有其道理，值得尊重和倾听。正因如此，从对五四新文学的反思出发，丁玲在后来不少讲演和文章中，更多强调了对于中国古典形式和民间形式的承继。而在民间形式和古典形式之间，尽管对民间形式丁玲也有几次谈到，但从其内心而言，她受到影响最深，且最愿意谈的，不能不说还是古典文学的美，古典形式的美。在阅读丁玲的相关论述中，我们可以强烈感受到，谈到古典文学尤其是古典小说的美，丁玲真是陶醉的。

不妨多引用一些丁玲自己的诉说："曾经有一个作家说我过去的某些作品受了法国福楼拜的影响，说我喜欢读《玛丹·波娃丽》。其实福楼拜的《玛丹·波娃丽》我读过两遍，这个作家只知道我看了两遍这本书，可是他没看到我读《红楼梦》却不只两遍，而可能在二十遍以上。当时我读得最多的是中国小说，有些书百读不厌。我很希望我能是受了中国小说的影响，我希望我们按中国形式按照中国读者的习惯和欣赏的兴趣，来写自己的新作品。我们要充分研究我们民族古典文学作品的精华，究竟好在哪里，不要一味崇拜西洋，只走欧化的一条路。"[①] 这是1982年7月丁玲在大连所做讲演中的话，四个月后在与湖南青年作家谈创作中，她开篇就说了这个意思，并且讲得更加具体详细了，原来丁玲心中最好的传统小说就是《红楼梦》《三国演义》《水浒传》等，是古典小说中最优秀的那些，她也很后悔自己没有坚持在民族形式和民族传统的基础上予以发展和创新。那么，这些小说在文学形式和表现技巧上到底能够为人们提供哪些借鉴呢？

---

① 丁玲：《关于文学创作》，《丁玲全集》第八卷，河北人民出版社2001年版，第285页。

第一还是文学语言。丁玲曾在谈到对新时期年轻作家的希望时说，应该在创作中“要考究运用语言”，而在古典小说中，《红楼梦》“语言最好”，但其“语言也最平常，它没有奇怪的话”，“它就是普通话，但是你总觉得每一个人物的腔调、每一个人物的个性，都从语言里面出来了。你听：帘子还没有打开，一听讲话就知道，啊，是凤姐来了！林黛玉就是林黛玉的话；薛宝钗就是薛宝钗的话。他们的讲话都是个性化”①。丁玲也以《水浒传》中的文学语言为例来说明语言运用的高妙，认为例如武松找何九叔调查其兄武大的死因时说的一些话，以及杨志卖刀时说的话，都是有个性，有气势，而作者，也是在语言运用方面取得了惊人的艺术成就。她说：如此“生动的语言在《水浒传》里多得很，都是很有感情，很有气派，有血有肉的”②。第二是讲故事的方式和写人、写景、写情的方法。丁玲认为：古典小说形式中“最吸引人的东西就是它每讲一件事、一个故事，它里面有很多小的故事，或者叫小事，拿那个小事把你要写的大事衬托出来了。入情入理，非常充分”③。比如《三国演义》叙述诸葛亮的足智多谋和辅佐刘备三分天下，就是用一个又一个小故事来完成。有些小故事尽管“写得很简洁，看上去不显眼，但它们却把人物推出来了”。写景和写人的心理也都非常简洁，言简意赅，善于留空白，侧面烘托，耐人寻味，有余韵。古典小说中这类例子不胜枚举，因此，丁玲认为古典名著中“写人、写景、写情的方法，看起来就叫你舒服。文学不是教科书，看起来要使人舒服”④。对于鸳鸯

---

① 丁玲：《谈写作》，《丁玲全集》第八卷，河北人民出版社2001年版，第268页。

② 丁玲：《谈与创作有关诸问题》，《丁玲全集》第七卷，河北人民出版社2001年版，第337页。

③ 丁玲：《谈写作》，《丁玲全集》第八卷，河北人民出版社2001年版，第271—272页。

④ 丁玲：《和湖南青年作者谈创作》，《丁玲全集》第八卷，河北人民出版社2001年版，第319、322页。

蝴蝶派小说，丁玲也曾慨叹其“尽管内容不好，但形式还是吸引人的”，因为这些小说采用的是“民族形式，章回小说”①。这可以说是20世纪80年代初期较早为鸳鸯蝴蝶派小说辩护的文字之一。

当代文学形式的变革和发展，应该注意吸收中外文学遗产，也要继承现代中国文学的优良传统，对此，丁玲其实持有一种开放而辩证的态度。1982年，丁玲说：“作家要思想解放，要能像吸水的海绵那样，到处都能吸收东西，都能感受新东西。”但在阅读和借鉴过程中，“要有辨别，要有批判，要有扬弃。作家要看很多书，但一定要独立思考”，“一定要有自己的创见”②。这里说到要有批判和思考，要形成自己的创见，说法本身就是很有见地的，老一辈作家能够在20世纪80年代初如此思考和认识问题，是很少见的。现在看来，当代中国作家其实还是异常缺乏这个“创见”，因为创见是自己的，不可模仿的，既关乎文学创作和文学批评的自我性与个体性，更关乎当代中国文学的创造性。丁玲文学中的优秀作品之所以能够成为经典，那样富有生命力，一个重要特征就是因为其中都有丁玲的我在。丁玲是一个富有个性的作家，她很早就呈现了一种高傲不羁的艺术气质，莎菲不是一个开端，更不是结束，而是丁玲身上所特有的一个音符，只要在其文学场域和文学境界中有这样一个音符袅袅升起，不断升腾又回旋，那么丁玲文学就会显现其一种独有的现代性魅力。1941年初，丁玲在延安发表的一篇文章中写道：“文艺不是赶时髦的东西，这里没有教条，没有定律，没有神秘，没有清规戒律，放胆地去想，放胆地去写，让那些什么‘教育意义’，‘合乎什么主义’的绳索飞开去，更不要把这些东西往孩子身上套，否则文艺没有办

① 丁玲：《谈写作》，《丁玲全集》第八卷，河北人民出版社2001年版，第273页。

② 丁玲：《关于文学创作》，《丁玲全集》第八卷，河北人民出版社2001年版，第284—285页。

法生长；会窒息死的！”[①] 尽管她在第一次文代会上发言时赞成并支持集体主义创作精神，但随后不久就对此做过一定辩证认知，有所修正。1953 年 9 月，她说：“我并不反对我们现有的创作组这一类组织。但我认为一个创作者时刻也离不开领导是不对的。作家并不像孩子那样离不开保姆，而要独立生长。因为创作无论怎样领导，作品是通过个人来创作的。集体主义并不意味着永远要集体创作。”[②] 这里所引的两段话，丁玲讲得何等坦荡、简洁、明了，富有丁玲话语的气质。所以，在丁玲文学形式创造及其观念中，文学创作主体的自我存在，这在很大程度上成为其文学形式创造及其观念现代性的一个源头。现代文学制度的发展和变更，尽管在一定时间内可能遮蔽或转化作家的主体存在，但是在文学的天空，这样一只带有现代自我色彩的风筝总是不会缺席，总会迟早出现在人们的精神视域和审美期待中。

（作者单位：陕西师范大学文学院）

---

① 丁玲：《什么样的问题在文艺小组中》，《丁玲全集》第七卷，河北人民出版社 2001 年版，第 48 页。

② 丁玲：《到群众中去落户》，《丁玲全集》第七卷，河北人民出版社 2001 年版，第 367 页。

外规与内转：论丁玲延安时期的文学语言

尹　威

延安时期的丁玲，以毛泽东《在延安文艺座谈会上的讲话》（以下简称《讲话》）为界线，其创作语言面貌发生了明显的转向。延安文学前期丁玲虽已意识到了运用农民语言的必要性，但就其整体创作实绩而言，是不成功的；《讲话》之后，直至开始《太阳照在桑干河上》的写作，丁玲的创作中似乎都在有意避开小说而更青睐于散文与报告文学等文体形式，并在文体探索的过程中进行着一种服膺于延安新的文艺政策要求的语言实践，这些“努力”为她之后创作长篇小说提供了不可或缺的书写尺度与言说经验。1948 年，丁玲完成了“反映农村阶级斗争的长篇小说《太阳照在桑干河上》而成为知识分子与工农结合的成功典型”①，这同时也标志着作为作家的丁玲基本完成了自身文学语言改造的艰难历程，其革命书写在充满红色基色的革命圣地延安达到了一个新高峰，并借之成功实现了自我之于延安彼时主流意识形态所营建出的身份、立场和叙述的多方认同。

---

① 钱理群：《20 世纪中国知识分子精神史三部曲（第一部），1948：天地玄黄》，香港城市大学出版社 2017 年版，第 4 页。

现有研究成果对整体考察策略对延安作家语言运用态势关注的居多，但此般化约处理不仅无法切实展现延安作家语言发生集体转向的内在肌理，更在一定程度上忽视了此转向从酝酿、发生到成熟的过程中诸多外围因素之于作家们的复合性作用。延安时期丁玲文学创作语言的转变及其过程的复杂性是显见的，在文学书写语言及其语体形式转变的整体过程中，丁玲的语言型构是何以实现逐步“转换”的?“党的文学”的建构思路对丁玲这一时期乃至她整个创作道路产生影响的多重面向何在?由虽存有不足但依然作为党的文学在语言改造方面较为成功的丁玲为例来看，延安知识分子群体其语言改造的合理性与有限性各在何处?本文拟将丁玲及其在延安时期的创作实绩作为研究主体并就上述问题展开论述。

一

大体而言，丁玲于新中国成立之前的文学创作历程经历了两次较为重要的语言转向事实：20 世纪 30 年代左翼文学阶段，对农民世界及其语言开始关注并进行尝试性书写，后期延安文学创作阶段对农民语言有大量运用，而在 1942 年夏季之前的延安文学创作阶段，丁玲文学语言的欧化现象与农民语言并存的情形，或许正可视为丁玲语言书写选择的一种潜在的过渡期，虽然这一“过渡”并未见得有那么成功。在 1931—1948 年间三个重要的文学创作阶段[①]中，丁玲的文学创作对农民群体及其语言的书写均在其作品中有着不同程度的呈现。由于受到对创

① 第一个阶段为 1931 年 11 月中国左翼作家联盟执行委员会发表《中国无产阶级革命文学的新任务》的决议之后至 1933 年丁玲被捕入狱；第二个阶段为 1936 年 11 月丁玲先至保安、随后于 1937 年 1 月抵达延安至 1942 年 4 月；第三个阶段为延安文艺座谈会之后至 1948 年 6 月《太阳照在桑干河上》创作的完成。

作题材及内容于不同类型的文学作品语言选择层面的个人化理解的内在影响，丁玲在此三个节点内对农民语言的实际设置情形凸显了各自相异的态势。依据此三个阶段内所发生的两次语言转变的事实，可清晰地勾勒出丁玲在“农民世界”的文本书写中所精心构筑的另一番文学图景，亦为后论者重新审视其面对农民世界时所作出相应语言转向的原因提供了富有价值的脉向。

从“莎菲式”的现代女性形象述描到《韦护》中“革命加恋爱”的新女性书写，丁玲的作品语言均以欧化语体为主。及至20世纪30年代，以小说《田家冲》的创作为开端，丁玲便已开启了对农民世界及其话语空间的文本实验，而真正引发读者及评论界关注的是其以十六省大水灾为故事背景而写就的小说《水》，“不论在丁玲个人，或文坛全体，这都表示了过去的革命与恋爱的公式已经被清算”[①]。茅盾的这番评语可说是为该作品的主题意义作出了一种类似盖棺性的论断。几乎与此同时，左翼文学结合时代需求对其已有的创作方向进行了相应调整，新的决议将满足“中国劳苦大众的文化要求的抬头，特别是苏维埃区域内工农大众对于文化要求的急迫”[②]。作为此时左翼文学创作的主任务，在作品的表现形式上则提出：“作品的文字组织，必须简明易解，必须用工人农民所听得懂以及他们接近的语言文字；在必要时容许使用方言。因此，作家必须竭力排除知识分子式的句法，而去研究工农大众言语的表现法。当然，我们并不以学得这个简单的表现为止境，我们更负有创造新的言语表现语的使命，以丰富提高工人农民言语的表现能力，正和在思想认识方面一样。”[③]可见，丁玲30年代初期对“工农大众”题材的关注在于内容及语言两个层面上，与左翼文学对文学创作的时代主题建构步调

① 茅盾：《女作家丁玲》，《文艺月报》1933年7月15日。

② 陈瘦竹主编：《左翼文艺运动史料》，南京大学出版社1980年版，第159页。

③ 陈瘦竹主编：《左翼文艺运动史料》，南京大学出版社1980年版，第164页。

大致相同。

细究左翼革命文学在语言层面上的“决议”可知，其实它并非完全建立在对工农群众语言熟稔的基础之上，“研究工农大众言语的表现法”与“创造新的言语表现语”此类表述则使得这份决议更像是一份布满想象化色彩的书斋式“宣言”。同时，它对作家创作于语体层面的方言入文选择表现出了相当保守的态度：一方面要求作家使用工农大众言语的表现方式，另一方面又对工农大众语言主构因子的方言加以“戒备”，这无疑是一种自带矛盾倾向的观点。这一笼统且带有知识分子思维特征的作家行文语言的理论化设定，并未能真正攫住农民语言的内在特性，这或许自始就已注定它无法达到沟通工农民众并进而实现满足其真实文化需求的原初目的。

“我生在农村，长在城市，不是大城市，但终究还是城市。我幼年因为逃避兵患战祸，去过农村，但时间较短，所以我对于农民虽然有一些印象，但并不懂他们。”① 这一“农村经验”可视作丁玲在 20 世纪 30 年代初期的创作中对农民世界进行想象书写的“依据”，而“农村生活经验的浮表化”及“对群众内涵认知的单一化”限制了丁玲此时文学创作在这一主题下探索深广度的展开。“‘群众’是以模糊的面貌和声音出现的，她所能描绘的只是这一革命群体窘迫的生存现状，而不能进入人物内心去表现他们复杂的精神状况和心理活动。”② 关于此阶段丁玲的文学语言状貌，有论者曾作如是评价：“一看《水》的文笔就能看出作者对白话词汇运用的笨拙，对农民的语言无法模拟。她试图使用西方语文的句法，描写景物也力求文字的优雅，但都失败了。”③ 这一评价的表述

① 袁良骏编：《丁玲研究资料》，天津人民出版社 1982 年版，第 208 页。

② 贺桂梅：《转折的时代——40 ~ 50 年代作家研究》，山东教育出版社 2003 年版，第 222 页。

③ 夏志清：《中国现代小说史》，复旦大学出版社 2005 年版，第 192 页。

虽有过激之嫌，但却精到地点出了文本语言运用的“症结”所在。但毋庸置疑的是，丁玲此时在诸如《田家冲》《水》《母亲》等作品中对农民农村题材的关注及对农民语言的文本实验对其延安时期的文学创作而言是一种重要铺垫。

欧化语体与方言土语共存是《讲话》前丁玲作品语言的主要特征。“预设读者”的自我设定为其择取文本的现实语体提供了依据：在以农村农民为直接书写对象的作品中，虽仍以欧化语体为主，但作品中已摄有农民语言的书写——大多存在于人物间的对话中；杂文创作预设的主要读者并非工农兵群体，而是延安的知识分子群体及党的领导者，语言运用层面上体现为全然欧化。作家会生成读者群体的心理区别，符合当时延安社会人员的现实身份构成；同时，这亦与《讲话》前占绝大多数的知识分子对欧化与大众语的认知态度相关：

> 欧化文学在描写上比中国固有的辞藻，易于精细，易于逼真：无论怎样复杂的环境与心情，也可以无遗的描写出来。而大众语对这些任务却一点都不能担当，因为他是那样的粗鲁，那样的含混与朦胧，那样的贫乏与不充分；粗鲁易流于俗，文学雅事，焉能使牛粪蔷薇花同列；含混与朦胧，易流于模糊不清，也就是说不能把一件动作，一个表情，很真实的描写出来；贫乏不充分，易流于不足表达心情，也就是说大众语的辞藻，根本就是不足的，当然不能写出好的文学作品来。①

或许暂可不去评价知识分子群体关于欧化语体的理解是否合理，或在多大程度上符合中国彼时文学创作的“实情”，单就此文段中所透露

① 赵树理：《赵树理文集》第4卷，工人出版社1980年版，第1857页。

出的“雅俗”观念之分，已足以令当时为数众多的知识分子趋于欧化而排斥大众语了。《讲话》发表后，文艺为工农兵服务的文艺政策的颁布，有效督使了作家们投身农村与体验乡民生活行为的全面开展。丁玲同样经历了这样的体验过程，在这种体验和反省共存的精神活动中，她对“农民语言”的内涵产生了新的认知，后期的文学作品以《太阳照在桑干河上》中方言土语的运用尤为突出，文学语言面貌转化成了较为典型的农民化的语言。

二

从初抵陕北到延安文艺座谈会召开的一段时间内，丁玲创作了兼有报告文学、散文及小说等多种文体在内的文学作品，其中备受关注的当属其短篇小说，包括《一颗未出膛的枪弹》（1937 年 4 月）、《新的信念》（1939 年春）、《我在霞村的时候》（1940 年 1 月）、《夜》（1941 年 6 月）、《在医院中》（1941 年下半年）等十余篇作品。从整体上来讲，这些作品主题更倾向于创作主体情感的外现，“使用的是一套知识分子的叙述语言，包括灌注其内的心理描写也应该是一种知识分子的心态”[①]，长句运用的高频性是其语体形式的主要特征，体现出显在的欧化痕迹。关于语言的欧化特征，丁玲晚年曾感慨道：“我说过很多次，几十年来，自己很后悔一件事，就是一开始写小说就走西洋的路。现在湖南人民出版社要出版我的文集，我翻看自己过去的作品都不顺眼，哪来那些别别扭扭的话。”[②] 这一表述很能展现晚年丁玲对早

① 刘恪：《中国现代小说语言史（1902—2012）》，百花文艺出版社 2013 年版，第 185 页。

② 丁玲：《根》，《丁玲全集》第八卷，河北人民出版社 2001 年版，第 351 页。

期创作中语言运用的欧化态势所持的自否态度。但《讲话》之前丁玲的作品语言确以欧化语体为主，此选择应当说与丁玲身处延安前期时所秉持的自我身份意识及其对大众群体内涵的个人觉解程度存有密切关联。

身份意识的生成主要借由社会与自我的共同认定来完成，背后潜隐着个体的道德和文化之结构。知识分子群体被视为社会精英分子群体的传统自古有之，并作为一定社会形态内“公共知识体”的代言人而行走立命。从五四新文学氛围里走来的知识分子，身上带有强烈的启蒙观念和引领社会发展的内在诉求。这些所谓的“精英意识”使得他们成了前期延安独特的“这一类”，“他们大部分是小资产阶级知识分子出身，还残留着一些资产阶级的缺点，但这些人都具有对革命高度的热情、坦白、光明正大、单纯”[①]。延安文学前期作家们的身份意识主要表现为对小资产阶级知识分子身份的认同，在此认同理念下的创作“全然是自己独有的柔和的语调，低声地悠闲地谈说自己，自己的多感心情，自己的琐碎事情，自己的快乐和忧愁”[②]。这确乎与延安对文学的战时宣传功能的迫切需求有所脱节，延安此时实则不需要小资产阶级式的启蒙意识的张扬。延安文学前期知识分子的这种身份意识在《适合群众与取媚群众》中有着鲜明体现：

> 适合群众，是求其一切言语行为，不标新立异，与大众共喜乐，同艰苦，了解群众苦痛，帮助其解除，使他们逐渐对你的处事

① 丁玲：《文艺界对王实味应有的态度及反省》，《丁玲全集》第七卷，河北人民出版社 2001 年版，第 72 页。

② 艾克恩编纂：《延安文艺运动纪盛：1937.1—1948.3》，文化艺术出版社 1987 年版，第 376—377 页。转引自孙国林编著：《延安文艺大事编年》，陕西师范大学出版总社 2016 年版，第 481 页。

> 做人表示佩服，你不仅是他们所喜的，而是所敬重的，你不仅是他们的同伴，而是他们的朋友，他们的师长，他们所依赖的人。我们现在要群众化，不是把我们变成与老百姓一样，要我们跟着他们走，是要使群众在我们的影响和领导之下，组织起来，走向抗战的路，建国的路。时时记住自己的责任，永不退让，永不放松，才是我们应有的精神，这末到群众中去，只求能适合群众，而绝不取媚群众。①

丁玲在文中论述了“我们”（作家）如何去适合“群众”的观点，字里行间浸染着典型的启蒙者心态，流露出一种较为明显的知识分子优于普通群众的心理意识，尤其强调知识分子的引领作用与独立意识，这无形中刻塑出了一种“高高站立的知识者形象”②。这一思维模式的文学化体现对应的是高概率的知识分子启蒙观念的显现。试问，在这般身份意识引领下的文学创作，作为创作主体的作家们会转身就舍掉自身的知识分子话语吗？答案显然是否定的。《讲话》之前，丁玲在另一篇作品中再度表达了关于“大众化”的自我理解：

> 作品要想成为伟大的艺术，它一定是属于大众的，能结合、能提高大众的感情、思想、意志，那末他必须首先取得大众能够理解而且爱好。因此他不特要具备大众的情操，同时也得运用大众的语言。大众的语言是最丰富的，最美的，最恰当的；但不是某一个农民，某一个士兵能说出。他们常常只能说出简单的几句话，不过如果在广大的大众里去搜求，集千万人的语言如一人之语言，则美丽

① 丁玲：《适合群众与取媚群众》，《丁玲全集》第七卷，河北人民出版社 2001 年版，第 22—23 页。

② 吴敏：《延安文人研究》，香港文汇出版社 2010 年版，第 234 页。

的、贴切的、有韵味的语言全在这里了。①

此篇讨论“作家与大众”关系的文章，较之丁玲在《适合群众与取媚群众》中展现出的坚定的知识分子身份意识有了些许松动。在文学语言层面，丁玲“他们常常只能说出简单的几句话”的观点，无疑缩小了文本内部农民语言场域的呈现空间，其对农民语言文本表现路径的体识仍旧停留在个人化的理解层面上——仅将农民语言定义为一种“简单的”与“非典型的”话语营建机制。刨除掉丁玲此时关于农民语言的认识所受主客观制约因素的诸多影响，却仍不能掩盖丁玲对该问题认识的表层化倾向。另外，丁玲虽就如何在创作中运用农民的语言给出了自己的答案，但实际上却始终未按预设的“语言标准”进行创作，欧化语体仍是丁玲这一时期创作的主要语言形式，更遑论丁玲实现了自我预设的“语言标准”。

“1941年之前可以说是中共与知识分子的甜蜜岁月”②，这种氛围为作家们营造了一个游离于党的文学建构想象之外的创作空间，它的存在使得作家们在知识分子身份意识下从事的创作与党所期冀的文艺创作应有的宣传作用之间形成了严重的隔阂。丁玲在1942年3月间作杂文《三八节有感》并因之于高干会议上激起了批判的声音。此文与王实味的《野百合花》在延安文艺座谈会之前受到了诸多批评，凸显了知识分子式的杂文此时已偏离了党的文学事先预设好的建构路向。当延安文艺座谈会上宣明“为工农兵服务”的文艺创作指导方针之后，立场的转变随即被看作是作家进行文学创作必不可少的前提。正如当时有作家认为：“立场是文艺作品的基本点，因为它能够决定作品，在革命斗争中，起好作用

① 丁玲：《作家与大众》，袁良骏编：《丁玲集外文选》，人民文学出版社1983年版，第114页。

② 李书磊：《1942：走向民间》，山东教育出版社1998年版，第174页。

还是起坏作用；读者也正是从客观上，结果上，作品中的表现上，来判断作家的立场的。”① 作家个体的立场问题在被革命、政治、意识形态簇拥下的文学创作中，被直接树立为作家们需要时刻警醒的身份自省标尺。

《讲话》之后，丁玲紧接着作了题为《关于立场问题我见》的发言，这可看作为对其所秉承的知识分子立场的一种自我消解，“改造，首先是缴纳一切武装的问题。既然是一个投降者，从一个阶级投降到这一个阶级来，就必须信任、看重新的阶级，而把自己的甲胄缴纳，即使有等身的著作，也要视为无物，要抹去这些自尊心自傲心，要谦虚地学习阶级的语言，生活习惯；学习他们的长处，帮助他们工作，不要要求被人看重你，了解你，自己在工作中去建立新的信仰，取得新的尊重和友情”②。丁玲在整风期间曾写过两本心得——《脱胎换骨》与《革面洗心》，遗憾的是这两本心得均已佚失③，今天我们虽看不到内容，但仅从其命名其实已能体会到丁玲此时主动求取思想转变的决然态度。这一消解的内在心理机制辅以此时在延安所倡导的“打破只有知识分子才能写文章的错误心理”④这一“应景之举”，促使精英知识分子作家们不得不重审自我身份的存在空间，其所负载的精英意识在此情形下逐渐被延安党的意识形态话语所解构，并逐步完成了从知识分子作家到党的文艺工作者的身份蜕变。

丁玲于 1944 年 8 月间曾对延安文艺座谈会后的创作情况 ⑤ 作如下

---

① 刘白羽：《对当前文艺上诸问题的意见》，《谷雨》1942 年 6 月 15 日。

② 丁玲：《关于立场问题我见》，《丁玲全集》第七卷，河北人民出版社 2001 年版，第 69 页。

③ 参见王增如、李向东编著：《丁玲年谱长编》，天津人民出版社 2006 年版，第 173 页。

④ 康生：《提倡工农同志写文章》，《解放日报》1942 年 10 月 4 日。

⑤ 需要加以说明的是，据李向东论文《最难捱的一年——丁玲在 1943 年的珍贵史料》中记述，丁玲在 1943 年没有发表一篇文章，只在年尾党校发动大家写秧歌剧时，根据听来的故事写了一个剧本《万队长》，还有一篇《二十把板斧》，第二年的 6 月才在《解放日报》上刊登出来。详见《新气象新开拓——第十次丁玲国际学术研讨会文集》，同济大学出版社 2009 年版，第 283 页。

表述："在写了这几篇之后[①]，我对于写短文，由不十分有兴趣到十分感兴趣了。我已经不单是为完成任务而写作了，而是带着对生活都有了浓厚的感情，同时我已经有意识的在写这种短文时练习我的文字和风格了。于是，在文艺工作者代表大会上写的《李卜》，在劳模英雄大会上写《袁广发》……"[②] 这些报告文学为丁玲完成《太阳照在桑干河上》的创作起了一定的过渡作用。而这其中又尤以《田保霖》最具代表性。毛泽东曾在给丁玲、欧阳山两位作家的信中写道："你们的文章引得我在洗澡后睡觉前一口气读完，我替中国人民庆祝，替你们两位的新写作作风庆祝！"[③]"后来，毛泽东在高干会议上，在合作社会议上，都提到了《田保霖》和丁玲。陈赓曾十分高兴地告诉丁玲，毛主席在高干会议上说，'丁玲现在到工农兵当中去了，《田保霖》写得很好。作家到群众中去就能写出好文章。'"[④] 从主题选择的意识形态化到文本语言的方言化，《田保霖》均切实吻合了《讲话》所提出的文艺政策要求。作品中关于农民在新政权过渡期内游移不定心态的精准拿捏，对农民"政治性成长"话题的深刻摄入均体现了丁玲在《讲话》后向群众深入学习的"心得"：

有人告诉他，说他是买卖人，他的二叔父是豪绅，带过民团，最好不回去。于是田保霖不得不好好盘算了："共产党打的是富有，咱么，做点小本买卖，咱无土无地，欠粮欠账，一条穷人嘛。咱当

---

① 话剧剧本包括：《田保霖——靖边县新城区五乡民办合作社主任》，1944 年 6 月 30 日《解放日报》；《一二九师与晋冀鲁豫边区》，1944 年 8 月 14 日至 19 日《解放日报》；在难民纺织厂作《记砖窑湾骡马大会》，1944 年 9 月 17 日《解放日报》等。

② 丁玲：《〈陕北风光〉校后感》，《丁玲全集》第九卷，河北人民出版社 2001 年版，第 53 页。

③ 郜元宝、孙洁编：《三八节有感——关于丁玲》，北京广播学院出版社 2000 年版，第 56 页。内附：毛泽东给丁玲、欧阳山的信（1944 年 7 月 1 日）。

④ 刘汉民编写：《毛泽东谈文说艺实录》，长江文艺出版社 1992 年版，第 174 页。

过掌柜，可是没做过坏事，人都说咱好，咱还怕他个啥？杀头，杀了咱有啥用呢？人都说三十军好嘛，那么咱就回去，不怕他。”①

上述引文中丁玲对农民语言的运用较之前《我在霞村的时候》一文里展现出的那种“穿着农民衣服的知识分子”②的语言面貌有了显著改观，体现在作品中的短句明显增多，人物的对话及内心独白“语言”运用亦凸显出了其乡土生活化的一面。从语体选择、语义呈现到主题选择，再到身份意识与政治立场的直接宣明，均展现出了作品人物较为明确的政治认同倾向，体现了鲜明的“文学与艺术的阶级性和党派性”③。另外，《田保霖》这部作品中人物形象塑造所建构起的一套全新的人物谱系，在丁玲之前的创作中还未曾有过：它一方面折射出丁玲此时体验农村生活和接触工农兵人物之切身体会的逐渐丰富化；另一方面也确实让读者真切地看到了丁玲在其个人语体风格层面上表现出的某种“自觉”求变。

三

叙述认同的达成以作家对具体文学创作行为的内在体认为基点，并受到创作思想、主题、语言等诸多因素的多重影响。就延安文学的创作实绩而言，这可被看作是作家对于“党的文学”走向深度认同时所形成的“语言共同体”，同时亦可体现为创作主体对农民群体之文化结构、

① 丁玲：《田保霖——靖边县新城区五乡民办合作社主任》，《丁玲全集》第五卷，河北人民出版社 2001 年版，第 151 页。

② 中共中央党校文史教研室编：《语言·文学·写作》，中共中央党校科研办公室 1985 年，第 56 页。

③ 邵荃麟：《略论文艺的政治倾向》，《邵荃麟评论集》（上），人民文学出版社 1981 年版，第 87 页。

内涵的综合认同。作家们的叙述认同发生在其身份意识消解、立场宣明之后相异的某个节点，且是这两者完成后于文学书写层面的展现。然而，这种叙述认同并非全然来自作家对文学创作之“本体意义”追求的自觉，延安作家从“写熟悉的题材”①到表现工农兵题材的转变，背后其实是一套创作思维的重塑，且受绊于方言语体自身无法化约的语体特征，这种集体性叙述认同的努力，在作家书写、党的文学建构所期冀的新文学图景、文学语言的大众接受这三者之间，存有一道天然的且难以被消除的文本间隙。

《太阳照在桑干河上》“以纵横交错的人物关系，组成特定历史时期中国农村社会的一挂立体图，而且是一挂土改运动推动下不断向前发展着的立体图，从而深刻地反映了中国农民在中国共产党的领导下，彻底推翻代代沿袭的封建剥削制度，成为农村社会主人的阶级主动精神和历史必然性”②。小说一经发表便引起了文艺界的热烈讨论，并在1951年与同为反映土地改革题材的长篇小说《暴风骤雨》一起获得了斯大林文艺奖，“被国内和国外的读者视为可以从它们理解中国土地改革运动的代表作品之一”③，被誉为“一副相当辉煌的美丽的油画”④。在收获赞誉的同时亦存有带有质疑性的看法：诸如作品对主要人物的表现方面显示出的作家对农民心理体位把握尺度的欠缺，以及作品与同时期的其他作品相比较而显现出的艺术形式上的不足等。在文本语言的方言化方面，同样出现了相异的评价声音。考察这些评价话语的客观与否，首先还是要回归作家自身的语言运用实际。由于自身对农村书写空间的陌生，丁

① 杨思仲：《对于题材问题的理解》，《解放日报》1942年7月4日。

② 杨义：《中国现代小说史》第二卷，人民文学出版社1986年版，第262页。

③ 陈涌：《丁玲的〈太阳照在桑干河上〉》，《人民文学》1950年第9期。

④ 冯雪峰：《〈太阳照在桑干河上〉在我们文学发展上的意义》，《冯雪峰论文集》中，人民文学出版社1981年版，第467页。

玲虽在之前的作品中有过对农民世界及其话语表达进行尝试性的书写，但那也只是作为她试图走出城市空间书写的一种个体性的探求，或曰是对于20世纪30年代初期左翼文学创作方针的浅层面的主题呼应，而这些创作积累很难令丁玲全然摆脱对方言土语入文运用的那种先验心理，并进而实现基于原生态化基础上的农民语言的提炼或升华式书写。

关于《太阳照在桑干河上》的语言运用，有评论认为："在吸收群众的语言方面，作者在这里显然有着更加自觉的努力，单是比较起文艺座谈会以前大部分是描写群众生活的《我在霞村的时候》来，在语言方面也可以看出从知识分子的习惯中得到更多的解放。它也吸收了更多的群众的词汇，但从整体上来讲，它自然并不就是群众的语言，也还不是在群众语言基础上经过自然的加工和提高的那种艺术的语言。它一方面已然抛弃了原来知识分子的旧套，但另一方面，还缺少群众语言的光彩和魅力。它看来是一种尚未成熟的处于过渡阶段的语言。"① 陈涌对这部小说语言的评价大体上符合作品的实际面貌。另外，冯雪峰"也希望作者更多的注意语言的洗练和文字的大众化等功夫"②。丁玲在某种程度上同样也体识到了这部作品在语言运用层面上的一些不足之处，故在该长篇初版后接连对其文本语言进行了两次较为重要的改动③。有论者对新中国成立前夕直至20世纪80年代之际此小说面世的四个版本④，包括上文提及的改动较多的两个版本的语言面貌进行了详细的对照研究⑤。

① 陈涌：《丁玲的〈太阳照在桑干河上〉》，《人民文学》1950年第9期。

② 冯雪峰：《〈太阳照在桑干河上〉在我们文学发展上的意义》，见《冯雪峰论文集》（中），人民文学出版社1981年版，第467页。

③ 这两次较为重要的修改，一次是初版本到校订本的修改，二是人文初印本到人文修改本的修改。详见金宏宇：《中国现代长篇小说名著版本校评》，人民文学出版社2001年版，第200—201页。

④ 这四个版本依次为：1949年版，即"人民文艺丛书版"；1951年版，即"北京校订本"；1953年版，即"人民文学本"；1979年版，即横排本。

⑤ 龚明德：《〈太阳照在桑干河上〉修改笺评》，湖南人民出版社1984年版。

这个不断修改的过程也正是丁玲在作品语言运用层面持续深入体思的最为直接的表现。

虽然在创作这部长篇小说之前，丁玲于体验农村生活的基础上创作了一系列报告文学，对工农题材书写有了一定的储备，且“1943 年 6 月发表的《田保霖》表明新的叙事方式已经基本成形”①，但丁玲叙事方式的基本成形与长篇小说语言型构的完成之间仍存在着非同步的节奏。在设置书写 1949 年初版本《太阳照在桑干河上》中的农民语言时，丁玲于大多情形下是直接将习见的农民语词，如粗鄙的俚语、臆想的意识形态表述等貌似能显现农民语言实际状貌的语词写进了作品。这般处理农民语言的方式，在人物身份与语言应达成一致的文本层面上确乎很有成效。然而，农民的语言“并不尽是‘奶奶雄，操他个奶奶，马拉个八’等等粗鄙的语言”②，也不仅是“以为句子的简短，对话的单纯化，便是大众语文学。所谓大众语文学者，必然地是大众的一般的语言，听得懂，说得出的言语”③。这段关乎农民语言的论述富有创见性地道出了《太阳照在桑干河上》（初版本）在方言土语运用上的不足之处，作品中所呈现的“农民化语言”与现实生活视域内的农民语言之间仍存有明显的间隙，这一间隙的缝合有赖于作家对农民化的语词采取创造性的转化与升华，可以看出，创作《太阳照在桑干河上》（初版本）时的丁玲还未完全实现该“创造性”。

丁玲对作品有所改动的内容是将与农民身份不符的语词转换为接近农民说话习惯的表达，修改的前提则是作家自身于秉承的创作策略规约

---

① 文贵良：《话语卫生学与丁玲的女性肉身叙事》，《湖南大学学报（社会科学版）》2006 年第 3 期。

② 赵树理：《欧化与大众语》，《赵树理文集》第 4 卷，工人出版社 1980 年版，第 1861 页。

③ 赵树理：《欧化与大众语》，《赵树理文集》第 4 卷，工人出版社 1980 年版，第 1861 页。

之下的再揣摩与再体会，而后尽力寻求语言与人物的身份达成一致性的多重可能，这其中需考虑的最为突出的面向是农民形象与农民语言之间是否存在一定的隔阂。另则，这一不断修改的过程其实是对已有文本且已经被建构起来的话语体系的一种“修补”过程，一套新的语言系统的置换除却语体形式上的表层转换之外，它还将重塑出一种能与之达成高度匹配的近乎全新的话语体系。丁玲对《太阳照在桑干河上》语言的几经修改，力证出其内心所“追求”的尽量消减作家在作品主题呈现过程中于语言运用层面携带的两者之间存在的间隙，折射出丁玲寻求触摸到农民话语体系精髓的努力。

作为延安文学中语言转变较为成功的作家，丁玲为我们更好地理解延安时期语言集体转向的历史图景提供了“一方风景”，不仅如此，如若细致想来，丁玲对创作语言的关注与探索可谓贯穿了其整个创作生涯①，而对农民语言的摸索与书写亦跨越了丁玲创作生涯的大半时光。从 20 世纪 30 年代开始的中篇小说《水》到《太阳照在桑干河上》的完成，甚至再到 20 世纪 70 年代的小说《杜晚香》，无论是现实层面农村体验生活带来的内心转变，抑或是文学想象层面的自我构建，再或是经历拨乱反正岁月后的个体沉淀，丁玲对农民世界的书写其实并未间断过。《讲话》后文学创作需要表现的对象、内容及主题的“工农兵方向”规约了作家的语言选择面向。同时，延安语言集体转向的激荡风潮在某种程度上遮掩了丁玲在此之前已存有的一些文学语言层面的“实验性”。后期延安文学语言集体转向背景下，战时文学无可归免的功利性导致了作家们文学书写之“实用性”的凸显，基于作家个性而生发的文本语言层面上的表现和探索基本上失去了其可能得以存活的空间。从这层意义上来

① 参见袁盛勇：《文学是“语言的花朵”——对丁玲文学形式创造及其观念的考察》，《中国现代文学研究丛刊》2019 年第 1 期。

讲，文学语言及其话语书写的多样性便被遮隐在了历史书写的背后，作家的书写个性同样被延安设定的“文艺共同体”所规约。源于思想、身份、立场改造的文学创作，作家们学习并借助延安文艺政策统领下新的语言样式书写着对民族国家新文学图景的集体想象。

延安文学时期，尤其是《讲话》后，作家对方言土语的集约运用建构了文人们对“党的文学”新图景的想象空间，于党对文化领导权的诉求层面同样起到了推进作用，且“极大地提高了人们的自觉的革命意识，极大地鼓舞了人们的信念和意志，极大地推动了当时的革命实践活动”①。但文学语言应是多样化的存在，《讲话》后语言运用的方言化态势并不能成为新中国文学语言建构中的主流。新中国成立后农民语言在文学书写中的式微，表明党对作家创作语言“工农兵化方向”的引导是其能够走向历史前台并主要发挥战时宣传功能的首要前提。而无论是延安当时整体的文学态势，抑或是作家个体的实际创作，其文学本体的意义探寻实践在彼时战时环境下存有的空间均是极其有限的，这或许正是延安文学时期语体方言化的独特性所在。

（作者单位：华东师范大学中文系）

① 李泽厚：《中国现代思想史论》，三联书店 2008 年版，第 189 页。

季羡林·《夜会》·丁玲

刘卫国

季羡林和丁玲，一为学术大师，一是著名作家，各有各的人生轨迹，似乎是两条平行线。但两人曾有过一次文字之交。1934年1月，季羡林曾发表评论丁玲小说集《夜会》的文章，这篇文章除了将两人联系在一起，还曾引起一场文坛风波，只是对这篇文章及其引起的风波，学界很少有人关注。笔者在《论季羡林的新文学批评》[①]一文中曾经提及季羡林的这篇文章及其影响，但因该文另有主旨，故未对此话题进行深入探讨。本文则专门对这一话题进行探讨，试图由此事件及其引起的风波，一窥当时文坛生态。

一

让季羡林和丁玲产生交集的，是丁玲的小说集《夜会》。这本小说集收录了丁玲创作的短篇小说7篇，分别是《某夜》、《法网》、《消息》、

① 《中山大学学报（社会科学版）》2015年第2期。

《夜会》、《诗人亚洛夫》、《给孩子们》、《奔》。其中，《某夜》最初发表于 1932 年 6 月 10 日出版的《文学月报》创刊号，《法网》1932 年 4 月由良友图书印刷公司收入“一角丛书”单行出版，《消息》发表于 1932 年 7 月 10 日出版的《文学月报》第 2 号，《夜会》发表于 1932 年 10 月 15 日出版的《文学月报》第 3 号，《诗人亚洛夫》发表于 1932 年 11 月出版的《东方杂志》第 29 卷第 5 号，《给孩子们》连载于 1933 年 1 月出版的《东方杂志》第 30 卷第 1、2 号，《奔》发表于 1933 年 5 月出版的《现代》月刊第 3 卷第 1 号。

《夜会》这本小说集，在丁玲的所有作品集中比较特殊。一方面，这本小说集并不是丁玲自己编就的，而是在丁玲失踪期间由出版社编就的。1933 年 5 月 14 日丁玲被国民党特务秘密逮捕，社会上盛传丁玲失踪，一度还盛传丁玲遇害。1933 年 6 月，上海的出版社为了纪念丁玲，由良友图书印刷公司出版了丁玲未完成的长篇小说《母亲》，现代书局则自己动手代劳，火速编就小说集《夜会》，立即出版。另一方面，《夜会》中的作品，大都是丁玲转型期的作品。丁玲刚开始出现在文坛，以描写小资产阶级女性著称，根据左翼文坛的说法，丁玲从 1931 年发表《水》开始走向革命文学。《夜会》集中的 7 篇小说发表于 1932 年至 1933 年，因此都是丁玲走向革命文学之后的创作。

在《夜会》出版一月后，即 1933 年 7 月，文坛出现了两篇评论丁玲的文章。一篇是茅盾的《女作家丁玲》，发表于 1933 年 7 月 15 日出版的《文艺月报》第 1 卷第 2 号；一篇是杨邨人的《夜会》，发表于 1933 年 7 月 30 日《时事新报》副刊《星期学灯》。

茅盾回顾了丁玲的创作历程，认为“从一九三一年夏起，丁玲再不是中国左翼作家联盟阵外的同路人而是阵营内战斗的一员”，“《水》在各方面都表示了丁玲的表现才能的更进一步的开展”，茅盾又说，“沿着这路线，丁玲又写了许多短篇小说”，“在左联的干部中，她是一个重要的而且最有希望的作家”。《夜会》集中的小说，正是丁玲沿着《水》的路线创作的。茅盾虽未论及《夜会》这本小说集，但他的判断显然也涵盖了《夜会》这本小说集。

杨邨人逐一评点了《夜会》集中的7篇小说，他认为，“第一篇《某夜》汹涌着令人兴奋的革命罗曼蒂克的气氛之泉，她的成功的地方就是令人读了这篇小说之后，思想与情感都起了共鸣”；第二篇《法网》“论技巧是成功，论思想那就越出轨道了”；第三篇《消息》还比较令人满意，取材新颖，描写也细腻深刻，其所以令人兴奋的原因，第一自然是材料本身令人不禁神往，第二却又是于写实主义中带有革命的罗曼蒂克的气氛十分浓厚；第四篇《诗人亚洛夫》表现着白俄在上海作公共汽车工人的劲敌，公共汽车工人怎样地和厂主与厂主的狗们斗争，而最后却以表现白俄怎样在上海破坏中国工人的罢工与工作为结束，这一篇作品完全是写实主义的手法，描写白俄的生活与思想行动，可以说是成功了的；第五篇《夜会》是表现着工人反日帝国主义赞助民族战争的义勇军的思想表现的一幕喜剧，取材也是新颖，竟至于理想地想象出工人在自己演剧教育自己娱乐自己的一幕喜剧，这里所表现的工人是有朝气的，不觉得生活如铁鞭在敲打着的苦痛的，是快乐不过甚至于放浪形骸之外的……这篇作品又是一篇有着理想主义的骨干的革命罗曼蒂克的作品；第六篇《给孩子们》是一篇童话，表现手法也是革命的罗曼蒂克；第七篇《奔》表现着农村破产的农民挤到城市来。这是一篇写实主义的作品，但末了也用了理想主义在暗示着光明，技巧上、思想上都算是成功了的。

茅盾是当时文坛中左翼阵营的大将，他的评论在某种意义上代表着文坛左翼阵营的意见。杨邨人身份则比较特殊，他1925年加入中国共产党，曾参与创建革命文学社团“太阳社”，曾担任“左翼戏剧家联盟”首任党团书记，但在1932年11月15日，杨邨人发表自白《脱离政党生活的战壕》，宣布脱离中国共产党，1933 年 6 月 17 日，又在上海《大晚报·火炬》化名“柳丝”写作《新儒林外史》，攻击鲁迅。换言之，杨邨人在评论丁玲时已从左翼阵营中叛逃。但杨邨人仍对丁玲《夜会》集中的小说给予好评，他的观点也可以说代表着非左翼甚至反左翼阵营的看法。由此，我们可以说，丁玲的小说集《夜会》受到了文坛多数的肯定。

二

在文坛为《夜会》定调之后，令人意想不到的是，居然有人出来唱反调，这个人正是季羡林。

季羡林，1911 年出生，比丁玲小 7 岁，山东临清人。1926 年就读于山东大学附属中学，1929 年转入山东省立济南高中，1930 年秋季羡林考入清华大学，就读于西洋文学系。在清华大学期间，季羡林结识了李长之、吴组缃和林庚等人，四人有着共同的文学爱好，人称“清华四剑客”[①]。在清华四剑客中，季羡林年龄最小，看到三位大哥在文坛崭露头角，季羡林见贤思齐，立下了“很想成一个作家”、“在文坛上有点地位”[②] 的愿望。

1933 年，郑振铎和巴金、靳以等在北平筹办《文学季刊》，延揽南北文化精英。李长之被郑振铎招揽进编委会，季羡林则应李长之之邀撰写书评文章。季羡林 1933 年 9 月 13 日日记记载：“长之叫我替郑振铎办的《文学季刊》做文章，我想译一篇 T. S. Eliot 的 MetaphysicalPoets

① 季羡林：《追忆李长之》，收入《季羡林全集》第三卷，外语教学与研究出版社 2009 年版，第 267—268 页。

② 季羡林：《清华园日记》，江苏文艺出版社 2013 年版，第 189 页。

给他，他又叫我多写书评。”[①]

书评总要赶热点，1933 年 6 月，适逢丁玲的小说集《夜会》出版，于是季羡林就写了一篇《夜会》的书评。当然，季羡林之所以评论丁玲的作品，还因为他与丁玲有过一面之缘。

1930 年 2 月，胡也频到山东省立济南高中任教，成为季羡林的国文老师。1930年3月，丁玲从上海来探望丈夫，给季羡林留下深刻印象。季羡林后来回忆说，“丁玲的衣着非常讲究，大概代表了上海最新式的服装”，“当时上海是全国最时髦的城市，领导全国的服饰的新潮流”，“相对而言，济南还是相当闭塞淳朴的”，“丁玲的出现，宛如飞来的一只金凤凰，在我们那些没有见过世面的青年学生眼中，她浑身闪光，辉耀四方”[②]。

在评论《夜会》时，或许季羡林心目中对丁玲耀眼衣着的印象犹存，因此，一开头他这样写道：“这也许是幻觉罢。——一想丁玲，总有两个不同的影子浮现在我面前：一个是前期的，是一个典型的小资产阶级少女的影子；一个是后期的，这个影子却很难描述，大概多少总带点儿普罗味，身上穿的应该是蓝布裤褂之流的东西罢。”前期的丁玲，给予季羡林的，或许就是那个穿着“上海最新式的服装”、“浑身闪光”、“辉耀四方”的形象。这个第一印象，实在是太深了，季羡林难以将这个第一印象与穿着“蓝布裤褂”的丁玲重合起来。因此，季羡林接着说：“虽然这两个影子往往是同时浮起来，我却很难把它们拉在一起，说是一个人。我并不否认一个人会转变的，但这转变放在丁玲身上，我总觉得有点不大适合。”

季羡林宣称：“因为某一种机缘的凑巧，我读了几乎自《在黑暗中》

① 季羡林：《清华园日记》，江苏文艺出版社 2013 年版，第 169 页。

② 季羡林：《怀念胡也频先生》，收入《季羡林全集》第二卷，外语教学与研究出版社 2009 年版，第 177 页。

以后的她的全部作品，最近又读到她失（踪）前不久出版的《夜会》，在这几部书里，有她的全人格的进展的缩影，最初是从‘悄悄地活下来悄悄地死亡’的莎菲，进展到能‘忍受非常无礼的侮辱’的梦珂，这以后，她的颓废的心情又反映在阿毛姑娘身上，——‘不为什么，就是懒得活，觉得早死了也好’，跟着来的是转变，《韦护》的女主人公丽嘉一出台便与以前不同了，她看破爱情；她想作点事业，这种空漠的想，又实现在《一九三〇年春上海》里，这书的女主人公美琳终于投身革命，最后是，革命被象征化了。在《给孩子们》里作为爱若出现了。”季羡林认为：“这种由资产阶级而闻到革命的气息，而真去革命，而把革命象征化了，不是一个很合理的进展么？合理是真的；但也许太合理了，我在《在黑暗中》看到的丁玲是这样；在《韦护》里看到的仍然是这样，在《一九三〇年春上海》看到的仍然是这样，——倘若就这样下去，我想不会有一天不这样的，也许因为时间的关系，在《在黑暗中》里不得不穿旗袍或马夹，在《一九三〇年春上海》只好穿蓝布裤褂之流的东西，我不愿意替别人检定意识，说不愿意是瞎话，实在是不会，但是丁玲的意识却很明显：她彻头彻尾是一个小资产阶级的典型女性。”

丁玲究竟会不会走向革命？季羡林打了这样一个比方：“我想到扑火的蛾子，无论原来是在树叶里，墙角里，只要见到一丝光明，也要去扑，被纱窗隔住了，还要停留在那里，徘徊着往里窥探，希望可以发见一个空隙，钻了进去。”用飞蛾扑火来形容丁玲向往革命，其实是很恰当的，但是，季羡林马上否定了这一比方：“但这个联想实在不恰当，我承认我们的革命家闻到了革命气息，有的也真的去革命了，但是大部分闻到这气息的时候却往往在跳舞厅里，喝过了香槟酒‘醉眼朦胧’的那一霎那间。我的良心不使我把丁玲归在这一类，但是除了这一类外，我却也再找不到更适合的一类了。”季羡林所说的这种革命者，就是没有实现完全转变的革命者。季羡林之所以把丁玲划为这一类革命者，是因为他认为，“在她这一些作品里，我看出了她的一个特点——黏质的惰性”，“丁玲也实在被革命气息陶醉过，但是她仍留在原来的地方，不向前动一动。自己作些美丽的富有诗意的梦，她微笑着满足了，也许她也有‘来了’之感罢”。

季羡林认为：“无论穿的是旗袍或马夹，穿的是蓝布裤褂；但是，她还是她，转变也终于只转变了衣服。她与第四阶级的距离不比《在黑暗中》时期距离近，她所描写的第四阶级只是她自己幻想的结果”，季羡林的第一个证据是：“你看她怎样，在《消息》里，她同几个老太婆开玩笑，她替她们作着白日的梦：‘一天只做七个钟头工，加了工资，礼拜天还有戏看呢，坐包厢不花钱……’”这也就是说，丁玲并不了解作为无产阶级的老太婆。她替她们作出的幻想暴露了自己小资产阶级的习性。季羡林的第二个证据是：“在《夜会》里，她描写了，也许同她初意的相反，他们的简单，愚蠢，以及一切能令一个绅士发笑的举动，倘若我们有一定同情心的话。这一点也是为他们单纯的愚蠢的而生的，本来，在一个小资产阶级的眼里，他们的举动的确有点愚蠢而近于可笑的。丁玲虽然改了装，穿上了蓝布裤褂，但是她仍然是以前的她，这些简单到同牛马一般的人们，在她眼里，能不显得可笑么？”在季羡林看来，丁玲在《夜会》这篇小说中表面上歌颂工人阶级，实际上却嘲笑了工人阶级。

由此，季羡林否认丁玲作品中有“进展”：“倘若进展含有好一方面的意义的话，她的缩影是往前走的，但这只是给时间拖着。更恰当地说，她的影却是愈拖愈暗淡下来了。到了《夜会》，只模模糊糊地留了点残痕，明显地说，就是，她的身躯在经过某一个阶段以前，只适于穿旗袍或马夹；或者，再往后，穿筒子似的大衣和高跟鞋，但是她却偏想穿蓝布裤褂，结果只有暗淡了。”季羡林最后亮出结论：“我知道，自始至终，她仍然是她，没有转也没有变，我笑自己的浅薄——我怎么会给她的外套眩惑了呢?”

季羡林这篇评论文章，有着敏锐的直觉和大胆的判断，立论有新意，表述很犀利，自成一家之言。特别是与杨邨人评论《夜会》的文章相比，更能看出季羡林此文的长处。杨邨人的文章逐一点评丁玲的小说，全文未形成核心观点，给人“一盘散沙”的感觉，而季羡林的文章，以核心论点统摄全文，形成了一个统一的整体，因此“更胜一筹”。

当然，季羡林此文也有缺点。比如个别表述不够严谨，如“最初是从‘悄悄地活下来悄悄地死亡’的莎菲，进展到能‘忍受非常无礼的侮辱’的梦珂”一句，弄错了两篇小说的次序，因为《梦珂》是在《莎菲女士的日记》之前发表。全文例证也很少，只用了《消息》和《夜会》这两篇小说作为丁玲未发生转变的根据，显然还不充分。季羡林此文对文坛的主流意见提出挑战，而论证又不充分，因此会给人一种主观臆断的感觉。不过，文学批评允许批评家发表自己的主观看法，甚至允许批评家打赌，如果这种看法后来被证实，那就表明批评家具有远见卓识。

三

季羡林的这篇文章在《文学季刊》创刊号上刊出。《文学季刊》是当时国内的一本大型文学刊物，主编郑振铎对此刊物寄望很大。季羡林1933年8月29日日记记载:“听长之说，郑振铎所办之《文学季刊》是很大地(原文如此，疑为‘的’) 规模的。约的有鲁迅、周作人、俞平伯，以至施蛰存、闻一多，无所不有。我笑着说，郑振铎想成文坛托拉斯。其实他的野心，据我想，也真的不小，他想把文学重心移在北平。”[1] 为

① 季羡林:《清华园日记》，江苏文艺出版社2013年版，第163页。

办成“文坛托拉斯”,《文学季刊》不仅重视名家，也注意发掘新人。《文学季刊》在创刊号发刊词中说:“我们敞开门，恳切地欢迎许多未曾认识的作家们的合作。我们希望借着这个刊物，将更认识许多未曾认识的友人们。只要是同道走着的人们，便都是我们的同伴。”《文学季刊》创刊号封面“本期执笔人”名单，将季羡林这一文坛新人，与众多名家并列在一起，这对季羡林确实是一个很大的鼓励。

《文学季刊》创刊号声势不凡，厚达 360 多页，是当时国内最厚的文学刊物。创刊号初版 1 万份，很快销售一空，这在一定程度上扩大了季羡林这篇文章的影响。

不过，季羡林此文收到的文坛反映基本上是负面的。据季羡林 1934 年 1 月 15 日日记记载:“今天《世界日报》上有人骂我《夜会》的批评。又听长之说，转听巴金说，篷子看见那篇文章，非常不高兴——听了之后，心里颇不痛快。”① 季羡林 1934 年 3 月 6 日日记又记载:“看到沈从文给长之的信，里面谈到我评《夜会》的文章，很不满意。”② 季羡林对这些负面反映，刚开始“心里颇不痛快”，后来也感到惶恐，他给沈从文写了一封信，“对我这篇文章的写成，有所辩解，我不希望我所崇敬的人对我有丝毫的误解”③。季羡林 1934 年 3 月 10 日日记又记载:“今天接到沈从文的信，对我坦白诚恳的态度他很佩服。信很长，他又劝我写批评要往大处看，我很高兴。”④ 沈从文给李长之的信件、季羡林给沈从文的信件，以及沈从文给季羡林的信件，今天都已不存，其中内容我们已无从得知，但我们大致知道，季羡林向沈从文作了解释，沈从文也接受了解释。

---

① 季羡林:《清华园日记》，江苏文艺出版社 2013 年版，第 209 页。
② 季羡林:《清华园日记》，江苏文艺出版社 2013 年版，第 227 页。
③ 季羡林:《清华园日记》，江苏文艺出版社 2013 年版，第 234 页。
④ 季羡林:《清华园日记》，江苏文艺出版社 2013 年版，第 229 页。

事情似乎有所缓解，但季羡林高兴得太早了。《文学季刊》在第一期售罄之后，再版时居然抽掉了季羡林的评论文章，这一举动令季羡林感到错愕。季羡林在 1934 年 3 月 25 日日记中写道："这几天心里很不高兴——《文学季刊》再版竟然把我的稿子抽了去。不错，我的确不满意这一篇，而且看了这篇也很难过，但不经自己的许可，别人总不能乱抽的。"①3 月 26 日的日记又写道："因为抽稿子的事情，心里极不痛快。今天又听到长之说到几个人又都现了原形，巴金之愚妄浅薄，真令人想都想不到。"②

季羡林把矛头指向了巴金个人。巴金究竟与季羡林有何过节？据朱自清 1934 年 3 月 25 日日记记载："下午振铎兄见告，靳以、巴金擅于《季刊》再版时抽去季羡林文；又不收李长之稿，巴金曾讽彼为'即成式批评家'，见《季刊》中；李匿名于《晨报》中骂之云。"③朱自清日记中的记载，应该是可信的内幕消息。

循着朱自清日记提供的线索，我们发现，巴金在《文学季刊》创刊号上发表《批评家》一文，对有些批评家进行了讽刺："批评一篇文学作品，不去理解它，不去分析它，不去拿一个尺度衡量它，单凭自己的政治立场，甚至单凭自己的一时的印象，这决不是批评，这只是个人的读后感。事实上也许这个人根本就不懂得文学和艺术，也许这个人根本就不曾体验过生活。"④李长之和季羡林都曾在《文学季刊》创刊号上发表批评文章，李长之评论的是老舍的《离婚》，季羡林评论的是丁玲的《夜会》。巴金讽刺的究竟是谁呢？朱自清认为巴金讽刺的是李长之，但其实也有可能讽刺的是季羡林。因为李长之的这篇批评文章，并非如巴

① 季羡林：《清华园日记》，江苏文艺出版社 2013 年版，第 234 页。

② 季羡林：《清华园日记》，江苏文艺出版社 2013 年版，第 234 页。

③ 《朱自清全集》第九卷，江苏教育出版社 1997 年版，第 287 页。

④ 余三（巴金）：《再说批评家》，《文学季刊》1 卷 2 期，1934 年 4 月。

金所讽刺的"单凭自己的政治立场"，"甚至单凭自己的一时的印象"写出的。李长之评论老舍的《离婚》，丝毫不涉及政治问题，用的也不是印象式的写法。① 而季羡林的评论文章，一则涉及政治问题，二则用的是印象式写法，正如巴金所批评的那样。

1934 年 4 月，巴金又在《文学季刊》第二期发表《再说批评家》，再度指摘一类批评家："他们所自诩的批评，是把作品分成两种：不是'意识正确'就是'意识歪曲'。正确的自然说上了天，歪曲的骂入了地。最可气的是任意把作品中的句子减头去尾留中段，引到所谓批评的文字中，然后大加以讥讽。殊不知，也许那一句中的一节是说着反话，摘取了这样的一节，就引以为由，不是太不合理了吗?"笔者认为，巴金这里暗讽的仍有可能是季羡林。季羡林这篇文章，主要是从"意识"方面立论的，确如巴金所言，批评家对作家的批评，不外乎"意识正确"和"意识歪曲"两种。巴金批评某些批评家"最可气的是任意把作品中的句子减头去尾留中段，引到所谓批评的文字中，然后大加以讥讽"，而季羡林在批评《夜会》时曾从《消息》中摘出一句话："一天只做七个钟头工，加了工资，礼拜天还有戏看呢，坐包厢不花钱……"这句话是丁玲站在老太婆立场上幻想的未来美好生活，季羡林以此证明丁玲没有变，仍是一个小资产阶级的典型女性。

看来，巴金对季羡林的批评文章确实不满意。不过，巴金只是《文学季刊》的编辑，敢于越过主编郑振铎而擅自抽稿，一定还有其他原因。对此，学界还有一种说法："巴金从茅盾处得知鲁迅对此文有意见，遂

① 李长之在《〈鲁迅批判〉后记》中说："在我最早的批评文字，是印象式的，杂感式的，即兴式的，我有点厌弃，此后的一期，是像政治、经济论文似的，也太枯燥。我总觉得批评的文章也得是文章，我的批评老舍的《离婚》（1933 年 11 月 3 日作，发表于《文学季刊》第一期），就是一个新的尝试。"李长治：《鲁迅批判》，北京出版社 2003 年版，第 170 页。

于刊物再版时抽去了它。”[1] 这一说法，虽然出处不明，但从逻辑上讲似乎也言之成理。鲁迅当时在文坛地位极高，他的意见不能不引起《文学季刊》编辑部的重视，况且鲁迅对丁玲非常爱护，丁玲失踪及疑似遇害消息传出后，鲁迅创作旧体诗《悼丁君》表示哀悼和痛心：“如磐夜气压重楼，剪柳春风导九秋。瑶瑟凝尘清怨绝，可怜无女耀高丘。”鲁迅还建议上海良友公司尽快出版丁玲的未完长篇小说《母亲》，“出版时要在各大报上大登广告，大事宣传，这也是对国民党反动派的一种斗争方式”[2]。《夜会》的出版鲁迅虽没有插手，但按照鲁迅的思路，这本小说集的出版，文坛也应“大事宣传”。季羡林此文惹恼了鲁迅，巴金本就不喜欢这篇文章，自然有了借口抽稿，即便郑振铎追究起来，鲁迅也是他很好的挡箭牌。

抽稿事件发生后，季羡林感慨地说：“我现在自己都奇怪，因为自己一篇小文章，竟惹了这些纠纷，未免大煞风景，但因而也看出究竟。”季羡林由此事得出的教训是：“我现在更觉到自己有办一个刊物的必要，我的确觉得近来太受人侮辱了，非出气不行。”[3] 季羡林得出的教训，用今天的话说，就是掌握出版权力。对于一个文坛新人来说，掌握出版权力是相当重要的。文坛新人发表文章大都很难，文章在发表过程中又难免被编辑删改，文章发表后还有可能在再版时被抽稿，自己掌握了出版权力，就不必求人，不必看别人的脸色行事，还可打出自己的招牌和影响。

在现代文学史上，创造社成员对出版权力有深切体会。创造社成员大都有投稿被拒、难以发表的经历。比如郭沫若曾将自己的第一篇创

---

① 周立民：《编后记：关于〈文学季刊〉》，收入周立民编：《1934—1935 文学季刊》，上海社会科学院出版社 2004 年版，第 298 页。

② 李向东、王增如：《丁玲传》，中国大百科全书出版社 2015 年版，第 99 页。

③ 季羡林：《清华园日记》，江苏文艺出版社 2013 年版，第 235 页。

作《枯髅》投寄给《东方杂志》，“不消说是没有登录，隔不了许久《枯髅》仍然寄还到了我自己的手里来，是我把它火葬了的”[①]，第二篇创作《牧羊哀话》写成了之后，“因为《枯髅》尝受过一次绝望，我不敢再作投稿的冒险了”[②]，到郭沫若后来投稿成功的时候，他曾感慨：“就不办杂志也可以做得出些文章，有朋友们的既成的刊物，能够割些珍贵的幅面来替我们发表发表，那也就恩德无量了”[③]。郁达夫更是痛切地指出：“自己没有独立的机关，处处都要受人继母式的虐待。”[④]周毓英则总结经验说：“创造社没有组织，没有机关，可是有了出版部，创造社的力量便无形中凝聚起来强大起来了，同时因为创造社出版部的成立，也开了作家自办书店的先声，例如当时的开明书店，太阳社等等，便多少是看了创造社出版部的经验而成立的。”[⑤]创造社之后，文坛新人崛起时，大都借鉴并沿袭创造社自己掌握出版权力的经验。闻一多也曾有过投稿被拒的经历，据梁实秋回忆：“一多写了一篇长文《冬夜评论》，由我寄给北京晨报副刊（孙伏园编）。我们很天真，以为报纸是公开的园地，我们以为文艺是可以批评的，但事实不如此。稿寄走之后，如石沉大海，杳无音讯，几番函询问亦不得复音，幸亏尚留底稿。”[⑥]闻一多后来在与梁实秋、吴景超通信时这样陈述办刊物的理由：“我们皆知我们对于文学批评的意见颇有独立价值；若有专一之出版物以发表之，则易受群众之注意——收效速而且普遍。……又吾人之创作亦有特别色彩。

① 郭沫若：《创造十年》，现代书局 1932 年版，第 65 页。

② 郭沫若：《创造十年》，现代书局 1932 年版，第 71 页。

③ 郭沫若：《关于〈创造周报〉的消息》，1925 年 5 月 12 日《晨报副刊》。

④ 郭沫若：《创造十年续篇》，收入《郭沫若全集·文学编》第十二卷，人民文学出版社 1992 年版，第 290 页。

⑤ 周毓英：《记后期创造社》，《申报月刊》复刊第 3 卷第 5 期，1945 年 5 月 16 日。

⑥ 梁实秋：《梁实秋自述》，收入《梁实秋文坛浮沉录》，黄山书社 1992 年版，第 141—142 页。

寄人篱下，朝秦暮楚，则此种色彩定归湮没。”[①] 在现代作家中，丁玲在登上文坛时相当顺利，《梦珂》、《莎菲女士的日记》等均在《小说月报》头条发表，但她后来也和沈从文、胡也频合办出版社，创办《红黑》月刊，出版“红黑丛书”，显然也意识到了掌握出版权力的重要性。

季羡林在受到《文学季刊》的“侮辱”之后，李长之打抱不平，愤而退出《文学季刊》编委会。为了“出气”，李长之和季羡林坚定了自己创办刊物的决心，刊物定名为《文学评论》。但这本刊物在创办过程中再次伤害了季羡林。季羡林 1934 年 4 月 21 日日记记载：“文学评论社信及特约撰稿人的信，代表人没写我的名字，非常不高兴，对这刊物也灰心了。这表示朋友看不起我。”[②]1934 年 5 月 9 日日记又记载：“《文学评论》前途不甚乐观，经费及各方面都发生问题，办一个刊物真不容易，因为种种原因，我对这刊物也真冷淡，写代表人不写我显然没把我放在眼里，我为什么拼命替别人办事呢?”[③] 在季羡林看来，《文学评论》没有将他列为代表人，表示看不起他，这份刊物不是他的，他仍然没有掌握出版权力，因此不用“拼命替别人办事”。季羡林只在这份“别人的刊物”发表了一篇散文和一篇学术论文，而这份刊物在出版两期之后即告停刊。之后，季羡林也彻底退出了新文学批评界。

四

巴金之“愚妄浅薄”，是季羡林所找到的自己稿件被抽的原因；自

---

① 闻一多 1922 年 9 月 29 日致梁实秋、吴景超信，收入《闻一多书信选集》，人民文学出版社 1986 年版，第 64—65 页。

② 季羡林：《清华园日记》，江苏文艺出版社 2013 年版，第 244 页。

③ 季羡林：《清华园日记》，江苏文艺出版社 2013 年版，第 249 页。

己掌握出版权力，是季羡林从抽稿事件中总结出来的教训。但季羡林找到的原因和教训，并未逼近事件的真正核心，因为巴金抽稿，背后还有原因，而自己即便掌握了出版权力，也面临着出版环境的影响。

中华民国政府成立时，曾颁布临时约法，其中规定了言论出版自由的权利。1919年11月，李剑农在《太平洋》杂志第2卷第1号发表《宪法上的言论出版自由权》，认为临时约法在言论出版自由的规定上有严重漏洞，而这个漏洞可以被政府利用，要想从根本上保障言论出版自由，须重新制定有关法律条文，特别是要强调言论出版的绝对自由。总的来说，在1917年至1927年北洋政府执政期间，中国的舆论界虽无言论出版的绝对自由，但还是有相对自由的。这一方面是因为民间资本主义的发展，大众传媒的兴旺和自由职业的扩大，另一方面是因为北洋政府内部纷争不断，无暇也无能力控制文化人的思想。当时的出版自由情况，可从知情人回忆中得知大概："那时正值国家鼎革之际，社会一切都呈着蓬勃的新气象。尤其是文化领域中，随时随地在萌生新思潮，即定期刊物，也像雨后春笋般出版。因为在那时候，举办一种刊物，非常容易，一、不须登记；二、纸张印刷价廉；三、邮递利便，全国畅通；四、征稿不难，酬报菲薄；真可以说是出版界之黄金时代。"①

在1917年至1927年间，文学刊物非常之多，需要说明的是，这些文学刊物大都是同人刊物。不是同人，一般很难在这个刊物上连续发表文章。鲁迅曾在《集外集·序言》中说："我更不喜欢徐志摩那样的诗，而他偏爱到各处投稿，《语丝》一出版，他也就来了，有人赞成他，登了出来，我就做了一篇杂感，和他开一通玩笑，使他不能来，他也果然不来了。"② 还需说明的是，在这一时期，文坛人物对出版自由的理解并

① 秋翁：《三十年前之期刊》，收入芮和师等编：《鸳鸯蝴蝶派文学资料》上册，福建人民出版社1984年版，第275页。

② 《鲁迅全集》第七卷，人民文学出版社2005年版，第4—5页。

不通能说完全到位。关于出版自由，人们强调的往往是掌握出版权力、有自己的发稿权、能自主出版，至于别人有无发稿权、能否自主出版，并不在其关注范围内，尤其是，如果是对方持反对立场，则在同仁刊物上基本没有存在的可能。其实，出版自由还有一条基本原理，即“我不赞成你的观点，但誓死捍卫你说话的权力”。陈独秀在《新青年》杂志回答读者提问时，曾旗帜鲜明地提出：“必不容反对者有讨论之余地，必以吾辈所主张者为绝对之是，而不容他人之匡正也。”① 这显然是否定了反对者的言论与出版自由。胡适曾对陈独秀这一原则提出异议：“吾辈已张革命之旗，虽不容退缩，然亦决不敢以吾辈所主张为必是而不容他人之匡正也”②，但很快胡适就认同了陈独秀的这一原则，并检讨说，自己“太和平了”，若照他自己的态度做去，“文学革命至少还须经过十年的讨论与尝试”③。

只是这一时期的出版环境较为宽容，刊物林林总总，这一刊物的编辑并不能封杀另一刊物的文章，陈独秀就不能完全封杀新文学反对派的言论。而且，这一时期文坛各派势力在论战时，基本上与政治的专制主义保持着疏离，很少采用政坛的专制手段。林纾在与新青年阵营论战时，作小说《荆生》，暗示 / 呼吁北洋军阀徐树铮出手将新文化倡导者打翻在地，结果受到文坛普遍鄙视。章士钊在与新文化阵营论争时，有人曾提醒：“列位，不要把那老虎运动当作一件小事，这实在比‘五四’时的荆生运动更危险可怕。因为那时的清室孝廉林纾并没有实权在手。”④ 但章士钊在与新文化阵营论争时并未动用自己所拥有的政治

① 陈独秀：《陈独秀答书》，《新青年》第 3 卷 第 3 号，1917 年 5 月。

② 胡适：《寄陈独秀》，《新青年》第 3 卷第 3 号，1917 年 5 月。

③ 胡适：《五十年来中国之文学》。此文作于 1922 年 3 月，原载 1923 年 2 月《申报》五十周年纪念刊《最近之五十年》。收入 1924 年 11 月上海亚东图书馆出版《胡适文存二集》卷 4。

④ 辛民：《言论界之分野》，《京报副刊》1925 年 8 月 21 日。

“实权”，对新文化阵营的出版自由进行封杀。

随着国民党南京政府的建立，文坛的出版环境发生剧变，一方面，出版自由度断崖式下跌，另一方面，政治专制手段开始在出版中大规模运用。1929年1月10日，国民党中央常务会议通过《宣传品审查体例》，规定凡“宣传共产主义及阶级斗争者”以及其他“反对或违背本党主义政纲政策及决议案者”，均为“反动宣传品”，必须“查禁查封或究办之”。在国民党的文化专制政策出台后，有的文章不能通过国民党书报审查机关的审稿，即便通过了，也会被删改，甚至开天窗。在《文学季刊》创刊之前，郑振铎曾于1933年7月1日在上海创办《文学》月刊，之所以又创办《文学季刊》，是因为“《文学》在上海的处境一天天地困难，有许多文章都被‘检查老爷’抽掉，我们正好开辟一个新的阵地，这个阵地敌人还没有注意到，可以发挥作用”①。不过，《文学季刊》创刊伊始就面临着审查。创刊号样本印出后，问滔的文章《戏剧的重要性及其动向》就被审查官删除。更为野蛮的是，国民党政府还利用自己的政治权力，采取逮捕、监禁直至枪毙手段，对付持不同政见的作家。丁玲的丈夫胡也频1931年就被国民党政府逮捕并枪杀。1933年5月14日，丁玲又被国民党特务秘密逮捕，之后监禁三年。

20世纪30年代的中国文坛，已经分化出自由派、民主派和左翼阵营，对于国民党的专制主义政策与手段，不仅左翼阵营坚决反对，自由派和民主派也是持强烈批判态度的。自由派的胡适曾发表《新文化运动与国民党》②，批评国民党政府剥夺公民的言论自由权：“一个负责任的学者说几句负责任的话，讨论一个中国国民应该讨论的问题，便惹起五六个省市党部出来呈请政府通缉他，革掉他的校长，严办他，剥夺他

① 陈福康：《郑振铎传》，上海外语教育出版社2009年版，216页。

② 《新月》第2卷第6、7号合刊，1929年9月10日。

的公权！”民主派的郑振铎和左翼的鲁迅等人曾于1936年10月联合发表《文艺界同人为团结御侮与言论自由宣言》，其中要求“开放人民言论自由，立即废止阻碍人民言论自由之法规”①。

不过，中国文坛对言论出版自由的理解以前不到位，到这一时期也未矫正过来。比如，胡适回顾文学革命，彻底认同了陈独秀“必不容反对者有讨论之余地”的态度，认为“这种武断的态度，真是一个老革命党的口气。我们一年多的文学讨论的结果，得着了这样一个坚强的革命家做宣传者，做推行者，不久就成为一个有力的大运动了”②，郑振铎这样赞叹《新青年》批评家：“他们的言论和主张，是一步步的随了反对者们的突起而更为进步，更为坚定；他们扎硬寨，打死仗，一点也不肯表示退让。他们是不妥协的。”③表彰“武断的态度”，肯定“扎硬寨、打死仗”的精神，强调的显然是自己的言论与出版自由，而不是反对者的言论与出版自由。而一旦主客易位，自己的言论与出版自由，也会被对方用“武断的态度”和“扎硬寨，打死仗”的精神如法炮制、彻底封杀。

而20世纪30年代，对于中国来说，又是一个阶级斗争空前激烈的时代。在这样的时代，政治力量开始介入文坛。朱晓进先生曾发现，在20世纪30年代的一系列文学论争中，弥漫着普遍的政治化思维：“政治化思维的表现形式之一是，论争中的实用主义。也就是说，为了政治的需要，往往将相对真理当作绝对真理”，“对党派性特别重视，是30年代文学论争中政治化思维的又一表现形式”，“30年代文学论争中的政治化思维有时还表现为政治上的过度敏感，即有很强的政治防范

---

① 《文学》第7卷第4号，1936年10月1日。

② 胡适：《逼上梁山——文学革命的开始》，《东方杂志》第31卷第1号，1934年1月。

③ 郑振铎：《〈中国新文学大系·文学论争集〉导言》，收入郑振铎编：《中国新文学大系·文学论争集》，上海良友图书印刷公司1935年版，第1页。

意识”①。

在这样的时代，文学批评家往往要在政治上选边站，即使批评家不想选边，旁观者也会自动替批评家划定阶级阵营。在这样的时代，即使批评家认为自己写的是纯正的文学评论文章，旁观者也会自动探究批评家的政治立场。这是一个以立场定是非的时代，立场合乎编辑方，文章才能得到发表，立场不合乎编辑方，往往会被编辑方视为政治上的敌人。在这样的时代，想跨越不同政治派别办一份刊物，也变得相当艰难。《文学季刊》本来是想“敞开门”、办成“文坛托拉斯”，并不想办成同人刊物，但这个时代已经不是能够“兼容并包”的时代，一份刊物出现一篇观点异样的文章，往往会显得突兀，且不能被容忍。

而季羡林正是在这里触犯了忌讳。季羡林评论丁玲的《夜会》，认为丁玲没有完成向革命者的真正转变，这不符合当时文坛主流的意见。大家都说丁玲转变了，你说她没有转变，这就是讥讽丁玲，讥讽丁玲也就是讥讽左翼文学，讥讽丁玲也就是讥讽无产阶级革命。季羡林可能会觉得很冤枉：我的立论并无此意。但也不冤枉，因为“季羡林在批评新文学作家作品时，心口往往不一，心里虽喜欢，但说出来的话却往往较真，吝于表扬，长于挑刺，这样的批评风格虽然犀利，却容易得罪人”②，换言之，季羡林喜欢说怪话，唱反调，在20世纪30年代政治斗争激烈的时代，说怪话，唱反调，一不留神就会踏入政治的旋涡，被视为政治上的敌人。从五四时期开始，意见相反者的发稿权与出版自由就被无视，何况政治斗争激烈的30年代呢？

---

① 朱晓进：《略论中国现代文学的政治化传统》，收入朱晓进：《中国现代文学史研究的视阈》，人民文学出版社2008年版，第68—69页。

② 刘卫国：《论季羡林的新文学批评》，《中山大学学报（社会科学版）》2015年第2期。

五

《夜会》这本小说集，将季羡林与丁玲联系在一起。因为评论这本小说集，酿成了一场风波。这场风波对丁玲并无影响，丁玲当时已被国民党政府软禁，很少能接触到外界的信息，但是，丁玲后来的经历倒是验证了季羡林的论断。如果丁玲真的在 20 世纪 30 年代就已经完成了思想转型，那么她就不会在延安整风运动中感到“洗心革面”“脱胎换骨”了。可以说，季羡林对丁玲的判断，虽是猜测，但还是有先见之明的。对于季羡林来说，这场风波在一定程度上改变了其人生道路，季羡林因为抽稿事件，对文坛失望，最终退出了文坛，但是，此处不留人，自有留人处，退出文坛后，季羡林投身学术界，在学术研究中取得重大成果，终成一代学术大师。

饶有意味的是，季羡林对抽稿事件并未遗忘，只是后来他对这一事件的表述发生了剧变。1989 年 4 月 1 日，季羡林在上海《文汇报》发表文章《悼念沈从文先生》，文中说：“丁玲的《母亲》出版以后，我读了觉得有一些意见要说，于是写了一篇书评，刊登在郑振铎、靳以主编的《文学季刊》创刊号上。刊出以后，我听说，沈先生有一些意见。我于是立即写了一封信给他，同时请求郑先生在《文学季刊》创刊号再版时，把我那一篇书评抽掉……”季羡林把《夜会》说成《母亲》，显然记忆有误，但老年人记忆力衰退，出现这个失误可以理解，只是，季羡林把抽稿事件说成是自己主动要求抽稿，这就违背了历史真实，这已经不能用“记忆有误”来解释了。这究竟应该怎样来解释、怎样来评判，是发人深思的。

（作者单位：中山大学中文系）

论“左联”时期丁玲小说创作的现代性

俞宽宏

作为一位“海漂”作家，丁玲初期小说创作颇受现代主义思潮影响。1930 年 5 月加入“左联”之后，丁玲小说逐步告别女性个性主义写书，向激进的时代思潮消融。丁玲是左联重要盟员，服膺于“左联”的无产阶级政治立场是她小说创作的自觉选择。这一时期的小说创作，随着人生阅历的拓展，她不但开始“以批判的观点写”①，也把审视的视域从原来的知识阶层迅速伸向工农大众。但不管作者叙事立场和小说题材如何变化，丁玲并没有抛弃她初期小说创作的现代性倾向，现代性自始至终都是“左联”时期作者小说创作的重要艺术基因。因为把小说创作同现实政治相结合，丁玲这一时期小说创作的现代性书写不但突破了现代女性文学的狭小格局，也给左翼文学开辟了一片崭新的丰腴之地。“左联”时期丁玲小说创作的现代性基因渗透在作品的叙事立场、题材选择和表现方式各个领域，给小说文本带来独具一格的艺术魅力。对丁玲小说文本的现代性探究，理应是评估丁玲小说艺术价值不可或缺的重要一环。

① 丁玲：《我的创作经验》，见张炯主编：《丁玲全集》第七卷，河北人民出版社 2001 年版，第 11 页。

一、小说创作立场的现代性

在胡也频的影响下，1929年中期过后丁玲的小说创作开始从五四时期的思潮余绪激剧向左翼文学转向。1930年1月，《韦护》在《小说月报》上连载，此后丁玲小说创作在政治和文学的媾婚中亢奋突进。从1930年5月加入左联，到1933年5月被捕，3年左右的时间里，丁玲相继创作了《一九三〇年春上海（之一）》、《一九三〇年春上海（之二）》、《水》、《法网》、《母亲》、《奔》等近19部长、中、短篇小说。

以倡导无产阶级革命为圭臬的中国左翼文学，在上海这座畸形发展的远东现代都市，一开始就展现出它的先锋性和现代性。关于左翼文学在20世纪二三十年代之交上海文学界的地位，长期主持水沫书店编辑工作的施蛰存，对水沫书店大量出版左翼文学著作缘由的说明中有过很好的诠释：

> 刘灿波（即呐鸥原名）喜欢文学和电影。文学方面，他喜欢的是所谓“新兴文学”、“尖端文学”。新兴文学是指十月革命以后兴起的苏联文学。尖端文学的意义似乎广一点，除了苏联文学之外，还有新流派的资产阶级文学。他高兴谈历史唯物主义文艺理论，也高兴谈弗洛伊德的性心理文艺分析。总之，当时在日本流行的文学风尚，他每天都会滔滔不绝地谈一阵，我和望舒当然受了他不少影响。①

很明显，在施蛰存的回忆里，20世纪二三十年代之交的国内文学界，

① 施蛰存：《我们经营过三个书店》，《北山散文集》第1册，华东师范大学出版社2001年版，第320页。

在上海北四川路掀起的普罗文学和左翼文学运动，确实是一股同表现主义、象征主义、未来主义、新感觉派小说一样簇新的现代文艺思潮。

左翼文艺思潮的现代性，集中体现在它所追求的社会主义政治理想上。左联在它成立的纲领里指出："我们的艺术是反封建阶级的，反资产阶级的，又反对'稳固社会地位'的小资产阶级的倾向……我们对现实社会的态度不能不支持世界无产阶级的解放运动，向国际反无产阶级的反动势力斗争。"① 换言之，左翼文学运动的目的在求新兴阶级的解放，推翻资产阶级统治，建立一个全新的社会主义制度。马克思主义的社会主义在大多数方面，通常要比资本主义的自由主义更现代化。美国文化学者格里芬就这个问题论述道：

> 如果我们把这二分化与工业化、都市化、技术化、官僚化、科学主义、工具理性、世俗化、平等主义以及唯物主义一起作为现代社会的标志，那么，可以看到，工业社会主义比自由工业资本主义具有更充分的现代性。②

格里芬对于工业社会主义现代性的论述比较中肯。作为左联时期被鲁迅赞誉的"唯一的无产阶级作家"③，丁玲这一时期的小说创作，其无产阶级立场及其追求的社会主义理想，是文本最为明显的现代性特征。1932 年 2 月，丁玲在她的入党志愿书中说，她最初认为自己只要革命就可以了，后来又认为做一个左翼作家也够了。但最后自己还是觉得做

① 《左翼作家联盟的成立》，《艺术月刊》第一卷第四期，1930 年 3 月 16 日，第 203 页。

② ［美］大卫·雷·格里芬：《导言：后现代精神与社会》，大卫·雷·格里芬编，王成兵译：《后现代精神》，中央编译出版社 1998 年版，第 17 页。

③ 李政文：《鲁迅约见朝鲜友人的一封信》，《新文学史料》1983 年第 3 期。

一个革命的同路人是不够的，愿意加入中国共产党，做一颗革命的螺丝钉。丁玲加入的是一个更具现代性的政党，因为它是在批评封建宗法制和自由资本主义的基础上成立的。纵观丁玲左联时期小说创作，作为一个左联作家，丁玲是站在无产阶级的立场来创作的，她的小说创作显示出了更为现代的文化倾向。

丁玲小说创作中的无产阶级立场，有一个逐渐彰显的过程。《年前的一天》是丁玲和胡也频双双加入左联之后丁玲创作的第一篇短篇小说，比之年初发表的《韦护》，这篇小说虽然也还没有摆脱“革命加恋爱”的窠臼，但它的现实指向性已相当明显，具有浓郁的自叙体特征。小说描写一对具有初步革命倾向、依靠写稿为生的小知识分子情侣，在年前的一天甜蜜艰辛的生活。小说描述女主人公在早晨做了个梦，近段时间她常常做着类似的梦：

> 这天早晨，便又正在做这样一类的梦。这若果是现实，那她是只能受一种莫明其妙的力支配着，不知是快乐得要笑，还是哭得那么难受。不过，在梦里，却仿佛是很有力的，将身体在狂乱的嘶喊着的群众中拥挤着。她要钻到最前面去，她气喘，一种压不住的兴奋，在一片模糊中，只觉得四周是发狂了。她听到刺刀的声响，马蹄的声响，救火车车轮也扎扎响起。她看见许多兵士，许多血，许多被砍了的人的脸。①

这无疑是小说作者加入左联之初的一段心境描述。1930 年 5 月，正是李立三“左”倾冒险错误即将充分展开之时，左联在四月底刚刚召

① 丁玲：《年前的一天》，见张炯主编：《丁玲全集》第三卷，河北人民出版社 2001 年版，第 257 页。

开了第一次全体盟员大会。红五月左联的政治活动，目睹胡也频参加政治斗争的亢奋，这对于一个承继五四文学余绪，习惯了《莎菲女士的日记》中女性个性化书写的小说作者来说，是一种全新的体验。《年前的一天》所展示的，是进步的小资产阶级知识分子转换立场，积极参加革命斗争的一种心路表白，现实与理想交织，忐忑之中蕴藏着道路选择的必然信念，一种牺牲当下创造未来的现代性情绪跃然纸上。

1930 年，丁玲因怀孕很少直接参加政治活动，《一九三〇年春上海（之一）》和《一九三〇年春上海（之二）》虽以左联 5 月和 8 月的政治活动为背景，描述了一部分革命的知识分子在艰难的选择中放弃爱情参加革命的心路历程，但仍然没有摆脱“革命加恋爱”的写作范式。但次年 2 月胡也频牺牲之后，小说作者的写作立场发生了更为彻底的转换。之后两年多时间里，丁玲相继创作了《从夜晚到天亮》、《田家冲》、《水》、《多事之秋》、《法网》、《奔》等大批政治意识鲜明的无产阶级小说，给左联的文学活动开辟了一片丰腴的领地。

这一时期小说创作立场的转换，丁玲在 1932 年 12 月发表的论文中有过明确的表述：

> 至于写作方法，第一就是作者的态度。对于罢工，资本家和工人，就能够生出不同的见解（态度）。这时候的作者，站在哪一个见解上写，可以在他作品中非常清楚地看出，他是无法隐瞒，无法投机。因为阶级的意识，并不是可以制造出来的。举一个例子吧，《现代杂志》上穆时英的《偷面包的面包师》，他虽也写劳资纠纷，但他只能把偷来代替抵抗；又像杜衡的《人和女人》，他并不去写一个时代女工的最高典型，而只写一个不常有的女工的虚荣，堕落。这对于进步的女工，简直是侮辱，因为实际上，很多很多女

工，是非常艰苦的到实际工作中去了。①

不仅如此，丁玲在这篇创作经验谈的论文中，还就文学的社会价值谈了自己的看法。她明确指出，左翼文学只要它真的能够组织起广大的群众来，那么他的价值就大，并不一定要像胡秋原等人，在文学的社会价值以外，还要求着所谓文学的本身价值。

二、小说题材的现代性情结

一般来说，在五四之前的小手工业及工场手工业中，我们始终能看到宗法关系及各种人身依附形式的残余，这些残余在资本主义经济的一般环境下使劳动者的状况恶化，也使他们颓废。但在大机器工业时代“往往把来自全国各地的大批工人集中在一起，已经绝对不再与宗法关系和人身依附的残余相妥协，并且以真正‘轻蔑的态度对待过去’”②。显然，左联时期上海的资本主义大工业生产是比传统手工业更为进步的一种产业形态，他摧毁了旧有的封建宗法制文化模式，带来了一种全新的现代主义文化发展倾向。

丁玲是一个十分喜欢站在时代潮流中创作的女性作家，加入左联之后，左联和上海发生的一些重要政治事件，几乎都在她的小说中得到了迅速反映。这种急速反映时代变化的跫跫足音，使丁玲小说文本烙下了无法排解的现代性情结。现代性是丁玲小说叙事的主要基因。但不同于

① 丁玲:《我的创作经验》，见张炯主编:《丁玲全集》第七卷，河北人民出版社2001年版，第12页。

② 列宁:《俄国资本主义的发展》，《列宁全集》第3卷，人民出版社1984年版，第502页。

象征主义、新感觉派小说的现代主义书写，从《一九三〇年春上海（之一）》、《多事之秋》到《奔》，丁玲小说创作执着于文艺与时代、文艺与政治的结合，把作品的现代性融注于小说叙事的政治话语之中，展示了文本不一般的现代性倾向。

承接前期创作余绪，加入左联的最初一年，革命的知识分子题材是丁玲小说创作的最主要组成部分。1931 年 5 月，丁玲在光华大学的演讲中说：

> 我以后绝不写恋爱的事情了，现在已写了几篇不关此类事情的作品。我也不愿写工人农人，因为我非工农，我能写什么！我觉得我的读者大多是学生，以后我的作品的内容，仍然想写关于学生的一切。因为我觉得，写工农就不一定好，我以为在社会内，什么材料都可写。①

但事与愿违，1931 年 5 月之后的丁玲小说创作，并没有按照作者的原先思路发展下去，工农题材在她的小说创作中所占比重越来越重，知识分子题材在胡也频牺牲的同年 6 月之后便很少涉猎。这一年丁玲的小说创作主要有 1930 年的《一九三〇年春上海（之一）》、《一九三〇年春上海（之二）》，1931 年 5 月的《莎菲日记第二部》和《一天》等 4 部小说。这些小说以胡也频牺牲为分界，前者以蒋光慈式的“革命加恋爱”为特征，后者描述进步知识分子的思想裂变和参加实际革命活动的艰难生活。20 世纪二三十年代之交是左翼文化运动的蓬勃发展时期，“无论什么时候什么地方，一个阶级的领袖永远是该阶级最有知识的先进代

① 丁玲：《我的自白》，见张炯主编：《丁玲全集》第七卷，河北人民出版社 2001 年版，第 4 页。

表人物”[1]，这一时期丁玲笔下的革命知识分子，是20世纪30年代中国先进社会思潮的主要弄潮儿，他们的道路选择和政治活动，预期了时代的发展方向，因而更具有“春江水暖鸭先知”现代性意义。

作为一个无产阶级作家，丁玲告诉年轻作者，不要太欢喜写一个动摇中的小资产阶级的知识分子，“不要摹仿上海流行的新小说”[2]。在她看来，所谓艺术至上，所谓唯美主义、所谓民族主义，全都是没有生命力的，艺术创作唯有同无产阶级的实际斗争相结合才有出路。她说：

> 所有的理论，只有从实际的斗争中，才能理解得最深刻而最正确。所有的旧感情和旧意识，只有在新的，属于大众的集团里才能得到解脱，也才能产生新感情和新意识。所以，要产生新的作品，除了等待将来的大众而外，最好请这些人决心放弃眼前的，苟安的，委琐的优越环境，穿起粗布衣，到广大的工人、农人、士兵的队伍里去，为他们，同时就是为自己，大的自己的利益而作艰苦的斗争。[3]

左联时期丁玲小说创作，在广阔的背景下展示了产业工人在现代产业资本疯狂压榨下的干瘪生活和个性情绪，作品人物的命运和精神倾向，无疑是写给20世纪30年代尚未发育完善的资本主义社会的一首挽歌。《法网》和《奔》是丁玲左联时期比较用心的两篇力作。前者是丁

---

① 列宁：《论〈宣言书〉》，《列宁全集》第4卷，人民出版社1984年版，第277页。

② 丁玲：《对于创作上的几条具体意见》，见张炯主编：《丁玲全集》第七卷，河北人民出版社2001年版，第10页。

③ 丁玲：《对于创作上的几条具体意见》，见张炯主编：《丁玲全集》第七卷，河北人民出版社2001年版，第9页。

玲入党之后创作的第一篇短篇小说，后者脱稿于丁玲被捕之前的一两个月。《法网》的故事以南京与上海的当下生活为背景，讲述了产业工人顾美泉因一点家庭小事导致失业，走投无路继而搞出人命，最终夫妻双双失去生命的凄凉故事。《奔》讲述一群破产农民举债借钱，从农村坐下等车厢到上海寻找出路。但与他们的事前愿望相反，到达上海之后，展现在他们面前的是一幅畸形的都市场景：一方面是现代都市的大洋房、小汽车、穿皮大衣粉脸的太太、百货店里花花绿绿的货品；另一方面是城市边缘臭气熏天的工人茅草房，一群每天 14 小时被机器压榨得瘦骨嶙嶙的失业工人和那些失去生活来源沦为娼妓、乞丐的工人家属。亲身感受过现代都市的残酷之后，这群走投无路的"土老儿"，最后选择了徒步回家，但等待他们的仍然是乡间的高利盘剥。

毫无疑问，不管是《法网》还是《奔》，两者都具有鲜明的政治倾向。但撇开文本的叙事立场不说，小说作者确实在错综复杂的人事关系中，向读者描绘了一幅从农村宗法社会分离出来的现代产业工人，漂浮在大城市逐渐被城市所吞噬的脆弱的生存画卷。与《法网》相比，《奔》的审视眼光似乎更为开阔。这篇小说在旧式乡村宗法社会和新式工商业市民社会之间进行场景切换，在比较广阔的背景下展示了 20 世纪 30 年代中国旧式宗法社会缓慢向现代市民社会转型的阵痛与无奈。现代城市市民的主体是由各行各业的工人及其家属构成的，但与穆时英、刘呐鸥笔下都市经济动物醉生梦死的迷茫性格不同，丁玲小说所展示的是一群心智清楚，在产业资本疯狂压榨之下走投无路，饱受摧残的现代人的心灵。小说背后那位全能的叙事者的眼光是现代的、是批判的。作品所描述的下层市民的痛苦与挣扎，自始至终散发着一股浓郁的、破败的现代都市气息。

丁玲来自湖南农村，对农村社会本来就较有感情。1931 年胡也频牺牲之后，丁玲专注于烈士的信仰，开始以无产阶级革命的视角来审察农村社会，接连推出了《田家冲》、《水》、《母亲》等小说作品。丁玲说："我很爱写农村，因为我爱农村，而我爱的农村，还是过去的比较安定的农村。"[①] 尽管小说作者也有过"我把农村写得太美丽了"[②] 的自责，但不同于沈从文笔下湘西农村社会的唯美倾向，丁玲农村题材的小说创作，是要表现宗法制下农民在现代革命思潮影响下的觉醒与反抗，作品的主基调是以大工业化的现代视角对农村宗法制社会生产关系的一种否定，其核心思想是要摧毁旧有的农村宗法制建立一个更加平等和谐的现代乡村社区。《田家冲》描写了一个地主的女儿到农村佃户家里悄悄开展地下革命斗争的事迹。《水》以 1931 年震动全国的大水为背景，讲述了一群深受水灾之害，走投无路，最后觉醒开始组织起来进行反抗斗争的故事。两部小说都是丁玲试图冲破"革命加恋爱"的普罗文学堤坝，开拓左翼文学沃土的一种新尝试。作者的现代性关怀，使得作品透露出别一种小小的现代艺术萌芽的新力量。

三、小说叙事的现代性表述

在某些现代主义者看来，形式即内容。丁玲"左联"时期的小说创作，随着作者政治立场的改变，作品的叙事立场和题材选择均发生了质的改变。在艺术表现手法的选择上，丁玲不单承继了初期小说创作中的一些艺术表现的现代手法，为了迅速反映时代的主题，还努力借鉴吸收了现代电影和现代美术的一些新颖的表现手法，使作品呈现出了别样的

---

① 丁玲：《我的创作生活》，见张炯主编：《丁玲全集》第七卷，河北人民出版社 2001 年版，第 16 页。

② 丁玲：《我的创作生活》，见张炯主编：《丁玲全集》第七卷，河北人民出版社 2001 年版，第 16 页。

艺术效果。

20世纪30年代初的国内文坛，作为一种先锋文学，西方现代主义的叙事方式正在上海流行。现代主义否认客观世界的真实性，把心灵的世界视为唯一真实的世界，因而十分重视内心世界的描述和心理分析手法的运用。丁玲步入文坛之初，即以《莎菲女士的日记》中细腻的现代女性心理描述震撼文坛。加入左联后的最初一年，承继《韦护》的创作余绪，丁玲相继在1930年的6月和10月创作了《一九三〇年春上海（之一）》和《一九三〇年春上海（之二）》两篇小说。受这一时期普罗文学中的革命浪漫主义小说影响，作者在小说中大量运用了心理分析和意识流描写手法，极力通过对小说人物心理的“真实”描绘，表现作品人物的精神面貌和性格特征，使作品显示出了细腻的现代叙事倾向。丁玲说：

> 我有一个习惯，每写一篇小说之前，一定要把小说中出现的人物考虑得详细：我自己代替着小说中的人物，试想在那时应该哪一种态度，说那一种话，我爬进小说中每一个人物的心里，替他们想，应该有哪一种心情，这样我才提起笔来。①

《一九三〇年春上海（之一）》描述的是知名作家子彬和他的女朋友美琳在时代浪潮冲洗之下，因观点不同而分道扬镳的故事。子彬基于他的社会经济地位，面对革命思潮的冲击，因循守旧不愿参与社会革命。而几年来与他同居的美琳，在朋友若泉、肖云等人的影响之下，逐渐觉醒，决心摆脱金丝雀般的生活，走向街头参加实际的革命工作。因为立场不同，子彬对于朋友与女友思想的变化心存芥蒂和怨恨。对于子彬心

① 丁玲：《我的创作经验》，见张炯主编：《丁玲全集》第七卷，河北人民出版社2001年版，第12页。

理活动的细微刻画，对美琳思绪变迁的细腻描述，使得整部小说意蕴隽永，时代气息浓郁又富有逻辑。

《一九三〇年春上海（之二）》讲述是革命的知识分子在时代浪潮冲击下舍弃爱情参与革命斗争的故事。望微是一个年轻的知识分子，他的漂亮女友玛丽从北京到上海来同他一起生活。他们彼此是真心相爱的，但望微热衷于革命工作，没有时间经营爱情。玛丽情况不同，她对革命没有兴趣，整天只耽于幻想的美梦里，最后忍受不了寂寞烦闷，同望微分道扬镳。作品花大量笔墨描述了望微在革命与恋爱之间的痛苦选择和心理变化，尤其是望微对玛丽的负疚之情和玛丽从寻爱到弃爱的心路变迁，给小说展示了一幅涓涓细水般的心灵跃动的艺术画卷。

1931 年下半年，丁玲政治立场发生巨大转变，开始积极参加左联的政治活动。作者告别蒋光慈式“革命加恋爱”的普罗小说写作模式，展开一种新的叙事倾向，开始在作品中“替大众说话，替自己说话”。①为了表现风起云涌、不断发展的时代主题，丁玲努力在小说创作中尝试新的表现手法和叙事技巧。尽管丁玲自己很少谈论这些写作“技巧”的运用问题，但这些新“技巧”确实给她的小说创作带来不一样的艺术效果。1932 年冬丁玲说：

> 去年，我觉得很苦闷，我有几个月不提笔，我当时非常讨厌自己的旧技巧。我觉得新的内容，是不适合旧的技巧的，所以后来虽写了一点，但是很难勉强的。后来，我的生活有一个新的转变，到现在，我觉得材料太多，不过我还没有力量，把它集中和描写出来。②

---

① 丁玲：《我的自白》，见张炯主编：《丁玲全集》第七卷，河北人民出版社 2001 年版，第 4 页。

② 丁玲：《我的创作经验》，见张炯主编：《丁玲全集》第七卷，河北人民出版社 2001 年版，第 11、12 页。

《水》和《多事之秋》是丁玲突破题材范围，“有意识地到群众中去描写群众，要写革命者，要写工农”[①]的尝试之作。这两篇小说都是作者的一种集体化叙事尝试，小说没有中心人物，却浓墨重彩大量运用现代电影的“蒙太奇”手法来描述大规模的群众运动。

20世纪30年代初，上海的电影业十分发达，从无声电影到有声电影，上海市场是全国和亚洲最大的电影市场。丁玲早期学过美术，曾经应聘过演员，对影视业的“蒙太奇”剪辑手法比较了解。《水》以1931年十六省大水灾为背景，描述了一群灾民由相信命运到怀疑人生，继而奋起抗争的过程。作者运用“蒙太奇”手法，把灾民中不断发展和激化的情绪交织进场面的勾勒之中，失望与希望交替闪现，反复渲染，最后演化成一股“跟他拼”的凶猛洪流向统治者扑去。《多事之秋》写于1931年冬，描述的是九一八事变发生之后上海各界掀起的大规模抗日报国群众运动场景。小说凡六节，没有一个贯穿作品的主要人物。每节主要描绘一个群众运动场面，把群众的抗日激情渗透在场景的勾勒之中，层层叠加，交替出现。小说的场景描绘是快闪式的，一个个场景拼接之后，产生了场景以外的丰富意蕴。《水》和《多事之秋》放弃人物性格塑造，借用视角艺术的表现手法展开叙事，是非功过不说，但确实透露了作者企图运用新“技巧”进行创作的努力。

左联时期是丁玲思想政治倾向急剧转变的时期，也是她小说创作美学倾向急剧转换的一个重要时间节点。丁玲一边积极参加左联的政治活动，一边站在无产阶级革命的立场上进行不懈的艺术探索。她的小说创作是为大众服务的，革命的现实主义是其作品的主基调。但丁玲又是一位激进的进步思潮的追逐者，艺术作品的革命性与现代性在她的小说创

① 丁玲：《答〈开卷〉记才问》，见张炯主编：《丁玲全集》第七卷，河北人民出版社2001年版，第10页。

作中相互交融、相互促进，形成了此一时期作者小说所特有的革命的现代性气质。丁玲这一时期小说创作，大体上是为时代所欢迎的，是富有艺术生命力的。但毋庸讳言，也有一部分现代艺术手法的探索运用稍显粗糙，略失艺术的感染力。不管如何，20 世纪 30 年代以来作者全力以赴的艺术努力，她所从事的全人类的解放工作，方向是正确的。她摈弃了现代主义颓废的精神情愫，给现代小说带来了一股革命的阳刚之气。现代主义的表述是内倾的、个性化的，但革命的现代艺术是外倾的，面向集体的。作为一种现代艺术创作的美学倾向，左联时期丁玲小说创作中所呈现出来的革命性和现代性，是一笔值得我们珍惜和研究的艺术财富。

（作者单位：左联会址纪念馆）

20世纪40年代延安“大戏”演剧热潮中丁玲心态探微

——以萧三一篇剧评和一封书信为中心的考察

张元珂

1940年到1942年上半年，以曹禺名剧《日出》上演为标志，延安掀起了一场演“大戏”的热潮，《雷雨》、《日出》、《马门教授》、《新木马计》等众多中外大剧被搬上舞台。《带枪的人》是“大戏”演剧热潮中最具代表性的剧目之一。该剧由苏联剧作家包戈廷创作，1940年由戈宝权译成中文，曾在晋察冀边区和延安上演，影响较大。其中，1942年初，由鲁迅艺术学院实验剧团排演的《带枪的人》在延安公演。这在文艺界引起了不小的反响。众多名家纷纷撰文予以推介、赞赏，并从延安战时文化环境出发阐述其在民族革命战争中的重要意义。比如，默涵在《解放日报》副刊《文艺》第67期发表《鼓掌以后》，重点谈了“列宁”、“斯大林”这两个人物形象在解放区文艺界出现的重要价值以及该剧对延安民众的重要教育意义。饰演斯大林的严正说：“中央很肯定这个戏的政治影响。它是在第二次世界大战的重大转折时期演出的；这个戏使中国革命根据地的舞台上，第一次出现了列宁、斯大林的形象。重庆的《新华日报》转载了这个戏的演出消息，在国内外的影响都很大。”[1]毫无疑问，在1942年初的延安文艺界，赞美之声占了绝对的主流。然而，这一趋向待萧三发表《谈〈带枪的人〉在延安的演出》[2]而被打破。

谈《带枪的人》在延安的演出

萧三

十月革命二十周年之际，在苏联演出了好几个直接描写列宁、斯大林的戏剧和电影。戏剧有：特列厄夫（Trenew）作的《聂瓦河畔》，波葛廷（Pogordin）作的《带枪的人》，科尔内楚克（Koroeiohuk）作的《真理》；电影有：卡普勒尔（kapler）作的电影剧本，罗姆（Romm）导演的《列宁在十月》和《列宁在一九一八年》。——这些都是苏联戏剧界将世界巨人，无产阶级社会革命的天才的领袖列宁搬上舞台的初步尝试。关于电影现在不谈。戏剧方面，上面说的三个写列宁的剧本及演出，价值各别不同，而一般的都承认《带枪的人》是其中最好的一个。

但是严格地说起来，这三出戏，都还不能说都是写列宁之很成功的作品。苏联有名的戏剧批评家古尔危秩（IA.Gurwicb）就曾这样的说：假如从更高一些的观点看来，这三个剧本都只是初步的尝试，每出戏里列宁出台的几场都只能说是列宁的一些肖像的album（贴相片的本子）。这三个二十周年纪念的戏的真正的成功，不在剧本作者们，而演员们都起了重要作用，尽了极大的使命，因为演员们在演出列宁的外表、动作、态度等等方面，在“生理方面具体形象之肉化、再现”上是相当成功的。

① 严正：《回忆王滨教我演斯大林》，《中国戏剧》2002年第3期。

② 见《解放日报》副刊《文艺》第70期。

在《聂瓦河畔》里列宁只在末场出现于舞台。在整个戏演了之后，作者加上一段和其他剧作者不同的文章上去。

在《真理》里列宁参加的主要片段只是在表现工人和农民联盟的时候。

三个剧本之主要的缺点在于表现领袖的一些动作都不像是必需的，没有的。他们所表现的领袖是：“列宁在走路”，“列宁在演说台上”……这样的批评只是指出创造一个列宁的形象在戏剧上是非常不容易的。

《带枪的人》是三个剧本之最好的了，但是它所表现的政治领袖，作品的主人公不是生活在巨大的和个别特殊的生活里；他们的行动，常常不是为了完成他的历史任务，而是作为剧本作者之忠实和主意的图解。

波葛廷曾不满意自己的初稿。他加写了一场。列宁在深夜，在他的书房里工作。全场就只列宁一个人在舞台上。这一个片段特别需要演员的表情。但这一场也是相当抽象的，一般化的，也只是列宁动作的表面。

看吧，列宁在动作，看吧，列宁在默想——这些，都是纯粹图画的，而不是戏剧的，总括说，不能创造一个活生生的人物在发展的道路上。因此说，这还只是美术肖像图画本，其质量完全依靠演员们的演技。

这次鲁院实验剧团决定出演《带枪的人》之后，剧团工作同志们都曾有许多顾虑和威胁，尤其是扮演列宁的干学伟同志。在艰苦工作几个月之后；在许可同志化装的帮助之下，我们可以说，这次《带枪的人》演出后，列宁是形容毕肖（?）的。我在这里祝贺才能的演员干学伟的成功！

但是缺点是只见列宁的外表、动作，却看不见列宁内心生活的表现。列宁的“平凡”、亲切、可爱也不够。固然在上面检讨剧本时我们已经说明了这一缺陷的理由，这责任也不能全由演员负责，但是演员在创造一个典型的时候，假如多多注意体会到内心发出的一切，可能收到较好的效果。其次，我们完全看不到列宁的面部表情。比方列宁独自一人在书房那一幕就因此而减色不少，而这一幕是特别需要表情的。我们想，也许由于把一个中国人的面孔化装（雕塑）成为一个俄罗斯人之后的关系吧？不然，列宁之喜闭一双眼的幽默味道，列宁哈哈大笑天真得像个孩子……——这些习惯为什么没有表现得好呢？在列宁一人在书房这幕里，他一连看三个文件：在第一个上签字，在第二个上因生气而画了两下，第三个是斯大林写的民权草案，列宁看了甚为注意，坠入沉思。——这些还嫌交代不十分清楚，最后他为《真理》报社写社论，观众却不知道他在写什么哩。

其次，我们应该说到剧本主角——带枪的人，雪德林（这也是剧本中最成功的一个典型，它的艺术价值由于这典型而凸现）。我认为是这次演出里较成功的一个。雪德林这个俄国农民当兵回来买条牛回乡下去，得到了工人起契毕索夫的指引，尤其是见了列宁谈了话之后，毅然决然加入到革命队伍，但是到当了队长，和克伦斯基队伍作战，跑到敌人队伍那边去宣传，始终不脱那农民气味——这些特点演出，都还逼真，在全剧里一贯不懈，至为难得！不过，说话、吐词，比较快了一点，有些动作过于敏捷了一点，还不够农民之笨呆呆的，甚至有些地方几成了滑稽。整个剧的处理上，导演（王彬和水华同志）前几场比较细致，稍欠条理和节奏。演工人契毕索夫的，却错了，他没有把握住一个工人——政治委员的典型，他的许多站法，姿式，甚至带点“流氓型”——这是可惜的。

此外，还有一点提出来特别批评一下：许多演员说话声音太低，太快，吐词不清楚。要知道，话剧，话剧，说话不清楚，岂不失去剧的意义？这点需要戏剧界的同志们予以极大的注意。

布景方面，除灯光差一点之外，在我们这物质困难条件之下而有这样的成绩——景颇多，而每景都还漂亮也简单——这是应当归功于一向埋头苦干的、舞台工作者钟敬之同志，换景一十三场，每场换得相当敏捷，可以和换得最快的《铁甲列车》相伯仲。

总结说，《带枪的人》在延安这次的演出是可喜的。假如看，在战争扩大为真正世界范围，而主要的战场是在欧洲大陆，即素的战争，人类的主要的任务在于尽一切力量击溃希特勒法西斯蒂魔王，拥护苏联的今天，苏联革命史剧的演出便具有特殊重大的意义。

萧三的这篇稿子是丁玲特许发表的，表面上看，并无什么特殊之处，他在这篇文章中无非谈了三点：1. 肯定该剧的历史价值。2. 认为从整体上看演出是成功的，“具有特殊重大的意义”。3. 演出存在不少缺陷，比如：“不能创造一个活生生的人物在发展的道路上”；“只见列宁的外表、动作，却看不见列宁内心生活的表现”；“整个剧的处理上……稍欠条理和节奏”；“许多演员说话声音太低，太快，吐词不清楚”；等等。应该说，这种既有肯定也有否定的评判很客观，是极富建设性的。但这篇文章发表后，萧三大为恼火，他很快就写了一封控告丁玲的信①，全文如下：

① 这封信原件现藏于中国现代文学馆手稿库，为萧三夫人叶华捐赠。该信已发表于《新文学史料》2018 年第 2 期。

丁玲同志[①]：

为了我的一篇劳什子（《谈〈带枪的人〉在延安的演出》）前后花费了许多时间和笔墨，本也不值得再说什么了。但是，接你退还我的声明和附来的信之后，我却有不能已于言者，愿为同志陈之。

首先，我在十二月二十六日晚看了戏之后，二十七日夜里就急急写文章（因为二十八为星期天，来客多，延到二十九才寄给你）；本是为了在许多介绍剧本的文章之后，紧接着介绍一下演出，使得观众更踊跃，更了解。这种办法在各家的报纸都是如此的，也是日报应尽的责任。但是不幸，文章寄去将近十天后，你把原稿寄回来了。（当然你指出，写得杂乱，也有我的错）——这已经失去了大部分的意义。我八号早收到还稿，八号夜里整理、修改，九号着人送给你，那时“带枪的人”还在演，假如即日登出，还有意思，但是又不幸，一连五天都是别的专页，这你当然没有办法。十三日是文艺栏不见，延到十四号，即“带枪的人”早已演完了。许多天之后文章才姗姗露面。报纸，而且是日报，为此延缓，这，我想，只能拿人的脾性、惰性等等来解释吧。

谈到文章本身，整理、增删、登载的经过，我觉得，你的主观主义算是典型的了吧！第一次退稿，你信中即指出我的杂乱，是事实——这我再三地感谢你；但还有一个主要的原因，我看是，你信中说的“我和许多人谈过的……与你的意见完全相反”这一点，我整理、剪裁了，并且接受了“许多人”的一些意见，第二次寄去时，我自己相信，不再杂乱了。然而发表出来的文章里却是你的主观的意见占优势。同志，本来，假如我的意见和许多人的完全相反——

① 原件在此处有如下文字：这封信没有寄丁玲，经修改补充一些后，写给了《解放日报》总编辑博古同志了。——三记。

这也没什么，我们不是宣传言论、思想自由么？为什么我的意见要和“许多人”的完全相同呢？自然，报纸，刊物的编者有其自己的见解，那么，你不赞成我意见时，尽可痛痛快快不发表我文章就得了，第二次修正后，再不合式〈适〉，还是不登，岂不正大光明？但是，你却把自己的意见加到我的文章里去，再则把我的文章削得适合你的意见之后，还是用我的名字发表，在“文责自负”的原则之下，我是不能苟同的！

其次，你说，我请你“斧削”，你所以增删了。同志！通例，所谓斧削也者，只是行文字句的修改，但决不是原文本意的歪曲或改变。现在呢，你加上了我根本没有想到的“甚至有些地方变成了滑稽”，你改成“整个剧的处理上……稍欠条理和节奏”……同志，这真“滑稽”！这真不知是怎么“处理”的办法！你这不是硬要塞一块硬骨头给我吞下肚里去吗？你这不是借刀杀人吗？世界上有这样的“斧削”吗？

谁不知道，“来稿除注明不得删改的而外，也不免有增删的地方”。但是，同志！在尊重作者这个最低的限度内，增删的时候也应该得到作者本人的同意呵。作者，无论那〈哪〉个作者，不能忍受这种小觑的态度，不能被欺负到这般程度。难道我是小孩子吗？

文艺栏，报纸在你的手里，你有权力改变我的文章的原意，或是平添些上去；我受了委屈，遭了冤枉之后，想声明一下，你也有权利不予登载；我再委婉曲折地写个启事，甚至花钱登个广告，报纸也不会替我发表。好了，这口气，我只好呕到肚里去。但是在方便的场合下，我是会忍不住要说的。因为“人”便贵有骨头，文章也有其“文格”的。我从十四号晚上读到了那篇登载出来的东西之后，一直到现在心里不能宁静下去。我声明，我并没有受实验剧团的什么贿赂，而想拍他们的马屁或“恭维”（来信中字）一番。所有我的批评都是出于至诚。现在被你换成一瓢冷水，自然是大背我的初衷。我本作了一个可怜的打算：把我的原稿寄给实验剧团，并且声明一下，这样也可以自慰于万一，可是这个可怜的企图也被杀死了："原稿已被工人弄丢，因为向来没有保存"！同志，这样就太残忍了呵！但我还是坚决地要求原稿，工人不能这样不负责任，弄丢了。我不相信"向来没有保存"的话。

再重放几句：我不满意你的主观主义的增删，特别评田方同志之"有些地方变成了滑稽"（因为我直到现在都不觉得他滑稽），在于改成"整个剧的处理……欠条理和节奏"（而且读去多不通呵！）强非我有者为我有以及歪曲我，这样自然弄成文章是一篇老气横秋的教训。也许你以这样是批评家应有的态度？我从来不写批评文章，现在第一次写剧评，却碰到了这么多磨折，算是我交厄运！（我本来想还写一篇评"上海屋檐下"演出的文章，可是现在竟不能动笔！）但是我想，党报的文艺栏可不能这样戏杀一般的批评——党中央所极愿建立的文艺的一个领域——呵！

除了"文人心直"之外，念在同志关系，因此尽所欲言，毫不滑头，冲撞不客气之处，谅之是幸！

敬礼！

肖三 19—20/1，1942n.

这是一封控告信，矛头直指丁玲。萧三在信中：对丁拖延发表《谈〈带枪的人〉在延安的演出》的做法表达了强烈不满；对所发文章非原稿，改动地方又都以批判为主，而感到无比愤怒；重申《解放日报·文艺》的党报性质，直接表达对丁"主观主义"作风的强烈不满。

1940年至1942年上半年，延安鲁艺演出了很多话剧，即所谓演"大戏"。由鲁艺实验剧团演出的苏联剧作家包哥廷的话剧《带枪的人》是其中影响较大的一部。该剧共四幕十三场，导演为王彬和水华，田方、干学伟等人出演，从 1941 年 12 月 25 日到 1942 年 1 月 7 日，在延安连演 12 场，观众每场达千人之多。按理说，作为《解放日报》副刊的《文艺》应该及时跟进、报道或评说，但结果并非如此。此文在演出结束 7 天后，即 1942 年 1 月 14 日，才刊出。这让萧三感到不快。

丁在原稿中加入了批评性的文字，在未告知原作者的情况下，依然署名“萧三”发表了。这种大背作者本意的做法当然让萧气愤不已。萧说“被欺负”了，说丁是“借刀杀人”。其实，丁以萧“写得杂乱”、“与大部分人的意见不一样”为由一再推延文章发表，当然不过是其说辞而已；丁说萧通过写评论来“恭维”实验剧团，萧索要原稿而编辑部说早已丢失，从这两点亦可知，丁延期甚至不打算刊发这篇文章，是故意为之且有深层次原因的。或者说，《文艺》栏若发表萧的这篇文章，必须加入批判性的内容。

笔者无法肯定《谈〈带枪的人〉在延安的演出》所有批评性的文字都为丁所改，比如：“缺点是只见列宁的外表、动作，却看不见列宁内心生活的表现。列宁的‘平凡’、亲切、可爱也不够。……这责任也不能全由演员负责，但是演员在创造一个典型的时候，假如多多注意体会到内心发出的一切，可能收到较好的效果。其次，我们完全看不到列宁的面部表情。……列宁哈哈大笑天真得像个孩子……”此外，还有一点提出来特别批评一下：“许多演员说话声音太低，太快，吐词不清楚。要知道，话剧，话剧，说话不清楚，岂不失去剧的意义？这点需要戏剧界的同志们予以极大的注意。”但根据萧在信中的指认，以下一定为丁所为：“……不过，说话、吐词，比较快了一点，有些动作过于敏捷了一点，还不够农民之笨呆呆的，甚至有些地方几成了滑稽。整个剧的处理上，导演（王彬和水华同志）前几场比较细致，稍欠条理和节奏。演工人契毕索夫的，却错了，他没有把握住一个工人——政治委员的典型，他的许多站法，姿势，甚至带点‘流氓型’——这是可惜的。”

这篇文章发表后，《文艺》又接连发表了两则声明：一则发表在第七十二期（一月二十日）：“本刊第 70 期萧三同志的文章，我们将‘干’学伟误植为‘于’学伟，特此更正。并向作者和干学伟同志道歉!”另一则发表在第七十七期（一月二十八日）：“一月十四日本报载萧三同志的《谈〈带枪的人〉在延安的演出》一文内，批评演员及导演数处，曾经编者有所删改，以致与原稿有出入之处，兹据作者来函，特此声明。”前者为常规性声明，是报社的正常做法，后者则是反常声明：由信知，萧写这封信的时间为 1942 年 1 月 19 日和 20 日，写完后，并没寄给丁，而是经过修改后，直接寄给了《解放日报》总编辑博古。这就是说，报社“一把手”最终干预了这件事。作为栏目主编的丁玲是从博古那儿获悉萧三的控告。《文艺》发此声明，显然是事出有因的。声明一发表，当然，此事也便告一段落了。

但该事件依然给笔者留下了一点疑问：作为延安文艺界名家的丁不可能不知道，在作者不知情的情况下，随意修改别人文章，加入自己的观点，并署名对方名字发表的做法是侵权、冒犯人格的行为。她这么做，当然首先是更多出于对演剧本身在布景、形象、剧情等方面的不满，因而总想借机予以批判，以清晰地表达自己对该剧的看法，而萧提供的这篇文章恰恰给她提供了机会。因为，在延安时期，丁、萧一直私交甚好，彼此知根知底，且都备受毛主席赏识与关爱，或许，在丁看来，改动萧文并在未告知萧的情况下予以发表，也算是很平常的一件事。因此，如说“借刀杀人”，这“杀人”的对象绝不是萧，而是另有所向，即利用其文章及名人效应，将批判的矛头直接对准了该剧的导演和演员。然而，如果再做适当延伸：同样是针对 1941 年 10 月底由延安业余剧团演出的“大戏”——《新木马计》（剧作者沃尔夫，萧三译，陈波儿导演），丁及其《文艺》是持赞赏姿态[①]，而到了由周扬提议、鲁艺师生出演、以“歌颂”为主调的“大戏”实践，反而对之展开了强烈批评，而且是最不光彩的假借他人文章展开的批评，那么，这里还有没有其他原因呢？特提出来，供大家参考、研究。

从现有资料来看，至少在延安文艺座谈会召开之前，丁是支持上演“大戏”的，所不满在于，她常觉得，排演或演出效果与其愿景尚相差太远。但一般情况下丁对之还算相对宽容：“我已经验过了，用我个人的尺度去量别人的长短是不对的。是否能够因为我曾读过一些外国作品，因而我可以理想出最华丽的舞台和极精致的表演而蔑视所有一切的现存的演出呢？且向着这一群年轻的艺术的忠实的学徒而苛求呢？我想，用我的眼光去看，要他无瑕可寻是不可能的。我们只能在他们的条件之下具体情况中看看是否尽了最大的努力。”[②]然而，丁对《带枪的人》演职人员的表演表达了深深的不满，须知，上演这样一部“大戏”，从导演到演员已是动用了延安最专业、最豪华的班底，或者说，这部戏从 1941 年七八月间开始筹划、排演，直到年底才公演的“大戏”已经接近了当时条件下的最高水准。如果单纯从戏剧本身而不考虑其他因素，或者与同期排演的那些自创话剧相比，其实该剧并不像丁所指责的那样缺陷多多。丁在萧的这篇文章中加入了如此多的批判文字，其目的或许也不仅限于如上所述，这里是否隐含着丁对延安“大戏”热潮某种不以为然的不便表达的隐秘心态呢？她对延安“大戏”到底持怎样的态度呢？学界有关丁的戏剧观与戏剧创作的

① 丁玲在《〈新木马计〉演出前有感》一文中对参演人员的职业精神和工作态度大家赞赏，捎带批评了文艺界的一些不好的现象，而剧作内容和特点少有涉及。丁玲针对延安“大戏”所写的公开发表的文章似乎仅此一篇。见张炯主编：《丁玲全集》第九卷，河北人民出版社 2001 年版，第 305 页。

② 丁玲：《〈新木马计〉演出前有感》。

研究也有多篇论文出现[①]，但对延安“大戏”热潮中与丁玲相关的命题并没有涉及。至少到目前为止，除了《〈新木马计〉演出前有感》外，笔者还没有看到她直接谈论这方面的文章。由于视野及材料限制，在此也点到为止，无法展开，亟望各位专家、学者赐教！

我们知道，丁在延安的戏剧活动和创作多服务于战时主旋律活动的需要，写实性、大众化、宣传性是其一贯的追求，尚谈不上在艺术上的精雕细琢，加之对生活与人物的不熟悉，故概念化、公式化也就在所难免，但她在延安的戏剧活动及创作依然可以置于某种“现代性”视野下予以阐释。不同于她在小说与杂文中所展现的现代性特征，丁的戏剧活动及创作就几乎没有表现出在众种现代性之间的动摇性。她的坚守与实践更多时候表现出了前后的统一性，也即有学者所论述的：“延安文艺不仅是‘五四’启蒙的复现，更是‘五四’启蒙由个体启蒙走向革命启蒙，由革命启蒙走向阶级启蒙，且真正将启蒙精神渗透于革命实践，将启蒙意识转化为真正的启蒙实践，即启蒙由形而上的理论设计转变成为形而下的启蒙实践。经由此，延安时期文学的现代性追求已经由‘五四’时期西方影响的焦虑之下的被迫的现代性追求转变为积极的自主的现代化实践，且这一历程已经与一个民族 / 国家的整体现代化追求紧密地融汇在一起。”[②] 丁在对待鲁艺版《带枪的人》的态度亦可从这个角度做出阐释。在战时延安，话剧这种文体较小说、杂文更易于担负接近和发动大众、承担政治宣传的历史使命。丁的戏剧活动与创作正是基于对“革

① 代表性论文有：陈世雄的《丁玲的戏剧观与戏剧创作》、李萍的《试论丁玲戏剧作品中人物形象的延续性》、曾芸的《应合时代的脉搏——丁玲的戏剧活动与戏剧创作》、彭书麟的《试论丁玲戏剧作品的特色》、雒社扬的《丁玲在延安时期的戏剧活动》、秦林芳的《“政治宣传”与“人性关怀”的并置——丁玲戏剧创作的意义形态》，这些论文在观点上大同小异。

② 赵学勇、张英芳：《论延安文艺的现代性追求及特征》，《陕西师范大学学报（哲学社会科学版）》2014 年第 4 期。

命”、“阶级”、“集体”的启蒙实践，是工具理性意识（社会、政治层面上的现代性）压过现代个体审意识(审美现代性）的一种文艺实践活动。现代社会培养出了丁玲这类具有突出现代品格的“人之子”，无论其在《莎菲女士的日记》、《阿毛姑娘》等小说中所展现出的身心骚动与内在隐忧，在《我在霞村的时候》、《三八节有感》等作品中所表达出的个体质疑与批判，还是在一系列戏剧活动和创作中所追求的对于革命话语的极力实践，以及自延安文艺座谈会之后对工农兵文学方向、方法的全面贯彻——大众作为一个阶级被及时发现、被全面表现、被充分言说，新历史主体诞生并逐渐演变为主角——都是现代性实践过程中的重要环节。现代性在中国，其内涵的丰富、复杂与不可排解的内在矛盾在丁玲及其文学实践中都得到充分体现。

（作者单位：中国现代文学馆）

人民中心文学观：探索与启示

——论丁玲20世纪40年代中后期的观念、体验及创作

王贵禄

一、观念之变：从“启蒙”到“人民”

丁玲是在五四落潮后走向文坛的，而在其成长历程中，饱受五四精神的浸染，故“启蒙”成为她早期创作的核心关键词，这着重体现在其短篇小说集《在黑暗中》。从这个集子可看出，丁玲是通过“觉醒”与“暴露”这两个维度来彰显启蒙主题的。“觉醒”的不仅是个性与人格，更有浓重的女性意识与女性对于自身命运的奋力把握，如梦珂、莎菲就很典型地表现出这样的倾向；而其“暴露”的，不仅是封建礼教及其陋习对于普通人的规训与迫害，更有女性隐秘敏感的内心世界与脆弱多变的心理感受。丁玲的早期创作对于启蒙主题的呈现，有着鲜明的“后启蒙”色彩，即作者虽仍重视个性解放与人格独立，但主人公往往看不到希望，看不到未来，而处于深度的苦闷之中。正因为这样，她们难免走向颓废与堕落，作品对于女性内心世界与心理感受的大胆抒写，“真是中国新文坛上极可骄傲的成绩。我们只要读了上面所引的几小段文字，

对于近代的新女性，已经了然大半了”①。

评论者所说丁玲作品塑造的“近代的新女性”到底是怎样的人呢？我们看到，她们都是陷入了人生困境的知识青年女性，她们彷徨于自己的狭小天地，虽有启蒙的冲动和变革社会的愿望，但因为脱离民众，脱离社会，终究只能在虚幻的情感世界寻找安慰，并不断遭受情感挫折。苏联汉学家波兹德聂耶娃对丁玲的早期创作有中肯的判断，指出，在未参加实际的革命工作前，她的认识还停留在知识分子的想象层面，如其所论：“丁玲的作品让我们看到，对中国家庭中世纪基础的反抗导致了她的文学活动。她还未意识到，这个基础的消灭有赖于整个不合理的社会制度的根除。那时她还未参加政治斗争。她在女主人公的形象里寻找着对妇女问题的解决，但这些女主人公在反抗中却是无力的。”②丁玲也意识到了自己的局限，那就是作品的触及面有限、深刻度不够，太执着于启蒙主题的呈现了，她表示应该从启蒙文学的模式中走出来，而尝试革命文学的创作，去表现相对广阔的社会生活，但她又不知该如何超越“作者自身有关的材料”，所以她还只能在知识分子生活中寻找素材，这种矛盾体现在《韦护》的创作中，便落入了“革命加恋爱”的俗套。丁玲对此很不满，但找不到更好的路径，她的创作似乎进入了难于摆脱的瓶颈期。在普罗文学兴起的时刻，丁玲感觉将目光聚焦于工人和农民，也许是扭转自己写作瓶颈的办法，可是由于对他们的生活很隔膜，有无处落笔之憾，她明确表示：“我也不愿写工人农人，因为我非工农，我能写出什么！”③

---

① 毅真：《丁玲女士》，见袁良骏编：《丁玲研究资料》，天津人民出版社 1982 年版，第 225 页。

② ［苏］波兹德聂耶娃：《〈丁玲选集〉俄文版序言》，见孙瑞珍、王中忱编：《丁玲研究在国外》，湖南人民出版社 1985 年版，第 55 页。

③ 丁玲：《我的自白——在光华大学的讲演》，见袁良骏编：《丁玲研究资料》，天津人民出版社 1982 年版，第 101 页。

改变丁玲文学观念的事件，是1930年加入左联和1931年丈夫胡也频的遇难。《一九三〇年春上海》是丁玲加入左联后，在创作上的一个重要转折点，这部作品虽有“革命加恋爱”的痕迹，但其反映的生活面已宽广得多，“工人”及其活动——工会、罢工、工人通讯员、工人报纸等，都规模化地进入了其视野。胡也频遇难后，丁玲决心继承丈夫的遗志，积极探索左翼文学的发展路径，此时创作的《田家冲》和《水》，已完全走出了知识女性生活的狭小圈子，摆脱了启蒙文学和早期革命文学的桎梏，而将农民、灾民等民众及其生活作为言说对象。毫无疑问，丁玲的文学观念已发生深刻的变化，在她看来，文学活动是一种变革社会的方式，而不是文人自我表达的载体，那些能够启蒙、激励和鼓动民众的作品才是有价值的，她断言：“作品是属于大众。譬如左翼文学在许多地方像街头一篇墙头小说，或工厂一张壁报，只要他真的能够组织起广大的群众，那末，价值就大，并不一定像胡秋原之流，在文学的社会价值以外，还要求着所谓文学的本身价值。”① 冯雪峰对丁玲的这种文学观念的改变，给予了高度的评价，认为在这种观念下创作的《水》，可称得上是一种“新的小说”，而其“最高的价值，是在最先着眼到大众自己的力量，其次相信大众是会转变的地方。这些，在知识分子的作家是往往不能办到”②。冯雪峰对丁玲的评价无疑是准确的，也是有前瞻性的。在左翼作家群中，丁玲是较早将普通大众作为言说对象和表现对象的作家，是较早认识到人民群众能够创造历史的作家，这样的观念不仅使丁玲成为左翼阵营中的重要作家，而且也预示着丁玲在其后的延安时期，将会更自觉更深入地探索新的文学样态。

---

① 丁玲：《我的创作经验》，见张炯主编：《丁玲全集》第七卷，河北人民出版社2001年版，第13页。

② 何丹仁：《关于新的小说的诞生——评丁玲的〈水〉》，载1932年1月20日《北斗》第2卷第1期。

丁玲延安时期的文学活动，可分为两个阶段。一个阶段是从1936年奔赴延安到1942年延安文艺座谈会的召开，另一个阶段是《讲话》发表后到1945年离别延安。在这两个阶段，丁玲的文学观念发生了较大的变化。文艺座谈会前，丁玲显然延续了左联时期形成的文学观念，即将文学活动看作是革命工作的方式。在她的创作中，主人公大多是普通民众，而作者虽然还未完全站在民众的立场（即还保留着知识分子的立场），叙述他们或平凡或传奇的故事，但往往流露出平等、同情和理解的态度。不同于左联时期的是，随着生活体验的加深，丁玲对民众题材的创作开始往深处开掘，在她的政治观照中渗透着文化审视，启蒙主题重新浮出，但被注入了新的内涵，即在新的文化环境中仍然存在着社会革新与妇女解放的问题，如这个阶段创作的《我在霞村的时候》。美国学者白露认为，《我在霞村的时候》"充分表现出来的思想是，农村妇女必须城市化，把自己从封建社会生活的边沿解放出来。这就间接地反映了共产党占领的城市生活的优越性"①。可以认定的是，这个阶段是丁玲整个文学观念的调整期，其文学观念的组构成分既有占主导地位的左翼文学观念，又有根深蒂固的启蒙文学观念，还有形成中的解放区文学观念，而它们最终将被"人民中心"文学观所整合。客观地说，在人民中心文学观形成之前的这些文学观念中，解放区文学观念是左翼文学观念的逻辑发展，不存在根本冲突，而以女权主义为核心的启蒙文学观念，则会在特定的历史环境中与前两者发生这样那样的冲突，至于丁玲如何取舍，在文艺座谈会后自有结论。

文艺座谈会结束后不到一个月，丁玲就发表了《关于立场问题我见》，这篇文章可视为她决心建构人民中心文学观的宣言。在这篇文章

① ［美］白露：《〈三八节有感〉和丁玲的女权主义在她文学作品中的表现》，见孙瑞珍、王中忱编：《丁玲研究在国外》，湖南人民出版社1985年版，第296页。

中，丁玲从五个方面阐述了如何建构人民中心文学观：一是作家必须清除掉非无产阶级的、非人民的趣味、情志和情绪，必先清空而后才能纳入，而“要改变自己，要根本的去掉旧有的一切感情、意识，就非长期地在群众的斗争生活中受锻炼不可”[①]；二是作家要有知识分子改造的决心，改造将是一个艰难的过程，“根本问题应该靠作家本身有一颗愿意去受苦的决心。这种苦，不是看得见，说得清的；是把这一种人格改造成那一种人格中的种种磨练”；三是要身体力行，要在实践中逐渐“了解群众的感情、思想，要写无产阶级，就非同他们一起生活不可”，“要能把自己的感情溶合于大众的喜怒哀乐之中，才能领略、反映大众的喜怒哀乐”；四是要能以宽容和理解的态度对待大众，“这里一定会有落后的群众和不合理的事情，宽容些看他们，同情他们，因为这都是几千年来，统治者所给予的压迫而得来的”；其五是要认识到历史是由人民群众创造的，“与其欣赏那些、赞美那些个人的伟大，还是不如歌颂那些群众的平凡的事业。也许这才是真真地伟大”。在20世纪90年代以及21世纪初的研究中，很多研究者将这篇文章所表达的观点，仅仅看作是一种表态性的东西，但联系丁玲其后的文学人生，人民中心文学观的确是其一以贯之的文学观。在经历了几十年政治的风风雨雨后，复出的丁玲再次强调人民中心文学观对自己的重大影响，指出：“我是以一个作家的身份，从一个作家的心灵的要求走到党内来的。自然我必须抛弃我原有阶级堆集在我身上的苦闷，而把广大人民的忧戚融合在我的整个生命中。自然，我的文章的主题、作风，都会随之而有所改变，这是自然的事”[②]。再如1984年的一次讲话中，丁玲还在呼吁我们的作家，“要努力同人民保持血肉的联系，倾听人民的意见、要求和希望，成为人民

---

① 丁玲：《关于立场问题我见》，载1942年6月15日《谷雨》第1卷第5期。本段下文的引文见于同一著作，将不再注释。

② 丁玲：《丁玲短篇小说选·后记》，《当代》1979年第3期。

的代言人，要记住自己是人民的作家，要为人民创作更多的好作品”[①]。综上所述，从“启蒙”到“人民”，是探索中的丁玲必然的理性的选择。

二、体验之变：从书斋到现场

客观地说，丁玲的《关于立场问题我见》虽然具有一定的文学史意义（因为它是作家对《讲话》做出深度回应的文章），但其阐发的观点都没有溢出《讲话》的范畴。这篇文章对于丁玲的意义就在于，她从此确立了自己的努力方向，那就是建构人民中心文学观，并且在这种文学观的烛照下，创造一种新的文学样态——人民文学。丁玲深知，这将是一个漫长的过程，需要做的工作很多，而首当其冲的是生活体验。多年的创作经验告诉她，没有深入的生活体验和丰富的素材积累，创作就会变成无源之水，何况她要建构的人民中心文学观，对生活体验的要求更高，而她对民众的生活，尤其是解放区民众的生活实际还是陌生的。文艺座谈会之后的几个月和 1943 年，丁玲参加了整风学习，并创作了一些报告文学和散文作品。从 1944 年调到边区文协，丁玲才真正有了深入体验民众生活的机会，这一年她不断到民众的生活和斗争的现场并参与其中，长时间地观察、体验和思考民众的真实生活。有记载的如：年初她就到延安二乡麻塔村深入生活；6 月参加了边区合作工作会议，广泛接触了互助合作中的模范人物；7 月采访了一二九师与晋冀鲁豫边区政府领导人；秋天去安塞难民纺织厂体验生活，住两月有余；10 月参加了边区文教工作者代表大会，与民间艺人

---

① 丁玲：《在会见厦门大学部分师生会上的讲话》，见 1984 年 6 月《丁玲创作独特性面面观——全国首次丁玲创作讨论会专集》。

李卜有多方面的交流；11 月参加了边区劳动英雄大会，全面采访了战斗和劳动英雄袁广发；年底与陈明等去聚财山，了解“红鞋女妖精”案的情况。丰富的生活体验，使她获得了大量珍贵的素材，这些素材是在书斋无法想象的。有了这些素材，使她的创作如鱼得水，这一年她创作了几部有影响的报告文学作品，如《田保霖》、《袁广发》、《民间艺人李卜》、《一二九师与晋冀鲁豫边区》等，但丁玲认为，她的生活体验还不够，这些素材只是为长篇小说创作做了初步积累。1946 年及其之后的几年，丁玲参加了土改工作团，接触了不同层次的民众，因为是在实际工作中的接触，这对了解和洞察民众的心理动态与行为逻辑具有不可替代的意义，为创作《太阳照在桑干河上》取得了决定性的素材。这其中三次生活体验至关重要：1946 年 7 月近一个月的时间，她投入涿鹿县温泉屯的土改运动，获取了《太阳照在桑干河上》的基本素材，开始写作；1947 年春天到夏初，到冀中行唐继续体验生活，续写《太阳照在桑干河上》；1948 年 1 月到 4 月，在石家庄近郊的宋村参加土地平分工作，继续体验生活，修改《太阳照在桑干河上》，6 月中旬定稿①。

《太阳照在桑干河上》是一部全面体现人民中心文学观的作品，也是一部广受赞誉的代表解放区文学高度的作品，它的成功无疑基于生活体验的成功，而丁玲对《讲话》精神的领会、把握和延展，更多地表现在生活体验方面。文艺座谈会之后，丁玲在很多场合都从“建构人民中心文学观”的角度谈到体验生活的问题，归纳起来，她是从“为什么要”体验生活、“怎样”体验生活、生活体验“如何才能转化为”创作素材等几个方面来谈的。

关于“为什么要”体验生活，丁玲所持的基本观点是：“创作要有

① 参见袁良骏编：《丁玲研究资料》，天津人民出版社 1982 年版，第 24—28 页。

生活，没有生活就不能创作”①。早在20世纪30年代初，丁玲就批评过穆时英和杜衡的创作，由于生活体验不足，他们对人物行动逻辑的叙述就只能从概念出发，因而丧失了真实性，如其所论：“《现代杂志》上穆时英的《偷面包的面包师》，他虽也写劳资纠纷，但他只能把偷来代替抵抗；又像杜衡的《人和女人》，他并不去写一个时代女工的最高典型，而只写一个不常有的女工的虚荣，堕落。这对于进步的女工，简直是侮辱，因为实际上，很多很多女工，是非常艰苦的到实际工作中去了。”②这就是说，左联时期的丁玲已经认识到，对一个作家来说，生活体验远比在书斋得来的生活经验重要，这种认识在文艺座谈会之后变得更加清晰，她认为解放区的作家要创造新的文学样态，要建构起体现《讲话》精神的人民中心文学观，就必须“在现实生活中，在广大群众的生活中，在与群众一起战斗中，改造自己，洗刷一切过去属于个人的情绪，而富有群众的生活知识、斗争知识，和集体精神、群众感情，并且试图来表现那些已经体验到的东西”③。丁玲从成长的意义上，谈到一个知识分子（包括作家）只有不断地在群众工作中体验生活，才能更快地成长起来，这是因为，“在群众工作中你是干部，就得决定每件事”，“每件事都逼得你有责任感，都逼得你一天天进步”④。丁玲指出，在书房里想的和书本上学的，与实际生活有很大的差距，不进行体验是不知道的，如其所叙，“没有下去以前，我们觉得自己还懂得不少，我们是知识分子，有

① 丁玲：《创作与生活》，见张炯主编：《丁玲全集》第七卷，河北人民出版社2001年版，第218页。

② 丁玲：《我的创作经验》，见张炯主编：《丁玲全集》第七卷，河北人民出版社2001年版，第12页。

③ 丁玲：《从群众中来，到群众中去》，见张炯主编：《丁玲全集》第七卷，河北人民出版社2001年版，第108页。

④ 丁玲：《知识分子下乡中的问题》，见张炯主编：《丁玲全集》第七卷，河北人民出版社2001年版，第190页。

些知识，可是到实际工作中去，样样都外行。我们实在缺乏生产知识和革命工作的经验”[①]。该怎么办呢？只有虚心向群众学习，才能成长和进步，“我们一定要经过这个学徒时期，我们要替群众出主意，就必须先懂得他们需要什么，有什么困难；从实际出发，有计划，有步骤，有重点地去做”[②]，这样不仅能把工作做好，而且从创作而言，这个过程就是“深入”体验生活的过程。丁玲还强调指出，生活中处处有真理，这些真理是鲜活的，而不是僵死的，只有到群众的生活现场，才能捕捉到它们，“连一个捡粪的人也可以告诉你真理的”，这些真理恰恰可能成为作家创作中的亮点。深入体验生活，作家的创作就永不会枯竭，因为“农村中故事太多了，每一农民的生活都是一本很好的小说，他说明一个历史，说明革命时代的伟大”[③]。丁玲从唯物主义的哲学高度，论述了生活体验是创作之源，离开了这个源，真正意义上的创作便无从谈起。

关于“怎样”体验生活，丁玲在《关于立场问题我见》中已有论及，在 1949 年第一次文代会的发言稿《从群众中来，到群众中去》[④]中，有了更系统的阐发。首先，体验生活的作家要学会“和群众一同做主人”，丁玲从正反两个方面说明为什么要这样。她先从反面做了说明，指出如果一个作家是抱着“做客人”的态度去体验生活，客客气气地这里听听、那里看看，当然也可以得到一些东西，但“一定会是表面的，而且会因为你主观的看法，你会把事情看差了”。正确的态度是“和群众一同做

① 丁玲：《知识分子下乡中的问题》，见张炯主编：《丁玲全集》第七卷，河北人民出版社 2001 年版，第 192 页。

② 丁玲：《知识分子下乡中的问题》，见张炯主编：《丁玲全集》第七卷，河北人民出版社 2001 年版，第 193 页。

③ 丁玲：《知识分子下乡中的问题》，见张炯主编：《丁玲全集》第七卷，河北人民出版社 2001 年版，第 197 页。

④ 丁玲：《从群众中来，到群众中去》，见张炯主编：《丁玲全集》第七卷，河北人民出版社 2001 年版，第 108—116 页。本段下文的引文见于同一著作，将不再注释。

主人”，如果是这样，那么，作家就会觉得群众的事情就是自己的事情，作家就会调查和研究，就会替群众思考解决问题的办法，而因为是在帮助群众，“群众就自然来找你，请教你，把情形不厌其详地告诉你，那末你要得到的东西就都在这里了”。其次，要学会先当群众的学生后当群众的先生。有些体验生活的作家却只喜欢当群众的先生，不了解实际情况就对群众指指点点、乱出主意，这样的人是不被群众所认可的。正确的做法是，先向群众学习，在彻底了解他们后，帮助他们出主意并被他们所接受，“这种当学生又当先生的态度，是群众最喜欢的”，也是最有可能获得生活素材的态度。最后，要学会处理好群众工作与体验生活的辩证关系。前文已经谈过，丁玲认为一个作家要想深入体验生活，就要在群众工作中去进行。处理好工作与写作辩证关系的原则是“要以工作为重，结果也是为了写作”，如果单纯去体验生活，可能会流于表面，而不能深透地理解人物。丁玲从自身经验出发，指出“参加工作，就必定使你详细地去研究问题，研究各种人物的思想，和政策执行中的正确与偏差，而且你就一定会要在作品中去解决你在工作中解决过的和没有解决过的问题”，“只有在斗争中去了解的人物才会更有血肉、有感情”。丁玲所阐述的体验生活的方式方法，具有很强的可操作性，而真的做到了这些，作家的思想感情就会发生巨大的变化，“你会感到他们是你精神上的支持者，鼓励者；而这些人又不只是一个人，是这个大娘，或者是那一个大伯，而是一群人，是一个整体”。

关于生活体验“如何才能转化为”创作素材，是生活体验的最终目的，也是创作中的最大难点，而丁玲关于这个问题的阐发有很强的突破性意义，是对《讲话》精神的合理延展。《创作与生活》[①] 这篇讲话

① 丁玲：《创作与生活》，见张炯主编：《丁玲全集》第七卷，河北人民出版社 2001 年版，第 218—226 页。

对这个问题从三个方面作了集中阐发。其一，作家要能从平凡的生活中有所发现，特别是要能发现真理。丁玲指出，发现的眼睛来自“浓厚的感情”，如果无动于衷地体验生活是难有收获的，如我们平常逛马路，看到房屋、树木、电线杆，可能因为对这些东西太过熟悉而缺少兴趣，用什克洛夫斯基的话来说，我们的感觉早已“自动化”了，走了一趟街就走了一趟，与不走并没有什么分别；相反，如果作家是以“完全投入”的姿态面对生活，与这段生活做到了融合无间，则必然会时时有所感触，时时有所发现。作家与普通人的区别是，“即使是在极平凡的生活中，作家一定要能看见旁人能见到的东西，还要看见旁人看不见的东西”，要能从其中发现普遍的真理。其二，作家要能从体验到的生活中把握住其本质的精神内涵。有了生活体验，甚至是很丰富的体验，也搜集到了生动有趣的事情，还不能说就能把作品写好，“把生活记录下来要记得好，固不容易，但要使读者觉得你这不是记录，觉得这是诗却更不容易”，这是因为，体验到的生活只是“自然形态”的东西，而文学创作则属于“观念形态”的范畴，“所以作者一定要对生活经过酝酿、研究、分析、总结，才能将自然形态的艺术加工、提高，进入创作过程”，而“主要要研究故事的本质的精神方面”。譬如作家发现了一个有趣的故事，倘若原原本本地记录这个故事，并不能给人以深刻的印象，更不能给人以震撼，丁玲以郭俊卿的故事为例做了说明。郭俊卿有“现代花木兰”之称，女扮男装达五年之久，解放战争期间多次上前线与敌人生死搏杀，这个故事很有趣，也很感人，问题在于是什么原因使她如此勇敢、如此坚强，这就涉及对人物精神内涵的挖掘了。丁玲认为，“她开始要为她父亲报仇，后来又将这仇恨扩大为阶级的仇恨，所以她在部队能与男子同样吃苦、打仗，她在战斗中，在最艰苦的条件下完成了党给的任务”，“她能教育人的地方，是她的英雄思想、精神、意志”。其三，作家要能将生活体验“化为我用”。有了生活发现，有了精神内涵的感悟，为创作好作品奠定了基础，但还不够，还需要发挥作家的艺术才能。表现在：再发现的能力，即发现“普遍的真理”与生活之间的关联，“这个材料既然人人都说好，那一定是真的；可是这个材料还不能成为我的，要成为我的，那只有当我熟悉它，而且从其中发现了真理，这个真理是普遍的真理，却又是我把它和生活有了联系的”；虚构的能力，丁玲以作家马加的创作为例，说明作家要对生活的反映尽量做到真实，但这个真实是“我理解的真实”，是富于思想内涵的真实，是符合生活逻辑的虚构的真实，而不是原生态的生活真实；触发灵感的能力，丁玲仍以马加为例做了说明，马加要描写一个新的蒙古草原的英雄人物，力图“给英雄人物一种觉醒的灵魂”，但很长时间都没有找到突破点，“不知什么时候，因为旁的问题，忽然把这些问题都一起兜了上来，甚至把没有联系的问题也联系了起来”，“有了这样透明的思想，不就是有了所谓的创作灵感么”，但丁玲认定，“如果没有思想与生活，如果没有平素就有的创作的准备，这灵感是不会有的”。可见，思考力、生活体验和创作准备的合力才是触发灵感的条件。

三、创作之变：从清秀到雄浑

丁玲的人民中心文学观经过数年的探索已经牢固地确立起来了，即她要“千真不假地作人民的文艺工作者”[①]，也深知她与众多的解放区作家一起在创造一种新的文学样态，这个文学样态“应该是”怎样的，毛泽东的《讲话》只是做了某种预设，而“具体”怎么做却都处于探索之

① 丁玲：《从群众中来，到群众中去》，见张炯主编：《丁玲全集》第七卷，河北人民出版社 2001 年版，第 108 页。

中，没有可供参照的样板，这也意味着“解放区的作者们都是很年轻的，老作家也是年轻的，因为真真写工农兵也才是开始”[①]。1944年完成的报告文学作品《田保霖》，拉开了丁玲探索人民文学创作的序幕，毛泽东对丁玲做了点评，指出：“这是你写工农兵的开始，希望你继续写下去，为你走上新的文学道路而庆祝。”[②] 毛泽东的点评虽很简短，却极大地增强了丁玲探索的信心，她决心在这“新的文学道路”上一直走下去。1948 年出版的长篇小说《太阳照在桑干河上》，是丁玲人民文学创作历程中里程碑式的作品，为“人民文学”这种新的文学样态，展现了相应的思想深度与艺术高度。毋庸置疑，《太阳照在桑干河上》的问世使丁玲赢得了巨大的荣誉，很多资深的研究者从不同角度对其做了细致的分析，为我们探视作品提供了多种思路。但遗憾的是，很少有人注意丁玲的人民中心文学观，是如何在其新的文学样态中表现出来的，其新的文学样态又“新”在何处，关于这两个问题的解读，涉及对丁玲探索的深度认知与文学史意义的判断。在这个部分，本文将对以上问题展开论述。

我们先来看第一个问题，纵观《太阳照在桑干河上》我们发现，丁玲是从三个方面表现其人民中心文学观的：首先是站在人民群众的价值立场叙述了土改运动，其次是展现了人民群众的成长历程，最后是描述了人民群众在历史变革中的觉醒与力量。下文分别加以论述。

《太阳照在桑干河上》所呈现的时间维度，是土改运动的初期，即1946 年从中共中央发布“五四指示”，到 1947 年 9 月全国土地会议召开以前的特定时段。重庆谈判之后，国共两党的摩擦不断，全面内战一

① 丁玲：《从群众中来，到群众中去》，见张炯主编：《丁玲全集》第七卷，河北人民出版社 2001 年版，第 110 页。

② 《丁玲生平年表》，袁良骏编：《丁玲研究资料》，天津人民出版社 1982 年版，第 25 页。

触即发，为巩固解放区民众对中共的信心，在解放区展开了空前的土改运动。土改运动的确切指向是废除封建剥削制度，没收地主的土地分配给农民，以实现耕者有其田的政治诉求，这场运动是中国历史上一次深刻的革命。作品所呈现的空间维度，是华北农村一个叫暖水屯的地方。土改之前的暖水屯有着中国农村典型的社会形态，土地资源被少数人所拥有，因为土地的所有权而形成基本的经济关系，即拥有大量土地的雇主（地主）、没有或拥有极少量土地的打工者（长工），以及拥有少量土地的自主劳动者。土改前的暖水屯又有着中国农村典型的文化结构，由于地缘上的封闭，普遍存在错综的姻亲关系，再加上传统的血缘关系、宗亲关系和邻里关系，村民之间便努力保持着某种看起来相当“和谐”的表象，这种表象掩盖了雇主与打工者之间实质性的剥削关系。土改运动的展开，势必要摧毁惯性的经济关系和文化结构，而建构一种新的社会形态。作品该如何叙述这场运动，指涉叙述者的价值立场。从作品所提供的人物谱系来说，有四类人：正在改变自己人生境遇的曾经的打工者，如张裕民、程仁、张正国、李昌、任天华、刘满、董桂花、周月英；竭力维护旧的经济关系和文化结构的雇主，如钱文贵、汪世荣、李子俊；处于观望态度的自主劳动者，如顾涌；混在农民队伍而实质上是钱文贵们的追随者，如张正典。作品的叙事立场，可以从在场者张裕民们或者钱文贵们、顾涌们、张正典们进行选择，或者站在一个中立的立场，而作品选择了从张裕民们的立场叙述土改运动，即以张裕民们作为叙述的中心，而将其他人物作为辐射点，这在中国现代文学史上虽不是首次（此前已有《小二黑结婚》、《白毛女》、《王贵与李香香》等作品，都是以人民为中心叙述的），但对丁玲的小说创作来说意义重大。

《太阳照在桑干河上》体现人民中心文学观的别一个重要方面，就是展现了人民群众曲折而艰难的成长历程。这个尝试，无论对丁玲还是中国现代文学史而言，都是特别值得关注的。左联时期丁玲就创作了以人民群众为叙述对象的《水》，虽说展现了人民大众推动历史的力量，但毕竟没有注意到人民群众也是需要成长的。与《太阳照在桑干河上》前后问世的作品相比，如《小二黑结婚》，虽说故事曲折生动，而对主要人物的成长却缺少必要的叙述。《太阳照在桑干河上》则有着明确的成长叙事的意识，如丁玲所言，“我不愿把张裕民写成一无缺点的英雄，也不愿把程仁写成了不起的农会主席。他们可以逐渐成为了不起的人，他们不可能一眨眼就成为英雄”①。作者从历史情境出发，既叙述了人民群众渴望解放的诉求及其深层的心理动机，又注意到千百年来惯性的经济关系和文化结构对其造成的深刻影响，“农民需要在斗争中不断克服自己思想上的弱点和缺点，才能逐步成长起来”②，这个成长历程注定是漫长的。以作品的主要人物之一程仁来说，做了多年钱文贵的长工，做长工的这些年，他对钱文贵的所作所为有痛切的了解，对地主阶级充满了愤懑与仇恨，也是在这些年，他与钱文贵的侄女黑妮产生了感情。在暖水屯解放时，他感到改变命运的时机到了，土改运动爆发，他做了农会主席，他深知在暖水屯最大的恶霸地主就是钱文贵，但他又担心得罪黑妮，所以在斗争钱文贵的事情上一度摇摆不定。他陷入了焦虑，一方面他认为作为农会主席应该对党赤胆忠心，但他表现出了不该有的犹豫，这让他感觉对不起组织；另一方面，他又深爱着黑妮，在小心地维护着她，而土改运动则不能不将矛头指向钱文贵。随着斗争的深入，他才渐渐明白，黑妮与她的伯父钱文贵完全属于两个世界，黑妮也是一个被压迫者，有了这种认识，说明程仁已经成长起来，他将义无反顾地投身于土改运动，这突出表现在斗争钱文贵的大会上。当钱

① 丁玲：《〈太阳照在桑干河上〉重印前言》，见袁良骏编：《丁玲研究资料》，天津人民出版社 1982 年版，第 165 页。

② 唐弢、严家炎主编：《中国现代文学史》三，人民文学出版社 1980 年版，第 413 页。

文贵被带到大家面前，人们默不作声，不敢批斗。冯雪峰对此有精彩的评价，指出在已经解放而且经过了多次斗争的地区，在群众中发动斗争仍不容易，“这时候就最容易了解他们脑子中的个人顾虑、变天思想和宿命论观念等包袱的实质及其势力了。这些思想上的包袱，无疑一方面是有历史的根据，一方面又是现实上地主阶级的势力还存在的反映”①。此时程仁第一个冲到台上，对钱文贵又推又骂，并强迫他跪下，在钱文贵倒下的那个瞬间，群众的情绪高涨起来，“通过参加这场斗争，每个人物的政治觉悟都达到了鲜明的境界。一切紧张和反省全部暴露出来，并在群众的爆发中传播开来”②。程仁的成长历程是很有代表性的。

描述人民群众在历史变革中的觉醒与力量，与展现人民群众的成长历程原本是相互关联的，丁玲对此有明确的意识，因此在叙事中，她并没有从一开始就将人民看作是自觉的革命的群体，而是有一个逐渐发展的过程，只有真正觉醒的人们才是有力量的。觉醒意味着他们产生了革命的自觉要求，意味着他们确信能通过自我的力量改变命运，建构一种良好的社会生态。本来在解放区凭借武力去消灭几个恶霸地主，是很容易的事情，但这样做并不能有效消除民众的顾虑，更不能确立其主人翁意识，因此对代表党组织的工作组而言，重要的是使民众的观念发生变动，使他们认识到时代的巨变，认识到自己的强大后盾是中国共产党及其军队，认识到自己身上潜在的力量，认识到乡情下掩盖的是赤裸裸的剥削关系，然后参与到土改运动中来。诚如文学史所论，“党的领导只有通过农民内在的解放要求及其本身力量的成长，只有和农民的斗争紧

---

① 冯雪峰：《〈太阳照在桑干河上〉在我们文学发展上的意义》，见袁良骏编：《丁玲研究资料》，天津人民出版社 1982 年版，第 333 页。

② ［美］梅仪慈：《太阳照在桑干河上》，见孙瑞珍、王中忱编：《丁玲研究在国外》，湖南人民出版社 1985 年版，第 310 页。

密结合，才能发生伟大的力量”[①]。土改过程呈现了农民革命的公式，那就是“发动群众斗争”，只要农民群众的政治觉悟提高了，他们就能以强有力的方式创造历史。斗争钱文贵的大会，是一个仪式化的过程，更准确地说，是一个觉醒的仪式化过程，在这个过程中，农民切身体验到“世道变了”、“穷人当家了”。有人指出：“土地改革是农民觉醒的时刻，是一个重大的转折点，农民突然看到多少世纪以来的贫困和压迫确实可以解除，他们所生活的世界头一遭有了希望和新开端。”[②] 从作品中一个不起眼的人物侯忠全来看，土改运动几乎使所有的农民都觉醒了。侯忠全的一生充满了艰难，曾在沙漠地拉骆驼经历九死一生，侥幸活下来后他认命了，他不再抗争、不再激动，而将幸福寄托于来世。就是这么一个苟活着的死人一般的农民，在群众斗争钱文贵胜利后的第二天早上，接受了地主乞求送给他的十四亩地的地契，这个事件使他“活过来了”，更使他深信毛主席胜过菩萨，因为他寄托于来世的幸福在现世就实现了，表明他对历史的力量有了新的理解。觉醒不仅是政治意识的觉醒，而且从人的感官，甚至是从嗅觉体现出来，如李玉堂老汉。他做果农已有二十年了，长工时期的他似乎丧失了嗅觉，手里拿着果子就像拿着土块，而当他拥有了属于自己的果园时，他的嗅觉像大地一样苏醒过来，第一次发现果子都在发亮，还对着他眨眼呢。伴随着农民觉醒的是，土改运动得以深入推进，开始了人民群众创造新生活的征程。

《太阳照在桑干河上》因为鲜明地体现了丁玲的人民中心文学观，成为《讲话》所主张的“工农兵文学”（或“人民文学”）的成功样态之一，苏联学者波兹德聂耶娃从文学的国际视野指出，它“反映了中国广

① 唐弢、严家炎主编：《中国现代文学史》三，人民文学出版社 1980 年版，第 414 页。

② ［美］梅仪慈：《太阳照在桑干河上》，见孙瑞珍、王中忱编：《丁玲研究在国外》，湖南人民出版社 1985 年版，第 320 页。

大劳动群众的狂飙运动，他们初次获得了自己着手建设自己生活的可能——必须承认，这是创造真正的新民主主义现实主义文学方面的重大贡献"①。丁玲与赵树理都是解放区的代表性作家，都探索出了工农兵文学的样态，但仔细观察，却不难发现他们之间的区别。如果说赵树理所创造的工农兵文学，走的是本土路线，体现了中国传统叙事文学与民间叙事文学的影响；那么，丁玲所创造的工农兵文学，体现了对西方叙事文学传统与中国叙事文学传统的融合，或者说对两者进行了现代性改造。丁玲的文学基础，其中很大一部分来自西方文学，在丁玲的晚年她还谈道，她受过法国文学，像莫泊桑、福楼拜、雨果、巴尔扎克的作品，英国文学如狄更斯的作品的影响，而"真正使我受到影响的，还是十九世纪的俄国文学和苏联文学，还是托尔斯泰、屠格涅夫、高尔基这些人。直到现在，这些人的东西在我的印象中还是比较深"②。《太阳照在桑干河上》显然表现出了欧洲文学的影响，特别是托尔斯泰的影响，如史诗结构、心理动态和景物复现，从而为工农兵文学的拓进开创了某种向度。作品以决定农民命运的重大历史事件——土改运动为题材，将事件中各种人作为描写对象，从广阔的社会生活空间展开了小说宏伟的图景，这种多维度展现时代进程的构思，形成了多线并进、穿插交织的史诗结构方式，适于反映大规模的土改斗争及其复杂性。中国传统叙事文学往往忽视心理动态的展示，而欧洲文学却非常重视，如托尔斯泰就认为："艺术的主要目的就在于表现和揭示人的灵魂的真实性，揭露用平凡的语言不能说出的人心的秘密。"③ 丁玲擅长人物心理动态的展示，

---

① [苏] 波兹德聂耶娃：《〈太阳照在桑干河上〉俄译本序言》，见孙瑞珍、王中忱编：《丁玲研究在国外》，湖南人民出版社 1985 年版，第 32—33 页。

② 丁玲：《丁玲谈自己的创作》，见袁良骏编：《丁玲研究资料》，天津人民出版社 1982 年版，第 218 页。

③ [俄] 列夫・托尔斯泰：《列夫・托尔斯泰论创作》，戴启篁译，漓江出版社 1982 年版，第 11 页。

在其成名作《莎菲女士的日记》中已将莎菲的心理展示得淋漓尽致，这样的文学才情在《太阳照在桑干河上》同样有出色的表现，如对程仁成长历程中的心理反思，李子俊女人的惶恐、紧张、挣扎等心理反应的书写。不仅如此，丁玲还汲取了欧洲文学中人物分析的方法，不时穿插一些情节之外的人物身世和性格特点的分析，从而使读者对人物的行动逻辑和心理动态有更完整和深刻的认知。《太阳照在桑干河上》的景物复现为作品增添了阅读的魅力，如第三十七章“果树园闹腾起来了”中对果园的描写，从声音、色彩、画面等各个环节进行了细致入微的复现，使人联想到屠格涅夫、果戈理、陀思妥耶夫斯基等小说中诗意浓郁的景物描写，但丁玲的景物复现不仅仅是为了呈现一个个自然画面，而更多的是与故事情节、与人物心理相联系的，达到了“一切景语皆情语”的效果。由于有效融合了欧洲文学的优长，丁玲创造的工农兵文学的样态具有了厚重、大气、雄浑的特点，这与“资产阶级少女”时期丁玲的作品有着本质上的区别。冯雪峰是这样评价《太阳照在桑干河上》所取得的艺术成就的：“这一部艺术上具有创造性的作品，是一部相当辉煌地反映了土地改革的、带来了一定高度的真实性的、史诗似的作品”①，可说是客观而又准确的评价。

结语：丁玲的当代启示

衡量一个作家是否“在场”的依据，是看其能否给当代文学提供某种启示。丁玲一直是在场的，原因是她的文学人生可给当代作家提供这

① 冯雪峰：《〈太阳照在桑干河上〉在我们文学发展上的意义》，见袁良骏编：《丁玲研究资料》，天津人民出版社 1982 年版，第 340 页。

样那样的启示。习近平总书记的文艺讲话已经发表五年了，《讲话》反复强调作家要确立以人民为中心的文学观，创作出能体现中国精神的无愧于时代的高峰作品，但迄今似乎并没有这样的作品出现。这就意味着，丁玲在当下更有其在场的价值意义，这是因为，丁玲的人民中心文学观及其实践，能切实作为当代作家的一面镜子，使其时时能发现自己的缺陷与不足，并从丁玲的探索中获得启示。本文以为，丁玲的当代启示从宏观的意义上看，集中在三个方面，即观念之变、体验之变和创作之变。

客观而论，活跃于当下文坛的作家，其文学人生的阅读阶段大都起步于 20 世纪 70 年代末和八九十年代，这个时期受西方现代性的影响，启蒙思潮卷土重来，而延安文艺经验（包括解放区文艺经验，乃至左翼文艺经验）受到质疑并逐渐式微。在这样的氛围中成长起来的作家，其观念结构中“人民”所占的比重并不比“个体”大，他们习惯于从个体而不是人民的角度审视社会、历史和人生，这种先天不足，决定了他们不易建构起人民中心文学观。这也就可以理解，随着人民中心文学观的淡去，当代文学便滋生了各种怪象，虽然文学工作者日益增多，而创作水平却不能达到预期的高度，其典型症候就是有高原而缺高峰。从丁玲的文学人生可知，启蒙观念并不是一剂永恒的良药，一个作家倘若要突破自我，突破小格局，获得相对旺盛的创作力，就必须从“小我”的窠臼中走出来，从启蒙走向人民。丁玲的文学人生同时告诉我们，只做到“心中有人民”是远远不够的，当代作家必须建构起历史唯物主义和辩证唯物主义的思想高度（前提是祛除历史虚无论的负荷），站在人民的价值立场，从时代需求和历史规律的双重视角，去审视和叙述当下社会的进程和人民的命运遭际。唯有这样，人民中心文学观才能逐渐确立起来，才能为自己走向高峰创造出先决条件。

当代作家如果确立了人民中心文学观，没有扎实的生活体验是仍然写不出优秀的人民文学作品的，而扎实的生活体验对当代作家来说，难度在增大，概括起来，包括：一是对于职业作家来说每年都要考核，这就要每年发表一定数量的作品，而长时间地投入生活体验后再写作，似乎与考核要求发生了内在冲突；二是各种应酬和诱惑使其难于安心，而要获得扎实的生活体验，就得拒绝不必要的应酬和各种诱惑，就得有为文学奉献的定力；三是很多故事素材好像通过网络就可获得，花那么长时间去体验“显得”没有必要，这就造成了很多作家对人民生活的体验始终沉不下去的现象；四是多年来文艺理论片面强调作家的想象力，而相对忽视作家生活体验的重要性，很多作家也认可这种理论，认为对于人民生活的细节是靠“想象”可以完成的，这种理论导向亟待扭转。可见，生活体验的短板是制约当代作家走向高峰的重要原因，在如何修补这个短板的问题上，丁玲的文学人生是一部很好的教材（前文已叙，这里不再重复），是值得当代作家认真思考和学习的。应该看到，没有扎实的生活体验，丁玲是不可能创作出《太阳照在桑干河上》这样现代文学史上的高峰作品的，也就不会创造出工农兵文学（人民文学）的样态来。在生活体验这个问题上，需要再补充一点，就是如何消化生活，因为很多作家不太注意这个问题的严重性。请听丁玲的劝告，“没有理论，没有政策思想，是不能理解生活，消化生活的”，“我们也努力了，我们也吃苦了，我们也只是创作上的事务主义。忙的确忙，成绩也有成绩，但不能提高自己，也不能提高别人”①。

如果说当代作家确立了人民中心文学观，并且有了扎实的生活体验，要创作出能够突破当代文学瓶颈的体现人民中心文学观的高峰作品，创作本身是关键。我们从丁玲的文学人生，可能获得的启示有三：

① 丁玲：《创作与生活》，见张炯主编：《丁玲全集》第七卷，河北人民出版社 2001 年版，第 226 页。

其一，人民文学是一种发展中的文学，如前文所论，赵树理探索出了以中国传统叙事文学和民间叙事文学为底色的人民文学样态，而丁玲探索出了融合中国传统叙事文学和欧洲传统叙事文学的另一种人民文学样态，问题的核心在于要能真正体现人民中心文学观，只要做到了这一点，就是成功的选择。需要提醒的是，很多当代作家是从形而上学的僵化的观念上理解人民文学的样态的，他们可能认为人民文学就只能是“十七年”时期的作品那个样子，也许正是这种理解，中断了他们对人民文学新样态的探索。本文以为，当代作家应该重建探索人民文学新样态的意识，而在这样的新样态中能够灌注时代审美内涵。其二，大众化是一种发展中的文学观念，人民中心文学观与大众化就如同一枚硬币的两面，人民文学作品要能为大众所欢迎和接受，就应该以大众乐于接受的文学形式呈现，这是确定无疑的。问题的关键在于，大众的欣赏水平一直在发展，如果还是按照大众前些年的欣赏水平去创作，显然是无效的。丁玲在 20 世纪 40 年代后期的创作中，汲取了欧洲文学尤其是俄苏文学的某些方法，运用于《太阳照在桑干河上》，同样能为大众所接受，说明大众化的发展性。其三，文学叙事中应该把握好度，切不可以知识分子的感受替代人民群众的感受，《太阳照在桑干河上》的叙事重心始终是人民群众的觉醒、成长和历史力量，而觉醒与成长背后的故事，只有在生活体验中才能完全感受得到，在生活体验的基础上，发挥知识分子思想敏锐的特长，从更高的历史范畴与哲学范畴审视和叙述这些故事，才有可能塑造出典型人物和典型环境。

（作者单位：天水师范学院文学与文化传播学院）

丁玲与《文艺报》

刘卫东

丁玲1949年9月创办《文艺报》，以主编的身份，做了创刊、刊物定位及撰稿等大量工作。作为新中国成立初期党对文艺领导的重要阵地，《文艺报》具有不言而喻的强大的影响力，而丁玲能够成为第一任主编，也反映出当时她得到的信任程度。1952年1月，丁玲从《文艺报》离职。[①]1955年，“丁陈集团”被批判，丁玲在《文艺报》的工作也被否定，她的命运急转直下。关于丁玲主编时期的《文艺报》，此前的说法大多是“锋芒毕露，点名批评是出了名的”[②]。既然如此之“左”，为何在当时还受到责难？笔者认为，上述说法不能解释丁玲离开《文艺报》的事实，盖因其中委曲并未得到细致呈现。那么，如何评价主编《文艺报》期间的丁玲？本文试图从《文艺报》的创刊、运作角度，以及观察丁玲在20世纪50年代初期的得意、挣扎与失势，进而梳理她与时代间的复杂关系，以期推动、完善此时期的丁玲研究。

---

① 1951年11月，中国文联派冯雪峰率领《文艺报》编辑陈企霞等人访问苏联，主要目的是学习“先进的苏联文学经验”，回国后，冯雪峰由上海调到北京，任《文艺报》主编。同时，丁玲离职。

② 李向东、王增如：《丁玲传》，中国大百科全书出版社2015年版，第426页。

一、“总想不要让《文艺报》戴上这顶帽子”

对于丁玲来说，创办、主编《文艺报》是一个意外事件，她当时更想做的事情是写作。[①]但担任文艺界领导一事并非突发，甚至来得稍晚了一些。1948 年在河北保定时，周扬就与丁玲谈话，希望她做文艺界的主持工作，但丁玲犹豫后未同意[②]，而是先后赴东欧参加国际民主妇女代表大会和保卫世界和平大会，回国后在沈阳写作。1949 年 6 月，丁玲奉召匆匆回到了北平，参加第一次文代会（7 月 2 日）及“文协”会（7 月 23 日）。此后，丁玲得到了一大批头衔：文联常委、文协常务副主席、中宣部文艺处处长、《人民文学》副主编、《文艺报》主编。此外，还挂名中国保卫世界和平委员会委员、中苏友好协会理事等，风头甚健。《文艺报》的工作显然处于风口浪尖，很难驾驭，但也适合丁玲风风火火的性格，因此她非常投入，在 20 世纪 50 年代初的讲演、报告场合言必称《文艺报》，可见也是乐在其中。新中国成立初期，丁玲以饱满热情参与到对“新的人民的文艺”的建构中，意气风发，排位于“鲁、郭、茅”之后，一时风光无限，这跟她掌握一定的文艺领导权有关。

《文艺报》延续了丁玲此前的办刊理念，明显带有丁玲的印记，但她也根据时代变迁状况，做出了调整。办《文艺报》之前的丁玲，并非新手，因此对于如何办刊物，她并不陌生，而且形成了一套自己的理

---

① 据陈明说，“去北京之前，我跟丁玲就和东北局宣传部的李卓然部长、刘芝明副部长商量好了，文代会结束后丁玲就回东北，我们一道下工厂去，体验生活搞创作”。陈明：《我与丁玲五十年——陈明回忆录》，中国大百科全书出版社 2015 年版，第 119 页。

② 丁玲在 1948 年 6 月 15 日致陈明信中称：“周扬和我谈话的主要内容就是留我搞文艺工作委员会，意思是诚恳的，他说我走了就没有人搞，无人可搞。”《丁玲全集》第十一卷，河北人民出版社 2001 年版，第 58 页。

念。[①]《红黑》（1929）的创办体现出丁玲、胡也频、沈从文三位闯荡文坛的年轻人不甘受到剥削，“想纠正这唯利是图的社会的出版机关”，“红黑是要吃饭的”的湖南人咄咄逼人的好斗及蛮霸气。[②]1940年的丁玲也曾说过“不要使《文艺月报》成为一个没有明确的主张、温吞水的、拖拖沓沓的可有可无、没有生气的东西就好”[③]的话。《解放日报》是党的机关报，主要人物是政策宣传，但是主持副刊的丁玲却喜欢登载杂文，“使《文艺》减少些‘持重’的态度，而稍具泼辣之风”，并带头写了《我们需要杂文》。《解放日报》副刊《文艺》上的杂文《野百合花》、《还是杂文时代》、《三八节有感》等作品都带有“战斗性”，不仅王实味因此罹难，1955年这几篇杂文还被拿出“再批判”。从丁玲的“办刊史”可看出，她不喜欢正襟危坐、四平八稳的办刊风格，而是倾向于标新立异乃至提倡冒犯。

对于《文艺报》，丁玲极为看重，亲自确定了方针。《文艺报》最初被定位的办刊方向是“一个会刊，登些指令、号召、决议、各地报告之类的文件，还可以登工作经验”，显然是一个带有交流信息性质的刊物。丁玲对此有异议，按照自己的想法重新作出界定：“我个人是不满意这个刊物的性质的，我们几个人依据这个指示，订了一个方针，就是‘《文艺报》是文艺工作与广大群众联系的刊物。它用来反映文艺工作的情况，交流经验，研究问题，展开文艺批评，推进文艺运动’。”[④]正是在丁玲的坚持下，本来可以成为一个资料性的刊物，主动带有了干预文坛的锋

① 黎辛：《丁玲，党报文艺副刊的奠基人》，《娄底师专学报》2004年第1期。

② 丁玲：《序〈也频诗选〉》，《丁玲全集》第九卷，河北人民出版社2001年版，第5页。

③ 丁玲：《大度、宽容与〈文艺月报〉》，《丁玲全集》第七卷，河北人民出版社2001年版，第50页。

④ 丁玲：《为提高我们刊物的思想性、战斗性而斗争》，《丁玲全集》第七卷，河北人民出版社2001年版，第272页。

芒。另外，丁玲也注意调查和研究办刊经验，在《文艺报》发表刘白羽对苏联作家协会机关报《文学报》访问，表现出眼界开阔、强调“国际化”的意识。①

丁玲注意《文艺报》与形势的联系②，但更多的还是强调关注文学内部的问题，不主张二者生硬拼贴，这与她对文学的看法和对《文艺报》的要求、定位有密切关系。虽然延安的文艺整风对丁玲影响很大，但是对文学艺术的独立性的看法，还是会从字里行间中不自觉流露出来。1950年初期的《谈文学修养》中，丁玲在回答“写什么”时，就说了“写你喜欢写的，什么使你最感动，最熟悉什么，你就写什么”③的观点，显然与“讲话”的要求并不一致。从丁玲20世纪50年代初期的言论看，她在一些论文和严肃场合都强调政治性，但是在与文学工作者交流的轻松语境中，仍然坚持了文学的文学性主张。丁玲对《文艺报》的要求，也是此种心态下的观念：“我在《文艺报》担任编辑工作，遇到别人指出《文艺报》应该是思想领导的刊物，是指导文艺思想、文艺运动的刊物的时候，我心里总有些不安，总想不要让《文艺报》戴上这顶帽子。”④对于丁玲来说，《文艺报》一定要有一些批评，但是应该限定在文艺的范畴内，最好心态放松，不要严肃地谈政治。丁玲对《文艺报》通讯员的要求也是如此，让他们只需要把看到的“周围的一些情况和问题”提

① 《文艺报》第3卷第2期（1950年11月10）登载了刘白羽的《访问〈文学报〉》，该文分为三个部分：“《文学报》的任务”、“《文学报》的内容”、“为什么《文学报》能办得这样好”。

② 丁玲：《寄给在朝鲜的中国人民志愿军部队》，《文艺报》第3卷第4期，1950年12月10日。

③ 丁玲：《谈文学修养》，《丁玲全集》第七卷，河北人民出版社2001年版，第152页。

④ 丁玲：《为提高我们刊物的思想性、战斗性而斗争》，《丁玲全集》第七卷，河北人民出版社2001年版，第269页。

交即可，不必观念先行，不必专门去找“全国意义的问题”①。

虽然丁玲已经有较为稳定的文学观和办报思路，但《文艺报》的办报方针，不可能不受到来自各方面的冲击和干涉。1950 年 4 月，《人民日报》发表了《中共中央关于在报纸刊物上展开批评和自我批评的决定》，提出要“吸引人民群众在报纸刊物上公开地批评我们工作中的缺点和错误”②，得到了各方面的配合，自我批评的风潮迅速展开。在此背景下，《文艺报》虽然才办了 15 期，但是也进行了由丁玲执笔、编辑部集体讨论通过的“自我批评”。在“自我批评”中，丁玲的态度颇有可玩味之处。丁玲说，《文艺报》“最主要的缺点”是“没有广泛地接触目前政治上各方面的运动”，除了作家们“还不很习惯”“表示对政府正在号召的正在展开的各方面运动的关心和热情”外，“我们编辑部也同样没有想到这个问题，即或想到，也因为遭遇困难而没有足够的努力，发动与组织作家们，使他们有很高的兴趣来写”③。“初步检讨”带有很强的“跟风”成分，因为丁玲说“检讨”的起因是“为了响应中国共产党中央委员会的正确号召”④，而且，她认为《文艺报》“工作方向大体上是正确的”，但是，这并不意味着其中的内容可以忽略。丁玲所说的与政治运动的疏离，倒是实事求是，而编辑部“没有想到这个问题”，就表明“这个问题”其实不在丁玲的视野之中。仅隔一月，《文艺报》刊登了《检讨的反应》，以读者来信方式赞扬“文艺报自己检讨的挺好，挺深刻，有的

① 丁玲：《在〈文艺报〉召开的北京市文艺通讯员座谈会上的发言》，《丁玲全集》第七卷，河北人民出版社 2001 年版，第 227 页。

② 《中共中央关于在报纸刊物上展开批评和自我批评的决定》，《人民日报》1949 年 4 月 22 日。

③ 丁玲：《〈文艺报〉编辑工作初步检讨》，《丁玲全集》第七卷，河北人民出版社 2001 年版，第 140 页。

④ 丁玲：《〈文艺报〉编辑工作初步检讨》，《丁玲全集》第七卷，河北人民出版社 2001 年版，第 139 页。

使我很钦佩”①。联系丁玲当时其他场合的发言可知，她强调过各种写作注意事项，但对紧跟“政治运动”的写法只字未提，这也毫无掩饰地体现为《文艺报》的办报理念。更进一步说，丁玲在“检讨”中认识到这个问题，说明她对此心知肚明，但并未坚定地执行、体现在《文艺报》中，正反映出她当时对自己的文学理念的一份坚持。

二、“不要强调这个缺点”

丁玲办《文艺报》的过程，也是她在激烈的人事纠纷中不断改变自己的编辑理念、文学理念，逐步加强对作家、作品的批评，从而声誉日隆的过程。多数研究者倾向于把丁玲办《文艺报》当作一个事件，忽略了对其中不同阶段的划分和辨析。笔者通过对《文艺报》内容的梳理和比对，认为丁玲主持下的《文艺报》可以分成两个阶段：一是从创刊到 1950 年底，这一时期中规中矩；二是从 1950 年底《文艺报》“检讨”之后，增加了批判锋芒和力度。如此区分可以看到《文艺报》发展脉络与丁玲办刊思想的变化，避免对此贴上统一的“标签”，进而发现“《文艺报》批判作家及作品”后的“自反”因素。事实上，正是后者导致《文艺报》1954 年被批评，1955 年还因“丁陈集团”一案“连坐”了已经去职的丁玲。

丁玲开始主编《文艺报》时，内容偏向于传介信息和文艺方向引导。苏联文艺界的理论及动态的介绍显然是重点，几乎每期都有大块文章，占用很多篇幅，营造出了浓郁的中苏友好氛围。对国内文坛的关注主要集中在文艺政策的宣传和艺术问题的讲解、文艺作品推介，从 1950 年

① 《检讨的反应》，《文艺报》第 2 卷第 6 期，1950 年 6 月 10 日。

3月《文艺报》征稿启示列出的8项中，可以看到，“文学艺术的理论，或对某一问题的专门研究”和“各种文学艺术作品”是主要内容[①]，并不主张剑拔弩张的文艺批评。1949年9月到1950年3月的半年12期，《文艺报》几乎都是谈文坛一般问题，几乎没有发表过对作品的评论。仅在第11期发表了关于《红旗歌》的“作品批评”，但是同时发表了3篇文章，并以“编者”身份说明“这一期所发表的三篇批评《红旗歌》的文章，意见是很不相同的，为了更好地进行讨论和研究，我们把它们一起登载出来，供大家参考”[②]。胡风1954年激烈批评《文艺报》的时候，也承认“第一卷里面，批评介绍了十一部中国作品，一部影片。除了一部作品外，都是肯定的介绍”[③]。《文艺报》不主动介入作家、作品批判的倾向，可见一斑。相比而言，在同一时期，其他兄弟刊物上的批判文章已经发表得如火如荼，被点名的作家也不断发表低头认罪的“检讨书”。[④]至少在丁玲能够全面掌控《文艺报》的第一年，《文艺报》不仅不用粗暴的方式对待作家、作品，甚至试图引导和营造宽松的批评氛围。对于文艺界中一些声音，尤其是与政治关系结合不够紧密的批评，丁玲采取了化解、宽容的态度，并通过《文艺报》释放出了信号。

---

① 其他6项是“苏联文学艺术理论及情况介绍，新民主主义国家及各国进步文学艺术的理论及情况介绍”、“提出或讨论文学艺术上各项问题的短小评论”、“群众对文艺作品及文艺工作的意见”、“工厂、部队、农村及学校团体的文艺活动”、“文艺工作和文艺创作中的经验教训”、“作品批评与介绍，书报推荐，出版消息，文艺动态等”。《文艺报》第1卷第12期，1952年3月10日。

② 《文艺报》第1卷第11期，1950年2月25日。

③ 胡风：《在中国文联主席团和中国作协主席团联席扩大会议上的发言》，《胡风全集》第6卷，湖北人民出版社1999年版，第438页。

④ 1950年4月30日，《文汇报》发表了“漫画检讨会”为总题的《检讨的意义》等多篇文章。此后，艺术家的“检讨”开始频繁在报纸上出现。1950年6月，《人民日报》第2卷第2期发表了方纪的《我的检讨》，同时还发表了秦兆阳的《对〈改造〉的检讨》；1950年6月，《戏曲报》第2卷第4、5期发表了《关于改编〈秦香莲〉的意见》；1950年7月26日，《人民日报》发表了《范泉关于〈创作论〉的检讨》。

情况迅速发展，1951 年 5 月《武训传》遭到《人民日报》点名批判，全国刊物跟进，文艺界面临震动的趋势已经很明显。丁玲一直在顺应形势发展，检讨自己和《文艺报》的工作，但始终处于“追赶”的状态。在此种状况下，丁玲反而要求降低批判热度，不要过于苛责作家。丁玲在《跨到新的时代来——谈知识分子的旧兴趣与工农兵文艺》中，先列举了文艺界种种不尽如人意之处，然后说：“一切是新的，当文艺工作者更能熟悉与掌握这些新的内容与形式时，慢慢就会使人满意起来。我希望读者们不要强调这个缺点，因为强调了只有增加你的成见，加深你对于新事物与新文艺的距离。”[①] 显然，丁玲力图抵制对文艺工作者劈头盖脸、不分青红皂白的大批判。

但是，以《文艺报》的地位，不可能游离于文艺界整肃的工作之外。此时《文艺报》的一些批评文章，多是作者或作品已经被其他报刊点名。[②]1950 年发表的批评王林《腹地》的文章，是《文艺报》当时少有的重头批判之作。[③] 然而，对批评对象的精心选择不仅表现在作者陈企霞就是《文艺报》“主编”，还在于被批评的作家王林来自跟“延安作家群”毫无瓜葛的冀中解放区。作为《文艺报》的主持者，丁玲需要对自己以往的朋友下手，这对她是个极大的考验。丁玲的性格是浪漫乐观、耿直骄傲的。她乐于交友，主编《文艺报》的同时正在办“文学讲习所”，提携了徐光耀、马烽、田间等不少作家，但对于批判、整肃则外行得多。基于此，丁玲采取了以往办刊惯用的“双簧”等方法软性抗

---

① 丁玲：《跨到新的时代来——谈知识分子的旧兴趣与工农兵文艺》，《丁玲全集》第七卷，河北人民出版社 2001 年版，第 208 页。

② 比如署名于晴（可能有舆情之意）的《关于小说〈界限〉的批评》开头就说“在八—九月份的重庆《新华日报》上，展开了对于卢耀武的小说《界限》的批评”。《文艺报》第 2 卷第 3 期，1950 年 11 月 10 日。

③ 陈企霞：《评王林的长篇小说〈腹地〉》，《文艺报》第 3 卷第 4 期，1950 年 12 月 10 日。

拒，试图以此过关。1951 年 6 月批评萧也牧事件，就可以看出丁玲是如何不忍对“朋友”下手的。此前的研究中，论者多将冯雪峰、丁玲批评萧也牧及萧也牧检讨作为《文艺报》历史上的对作家整肃的事件。[①]但深入考察可知，这应该是经过事先策划的既让《文艺报》表现锋芒，又让萧也牧过关的一出“戏”。在萧也牧的作品已经受到《人民日报》点名批评的情况下[②]，与丁玲关系亲密的冯雪峰化名读者“李定中”，对萧也牧进行了“战斗硝烟”意味浓厚的批评。[③]此前很少写批评文章的丁玲 1951 年 6 月少见地撰写了《作为一种倾向来看——给萧也牧同志的一封信》，对萧也牧的《我们夫妇之间》进行了严厉批评，认为作者“迎合了小市民的低级趣味”[④]。丁玲选择了“写信”的方式，在严厉的口气中带有帮助、关爱的情感，和颜悦色，春风化雨，表明与批评对象间的友好关系。文章不是挥舞大棒表示权威，而是把萧也牧的问题定性为“一种倾向”，表明类似情况是普遍现象，不足为奇，实际是为萧也牧的开脱和保护。这个言辞激烈的“读者来信”是冯雪峰应约而写，而用化名的做法更印证了这是一个“操作”，只不过是为了显示《文艺报》的“锋芒”。[⑤]从 1947 年丁玲日记记载看，她与萧也牧曾在一起工作，极

① 洪子诚认为对萧也牧的创作的批评是“50 到 70 年代，发生在中国文学（文艺）界的全国大规模的批判运动”之一，并未将此次批判与其他多次批判分开。洪子诚：《中国当代文学史》，北京大学出版社 1999 年版，第 36 页。

② 陈涌：《萧也牧创作的一些倾向》，《人民日报》1951 年 6 月 10 日。

③ 李定中：《反对玩弄人民的态度，反对新的低级趣味》，《文艺报》第 4 卷第 5 期，1951 年 6 月 25 日。丁玲在 1982 年承认，自己对萧也牧是“爱护”的，是陈企霞约冯雪峰写了这篇文章。见丁玲：《谈写作》，《丁玲全集》第八卷，河北人民出版社 2001 年版，第 267 页。

④ 丁玲：《作为一种倾向来看——给萧也牧同志的一封信》，《丁玲全集》第七卷，河北人民出版社 2001 年版，第 258 页。

⑤ 洪子诚认为“对萧也牧小说《我们夫妇之间》的严厉批评的‘读者李定中’的来信，和《文艺报》发表这封信时加的支持这封信的编者按语，都由该刊主编冯雪峰撰写”，是不确切的，当时主编仍为丁玲，半年后冯雪峰为主编。见洪子诚：《中国当代文学史》，北京大学出版社 1999 年版，第 34 页。

为熟识，自己的私信都由他转交。[①] 萧也牧被批评后，马上写了长篇检讨《我一定要切实地改正错误》，其中不乏对自己作品的阐释，而该文的“编者按”也带有“保送”的意味：“只要萧也牧同志能按照他检讨的精神，切实地改造自己的思想感情，我们以为，萧也牧同志在文学事业上，还是很有希望的。”[②]1951 年 11 月的时候，丁玲认为自己批评的力度还不够大，“我曾经很痛苦过，为了怕得罪朋友，就宁肯不向群众负责。我把朋友看得比群众重要，把个人的烦恼看得很重要，我是一个胆小的个人主义者！”[③] 虽是为了应付而表态，但实录了内心挣扎。

丁玲经常在自己主编的《文艺报》上发表文章，身份也在官员和作家间切换，能够看出她既要适应形势，又要保持自己独立个性的努力。站在政治高度进行表态、引导时，往往是为了配合形势的需要。《谈谈普及工作》[④] 的副标题就是“为祝贺北京市文代大会而写”，文章当然充满辩证，然而也有正确的空洞。而《莫斯科——我心中的诗》[⑤] 等一些散文虽然仍然无法完全随性，却表达出她作为作家感性的一面。在 1951 年 1 月《序〈殷夫选集〉》中，借怀念亡友，丁玲抒发了浓烈的个人感怀：“我感到心跳，我感到血液在体内奔流，感到头发胀，我只想大叫几声，我想到户外去散步，我要设法平静我的感情，必须设法平静

---

① 在日记中，丁玲记载与萧也牧漫谈，“他谈出了许多有趣故事”，“我们约好回来后去找她，把这个材料收集一下”，“晚上又给陈明写了一信，是托小武转交的”。丁玲：《东行日记》，《丁玲全集》第十一卷，河北人民出版社 2011 年版，第 329—330 页。

② 萧也牧：《我一定要切实地改正错误》“编者按”，《文艺报》第 5 卷第 1 期。

③ 丁玲：《为提高我们刊物的思想性、战斗性而斗争》，《丁玲全集》第七卷，河北人民出版社 2001 年版，第 275 页。

④ 丁玲：《谈谈普及工作——为祝贺北京市文代大会而写》，《文艺报》第 2 卷第 6 期，1950 年 6 月 10 日。

⑤ 丁玲：《莫斯科——我心中的诗》，《文艺报》第 3 卷第 2 期，1950 年 11 月 10 日。

我的感情”①。其中喷发出被压抑日久的情感。

三、“很多令人烦恼的事”

丁玲1952年春离开《文艺报》后履新《人民文学》副主编，基本就是赋闲了。与办《文艺报》时的心心念念、殚精竭虑不同，丁玲在当时和后来几乎没有提及过《人民文学》。不到两年后的1953年8月，她也辞去了《人民文学》的工作。从文坛影响的角度说，新中国成立初期的丁玲留下的是一个且战且退的背影。为何发生巨大逆转？明显有时间错误的“丁玲、陈企霞出事后，组织上把冯雪峰调来了”②是很常见的当时人的回忆。但陈明的说法更接近真相：“1952年10月，丁玲决心要搞创作，不想当官，不想担任那么多职务，就请求辞去中宣部文艺处长、全国文协党组组长等职务，那时正好她得了很重的腰痛病，脊椎增生，我就陪同她一道去大连，一边治疗，一边休养。丁玲那时想离开文协，因为她觉得有很多令人烦恼的事。”③丁玲离开《文艺报》的原因除了身体不佳、需要养病外，还有“很多令人烦恼的事”，而后者可能才是更重要的。回到历史现场可知，丁玲主动辞职的可能性不大。丁玲对《文艺报》感情深厚，1951年11月，她在“北京市文艺界整风学习动员会”上的讲话还在大谈应该如何办刊。丁玲不但创办了《文艺报》，而且还保护了这份刊物，“一九四九年，乔木同志曾提议《文艺报》和《人民

① 丁玲：《序〈殷夫诗选〉》，《丁玲全集》第九卷，河北人民出版社2001年版，第84页。

② 敏泽、李世涛：《“国家不幸诗家幸，赋到沧桑句便工”——敏泽先生访谈录》，《文艺研究》2003年第2期。

③ 陈明：《我与丁玲五十年——陈明回忆录》，中国大百科全书出版社2015年版，第131页。

日报》合并，我坚持不同意”[①]。丁玲离开《文艺报》时48岁，开会办刊、主持“文学讲习所”忙得不亦乐乎，正在兴头，身体虽有一些不适之处，但不会影响工作。丁玲离开《文艺报》的原因，肯定不会是自己请辞，而是外界因素使然。既然主动辞职不太可能，那客观的“很多令人烦恼的事”就是丁玲离职的主要原因了。

第一次文代会后，文艺界“一体化”的趋势逐渐开始，并呈现加速度发展的态势。20世纪50年代初期，作家自我批评、被点名批评的情况已经屡见不鲜，且愈演愈烈。来自国统区的曹禺、巴金纷纷表态，接受“改造”。来自解放区的作家也没获得不受批评的豁免权。主编《说说唱唱》的赵树理曾被认为是“方向”，1950年编发了《金锁》后，不得已承认自己“在编辑的过程中有值得检讨的地方”[②]。新中国成立初期，文艺界仍保留了许多个性化的内容，周扬、丁玲等文艺界的负责人也缺乏对日益紧张的思想环境的认识，所以产生了许多自以为是的状况。周扬在1951年底反省说：“老解放区的经过改造的老同志，不要以为自己在延安经过了整风学习，就没有问题了”，“一部分老的左翼的文艺工作者还有一个自以为是‘很革命’的包袱（这个包袱我也曾有过的），这就大大地妨碍了他们的进步；必须去掉这个包袱”[③]。周扬都这么批评自己，其他人更需要掂量“包袱”的重量，不得不“重新”接受改造了。周扬发表“整顿文艺思想”的时间，正是丁玲离开《文艺报》之时，那他所谓的认为自己“很革命”的“老的文艺工作者”，虽然不是专指丁玲，但也肯定包含在内。当然，尽管文艺界内部不断“整顿”，还是不被高层满意，这是连周扬都无法控制的事情了。

① 丁玲：《为提高我们刊物的思想性、战斗性而斗争》，《丁玲全集》第七卷，河北人民出版社2001年版，第273页。

② 赵树理：《〈金锁〉发表前后》，《文艺报》第2卷第5期，1950年5月25日。

③ 周扬：《整顿文艺思想，改进领导工作》，《光明日报》1951年12月8日。

处于风起云涌的20世纪50年代初期，作为文协机关报《文艺报》，当然要负责冲锋陷阵，近距离向作家、作品无情"开火"，丁玲当然对此有所体察。丁玲离开《文艺报》的众多原因中，认为自己不适合扮演对朋友批评的角色，是其重要原因，而这一点并未得到研究者揭示。对胡风的态度，应该是丁玲"烦恼的事"之一。胡风与丁玲有多年交情，1949年初来到北平，在日记中记载了多次与丁玲长谈的情况。[①]胡风在1950年初期的状况很尴尬，他不愿受自己宿敌周扬节制，迟迟不肯选定工作。[②]丁玲在《文艺报》时，对胡风的大规模批评已经箭在弦上。胡风在1954年的"三十万言书"中说："丁玲同志见面多些，但她说不搞理论，提出不同意见，只问我和香港争些什么问题。又说《文艺报》收到了一百多封信。"[③]可见，丁玲阻止了《文艺报》对胡风的批评。以"不懂理论"为由，让《文艺报》压住了批评胡风的势头，丁玲在当时条件下，最大限度地维持了与胡风的友谊。另外可以作为证据的是，丁玲1951年底刚离开，《文艺报》第六十六期1952年4月就发表了"读者中来"，措辞严厉，显然非一般读者所写，要求公开批判胡风的文艺思想。[④]此后，《文艺报》上刊载的对胡风及胡风分子批判的文章就接二连三。丁玲以离开《文艺报》的代价，保全了自己不靠批评朋友而过关、获利的名节。1955年后的《文艺报》，就成为完全听命于政治的工具了。胡风案后，丁玲不得已写了批评胡风的文章，但一直心存愧疚，

---

① 《胡风日记》1949年2月8日记载"早饭后到丁玲处，闲谈了约两小时"，《胡风全集》第10卷，湖北人民出版社1999年版，第21页。3月4日记载"到丁玲处，闲谈了约三小时"，《胡风全集》第10卷，湖北人民出版社1999年版，第36页。

② 胡风1949年4月18日记载他去访周扬的秘书沙可夫，"谈辞去《文艺报》编辑事"，《胡风全集》第10卷，湖北人民出版社1999年版，第54页。

③ 胡风：《关于解放以来的文艺实践情况的报告》，《胡风全集》第6卷，湖北人民出版社1999年版，第125页。

④ 其中，《对胡风文艺理论的一些意见》认为胡风文艺理论"是伪装为马列主义理论的反动的唯心论观点"，"迫切地要求对于这些错误的文艺理论进行批判！"

视为自己的耻辱，不肯收入任何集子，从中也能看出丁玲确实不能做到平白无故地构陷他人。

《文艺报》主编的继任者，正是丁玲的好友冯雪峰，这说明丁玲当时状况仍然不错，有余力影响报刊的人事走向。按照丁玲的说法，“他主编《文艺报》是有人在会上提议我赞成的。因为我觉得我编《文艺报》不适合。我不是搞理论的，他是搞理论的。他编《文艺报》比我好”①。站在丁玲的角度考虑，既避免了陷入各种具体事务的纠葛，还可以实际掌握《文艺报》的权力，这是对她有利的安排。丁玲与冯雪峰是挚友故交，感情深厚，因此让冯雪峰来接替自己，应当是丁玲做出的决定，而后来将“丁玲、冯雪峰、陈企霞”几位主编捆绑起来批评，也说明了他们在人事上的相互支持关系。②

1954 年，《文艺报》因为“小人物”事件又一次被弹劾，丁玲的继任者冯雪峰也做了检讨。③有论者注意到，本来两年前已经离开《文艺报》这个“是非之地”，但是丁玲仍然被“追诉”，可见这不是办刊思路的问题，而是借此清除掉丁玲在文坛的影响力。④按照胡风的说法，周扬派“利用革命胜利后的有利条件，利用党的工作岗位，有计划地自上而下地一步一步向前推进”，最终形成了“宗派主义的统治”⑤。从丁玲

① 丁玲:《我与雪峰的交往》,《丁玲全集》第六卷，河北人民出版社 2001 年版，第 273 页。

② 当时的批评说:“1952 年丁玲改任《人民文学》主编（应为“副主编”，原文误），她推荐冯雪峰做了《文艺报》的主编。他们把《文艺报》变成了抗拒领导和监督的‘独立王国’。”《冯雪峰是文艺界反党分子?》,《文艺报》1957 年第 21 期。

③ 孙晓忠:《当代文学中的冯雪峰——以〈文艺报〉为中心》,《文学评论》2005 年第 3 期。

④ 参见张均:《“有力”人物的“争夺战”——1950 年代〈文艺报〉人事纠葛及编辑理念之演变》,《扬子江评论》2015 年第 6 期。

⑤ 胡风:《关于解放以来的文艺实践情况的报告》,《胡风全集》第 6 卷，湖北人民出版社 1999 年版，第 98 页。

1952年初离职《文艺报》到1955年夏被定为“丁陈集团”，新中国成立初期文艺领导高层发生了重大变化。胡风、丁玲等有影响的左翼作家集团倒台，周扬集团从此一家独大，直到“文革”开始——这虽然仅是一种“叙述”，但从《文艺报》的主编变迁来看，也能成立。

小 结

参加了延安“整风”和“座谈会”的丁玲，经过“改造”后，成了一名“战士”型的作家，但她没有意识到这个工作并未就此结束，而是延续下来，还愈演愈烈。从她在办《文艺报》的经历中可以看出，丁玲自以为改造“成功”，并以此得到优越感，坚持了自己的办刊思路。但是，随着文艺界批判运动的展开，丁玲囿于性格无法对作家、作品展开宏观指导和批判，显然已经不合适主持《文艺报》，故而离职。共计两年三个月主编《文艺报》的经历是丁玲人生的一个重要阶段，看似光鲜辉煌，实则显示出丁玲难以适应和驾驭快速发展的运动需求，并成为必须要被清除的“绊脚石”。从后设视角看，丁玲进入人生困难时期是迟早的事情，但办刊无疑加速了这一时期的到来。

（作者单位：天津师范大学文学院）

海外汉学视域中的丁玲

——以夏志清、司马长风、顾彬为考察中心

姜彩燕　伏丽敏

作为深受五四新文学影响的女作家，丁玲以其曲折的人生经历、鲜明的艺术风格，成为海内外现代文学研究者关注的焦点。自20世纪30年代起，海外汉学界陆续出现关于丁玲与其作品的介绍、翻译和研究。1932年，乔治·肯尼迪将丁玲创作的以左联五烈士遇难事件为背景的小说《某夜》译成英文，刊于美国记者伊罗生在上海主编的英文期刊《中国论坛》上，这是海外关于丁玲作品的最早翻译。据不完全统计，丁玲作品已先后被译成英、俄、日、保、丹、罗、匈、波、朝、捷、德、巴（西）、法等二十几种文字，丁玲研究者则遍布美国、苏联、捷克、英国、德国、法国、意大利、日本、新加坡、菲律宾等国。迄今已有八十多年的海外丁玲研究并未停止过探索步伐。在50年代末至70年代末国内丁玲研究相对停滞的时期，海外的翻译和研究者们仍在不断更新丁玲研究成果。美国学者加里·约翰·布乔治在其博士论文《丁玲早期生活与文学创作（1927—1942)》中指出，丁玲的文学著作“具有很高的研究价值，可作为一件件艺术珍品来欣赏。可以说，她的文学作品是本世纪20年代至40年代中国文学发展

和演变的范例”[①]。1979 年丁玲复出之后，法国一家报纸发表文章说：“丁玲让我们踮着脚尖走进了一个我们最为关注的完全不同的文化领域”，使“人们接触到这样一个现实：中国思想”，丁玲的作品“几乎也可以说是一张门票”，“一张去中国的门票”[②]。旅美华裔学者颜海平在其著作《中国现代女性作家与中国革命（1905—1948）》中评价丁玲是“20 世纪中国最为杰出的女作家”，她的创作经历“意味着中国女性写作史上一个革命性的转折点”[③]。这都说明，丁玲已成为具有广泛国际影响的重要作家。

海外学者以其独特的理论资源和研究视角极大丰富与拓宽了已有的丁玲研究。本文以夏志清、司马长风、顾彬这三位极具代表性的文学史家为例，通过梳理其各具特色的丁玲研究成果，比较和总结这三位身处不同时代、不同地域的文学史家在丁玲研究方面的特色，为更加全面、准确地把握丁玲及其作品提供一定的借鉴。

一

夏志清的《中国现代小说史》英文版于 1961 年由耶鲁大学出版社出版，1979 年和 1991 年分别在台湾和香港出版中译繁体版，2005 年由复旦大学出版社出版中译简体版，并多次再版。夏著《中国现代小说史》在很大程度上避免了国内同时期现代文学史书写的新民主主义革命思想的干扰，提出许多大胆新颖的观点，为中国现代小说史研究提供了全新

① 宋绍香：《丁玲文学在国外》，《泰安教育学院学报岱宗学刊》1999 年第 3 期。

② 王中忱、孙瑞珍：《半个世纪以来的国外丁玲研究》，《外国问题研究》1985 年第 1 期。

③ 颜海平：《中国现代女性作家与中国革命（1905—1948）》，季剑青译，北京大学出版社 2011 年版，第 307 页。

的视角。在《小说史》中，丁玲并没有同他所钟爱的作家沈从文、张天翼、张爱玲和钱锺书一道被列入专章进行考察，而是放在“第一阶段的共产主义小说”、“第二阶段的共产主义小说”这两章中进行评述。尽管书中有关丁玲的篇幅不多，但从所采用的叙述语言与“史实材料”不难看出他对丁玲思想、创作的总体把握和评判态度。

夏志清认为，对于萧军和丁玲这样的作家来说，讨论他们的一生似乎比他们的作品更有历史意义。① 因此，在《小说史》中他将大部分的精力用于叙述丁玲的人生经历方面。在陈述丁玲生平时，他把丁玲早期的文名说成是“艳名”，并使用了一系列颇为暧昧的叙述言辞，如他把丁玲曾就读的上海大学描述为“在性方面也是非常开放的一所学校”，说丁玲“丰姿漂亮，又有文才”，吸引了一大批崇拜者。除了谈及丁玲与胡也频、沈从文、冯达的关系，还说“丁玲自己跟瞿秋白的弟弟的关系也很密切”② 等。这种叙述引发了学者的强烈反感和批评。普实克说：“对于作家丁玲的政治观点正确与否，我们或许意见不一，在评价她的不同作品时，也很有分歧；但对于夏志清谈及丁玲的生活与性格的方法，我们却不得不表示抗议，在描写到这位女作家的私生活时，夏志清只是一味地重复道听途说的谣言，而且用了最低级的词语，读来令人厌恶。” ③ 国内也有学者认为这种叙述很容易使读者将丁玲想象为“一个私生活极不检点的女作家”，“进而带着有色眼镜看待丁玲及其作品”④。夏

① 参见夏志清：《中国现代小说史》，刘绍铭等译，香港中文大学出版社 2001 年版，第 239 页。

② 夏志清：《中国现代小说史》，刘绍铭等译，香港中文大学出版社 2001 年版，第 225 页。

③ ［捷克］亚罗斯拉夫·普实克著，李欧梵编：《抒情与史诗：现代中国文学论集》，郭建玲译，上海三联书店 2010 年版，第 194 页。

④ 蔡军：《被贬抑的丁玲——对夏志清“讥笑”的反驳》，《乐山师范学院学报》2013 年第 2 期。

志清在叙述自己所钟爱的沈从文、张爱玲等作家的生平时，很少谈及爱情曲折，而更侧重于淳朴的故乡生活或饱满的生活经历对一个作家创作的深刻影响。因此，同是书写作家生平，夏志清却采取了截然不同的态度，这不得不让人质疑他书写时的双重标准。

与对丁玲私生活的“贬抑”态度不同，夏志清对丁玲早期的创作还较为肯定。在他看来，相较于蒋光慈，处于前期创作阶段的丁玲“是一个忠于自己的作家，而不是一个狂热的宣传家”，她能“大胆地以女性观点及自传的手法来探索生命的意义”①。收录于短篇小说集《在黑暗中》的《梦珂》、《莎菲女士的日记》等几篇都通过女性视角，大胆地“流露着一个生活在罪恶都市中的热情女郎的性苦闷与无可奈何的烦躁”②。这和茅盾论丁玲时所言“心灵上负着时代苦闷的创伤的青年女性的叛逆的绝叫者”③有相通之处。不过，夏志清认为丁玲早期小说之所以超越冰心和凌叔华是因为在性的问题上比较开放的缘故，这就未免太失偏颇。和同时期的女性作家相比，丁玲早期小说的性描写确实前卫，但其真正的长处并非在此，而在于贡献出一批性格鲜明、自我意识觉醒且处于精神和肉体双重挣扎的新女性。是这些在人生道路上不断探索的女主人公们在读者大众中引起了同情和共鸣，才使丁玲赢得了文名。

在当时欧美盛行的新批评理论和利维斯“大传统”文学观念影响下，夏志清主张从“文学本身的质素及修辞精髓”④出发，“全以作品的文学

① 夏志清:《中国现代小说史》，刘绍铭等译，香港中文大学出版社2001年版，第225—226页。

② 夏志清:《中国现代小说史》，刘绍铭等译，香港中文大学出版社2001年版，第225页。

③ 茅盾:《女作家丁玲》，《文艺月报》1933年7月第2号。

④ 夏志清:《中国现代小说史》，刘绍铭等译，香港中文大学出版社2001年版，第34页。

价值"[①]作为评判文学作品的标准，从而梳理出一条独立于政治话语之外的自成体系的中国现代文学史脉络。基于这一理论背景，他对丁玲转向左翼阵营后的创作基本予以否定。夏志清在谈及丁玲30年代小说创作整体状况时曾说道："三十年代丁玲的声望，仅次于茅盾、老舍、巴金诸人，我审读她那时的作品，实在一篇也说不上是佳作。"[②]《小说史》中关于丁玲30年代的创作主要涉及《韦护》、《一九三〇年春上海》、《田家冲》及《水》四部作品。在夏志清看来，"以性描写坦白而著称"的《韦护》是一本革命的浪漫主义著作，《一九三〇年春上海》第一、第二部分则是对小资产阶级面对无产阶级混乱经验的延续。[③]他认为丁玲自从1931年开始写作无产阶级小说之后，"一点微带无产主义色彩的坦诚态度也丧失了。剩下来的，只是宣传上的滥调"[④]。对于丁玲加入左联后的代表作《水》，不同于王瑶[⑤]、刘绶松[⑥]等大陆新文学史家的高度评价，夏志清认为这篇作品故事"极端紊乱"，手法"笨拙不堪"。"试图使用西方语文的句法，描写景物也力求文字的优雅，但都失败了。《水》的文字是一种装模作样的文字。"[⑦]平心而论，夏志清对《水》的批评并不

① 夏志清：《中国现代小说史》，刘绍铭等译，香港中文大学出版社2001年版，第319页。

② 夏志清：《中国现代小说史》，刘绍铭等译，香港中文大学出版社2001年版，第47页。

③ 参见夏志清：《中国现代小说史》，刘绍铭等译，香港中文大学出版社2001年版，第225页。

④ 夏志清：《中国现代小说史》，刘绍铭等译，香港中文大学出版社2001年版，第230页。

⑤ 王瑶：《中国新文学史稿》中认为《水》"不但是她个人，也是当时左翼文学的一大进展"，开明书店1951年版。

⑥ 刘绶松：《中国新文学史初稿》中认为《水》是"作为丁玲的伟大跃进的开始"，作家出版社1957年版。

⑦ 夏志清：《中国现代小说史》，刘绍铭等译，香港中文大学出版社2001年版，第231页。

完全属于政治偏见。机械地理解文学与政治，在唯物辩证法的创作方法影响下，概念先行地处理文学素材，的确是当时左翼作家存在的问题。

夏志清认为“真正值得我们注意的见解，都是个别批评家主观印象的结合，此外并无科学的客观的判断”①。也就是说，夏志清强调在文本细读的基础上，忠于自己对作品的阅读经验和判断，并以此为基础来对文学作品进行鉴别。夏志清所信奉的这种评判原则基本是利维斯文学评论观的发展。利维斯认为“理想的批评家就是理想的读者”②，文学评论家所作的评论应是其之前具体阅读经验的文字呈现。夏志清以他所通读过的西方经典作品为参照来评价中国左翼小说，觉得其粗糙幼稚、缺乏魅力是不足为奇的。但不得不说，夏志清的这种评判标准有时又极易被政治标准偷换。《小说史》的书写正处于东西方两大阵营对立的冷战时期，即使他在前言部分一再声称自己以“作品的文学价值为原则”，以劳伦斯名言“勿为人类但为圣灵写作”作为自己的评判标准，但其脑海中对立的政治意识形态仍不可避免地渗透在《小说史》的书写中。夏志清对丁玲左转后作品的批评击中了当时左翼文学存在的公式化概念化倾向，但他对丁玲此后的作品一概否定，就不能不说是他根深蒂固的意识形态偏见了。

政治上先入为主的偏见显然限制了夏志清对于丁玲延安时期小说进行深入阅读和正确评价。他认为丁玲 1941 年创作的《在医院中》“又回复到她的虚无主义的情绪”③，而对《夜》、《我在霞村的时候》等作品则完全无视。关于长篇小说《太阳照在桑干河上》，夏志清指出这篇小说与之前的小说《水》相比“较为严谨，而作者对农民语言的运用也相当

---

① 夏志清：《人的文学》，辽宁教育出版社 1998 年版，第 153 页。

② F. R. Leavis, “Literary Criticism and Philosophy”, Scrutiny6, (1937)：60–61.

③ 夏志清：《中国现代小说史》，刘绍铭等译，香港中文大学出版社 2001 年版，第 236 页。

成功”①，“对东北农民口语的运用，也很到家”②，并肯定了丁玲对于程仁的心理状况的描写较为“精彩”。虽然具备上述优点，但他对这部作品的艺术价值总体上是否定的。

二

司马长风的《中国新文学史》共分为上、中、下三卷，分别于1975年、1976年和1978年由香港昭明出版社出版。20世纪70年代中期，身处殖民地香港的司马长风，有感于特殊时期政治对文学的横暴干涉，以及盲目模仿欧美所致积重难返的附庸意识，意欲从“纯中国人的心灵”出发书写一部“打碎一切政治枷锁，干干净净以文学为基点写的文学史”③。司马长风反对政治干预文学，反对文学的载道功能，反对作家参与政治活动，认为“政治是刀，文学是花草；作家搞政治，等于花草碰刀；政治压文学，如刀割花草”④。他欲求以不偏不倚的立场、客观公正的态度来评价作家作品，以纯粹性、非功利性作为评价新文学作品优劣高低的尺度。迥异于中国大陆文学史家王瑶编著的《中国新文学史稿》，司马长风摒弃以往文学史的书写模式，以品鉴式的方式为主，通过自我与文本有效融合的方式进行细致入微的分析评价，进而发掘文学文本背后所蕴藉的诗性美。司马长风将新文学史分为诞生期（1918—1920）、成长期（1921—1928）、收获期（1929—1937）、风暴期（1938—

① 夏志清：《中国现代小说史》，刘绍铭等译，香港中文大学出版社2001年版，第410页。

② 夏志清：《中国现代小说史》，刘绍铭等译，香港中文大学出版社2001年版，第419页。

③ 司马长风：《中国新文学史·中卷》，香港昭明出版社1976年版，第324页。

④ 司马长风：《中国新文学史·中卷》，香港昭明出版社1976年版，第34页。

1949）和沉滞期（1950—1965）五个阶段。丁玲正是在成长期中登上文坛，表现出鲜明的文体风格的现代女作家。

司马长风的《中国新文学史》是一部具有个人特色的文学史著作。虽然全书对丁玲的论述不多，但足以见出他对这位女作家创作的整体态度。与夏志清对丁玲的“贬抑”与“讥笑”不同，司马长风对丁玲可谓“爱恨交加”。他称赞丁玲的成名作《莎菲女士的日记》是“成长期短篇小说的重大收获”，认为该作品之所以引起文坛注意，“不止因为它的内容在女子性生活上具有石破天惊的大胆描写，同时也因为技巧出色，清新洒脱，卓然不群”[①]。他批驳那些认为该作“只是以性生活的暴露或描写性变态取胜”的说法，说“那不是误解便是胡说”。这在某种意义上可以看作是对夏志清所持观点的反驳。他说《莎菲女士的日记》“实质上是非常严肃和精心结构的小说。它不但不渲染盲目的肉欲，反而做了尖锐的批判。主题在探讨灵与肉的冲突。……情节就是这么简单，但写得细致生动，把一个成熟的少女的饥渴情怀写到丝毫毕现，而不沾一点邪恶和肮脏。全文二万八千余字，一气呵成，丝丝入扣，的确是杰作。丁玲写这篇小说时，刚刚满二十岁，即表现了这般的胆魄和才力，真使人咋舌惊倒！使前此所有的女作家都黯然无光。”[②] 如此高调的赞美，不难看出他对丁玲早期创作的喜爱之情！这也使丁玲加入左联后的文学创作迎来异常猛烈的抨击。

司马长风说：“以《莎菲女士的日记》成名的丁玲，显露极高的才华，可是参加‘左联’之后，一受教条的束缚，作品的水平便一落千丈。例如被左派恭维的中篇小说《水》，便是一典型的失格作品”，而自传性的小说《母亲》只是一部“及格的作品”。[③] 以纯文学为评判标准

① 司马长风：《中国新文学史·上卷》，香港昭明出版社 1975 年版，第 165 页。

② 司马长风：《中国新文学史·上卷》，香港昭明出版社 1975 年版，第 165 页。

③ 司马长风：《中国新文学史·中卷》，香港昭明出版社 1976 年版，第 36 页。

的司马长风做出这样的判断是自然而然的，但他对丁玲的评价并未陷入“政治进步，艺术退步”的简单模式中。他认为丁玲虽然长居延安，受了“政治标准第一，艺术标准第二”的钳制，“但是，她血热、骨头硬，总不肯完全抛弃艺术”①。因此，他对长篇小说《太阳照在桑干河上》的评论和之前的夏志清及之后的顾彬都大为不同。司马长风在基本认同政治对丁玲艺术生命损害的基础上，指出“《太阳照在桑干河上》，并不是一部纯政治的公式小说，在某种程度上，客观反映了历史大风暴中北方农民的命运”②。司马长风的文学史特别看重语言形式问题。他推崇文学语言的“纯净和精致”，反对生吞活剥地模仿外国语词，也反对过多采用方言和文言。③他在评价《太阳照在桑干河上》时，从小说中的对话和人物描写中，看出丁玲的“笔力”不凡，并称赞丁玲语言的朴实、生动。与夏志清所认为的“枯燥无味”不同，司马长风说该作“虽然是政治小说，但是在人物、思想、情节诸多方面，都表现了独特的个人感受，颇有立体的现实感，读来甚少难耐的枯燥，具有甚高的艺术性。同时，作者贯注了全部的生命，每字每句都显出了精雕细刻的功夫”④。由此可见，尽管司马长风对丁玲因投身政治旋涡，艺术生命受到摧折而感到痛惜，但他仍然努力地克服偏见，尽可能地对丁玲的作品做出较为客观的评价。

除了对丁玲小说作品的关注，司马长风对丁玲的散文也给予了很大的肯定和赞赏。在《中国新文学史·中卷》部分涉及对丁玲“收获期”散文的评述。他说“丁玲这位以小说成名的作家，散文也相当出色。她直吐胸臆的风格，有几分像徐志摩和郁达夫，但没有郁达夫的委婉和徐

① 司马长风：《中国新文学史·下卷》，香港昭明出版社1978年版，第72页。

② 司马长风：《中国新文学史·下卷》，香港昭明出版社1978年版，第72页。

③ 参见司马长风：《中国新文学史·上卷》，香港昭明出版社1975年版，第176—177页。

④ 司马长风：《中国新文学史·下卷》，香港昭明出版社1978年版，第120页。

志摩的蕴藉，反之她更有男子气，长风破浪的豪放”[①]。他将丁玲 1932 年在《文学》月刊上发表的《不算情书》作为丁玲散文的代表作来看。他引述了其中的部分段落，认为这“可能是中国女性最赤裸的自白了。但没有一点肉欲和卑污的感觉，被她那纯熟的虔诚的情思所牵引，随着她遍历那哀欢交织、凄艳卓绝的精神历程”。“这已不是文字，是疯狂的一团火。这是任何人都有过，都可能有的感情，可是只有丁玲把它用文学表达出来。”[②] 司马长风对《不算情书》的重视，与他对周作人的《初恋》、何其芳的《墓》、冯至的《塞纳河畔的无名少女》、徐訏的《画像》、无名氏的《林达和希绿》等文的欣赏一样，鲜明地体现出他文学观念的“唯情”色彩。[③]

三

顾彬是当今德国著名的汉学家、作家和翻译家。2008 年，范劲等人将其所著《二十世纪中国文学史》翻译成中文，由华东师范大学出版社正式出版。陈晓明曾说：“顾彬的研究主要是建立在西方汉学的基础上，其理论依据和引述的材料都是出自西方汉学。”[④] 虽同以西方文学价值标准为参考，但较之于夏志清，顾彬对丁玲的评价显然更为全面。

顾彬将丁玲的创作大体分为三个阶段。第一个阶段是 1927—1930 年，以《莎菲女士的日记》等一系列著名短篇小说为代表。认为丁玲此时的“主题集中在意志和幻想的分裂，它以特殊的方式构成了女性的内

① 司马长风：《中国新文学史 · 中卷》，昭明出版社 1976 年版，第 143 页。

② 司马长风：《中国新文学史 · 中卷》，昭明出版社 1976 年版，第 143 页。

③ 参见陈国球：《诗意与唯情的政治——司马长风文学史论述的追求与幻灭》，《感伤的旅程：在香港读文学》，台湾学生书局 2003 年版。

④ 陈晓明：《“对中国的执迷”：放逐与皈依——评顾彬的〈二十世纪中国文学史〉》，《文艺研究》2009 年第 5 期。

心世界”。第二个阶段是 1932—1942 年，这一时期丁玲从内部视角扩展到了外部观察。人物不再是意志薄弱、独处一室、顾影自怜的女性，而是积极主动、自觉投身社会的女性形象了。顾彬认为丁玲这时期的作品并非如一般人所认为的“普罗文学”，而是表现出一种沉思和激进色彩。最后一个阶段，也就是 1942 年到逝世。他将这一阶段又分为两个部分：1942—1956 年是一种社会主义现实主义；1979 年平反后，返回到温和的女性主义立场上来。

顾彬对丁玲创作的前两个阶段评价比较高，认为“丁玲从 1927 年至 1942 年之间创作的作品中留下了可观的精神遗产”①。称赞她“深入洞察了理想与现实的巨大反差对青年人造成的戕害”②。他认为只是到了文学创作的最后一个阶段，丁玲才失去了本色。与夏志清、司马长风等人不同，他没有把加入左联，也没有把奔向延安作为丁玲文学创作中最根本的转折点。他认为丁玲直到 1941 年都在用她的小说和杂文对解放区现状进行一种体制内批评。然而在 1942 年 6 月 11 日公开承认其“错误”后，她才“把‘光明和黑暗’的问题抛开，以顺应一种服从于毛主义‘大师叙事’的‘现实主义’”③。从此丁玲以“党的精神、大众性和社会现实主义”作为其工具。从 1944 年起，当丁玲在改造后重新拿笔写作时，叙述的贯穿性基调由批判一变而为乐观，人物也由过去的分裂的主人公转变为具有“理想主义色彩”和“领导者品质”的主人公。④

① ［德］顾彬：《二十世纪中国文学史》，范劲等译，华东师范大学出版社 2008 年版，第 115 页。

② ［德］顾彬：《二十世纪中国文学史》，范劲等译，华东师范大学出版社 2008 年版，第 106 页。

③ ［德］顾彬：《二十世纪中国文学史》，范劲等译，华东师范大学出版社 2008 年版，第 193 页。

④ 参见［德］顾彬：《二十世纪中国文学史》，范劲等译，华东师范大学出版社 2008 年版，第 193—194 页。

正是基于这样的判断，顾彬充分肯定了丁玲加入左联之后直到1942年之前的创作。他认为："（中篇小说《韦护》和短篇小说《一九三〇年春上海》）丁玲并没有简单地放弃女性主义诉求，而是将其做了新的包装：她开始告别从前的观念，即性别本身对于女性的生活是至关重要的，她要更多地关注阶级方面和民族救亡，推荐女性战友们把'做事'当作克服恋爱所造成的动摇的手段"[①]。对于夏志清和司马长风严厉批评的小说《水》，顾彬也显示出自己独立的思考。他认为《水》的创作是"从社会批判的角度描写了1931年实际发生的特大水灾给乡村造成的苦难。"这对于认知后来的中华人民共和国文学起到非常重要的作用，其中体现出来的"难民觉醒，具备了新的自我意识"[②]都是非常值得关注的重点。而对于夏志清和司马长风论述较少的《在医院中》、《我在霞村的时候》两篇小说，顾彬也给予了高度评价。说这是"继她可观的早年创作之后，她在这些年中迎来了其小说创作的第二个高峰期"。认为《在医院中》"将革命青年内心深处的分裂刻画出来"，其中的女主人公陆萍"就像她那些生于20年代的姐妹们一样，由她们的幻想世界引领着来到了解放区，和她们一样因为意志脆弱患有神经衰弱症"。她与所处新环境之间的多重矛盾，如党和乌托邦、男人和女人、工作和爱情之间的对立，使她成了一个局外人。[③]而《我在霞村的时候》则深刻揭示出延安所存在的性别不平等问题，男性对女性的性别压制无处不在，渗透在日常生活的"流言蜚语"之中，作品正是通过"一个在女人当中传扬的有关一个年轻女人的故

---

① ［德］顾彬：《二十世纪中国文学史》，范劲等译，华东师范大学出版社2008年版，第133页。

② ［德］顾彬：《二十世纪中国文学史》，范劲等译，华东师范大学出版社2008年版，第133页。

③ 参见［德］顾彬：《二十世纪中国文学史》，范劲等译，华东师范大学出版社2008年版，第194页。

事”揭示出“一个为民族效力的女人的痛苦”。从这些观点中不难看出顾彬吸收了近些年丁玲研究的成果，因而对丁玲这一时期的作品有着比前两位学者较为深入的思考。他对丁玲的《三八节有感》也评价甚高，认为是“一种毫不加粉饰的洞察和一种惊人远见使这篇杂文独具一格”①。

如前所述，顾彬对丁玲1942年之后的作品评价不高。对于长篇小说《太阳照在桑干河上》，顾彬虽努力进行“同情之理解”，但字里行间难掩失望。他认为这部作品“尽管受社会现实主义的种种约束，作品对于土地和人的描述还是更多地体现了对真实人的接触了解而非意识形态预设。与此相应，叙事者能时不时地做出活生生的并不符合遵命文学要求的评价”。但总体来说，这部作品“应属于调查小说范畴”，作家为了创作而在农村进行的“社会调查”，给党提供了理解社会状况的途径。“尽管人物角色在小说行文过程中展现出一种模式化特征，还是为干部们理解土地和人民提供了充足的材料。”②这和夏志清对这部作品的评价颇为相似。在他看来，这部作品的价值主要在于历史和认识价值，而非艺术和审美价值。

与夏志清和司马长风相比，同样作为男性文学史家的顾彬更能细腻地关注女性的地位、女性性意识及女性叙述等问题。顾彬认为“(妇女)解放运动尽管在1919年之后是男性和女性共同的事情，但对妇女从男权统治中解放出来的问题进行最激进和最具有艺术说服力的表现的，恐怕就是丁玲了”③。他指出丁玲的作品主要集中于“女性的性”、“女性意

① ［德］顾彬：《二十世纪中国文学史》，范劲等译，华东师范大学出版社2008年版，第191页。

② ［德］顾彬：《二十世纪中国文学史》，范劲等译，华东师范大学出版社2008年版，第197页。

③ ［德］顾彬：《二十世纪中国文学史》，范劲等译，华东师范大学出版社2008年版，第114页。

识”和“女性团体”三个领域。① 他以同时期的左联作家或延安作家为对照，认为丁玲的中、短篇小说之所以能引起大家的长久关注，主要在于其小说中“对时代的批判性盘点和女性主义的想象乐趣”，“尽管不总是、但还是经常做到了完美结合”②。他对丁玲小说中有关女性话语的特别关注弥补了前两位学者的不足。

顾彬在《二十世纪中国文学史》“前言”中宣称：“我本人的评价主要依据语言驾驭力、形式塑造力和个体精神的穿透力这三种习惯性标准”③。顾彬的这种观点在某种程度上同前两位文学史家所提倡的“纯文学史观”有异曲同工之妙。在访谈中他也指出：“批评家的任务是在文学之中去找永恒的价值，不要去找临时的政治价值。”④ 但他在对丁玲的研究过程中并没有很好地贯彻这三项评判准则。如学者所言：“对现代意识的描述与挖掘成为其评价现代文学成就高低的标准或者现代文学有无思想性的标准。”⑤ 这使他的文学史著作“就好像是借文学这个模型去写一部二十世纪思想史”⑥。此外，顾彬虽试图将中国现当代文学史置于世界文学视野下考察，但在研究过程中其所谓的世界文学视野存在概念偷换的问题，也就是说他在评判过程中潜意识地将“世界文学”同“欧美文学，尤其是德国文学”画上等号，因而阻碍了其对丁玲创作研究的全面把握。

---

① 参见［德］顾彬：《二十世纪中国文学史》，范劲等译，华东师范大学出版社2008年版，第115页。

② ［德］顾彬：《二十世纪中国文学史》，范劲等译，华东师范大学出版社2008年版，第193页。

③ ［德］顾彬：《二十世纪中国文学史》，范劲等译，华东师范大学出版社2008年版，第2页。

④ 郭建玲：《在中国文学里栖居——顾彬访谈录》，《当代作家评论》2012年第5期。

⑤ 刘毅青：《狭隘的文学观，悖谬的文学批评——顾彬中国文学批评商兑》，《中国文学批评》2017年第1期。

⑥ ［德］顾彬：《二十世纪中国文学史》，范劲等译，华东师范大学出版社2008年版，第4页。

结　语

夏志清、司马长风、顾彬这三位文学史家，充分结合自己的“异域”学术背景和理论基础，为中国现代文学史开辟了新的研究视角与书写立场。夏志清对丁玲左转后创作的批评击中了左翼文学的某些弊端，但受先入为主的政治偏见和以西方话语体系为中心的评判标准影响，夏志清的丁玲研究总体上缺乏开创性见解和多重文化视野的观照，因而他所呈现的丁玲必定是“单调和平面化的红色革命作家形象”①。司马长风的《中国新文学史》对丁玲早期作品的解读，对《不算情书》的推崇，对《太阳照在桑干河上》艺术性的肯定彰显了一个文学史家的胆识和见地，但由于他对美文、诗意、纯文学的过分执着，也使他无法在更为广阔的历史、社会和文化背景中深入地把握丁玲的创作风貌。顾彬在继承西方汉学的基础上，以历史和世界的眼光来重新估量丁玲作品的价值。相较于前两位文学史家，顾彬的《二十世纪中国文学史》对丁玲创作的评介更为全面，并对丁玲作品中的三大重要问题域：女性的性、女性意识和女性团体给予了较为密切且细腻的关注，弥补了前两位学者的不足。

在文学史书写的“去政治化”方面，身处殖民地香港的司马长风同西方话语体系中的夏志清基本保持一致。20 世纪 80 年代，面对他们二人在文学史书写中反复提及的“纯文学”评判准则，严家炎指出：“夏志清、司马长风他们口头上只讲艺术，好像是对左、中、右作家作品都很公平，一视同仁。其实，他们的小说史、文学史很讲政治标准”②。诚

① 文学武：《海外学者的中国女性作家想象——以夏志清、梅仪慈、颜海平的丁玲研究为中心》，《社会科学》2016 年第 1 期。

② 严家炎：《现代文学的评价标准问题——中国现代文学史研究笔谈之二》，《求真集》，北京大学出版社 1983 年版，第 26、27 页。

然，在文学史书写过程中，文学史家所处的时代语境，其所坚守的政治倾向都会自觉或不自觉地投射其中。毕竟，文学是一个独立的体系却不是一个封闭的体系。正如美国学者托马斯所言："文学与批评并不占据一个脱离政治压力的超然空间，而是不可避免地从属于政治压力。所有文学史的构成皆是政治性的。"① 对如何处理政治和文学的关系顾彬也提出自己的见解。他对那些将"和时代紧密相连的作品"全然排除在文学史书写之外的做法是表示怀疑的。他认为"在今天如果想做到符合当时情景的处理，只有通过一种不迎合时势的批判性阅读和对时代的同情理解才可能"②。当然，这并不容易做到。

夏志清、司马长风和顾彬，都是具有鲜明个人风格的文学史家，他们对丁玲的阅读和评价充分反映出他们的个人好恶、文学趣味以及价值立场。如果我们沿着时间的脉络阅读这三部文学史，会发现其中的丁玲形象呈现出一种动态发展的趋向。他们三人的观点之间既有冲突，又有继承，也有不断地丰富、拓展和补充。他们的洞见、偏见或不见，从不同角度为我们思考丁玲的文学与人生提供镜鉴。如学者所言："以他者作为理解自我的工具，作为建构自身的方式，是任何主体性形成所不可缺少的过程。"③ 因此，对待异域视角下的海外现代文学史研究，我们既不可一味盲从，全盘接收，也不必盲目排外，抓住史实错误便不依不饶。而应从主体建构的实际需要出发，弥补自身，避免偏颇。只有这样，对于中国现代文学史的研究方可进一步深入。

（作者单位：西北大学文学院）

---

① 张京媛主编：《新历史主义与文学批评》，北京大学出版社 1993 年版。

② ［德］顾彬：《二十世纪中国文学史》，范劲等译，华东师范大学出版社 2008 年版，第 194 页。

③ 于治中：《全球化之下的中国研究》，《读书》2007 年第 3 期。

责任编辑：王怡石

图书在版编目（CIP）数据

丁玲文学现代性论集 / 袁盛勇　主编 . —北京：人民出版社，2020.6
ISBN 978 – 7 – 01 – 021262 – 3

I. ①丁…　II. ①袁…　III. ①丁玲（1904—1986）– 文学研究 – 文集
IV. ① I206.6–53

中国版本图书馆 CIP 数据核字（2019）第 196652 号

丁玲文学现代性论集

DING LING WENXUE XIANDAIXING LUNJI

袁盛勇　主编

人民出版社 出版发行
（100706　北京市东城区隆福寺街 99 号）

北京汇林印务有限公司印刷　新华书店经销

2020 年 6 月第 1 版　2020 年 6 月北京第 1 次印刷
开本：710 毫米 ×1000 毫米 1/16　印张：24.75
字数：340 千字

ISBN 978 – 7 – 01 – 021262 – 3　定价：99.00 元

邮购地址 100706　北京市东城区隆福寺街 99 号
人民东方图书销售中心　电话（010）65250042　65289539